KB105145

날개 달린 황녀님 Ⅱ

박신애 장편 소설

초판 1쇄 찍은 날 § 2015년 2월 6일
초판 2쇄 펴낸 날 § 2015년 9월 23일

지은이 § 박신애
펴낸이 § 서경석

편집부장 § 권태완
편집책임 § 박은정
편집 § 김현미

펴낸곳 § 도서출판 청어람
등록번호 § 제387-1999-000006호
등록일자 § 1999. 5. 31
어람번호 § 제8-0037호

주소 § 경기도 부천시 원미구 부일로 483번길 40 서경B/D 3F (우) 420-822
전화 § 032-656-4452 팩스 § 032-656-4453
http://www.chungeoram.com
E-mail § chungeorambook@daum.net

ISBN 979-11-04-90067-9 04810
ISBN 979-11-04-90065-5 (세트)

날개 달린 황녀님

Winged princess

II

박신애 지음

도서출판 청람

목 차

제 *12* 화

예쉬의 편지

"흐으음……."

제5황비와 예쉬의 걱정과는 달리 평소처럼 잘 먹고, 잘 자고, 잘 놀고 있던 나는 과장 좀 보태서 수레 가득 쌓인 선물과 함께 배달되어 온 예쉬의 편지에 미간을 찌푸렸다.

"아오, 이 자식 이거 정말……."

내가 정말 마음에 안 든다는 듯 투덜거리자 옆에 있던 유모가 의아해했다.

"왜 그러세요, 아기씨?"

"음, 유모, 이 자식 아무래도 안 되겠어. 글쎄 편지를 신성문자로 쓴 거 있지? 그냥 평범한 글로 쓰면 어디가 덧난대? 이 녀석은 내가 아직 수업을 안 받고 있다는 길 뻔히 알면서……."

예쉬가 보내왔기에 혹시나 싶어 직접 펴봤더니만 첫 단어부터 나를 좌절시켰다.

투덜대며 편지를 넘기자 유모가 쿡쿡 웃으며 편지지를 펼쳐 들었다.

"그대로 읽어드릴까요?"

"응, 응."

과연 뭐라 썼을지 기대하던 나는 유모가 편지를 읽기 시작한 지 몇 초도 안 되어 입을 떠억 벌렸다.

"아카제브 제국의 위대한 수호자이시자 주인이신 황제 폐하의 정통 핏줄이자 북궁의 주인이며 사사로이는 사랑하는 동생 아사에게……."

"잠깐."

"네?"

진지한 목소리로 편지를 읽어나가던 유모가 내 제지에 고개를 들었다.

"얘도 또… 그 뭐시냐… 편지의 정석인지 뭔지에 맞춰서 쓴 거야?"

"네? 그거야 당연하지요."

황당해하는 내가 오히려 의아하다는 듯 바라보는 유모에게 나는 뭐라 말을 해야 할지 몰라 버벅거렸다.

아니, 편지의 정석을 지키는 거야 예의를 갖춰야 하는 상대한테나 하는 것이지, 친한 동생한테 보내는 안부 편지에 정석은 무슨 정석이란 말인가?

"참내, 어이없네. 원래 편지에는 그렇게 있는 거 없는 거 다 바리바리 써가며 상대를 불러야 하는 거야? 그냥 내 이름 하나 쓰면 나인 줄 뻔히 아는데… 황제의 핏줄이니 북궁의 주인이니… 있는 말이란 말은 죄다 가져다 붙였네."

"어머, 아기씨, 원래 이렇게 정식으로 편지를 보낼 때는 상대방의 좋은 점을 앞에 써주는 게 예의랍니다."

"상대방의 좋은 점? 아니, 예쉬는 아빠 이야기를 먼저 언급했잖아?"

순간 이해를 못 한 내가 고개를 갸웃거리자 유모가 좀 더 자세하게 설명하기 시작했다.

"아기씨의 가장 큰 자랑스러움은 바로 폐하의 따님이시라는 거니 그걸 제일 먼저 언급한 거지요. 핏줄이라는 건 그분의 피를 이어받았다는 뜻으로, 보통 자녀나 혈족을 의미한답니다. 그다음에는 폐하께서 하사하신 궁을 가지고 계시니 그걸 언급해 준 거구요."

'헐……'

유모의 조곤조곤한 설명을 듣고 있자니 입이 저절로 벌어졌다.

'그러니까 상대방이 자랑하고 싶어 하는 걸 먼저 언급해 주는 게 예의라는 건가?'

"잠깐, 예쉬와 나는 모르는 사이도 아니잖아? 그런데도 그런 걸 다 써야 하는 거야?"

"원래 이런 건 친한 사이일수록 잘 써줘야 하는 거랍니다."

"캑. 그럼 지금이야 내가 어리지만 만약 내가 성인이 되어 기사나 마법사가 되면 그것도 다 써줘야 해?"

"그럼요. 상대방에게 가장 큰 의미를 가지는 순서대로 써야 하는데요. 제일 먼저 그 사람의 가문이나 핏줄에 대해 언급하고, 그다음 현재의 작위나 지위, 세 번째는 그 사람의 업적을 써줘야 한답니다. 이게 가장 기본이에요."

"나 원, 아니, 그럼… 남한테야 그렇다 치고, 예쉬는 나랑 아빠가 같잖아?"

"그러니 간단히 폐하만 언급한 거죠. 정식으로 하자면 그 사람의 선대 중 유명한 사람은 다 언급해 줘야 한답니다. 많은 선대가 언급될수록 그 사람의 핏줄이 오래되고 대단한 명문가라는 뜻이니까요. 아기씨를 예를 든다면… 아카제브 제국을 세우신 초대 황제 폐하를 비롯해서 역대 황제 폐하 중 위대하신 업적을 남기신 분 중 두세 분을 언급하시고 현 황제 폐하를 언급하시는 거죠. 거기다 더해서 외가 쪽도 언급하셔야 하구요."

"으에……."

"이건 편지를 쓰는 사람이 받는 사람에게 '내가 당신에게 지대한 관심을 가지고 있습니다'라는 걸 표현하는 거예요. 그러니 많이 쓰면 쓸수록 좋은 거죠."

"으헐……."

그다음 내용들도 이런 식이라면 이대로 듣다가는 편지를 다 읽을 즈음에는 몸이 오글거리다 못해 지칠 거 같아 나는 직역을 하겠다는 유모를 말린 채 최대한 내용만 간단히 말해 달라고 부탁했다.

"그러니까 지금… 그 녀석은 아빠한테 벌로 2개월간 외출 금지를 당한 거고, 혹시 나도 그런 벌을 받고 있는 건 아닌지 걱정된다, 이거 맞지?"

예쉬는 원래 북궁에 출입 금지당한 것까지 썼지만 나에게 보내기 직전 그 편지를 본 백작과 황비가 황급히 그 부분을 지우게 한 덕분에 그 사실을 모르는 나는 예쉬가 받는 벌을 대수롭지 않게 여겼다.

그냥 단순히 애들끼리 싸워서 아버지가 외출 금지 좀 시켰는갑다, 라고 생각했을 뿐.

애들이 싸운 거 가지고 두 달씩이나 외출을 금지시킨 건 좀 과한 거 같지만 그 진짜 촌스런 다홍색 재킷 녀석이랑 초록색 재킷 녀석은 확실하게 혼나야 했다. 여럿이서 한 애를 괴롭히는 것도 문제지만 그 괴롭힘에 사용하려고 위험한 활까지 동원했으니 말이다.

거기다 내가 대들었다고 나한테도 활을 쏘려고 했다. 만약 제때 내 저택 경호원들이 안 왔다면 그 후에 어떤 일을 당했을지 상상이 안 간다.

뭐, 나 또한 쉽게 당해주지는 않았겠지만.

'흥, 그놈은 단순히 외출 금지 정도 가지고는 안 되는데. 쪼그만 게 벌써부터 발랑 까져 가지고는……. 도대체 그놈 교육을 시킨 게 누군지 얼굴 좀 보고 싶다니까.'

며칠 전의 일을 떠올리며 혀를 끌끌 차던 나는 유모의 목소리에 다시 현실로 돌아왔다.

"그렇게 쓰셨네요."

"아니, 이 간단한 내용을 도대체 몇 줄에 걸쳐 쓴 거야? 그렇게 늘려 쓰는 것도 힘들었겠다."

유모에게 다시 돌려받은 편지는 장장 세 장에 걸쳐 쓰여 있었다. 그것도 세 장 다 빽빽하게 채워서.

처음에 받았을 때는 참 반가웠던 존재건만 지금은 나중에 나도 저렇게 써야 한다고 생각하니 결코 반갑지가 않았다.

아마 예쉬가 저 편지와 함께 선물을 보내지 않았다면, 그 선물이 제법 마음에 들지 않았다면 당장에 저 편지 그대로 예쉬에게 돌려보내라고 했을 거다.

하지만 마음에 안 드는 편지와는 달리 선물은 제법 마음에 들었기에 나는 답장을 써주기로 마음먹었다.

단, 곧바로 쓰지는 않고 저녁때까지 기다렸다가 저녁을 같이 먹기 위하여 저택을 방문한 아버지에게 먼저 그것을 보여 줬다.

내가 건네준 예쉬의 편지를 대충 훑어본 아버지가 못마땅한지 눈살을 살짝 찌푸렸다.

그 모습을 보고 생각한 건데, 아버지나 예쉬에게는 내가 나이를 먹을 만큼 먹었다는 게 참 다행스러운 일이다 싶다.

만약 내가 정말 세 살짜리 여자애였다면 앞뒤 상황이나 아버지의 입장 같은 건 전혀 고려하지 않고 단지 예쉬를 못 만나게 되었다는 것 하나에 서운해하며 무조건 아버지한테 떼를 썼을지도 모른다.

그러면 아버지는 난감할 거고, 그로 인해 기분이 나빠진 아버지가 예쉬에게 괘씸죄를 적용할지도 모르는 일 아닌가?

그럼 예쉬는 억울하게 덤터기를 쓰게 되고.

'하나 난 앞뒤를 다 따져 볼 수 있는 성인이니 그러지 않는다는 게 얼마나 다행이야?'

속으로 자화자찬을 하며 나는 느긋하게 카카오 모카 피칸 파이 한 조각을 덥석 입에 넣었다.

'음~ 이 맛이야.'

오독오독 씹히는 견과류 사이로 부드럽고 달콤한 맛이 퍼져 입안을 황홀하게 만들었다.

얼른 입안에 있는 것을 넘기고 다시 한입 먹으려는데 강렬한 시선이 느껴졌다. 눈동자만 또르르 굴려 보니 아버지가 의아하다는 시선으로 나를 빤히 바라보고 있는 거다.

이렇게 잘 먹는 게 아주 흐뭇하다는 듯 바라보던 평소와는 다른 시선이기에 나도 의문 어린 시선으로 아버지를 마주 봤다.

"왜? 아빠도 한 입 줘?"

아버지 앞에는 파이 대신 향만 좋고 맛은 씁쓸한 허브 차 한 잔만 놓여 있던 터라 내가 들고 있던 파이 조각을 가리키며 묻자 아버지가 고개를 저어 보였다.

"음, 아사?"

"웅?"

아버지가 사양한 파이를 얼른 입안에 넣는 바람에 발음이 부정확하게 나왔지만 파이를 물고 있는 내 모습에 헤벌쭉해지는 아버지 표정을 보니 아무래도 상관없을 것 같다.

"파이가 맘에 드나 보구나. 흠, 아니, 뭐… 그건 그렇고, 예쉬가 벌을 받아서 놀라거나 서운해할 줄 알았는데 괜찮니? 그런 거 가지고 아빠 미워하는 건 아니지?"

아버지 딴에는 꽤 마음에 걸렸던지 제법 진지한 표정으로 물어오기에 나는 파이를 얼른 씹어 삼키고는 대수롭지 않은 어조로 대답해 줬다. 내가 대단찮게 생각하고 있다는 걸 알면 아버지가 안심할 테니까.

"그걸 가지고 왜? 혼날 만하면 혼나야지. 설마 아빠가 괜히 예쉬한테 벌을 줬을까. 괜찮아, 괜찮아. 아, 그리고 설사 그게 아니라고 해도 난 예쉬보다 아빠가 더 좋거든. 혹시 예쉬랑 싸우게 되면 난 무조건 아빠 편 들어줄게."

내 말에 아버지의 표정에 감동의 물결이 넘쳤다.

'역시 내가 성인인 게 다행이라니까.'

그 모습을 흐뭇하게 바라보며 다시 파이를 집으려고 했는데, 아뿔싸, 방금 전에 먹은 게 마지막 조각이었다.

슬픈 표정으로 빈 접시를 바라보다 유모를 힐끗 보니 유모가 엄한 표정으로 고개를 저어 보인다.

그러나 다른 때면 몰라도 지금은 든든한 언덕이 있었으니.

나는 속으로는 음흉한 웃음을 지으며, 그러나 겉으로는 어디까지나 천진난만한 척 두 눈을 빛내며 아버지를 바라봤다.

"그런 의미에서 아빠, 아빠 딸이 파이 한 조각 더 먹고 싶은데?"

과연 아버지는 싱글벙글 웃으며 가뿐하게 '콜~!' 을 외쳤다.

"오냐, 오냐, 우리 딸이 원하는 건데 뭔들 못 들어줄까? 먹고 싶은 거 다 먹으렴."

"우후후후~ 그렇다는데, 유모? 아, 우유도 한 잔 더 줘."

"아기씨이~ 폐하, 절대 아니 되십니다. 이미 드린 파이도 평소보다 큰 조각이었습니다."

"괜찮네, 괜찮아. 우리 딸이 그 정도쯤이야 얼마든지 소화할 수 있을걸. 안 그러냐, 아사?"

흐물흐물한 표정으로 날 바라보기에 나도 씨익 웃으며 기꺼이 고개를 끄덕여 줬다.

"그러엄~ 이 정도는 거뜬해. 아직 배 안 찼어."

"그것 보게나. 그러니 조금만 더 주도록 해."

아버지의 명에 유모는 안타까운 표정으로 내 앞의 빈자리를 바라봤다.

하필이면 오늘 항상 유모 편을 들어주던 나이젤 아저씨가 불참했던 것이다.

"그럼 딱 반 조각만 더 드리겠습니다. 이게 정말 마지막입니다, 아기씨?"

그다음에는 자신의 목에 칼이 들어와도 반대하겠다는 결사적인 표정으로 말하기에 나도 그쯤에서 양보해 줬다.

기회가 좋아도 적당히 밀어붙여야지 너무 밀어붙이면 다음에 또 써먹기 힘드니까.

"알았어, 알았어. 오늘은 그걸로 만족할게."

'역시 이 몸은 너무 좋다니까~'

한국에 있었다면 저녁에 파이를 먹을 기회가 있어도 칼로리와 다음 날 몸무게를 생각해서 억지로 참았을 텐데 말이다.

'물론… 배탈은 좀 걱정해야 하지만 살찔 염려에 비한다면

야 새 발의 피지.'

그런 생각에 기분 좋게 웃어대던 나는 마찬가지로 헤벌쭉한 표정으로 날 바라보던 아버지를 향해 입을 열었다.

"아, 근데 아빠, 편지라는 거 원래 그렇게 기~ 일게 써야 하는 거야? 별거 아닌 이야기를 너무나 길게 늘여놔서 읽는 데 짜증 났어. 만약 예쉬 녀석이 선물이랑 같이 안 보냈다면 이따위 편지 당장에 돌려보냈을 거야."

"오호, 선물도 보내줬어?"

"응, 뭐… 옷감이랑 장신구는 아빠가 많이 주니까 별로 필요는 없는데, 이번에 보내온 선물이 독특하면서도 예쁘더라고. 아, 그런데 내가 말하고 싶은 건… 그래서 이거 그냥 받아도 되는 거 맞아? 벌 받는 애는 편지도 못 쓰는 건지, 아니면 벌 받는 중에도 편지는 써도 되는 건지 궁금해서."

원래 이게 목적이기는 했다.

어차피 내가 편지를 받았다는 건 유모나 다른 사람들이 벌써 아버지한테 말했을 거다.

아마도 처음에 예쉬의 편지가 저택에 도착하자마자 유모나 프레스턴 경 선에 머물면서 먼저 아버지한테 보고가 되었다가 허락이 떨어져서 나한테까지 올 수 있었던 걸 테지.

내가 북궁의 주인이라고 해봤자 아직 세 살밖에 안 된 꼬맹이. 사람들이 이런 애한테 먼저 보고하고 결정하게 할 리가 없었다.

그러니 내가 지금에 와서 하는 건 일명 눈 가리고 아웅 하며 쐐기 박기라고나 할까? 아버지가 알고 있을 걸 뻔히 예측

하면서 그냥 모르는 척 예쉬의 편지를 보여주고 허락을 구하는 거였다.

그래야 나도 당당하게 예쉬의 편지를─특히나 선물을─받거나 답장을 보내거나 하지.

"음, 원래는 안 되는 건데…….."

"헛, 안 되는 거야?"

아버지가 짐짓 곤란하다는 표정을 지으며 뜸 들이기 시작하자 나도 놀라는 척하며 아버지를 바라봤다.

'아아, 나 왠지 배우로 나갔어도 될 거 같아.'

"그럼… 이 편지랑 선물 그냥 다 돌려보내야 돼?"

"왜? 그 편지를 가지고 싶어?"

"편지는 돌려보내도 되는데 선물은 가지고 싶어. 선물 중에 예쁜 목걸이랑 팔찌 세트를 봤거든."

내가 받은 선물 목록 중 가느다란 금줄 여러 가닥을 꼬아 만든 목걸이와 팔찌가 있었다.

그 목걸이와 팔찌 중간중간에는 예쁘게 세공을 한 작은 소라 껍데기들과 사파이어, 에메랄드, 자수정 등등 색색의 보석들이 엮여 있었다. 스타일이 꽤 마음에 들어 다른 건 몰라도 그건 좀 가지고 싶었다.

"우리 아샤가 가지고 싶다면 당연히 가져야지. 그럼 원래는 안 되는데 다른 사람들 모르게 몰래 주고받는 건 허락하마."

'이 아버지 참, 애 교육을 어떻게 시키는 거야? 이러다 딸이 이기적인 애가 되면 어쩌려고. 이거, 이거, 그 촌스런 다홍색 재킷 녀석 교육 담당자들만 뭐라 할 게 아닌데?'

진짜 내가 성인인 게 참 다행이라고 다시 한 번 생각하면서 겉으로는 활짝 웃어줬다.

"우와, 진짜지? 아빠 최고!"

"그렇지? 아빠가 최고지?"

헤벌쭉해서 나를 안고 비벼대는 아버지의 품속에서 나는 남몰래 길게 한숨을 내쉬었다. 한국에서는 별로 안 그랬는데, 어쩌 여기 와서는 툭하면 아양을 떨고 있는 모습이라니⋯ 이러다 버릇될까 좀 걱정이다.

'그래도 잘 먹히니까 써먹는 맛은 있네.'

항상 그렇듯 폐하께서는 아기씨가 완전히 잠이 들고 나서야 자리에서 일어나셨다.

폐하께서 아기씨의 침실을 나오시자 대기하고 있던 카버 시종장이 뒤를 따랐고, 프레스턴 경과 나는 배웅하기 위해 그 뒤에 붙었다.

"제법 귀여운 짓을 했어. 선물과 편지라⋯⋯. 하기야 크레스포 백작이라면 5황비궁과 아사의 연결 끈을 절대로 놓치고 싶지 않겠지."

몇 걸음 걸어가지 않아 폐하께서 입을 열기 시작하셨다.

이건 생각을 정리하실 때 보이는 폐하의 습관 중 하나로, 폐하의 측근들만 볼 수 있는 모습이었다.

생각을 정리하시는 중간중간 명을 내리기도 하셨기에 뒤를 따르던 우리 셋은 바짝 긴장한 채 귀에 온 신경을 집중시켰다.

폐하의 목소리에 같잖다는 기색은 있어도 노한 기운은 없는 걸로 보아 5황비 측의 행동이 폐하의 심기를 크게 거스르지는 않은 듯하다.

하기야 크레스포 백작은 눈치가 빠르고 적정선을 지킬 줄 아는 자였다. 상인답게 자신의 이익을 최대한 추구하기는 했지만 현명하게 넘지 말아야 할 선은 절대적으로 지키는 자라고나 할까?

그런 자였기에 충성을 맹세하지 않았음에도 불구하고 폐하께서 곁에 두시고 딸을 황비로까지 맞이해 백작에게 힘을 실어주신 거겠지만.

"5황비궁과의 연락은 막지 말도록 해. 보고는 계속하고."

"알겠습니다."

프레스턴 경이 즉각 대답했다.

"그리고⋯ 5황자는 3개월 후 출입을 허락해 주도록 해. 이번이 마지막 기회라는 걸 명심하게 하고."

"명 받듭니다."

이번에 대답한 건 카버 시종장.

"좋아, 그럼 보고할 건?"

그에 프레스턴 경과 내가 번갈아가며 각자 맡았던 일들에 대해 아뢰기 시작했다.

오늘은 프레스턴 경이나 나나 특별한 일이 없었기에 우리도 폐하의 심기를 거스르는 일 없이 보고를 끝낼 수 있었다.

프레스턴 경 다음으로 시작한 내가 보고를 끝냈을 즈음, 일행은 저택 내에 있는 비밀의 방문 앞에 도착해 있었다.

우리의 보고가 만족스러우신 듯 폐하께서 가벼이 고개를

끄덕이자 나는 속으로 안도의 한숨을 내쉬며 프레스턴 경과 함께 거기서 걸음을 멈추고 허리를 깊이 숙였다.

우리는 아직 레벨이 높지 않아 올 수 있는 곳이 여기까지였던 것이다.

폐하와 카버 시종장이 열린 문 안으로 들어간 후 방문이 닫히고 나서야 우리 둘은 허리를 펼 수 있었다.

"후우……."

긴장하고 있었던 건 프레스턴 경도 마찬가지였는지 작게 안도의 한숨을 내쉬던 그가 내 시선에 머쓱하게 웃어 보였다.

"항상 그렇지만 역시 폐하 앞에 서는 건 두렵군요."

목까지 올라오는 재킷의 깃을 매만지며 프레스턴 경이 푸념 아닌 푸념을 했다.

그의 심정을 백분 이해할 수 있었기에 나는 동의한다는 의미로 고개를 끄덕였다.

"우리 아기씨는 폐하께서 저렇게 냉정하고 무서운 분이라는 걸 꿈에도 모르실 거예요."

"허, 난 폐하께서 웃으실 수도 있고 다정하게 대하실 수도 있다는 게 아직까지도 믿겨지질 않는걸요. 하기야 뭐, 아기씨께서 웃으시는 거 보면 이해가 가긴 하지만……."

아기씨의 귀여운 모습을 떠올리기라도 하는지 프레스턴 경의 표정이 아까의 폐하 못지않게 흐물흐물해졌다.

확실히 하레츠 님의 피를 이어받아 그런지 아기씨의 외모가 무척 귀엽고 깜찍해서 저택 내의 사람들은 그분이 웃기라도 하면 다들 흐물흐물해져서 넘어가기 일쑤였다.

아기씨의 유모로서 그런 모습을 보면 정말 뿌듯하긴 하지만 우리 아기씨는 그냥 귀엽고 깜찍하기만 하신 게 아니라 영악하시기까지 하니 마냥 좋아할 수가 없었다.

이런 아기씨에 대한 교육을 어떻게 진행해야 할지 벌써부터 걱정이 되었던 것이다.

사정 모르는 사람들이야 몇 년 뒤에나 시작할 걸 뭘 벌써부터 사서 고민하느냐고 하겠지만, 내 입장이 된다면 그런 소리는 쏙 들어갈 거다.

몇 년 뒤? 벌써부터 글을 익혀 혼자 책을 읽고 글을 쓰기까지 하시는 분이다.

'생각 같아서는 당장에 교육을 시작해야 하는 게 아닌지 고민되는데 몇 년 뒤는 무슨⋯⋯.'

그렇지 않아도 폐하부터 시작해 다들 아기씨한테는 너무 무른데, 아기씨는 그걸 너무나 잘 알아서 이용하고 계시니⋯⋯.

이러다가는 나중에 아기씨가 공부하기 싫다고 해도 폐하께서 '오냐, 오냐, 맘대로 해라~'라고 하실까 봐 걱정된다.

상상만으로도 암담해지는 생각에 나는 속에서부터 우러나오는 한숨을 내쉬며 입을 열었다.

"후우, 폐하도 그러시고 다들 아기씨께 물러서 큰일입니다. 이러다가 아기씨가 자기만 아는 이기적인 사람이 되는 건 아닌지⋯⋯."

솔직히 제일 걱정되는 건 바로 그거였다.

귀족 세계에서 모든 이에게 떠받들려 큰 탓에 시야가 좁고 이기적인 사람이 돼버리는 일은 드문 일이 아니었으니까.

그런데 다른 사람들은 내 이런 걱정을 기우로만 여기는 거였다.

바로 이 프레스턴 경처럼 말이다.

"에이, 설마⋯⋯. 우리 아기씨는 절대 그럴 분이 아니시지 않습니까?"

'아아~ 내가 이래서 늙는다니까~'

가슴속 기~ 잎은 곳에서 우러나오는 한숨을 참으며 나는 침착한 목소리로 반박했다.

"그렇지가 않다니까요. 딴 건 그럴 수 있다 쳐도 이번 5황자의 편지 건을 보세요."

"음, 저는 그 자리에 있지 않아서 잘은 모르겠습니다만 솔직히 아까 폐하께서 5황자의 출입 금지령을 풀어주신 거 보고 꽤 놀랐습니다. 아기씨께서 조르기라도 하셨나 봅니다?"

"아니요. 전혀요. 사실 저도 아기씨가 그냥 폐하께 5황자님 오게 해달라고 조를까 봐 얼마나 조마조마했는지 몰라요. 한데 아기씨가 글쎄, 폐하께서 하는 일은 무조건 편들겠다고 괜찮다고 하시더라니까요. 폐하께서 할 만하니까 그러셨을 거라고 하면서. 이게 정말 세 살짜리 아이가 할 수 있는 말인가요? 덕분에 폐하께서 기분이 좋아지셔서 오히려 출입 금지까지 풀어주신 거죠."

"우와~ 아기씨가 진짜로 그랬단 말입니까? 허어."

프레스턴 경이 정말 감탄했다는 듯 중얼거렸다.

하기야 자신도 아까 직접 보면서도 아기씨가 이제 세 살이 되었다는 걸 믿기 힘들었다.

만약 그때 아기씨가 폐하의 편을 든다고 하는 대신 5황자님을 보고 싶다고 떼를 썼으면 오히려 5황자님을 다시 보기 힘들었을 거라는 걸 알고 계셨을까?

하지만 곧 나는 내가 너무 앞서갔다 생각하며 고개를 흔들었다.

"아기씨께서 얼마나 영악하신지……. 요즘 애들이 우리 때에 비해 똑똑하다, 영악하다 말은 들었지만 설마 모든 애가 그 정도인 건 아니겠지요?"

"음, 뭐, 아기씨는 보통 애들과는 다르니까요."

"아, 그렇기야 하지만……. 그런데 조인족이 그렇게 머리가 좋았던가요?"

내 말에 프레스턴 경도 고개를 갸웃거렸다.

"어? 그, 글쎄요. 솔직히 수인족이 현명하다는 이야기는 못 들어본 것 같기도 하고……. 하지만 제가 또 그에 대해 잘 아는 건 아니라서요. 거참, 폐하의 피를 진하게 물려받으셔서 그런가?"

조인족이라고 딱 꼬집어 이야기하면 아무래도 하레츠 님과 아기씨께 불경을 저지르는 것 같았던지 프레스턴 경은 슬며시 수인족이라고 말을 바꿨다.

하지만 아기씨가 아니라 하레츠 님을 봐도 수인족 모두가 성격이 급하고 단순하다고 생각할 수는 없을 것 같다.

하레츠 님만큼 냉철하고 고고하고 우아하신 분은 인간 중에서도 보기 드물었으니까.

"음, 뭐가 어쨌든 확실히 우리 아기씨는 다른 황자님이나 황녀님들에 비해 똑똑하신 거 같습니다."

프레스턴 경은 정말 자랑스럽다는 표정으로 말을 마무리했다.

자신이 벌써부터 짊어지고 있는 걱정은 전혀 없는 밝은 표정을 보자니 왠지 억울하다.

프레스턴 경이나 자신이나 아기씨가 알 속에 계실 때부터 신변을 같이 보호하며 지켜봐 왔건만 미래를 생각하는 건 왜 이리 다른지 모르겠다.

이게 남자와 여자의 차이인 걸까?

어쩌면 하레츠 님도 폐하를 보시면 이런 생각을 하실지도.

'나중에 하레츠 님이 오시면 진지하게 말씀드려 봐야겠어. 그전까지는 나라도 정신 똑바로 차려야지.'

제 13 화

이게 향수병? 에이, 설마…

아버지한테 확실하게 확답을 받은 이상 거리낄 게 없어진 나는 그다음 날 아침을 먹자마자 날기 연습하는 것도 미루고 예쉬에게 답장을 썼다.

물론 어제 예쉬가 보낸 그 장황하고 엄청나게 긴 형식을 그대로 따르지는 않았다. 아무리 그게 예의라고 해도 난 아직 예의를 배우지 않은 꼬맹이였으니까.

게다가 그놈의 신성문자도 모르고.

그래도 나름 정성을 담아 쓰고 나서―물론 내가 유일하게 배운 제국 공용어로―보내라고 유모에게 건네주자, 그녀는 내가 쓴 편지를 보더니 당혹해했다.

"아, 아기씨, 정말 이대로 보내도 될까요?"

"뭐가 어때서? 내가 쓰고 싶은 말은 다 썼어."

유모가 정말이냐는 시선으로 편지를 내밀었지만 다시 봐도 쓰고 싶은 말은 다 썼다.

예쉬에게.

잘 지버지?

에헴, 이건 버가 최초로 직접 쓰는 편지다.

그러니 영광으로 알도록.

선물 잘 받았다. 그거 사다 주신 네 외할아버지께도 고맙다고 전해드려.

당분간 네가 외출을 못 하니 못 만나겠지만 아빠가 그래도 편지는 주고받아도 괜찮다고 하셨어.

그나마 다행이지?

그러니 얌전히 벌 잘 받으면서 수업도 잘 듣고 있도록 해.

반성도 하고. 우헤헤헤헤〜

그럼 잘 있어라.

ps. 편지는 좀 간단하게 써라. 쓸데없이 긴 거 읽느라 고생했다.

이 얼마나 깔끔하고 간단한 편지란 말이냐. 다시 봐도 정말 감탄스러웠다.

글씨가 아직은 좀 많이 삐뚤빼뚤했지만 그렇다고 못 알아볼 정도는 아니었으니 처음 쓰는 편지치고 이 정도면 잘 쓴 거다 싶었다.

"아니, 그래도 아기씨, 신성문자는… 아직 안 배우셨으니까 그렇다 쳐도, 예의상 폐하의 핏줄이심과 크레스포 백작 집안에 대해서는 언급하셔야지요."

신성문자를 언급할 때 내 눈초리가 심상치 않았던지 얼른 유모가 다른 부분을 지적했다.

그래 봤자 그것도 수긍하지 못했지만 말이다.

"내가 지금 황자한테 상소문 올려? 그냥 친한 애한테 안부 묻는 거잖아. '예쉬에게' 면 됐지."

"그, 그러면 안부 인사라도⋯⋯."

유모는 아마도 예쉬 녀석이 써온 대로 그 따스한 햇빛이 어쩌고저쩌고, 부드러운 바람이 살랑살랑, 주절주절, 요렇게 써야 한다고 말하는 거 같다.

그러나 내가 단호하게 쳐다보자 그 말은 꿀꺽 넘기고 다른 부분을 손가락으로 짚었다.

"이건 뭐라고 쓰신 건가요?"

"우헤헤헤~? 아, 이건 내가 웃었다는 뜻이야."

"그, 그러니까⋯ 그런 말을 편지에 왜⋯⋯?"

"내가 웃었다는 걸 알려주려고. 내가 웃으면서 쓴 걸 알면 예쉬 녀석도 기분 좋겠지."

"음, 그러니까⋯ 편지에 이런 걸 쓰는 건 제가 한 번도 못 봐서요."

유모는 내가 맘 상해하지 않도록 말을 고르며 날 가르치려고 애썼지만 난 그녀의 노력을 물거품으로 만들었다.

"내가 쓰고 싶으면 쓰는 거지. 쓰면 좀 어때?"

지우고 싶은 기색이 역력한 유모의 말에 나는 절대로 그럴 수 없다는 어조로 맞섰다.

그러자 유모가 한숨을 내쉬며 입을 열었다.

"저기… 제가 편지 쓰는 법을 가르쳐 드릴 테니 다시 쓰시는 건 어떨까요?"

"아니, 그대로 보내. 고칠 것 하나도 없다고 봐. 게다가 애한테 뭘 바라는 거야? 무조건 그대로 보내."

단호하게 말하며 유모를 쳐다보자 그녀가 어쩔 수 없다는 기색을 노골적으로 드러내며—내가 말을 번복하길 종용하는 거였지만 난 꿈쩍도 안 했다—움직였다.

내가 보는 앞에서 고이 접어 봉투에 넣고 촛농을 녹여 봉한 뒤 그 위에 인장을 찍었던 것.

그녀의 모습을 만족스레 바라보던 나는 이 편지를 받아 든 예쉬가 과연 어떤 표정을 지을까 상상하며 키득거렸다.

당분간 예쉬의 모습을 보지 못하는 것은 물론 어떤 연락도 취하지 못할 거라 생각했는데 그나마 편지라도 주고받을 수 있게 되어서 기분이 좋았다.

예쉬가 벌을 받게 되었다고 해서 아버지를 원망하는 건 아니었지만, 그래도 항상 보던 애를 못 보게 된 건 조금 아쉽긴 했다.

한데 생각지 못한 새로운 장난감을 얻게 된 느낌이랄까?

조금 있던 아쉬운 감정은 깨끗이 사라지고 외려 내 답장을 받은 예쉬가 과연 뭐라고 써서 보낼지 기대가 됐다.

그랬으니 나는 매일 하는 날기 연습을 하러 나섰을 때만 해도 평소와 다름없이 가벼운 마음이었다.

아니, 그날따라 초여름의 화창한 날씨 덕분에 눈이 시릴 정도로 새파란 하늘을 보자니 더욱 기분이 좋았다.

이런 날은 역시 한 바퀴 돌아줘야 한다고 생각하며 가벼운 스트레칭으로 근육을 풀고 베란다의 내 전용 이착륙장에 올라서서 상쾌한 공기를 깊숙이 들이마셨다.

"아자~!"

힘찬 기합과 함께 허공으로 몸을 던지며 날개를 활짝 펴자 언제나 그래왔듯 강한 바람이 내 날개를 받쳐 주며 나를 하늘 높이 밀어 올렸다.

"히야아~!"

벌써 일 년이 넘는 시간 동안 거의 매일 하는 데도 하늘로 솟구쳐 오를 때마다 느껴지는 짜릿함은 여전했다.

먼저 가볍게 몸 풀기로 저택 주위와 숲 위를 두어 바퀴 돌고 난 뒤 나는 평소 하던 대로 장애물 날기 연습(?)을 하기 위해 숲 속으로 들어갔다.

장애물 연습을 할 때는 숲을 드나들거나 방향을 전환하기 수월할 정도의 넓은 공간을 먼저 확인해 두는 습관이 있었기에 그날도 습관대로 주변을 두리번거리고 있던 난 우연히 숲을 가로질러 일직선으로 쭈우욱 나 있는 길을 발견했다.

'오옷, 제법 괜찮은 곳 발견.'

이렇게 뻥 뚫려 있는 공간을 그동안 어떻게 모를 수 있었나 싶다.

앞으로 자주 애용해 주리라 마음먹으며 그곳에 다가간 순간, 나는 나도 모르게 땅에 내려서는 한참 동안이나 멍하니 그 광경을 바라보고만 있었다.

길을 따라 양옆으로 쭈우욱 서 있는 키 큰 나무들은 마치 버드나무처럼 나뭇가지를 아래로 추욱 늘어뜨리고 있었고, 그 늘어뜨린 가지가지마다 무성한 푸른 잎사귀는 물론이거니와 마치 솜털처럼 뽀송뽀송해 보이는 새하얀 꽃이 가득가득 달려 있었다.

그것도 한두 나무가 아니라 내 앞뒤로 길을 따라 서 있는 모든 나무가 같은 모습으로 쭈우욱 늘어서 있는데, 그 모습이 정말 장관이었다.

때마침 바람이 한번 쏴아 하고 불자 아래로 늘어진 나뭇가지들이 부드럽게 흔들리며 그 사이사이로 오늘따라 화창한 햇빛이 흘러내리는데… 환상의 세계가 바로 이런 곳인가 싶을 정도로 정말 신비하고 아름다웠다.

'으아아~ 디카! 지금 당장 디카가 필요해!'

당장에라도 이 멋진 모습을 찍고 싶어 손가락이 꿈틀거렸다.

하지만 내 손엔 디지털카메라는커녕 하다못해 항상 들고 다니던 핸드폰도 없는 거다.

'아오~ 왜 하필 이럴 때 아무것도 없는 거냐고오~ 이 세계에는 카메라도 없단 말이냐!'

아쉬움에 발을 동동 구르며 아무것도 없는 손을 안타깝게 내려다보는데, 문득 이 텅 비어 있는 손이 어쩐지 지금의 내 처지 같다는 생각이 들었다.

정말 뜬금없이, 잘 있다가 갑자기 툭하고 떠오른 생각이었는데, 이 순간적인 생각이 내 마음속 깊은 곳 어딘가를 푹 찔렀던 모양이다.

"아……."

뭔가 먹먹한 느낌에 멍하니 손바닥만 바라보고 있던 난 문득 고개를 들어 주위를 바라보았다.

이 끝에서부터 저 끝까지 쭈욱 나 있는 길 위에는 인적은커녕 오늘따라 흔히 보이던 다람쥐나 청설모조차 보이지 않았다.

늘상 들리던 새소리조차 없는 적막한 길 위에 오로지 나 혼자만 덩그러니 서 있었다.

"아……."

마치 시간마저 멈춘 듯한 이 적막한 공간에 홀로 고립되어 있는 것만 같아 나는 모르게 입을 열어 소리를 흘려냈다.

그런데 그 순간, 불현듯이 스스로가 너무 고독하게 느껴지는 것이었다.

참 웃긴 일이다.

당장에라도 이 숲만 벗어나면 오늘도 내 걱정에 한숨을 내쉬는 유모를 비롯하여 많은 사람이 기다리고 있는 내 저택이 있고, 저녁만 되면 헤벌쭉한 얼굴로 달려와 비벼대는 아버지가 있는데도 그 모든 사람이 나와는 전혀 관련이 없는 이들처럼 느껴졌다.

"뭐냐……."

꼭 저택과 나 사이에 투명하고 아주 단단한 막이라도 쳐져서 나만 따로 분리된 것 같았다.

당장에라도 저택을 향해 달려가고 싶었다. 저택으로 가서 폭포수 같은 사랑을 쏟아주는 아버지의 얼굴을 보고 확인하고 싶었다.

하지만 정말 갔다가 날 이 세계에서 분리하는 막과 맞닥뜨릴까 무서워서, 그쪽으로 갈 수 없다는 걸 깨닫고 절망할까 두려워서 나는 계속 그 자리에 못 박혀 서 있었다.

초여름의 따가울 정도의 햇볕이 내리쬐고 따뜻한 공기가 내 주위를 감싸고 있는데도 불구하고 내 몸속에 시린 냉기가 똬리를 틀고 있는 것마냥 춥게 느껴져 두 팔로 몸을 감싸 안았다.

[아, 인터넷 하고 싶다. 영화도 보고 싶고 쇼핑도 하고 싶고…….]

오랜만에 내 입에서 흘러나오는 한국말이 낯설었다.

그와 함께 별로 아쉬울 것, 그리울 것 없다고 생각했던 한국에서의 소소한 생활들이 떠오르며 진한 그리움이 피어올랐다.

다이어트 때문에 참고 또 참다가 끝내 참지 못하고 야밤에 계란 하나 탁 깨 넣어서 끓여 먹었던 라면, 비가 보슬보슬 오는 날 시장 골목을 지나갈 때 솔솔 풍겨오던 냄새에 이끌려 사버렸던 해물 파전, 친구랑 오랜만에 만나서 갔던 삼겹살 집…….

[아하하, 다 먹는 거네. 아, 진짜 먹고 싶다.]

그 외에도 대박 백화점 세일 때 쇼핑하는 거라든가, 거리를 지나가다 떨이 상품 속에서 마침 필요했던 제품을 발견한 기분이라든가…….

여기서는 경험해 볼 수 없는 것.

디카나 스마트폰처럼 여기서는 볼 수 없는 것.

오로지 나만 알고 이 세계 사람은 아무도 모르는 것.

내가 이 세상의 이질적인 존재라는 걸 너무나 잘 알게 해 주는 것.

왠지 기분이 울적할 땐 생크림을 잔뜩 얹어 엄청 달게 만든 카페모카를 한 잔 손에 들고 노천카페에 앉아 잔잔한 발라드나 오래된 팝송을 들으면 딱인데 말이다.

[가곡도 좋지. 솔로도 좋지만 중창단이나 합창단이 부르는 것도 좋고… 큭큭, '우울할 때 들을 만한 노래'라고 검색창에 쓰면 아마 여러 개가 주르르 뜰 텐데…….]

한국의 인터넷 검색창에는 없는 정보가 없었으니 말이다.

왠지 귓가에 아련하게 바이올린으로 켜는 'Shenandoah' 음악 소리가 들리는 것만 같아 가만히 귀를 기울이고 있던 나는 슬그머니 내 몸을 휘감아오는 감정에 휩쓸려 나도 모르게 불쑥 말을 내뱉었다.

[나… 진짜 여기 왜 있는 거지? 나 지금 뭐 하고 있는 거냐. 난… 뭘 해야 하는 거지?]

그 순간 그동안 휴가를 즐기는 양 태평했던 마음은 사라져 버리고 뜬금없이 내 존재에 대한 의문만이 머릿속을 가득 채웠다.

내 입장에서도 너무나 갑작스러운 일이었던 터라 나 또한 해일처럼 밀려오는 감정에 휩쓸려 하염없이 넋 놓고 그 자리에 서 있었다.

저택 경호원들이 날 찾으러 올 때까지 말이다.

"아기씨? 여기서 뭐 하고 계세요?"

"응?"

멍한 머리로 하염없이 서 있던 어느 순간, 귀를 뚫고 들려오는 음성에 무심코 고개를 돌렸더니 한센이 무척 놀란 표정으로 날 바라보고 있었다.

"아기씨, 어디 아프세요? 무슨 일 있으셨어요?"

이제는 익숙한 언어가 순간적으로 낯설게 느껴져 나는 무슨 말인지 이해하지 못한 채 멍하니 바라보기만 했다.

"으응?"

그와 함께 눈앞의 한센조차 모르는 사람처럼 느껴져 내가 이 사람을 알았나… 고심하고 있는데, 그게 이상했던지 한센이 다급히 누군가를 불러댔다.

뭐, 다행히 그때 즈음 한센을 기억해 낼 수 있어서 '누구세요?'라고 묻는 일은 일어나지 않았다.

"대장님! 대장님, 여깁니다! 빨리 좀 와보십쇼!"

"무슨 일인가?"

한센의 부름에 응답하며 나타난 이는 우리 저택 경호팀 팀장을 맡고 있는 프레스턴 경.

"아기씨께서 이상하십니다."

한센의 말에 그는 날아내리듯 내 앞으로 달려와 한쪽 무릎을 꿇고 나와 눈을 마주쳤다.

"무슨 일이 있으셨습니까?"

"어? 별일 없는데?"

한센을 기억해 내자 그 뒤로는 곧바로 언어도 익숙해졌고 다른 사람들도 연이어 기억해 냈기에 나는 프레스턴 경에게는 평소처럼 이야기할 수 있었다.

한데 다른 사람들 눈에는 내가 평소와 확연히 달라 보였나 보다.

그래도 프레스턴 경은 한센처럼 호들갑을 떠는 대신 차분한 시선으로 날 바라보더니 부드럽게 웃으며 고개를 끄덕였다.

"알겠습니다. 별일 없으셨다니 다행입니다. 자자, 업히세요. 저택으로 뫼시겠습니다."

몸을 돌려 등을 대는 그에게 순순히 업히면서도 나는 의아함에 물었다.

"근데 왜 온 거야?"

"하하하, 그게… 아기씨가 안 보이신다고 유모가 안달복달해서 말이지요. 유모가 안달하면 누구도 견디지 못한다는 거 아시지 않습니까?"

"아오~ 유모도 참. 그냥 멋진 곳이 보이기에 산책 좀 한 거 가지고."

내 말에 프레스턴 경이 주변을 둘러보더니 내가 왜 여기 있었는지 이해한다는 듯 고개를 끄덕였다.

"이 길 참 멋지지요? 저도 여기 올 때마다 감탄하곤 한답니다."

"응응, 한눈에 반해서 나는 것도 잊어버리고 구경하고 있었다니까."

그렇게 소소한 대화를 나누며 저택으로 돌아오자마자 기다리고 있던 유모가 득달같이 달려왔다.

"아기씨이~ 어떻게 되신 거예요? 무슨 일 있으신 건 아니죠?"

"아오~ 유모오~ 내가 무슨 애야? 산책 좀 한 거 가지고."

내가 투덜거리자 유모가 곱게 눈을 흘겼다.

"제가 얼마나 놀랐는지 아세요?"

그걸 시작으로 잔소리를 날리려던 유모가 내 표정을 보더니 고개를 갸웃한다.

"그런데… 정말 별일 없으신 거죠? 왜 이렇게 힘이 없으세요?"

"내가 뭐 어떻게 보이는데?"

평소처럼 한 거 같은데 아까의 프레스턴 경처럼 유모도 뭔가 이상함을 느낀 모양이다.

슬며시 내 목에 손을 대어 열을 재보면서 내 뒤에 서 있던 프레스턴 경과 뭔가 눈짓을 주고받더니만 나를 욕실로 떠밀었다.

"그러기에 밖에 오래 계시니까 그렇잖아요. 자자, 일단 씻고 나오세요. 제가 특별히 아기씨가 좋아하는 파이 준비해 놓을게요."

그런 두 사람에게 난 괜찮다고 말하려고 하다가 왠지 그것도 귀찮아져서 입을 다물고 유모가 떠미는 대로, 조앤이 이끄는 대로 욕실로 향했다.

그런데 갑자기 내 머리와 마음을 점령한, '내 존재의 이유'에 대한 고민이 생각보다 나에게 강력한 영향력을 발휘했나 보다.

오후 내내 어느 순간 정신을 차려보면 멍하니 넋을 놓고 앉아 있는 거였다. 그럴 때는 내 곁에 있는 이들이 걱정스러운 시선으로 보고 있고.

정신 차려야지, 차려야지, 했는데도 그런 상태는 저녁까지 이어져 결국 아버지한테까지 걱정을 끼쳐 버리고 말았다.

나를 걱정해서인지 내가 제일 좋아하는 음식들로 선별되어 나온 저녁 식사였건만 이상하게도 명치가 딱 막혀서 음식이 넘어가질 않았다.

'나 원 참, 내가 원래 이렇게 섬세한 신경의 소유자는 아니었는데 말이지.'

한국에서는 동생이랑 싸워 부모님의 눈총을 받아도 식사는 악착같이 챙겨 먹었었다.

뭐, 그때 부모님은 내가 식사 한 끼 안 한다고 걱정하며 뒤로 간식이라도 챙겨줄 분들이 아니라서 먹고살기 위해 억지로라도 먹었던 것 같지만.

지금처럼 안절부절못하며 왜 안 먹느냐고 호들갑을 떨어 줬으면 아마 그때도 안 먹고 팅팅거렸을지도 모르겠다.

"아니, 우리 아사가 무슨 일이니? 왜 그래? 어디 아프니? 음식이 맛이 없어?"

저녁을 먹는 둥 마는 둥 할 때부터 좌불안석이던 아버지는 결국 내가 후식으로 나온 파이에도 손을 대지 않자 놀라서 이마를 짚어보고 유모에게 성화를 하고 난리였다.

다른 때 같으면 아버지의 그런 모습에 가슴이 뭉클해져 금방 쌩쌩해졌을 텐데, 그동안 많은 사랑을 받기만 하다 보니 호강에 겨웠나 보다.

이놈의 땅 파고들어 간 것처럼 가라앉은 기분이 도통 떠오를 생각을 안 하는 거 보니 말이다.

"아사야, 왜 그래? 응? 뭐 가지고 싶은 거라도 있는 거니?"

"아니… 아빠……."

"그래, 왜?"

이마에 커다랗게 '엄청 걱정하고 있음' 이라고 써놓은 아버지의 얼굴을 물끄러미 바라보고 있자니 본의 아니게 불쑥 말이 튀어나왔다.

"나는 왜 사는 걸까?"

"으응?"

뜬금없는 말에 아버지의 눈이 커졌다.

그 모습에 순간 아차 싶었지만 속에 꾹꾹 눌러뒀던 말이 튀어나와서 그런지 속은 시원해진 느낌이다. 그래서 이왕 내친김에 나는 계속 말을 이었다.

"나는 왜 여기 있는 걸까? 내가 여기 있어야 하는 중요한 이유가 있을까?"

내 말에 아버지가 어쩔 줄 몰라 하며 도와줄 사람을 찾았지만 하필 오늘도 나이젤 아저씨는 자리에 없었다.

"따, 딸아, 왜, 왜 그러니? 아빠 무섭다."

"아빠."

"응?"

내 부름에 다시 흠칫하며 날 바라보는 아버지.

그런 모습을 진지하게 바라보며 나는 다시금 입을 열었다.

"만약 아빠랑 어머니 사이에 태어난 애가 내가 아니라 딴 애였어도 아빠는 지금처럼 그 애를 사랑해 줬겠지? 그럼 꼭 내가 아빠 딸로 태어날 이유가 없었던 거네?"

"애야, 아가, 그 무슨 말을……. 아무래도 안 되겠다. 오늘은 너무 피곤해서 그런 건지도 몰라. 이만 푹 자고 내일 이야 기하자. 응?"

아버지가 다급하게 나를 번쩍 안아 들고 자리에서 일어나 어르면서 등을 토닥거렸다.

나 또한 단지 푸념을 늘어놨던 것뿐이라 별말 없이 아버지 의 어깨에 얼굴을 기댔다.

아버지 말대로 한숨 푹 자면 언제든 쌩쌩해지는 이 몸의 컨 디션처럼 정신과 마음의 컨디션도 회복되길 바라며 말이다.

그러나 이 우울함은 정말 늪과 같았다.

한번 빠져들면 외부에서 빼주기 전에는 빠져나올 수 없는, 어설픈 몸부림은 외려 더 깊이 빠지게 하는 무서운 늪 말이다.

다음 날 아침, 여전히 우울해 보이는 내 얼굴을 보고는 유 모가 무척 걱정스러운 표정으로 날 바라봤지만 나는 그녀의 걱정이 마음에 와 닿지 않았다.

이놈의 우울함 때문인지 이성적인 생각들이 하잘것없게 보이고 진심 어린 걱정들도 부질없게만 느껴졌던 것이다.

아침도 먹는 둥 마는 둥 한 나는 그렇게 좋아하던 날기 연 습도 빼먹고 커다란 쿠션을 하나 품에 안고서 안락의자에 앉 아 하루 종일 바깥만 바라봤다.

그런 우울모드에 빠진 내 입에서는 하루 종일 작은 흥얼거 림이 흘러나왔다.

이별을 노래하는 슬픈 발라드곡을 시작으로 가사도 잘 모 르는 팝송을 거쳐 가곡까지.

누가 보면 '노래를 못 해 한이 맺혔나?' 할 정도로 문득문득 떠오르는 노래는 무조건 다 흥얼거렸던 것 같다.

한데 그러면 그럴수록 어째 우울감은 점점 더 커지기만 하는 거였다.

마지막에는 노랫말을 흥얼거리며 스스로 우울함을 보태고 있었다.

'가끔 두려워져, 지난밤 꿈처럼… 사라질까 봐… 사라지면 어떻게 되는데? 이대로 마냥 있는 거와 무슨 차이라고? 바람은 죄가 된다고? 난 뭘 바라야 하는 건지도 모르겠는데? 살아가는 이유… 살아가는 이유가 뭔데?'

내 스스로도 이게 잘못되어 간다는 걸 알고 있기에 몇 번은 이 상황에서 벗어나고자 한국에서는 갖지 못했던 행복한 요소들을 떠올리려고 노력했다.

한데 웃기게도 그걸 떠올리면 떠올릴수록 더욱 우울해지는 것이었다.

이 세상에 태어난 뒤 내가 행복할 수 있었던 건 바로 딸바보 아버지가 있었기 때문이었다.

그런데 어제도 아버지한테 말했다시피 아버지는 아버지와 어머니 사이에서 태어난 아이라면 내가 아니라 누구라도 나에게 했던 것처럼 사랑을 퍼부었을 것이다.

그 점을 떠올리니 꼭 내가 아버지의 딸이어야 할 이유가 없는 거다.

'필립과 하레츠의 딸은 너뿐이어야 한다'는 이유를 찾지 못하니 기분은 더욱더 우울해졌다.

그래서 다음으로 전생에 착한 일을 많이 해서, 아니면 한국에 있을 때 마음고생 많이 한 걸 가엾게 여긴 자비로우신 하나님이 '즐거운 생을 한번 살아봐라' 하고 서비스 생을 한번 준 거라고 생각해 보려 했다.

그런데 또 그렇게 생각하니 이번 생이 너무 덧없이 느껴지는 거다.

이 세상에 태어난 이유가 단지 많은 사랑만 받기 위해서라면 좋은 것 같기는 하지만, 반대로 말한다면 난 이 세상에서 아무것도 할 필요가 없는 존재라는 거고, 그건 즉 꼭 필요하지 않은 존재, 없어도 상관없는 존재라는 소리니까.

그리고 그렇게 사랑만 받기 위해 태어날 거라면 왜 한국에서는 그러지 못했는가 싶어 더욱 우울해졌다.

어디든 새로운 생을 받았으니 최선을 다해 살아야 하지 않겠냐는 생각도 떠올렸지만 어떤 목적도 없이 무조건 그러기만 한다는 건 너무 막막했다.

'그럼 아버지가 부자니까 성인이 되면 호화롭게 돈 펑펑 쓰면서 전국 일주를 해볼까? 아니면, 잘생긴 미남 꾀어서 멋진 로맨스를? 황녀가 꾀는데 감히 안 넘어오는 사람이 없겠지? 그럼 최초로 일처다부제를 실현해 보면?'

하면서 한껏 즐거운 상상을 했지만 그건 아주 잠깐이었고, 그 즐거움이라는 게 잠시의 비눗방울 같은 즐거움, 즉 예뻐도 금방 사라지는 허무한 것처럼 느껴졌다.

'전국 일주를 하고 나면? 모든 지방을 돌아다니는 데 십 년쯤 걸리려나?

근데 그거 하고 나면 뭐 할 건데?

세계 일주? 세계 일주는 뭐 20년 걸려?

그거 하고 나면?

게다가 황녀가 꾀어서 넘어온다고 진심이냐? 진심으로 날 사랑하는지 어떻게 알아?

내가 떠올려 놓고는 아주 잘게 잘게 부숴서 땅에 파묻고 있었다.

그날 저녁에 아버지와 나이젤 아저씨가 와서 이것저것 물으며 나에게 말을 시켰지만 다 귀찮기만 해서 대답도 잘 안 해줬다.

그리고 다음 날은 더욱 우울해진 데다 무기력증까지 와서 나는 침실 밖으로 나가지도 않고 하루 종일 침대에서 쿠션을 품에 안고 웅크리고 있었다.

아마 이불이 있었더라면 이불을 돌돌 감고 애벌레처럼 뒹굴었을지도.

그러자 지켜보고 있던 아버지가 도저히 안 되겠다 싶었는지 다음 날 최강의 도우미를 불렀다. 솔직히 부른 건지, 부르기 전에 먼저 도착한 건지는 모르겠지만.

"하레츠, 어떻게 좀 해봐. 우리 딸이 사춘기인가 봐."

"사춘기? 조인족에게 그런 것 따위는 없어."

"아사는 내 딸이기도 하잖아. 인간의 피도 흐르니 그 영향을 받은 걸지도 몰라."

"일단 좀 보고 이야기하지."

밖에서 웅성거리는 사람들의 기척이 들려왔지만 만사가 귀찮았던 나는 눈도 뜨지 않은 채 베개에 얼굴을 파묻고 있었다.

그때 침실 문이 벌컥 열리고 일단의 무리가 안으로 들어왔다.

"아사, 아가~ 아빠 왔다. 아빠 얼굴 좀 보자. 응?"

애타는 아버지의 음성에도 나는 힐끔 눈만 잠깐 떠서 아버지의 얼굴을 확인하고 도로 눈을 감아버렸다.

"뭐야? 얘 왜 이래?"

어머니의 목소리다.

아무래도 나 때문에 멀리 있는 어머니까지 호출당한 듯하다.

"그래서 내가 말했잖아. 사춘기인 거 같다고."

"하, 이렇게 궁상떠는 게 인간의 사춘기인 건가?"

"하, 하레츠 님, 마, 말이……."

나이젤 아저씨도 왔나 보다.

"뭐야, 그럼 너네 조인족 사춘기는 이런 게 아닌 거야? 그러고 보니 나도 묻고 싶은 게 있는데, 원래 조인족은 이렇게 어렸을 때 사춘기가 와? 아사는 이제 겨우 세 살인데 벌써 사춘기가 왔어."

"우리 조인족은 사춘기인지 뭔지로 궁상떠는 일 같은 건 없다. 이봐."

"네네, 하레츠 님."

유모도 있었다.

"얘 식사는 어떻게 했지?"

"평소에 비하면 극히 미미하게 드시고 계십니다. 억지로라도 드시게 하려고 노력은 하는데……."

"억지로는 무슨. 등 따시고 배부르니 쓸데없는 짓을 하는 거지. 그냥 굶겨."

"네?"

"하레츠?"

"하레츠 님? 그 무슨……?"

"못 들었어? 그냥 아무것도 주지 말고 이대로 냅둬. 배고 프면 제가 알아서 밥 달라고 하겠지. 별것도 아닌 일로 왜들 이리 호들갑이야? 절.대. 아무것도 주지 마! 물도!"

어머니가 그렇게 단호하게 말하고 나가는 소리가 들렸지 만 난 꿈쩍도 하지 않았다.

아니, 오히려 어머니를 따라 다른 사람들마저 나가자 주위 가 조용해져서 좋았다.

게다가 굶기라는 말에도 시큰둥했다.

그렇지 않아도 입맛이 없어 별로 먹고 싶지도 않았으니 이 제부터 귀찮을 일이 없겠구나 싶어 오히려 기꺼웠을 뿐.

첫날은 그래서 너무나 편했다.

어머니의 지시 때문인지 어떻게든 날 일으키려 하던 유모 도 들어오지 않았고 음식을 먹게 하려는 다른 아가씨들의 발 걸음도 전혀 없었다.

오로지 고요한 침실과 그 속에 파묻힌 나뿐이었다.

그 속에서 나는 마음껏(?) 내가 원하는 대로(?) 외로움과 우 울함과 고독감과 공허함을 씹고 씹고 또 씹을 수 있었다.

이튿날도 괜찮았다.

멍해진 머리가 시간이 가는 것도 인지하지 못했기에 그냥 멍한 가운데 하루가 지나갔다.

그런데 사흘째쯤 되었을 거다. 아니면 하루 더 지났거나.

창문에 쳐진 두터운 커튼의 틈새로 빛이 들어오는 걸 멍한 눈으로 바라보며 '아, 날이 밝았나 보네' 따위의 생각이나 하고 있는 순간, 배에서 꼬르륵 하는 소리가 나는 것이었다.

그러나 여전히 공허함과 무력감에 찌들 대로 찌들어 있던 나는 그냥 '꼬르륵거리는가 보다' 라고 생각했을 뿐 손끝 하나 움직이려 하지 않았다.

커튼 틈새로 들어오던 빛이 사라질 때까지, 가끔씩 배에서 꼬르륵거려도 여전히 난 신경 쓰지 않은 채 침대에 드러누워 있었다.

그러자 내 암울한 정신의 지배를 받고 있던 육체가 아무래도 이대로 가만있다간 죽겠구나 싶었는지 반란을 일으키기 시작했다.

단순히 꼬르륵거리는 것만이 아니라 너무 배가 고파 창자가 뒤틀리는 통증까지 보내온 것이다.

그래도 내 어두운 정신은 꼼짝도 하지 않고 내 육체를 침대에 누워 있게 했다.

한데 이때만 기다렸다는 듯 육체가 반란을 일으키려는 그 절묘한 타이밍에 내 정신과 내 육체를 이간질하는 녀석이 나타났다.

솔~ 솔~ 솔~

내가 파이만큼 엄청 좋아하는, 돼지 등갈비를 통으로 가져다가 매콤달콤한 소스를 발라 구운 립 요리.

'헛!'

그렇지 않아도 요동을 치고 있던 육체가 그 냄새를 맡자마자 암울한 정신의 지배력이고 뭐고 내 몸을 자리에서 벌떡 일으켰다.

그러자 오감 또한 그 틈새를 놓치지 않고 반짝거리며 깨어났다.

킁, 킁, 킁.

제일 먼저 활동을 시작한 것은 그 멍해 있는 상황 속에서도 립 요리의 냄새를 맡은 후각.

후각은 깨어나자마자 콧속으로 흡입된 또 다른 냄새를 캐치해 잽싸게 나의 뇌로 알렸다.

'헛, 튀김 냄새닷! 튀김도 한 거야?'

이 저택 주방장의 튀김 솜씨는 무지 뛰어나서 따끈따끈하고 바삭바삭한 튀김의 맛은 정말 끝내줬다.

그게 오징어 튀김이든, 새우 튀김이든, 야채 튀김이든 간에 말이다.

'오오오~!'

다른 냄새도 더 풍겼지만 이미 두 냄새만으로도 침이 고이며 배 속이 다시금 크게 요동쳤다.

나는 맛있는 냄새에 취해 마치 좀비처럼 흐느적거리며 침대를 벗어나 문으로 향했다.

가까이 다가가 보니 침실 문이 살짝 열려 있고 그 틈으로 더욱더 진한 음식 냄새가 흘러들어 오고 있었다.

'오오오옷! 이 고소한 향기는~!'

참기름처럼 고소한 이 냄새는 내가 립 요리와 튀김 다음으로 좋아하는 쌀 요리에서 풍기는 건데, 난 야채 볶음밥 비슷한 이 쌀 요리에 립 요리를 곁들여 먹는 걸 가장 좋아했다.

그 냄새까지 같이 풍기니 도저히 참을 수가 없었다.

벌컥~!

존재의 이유? 우울함?

그딴 거 알 게 뭐냐!

역시 사람은 언제 어디서든 먹고 싶은 거 신 나게 먹고 등 따시게 사는 게 최고다.

"배고파~ 밥 줘!"

그런 생각으로 냄새가 풍기는 곳을 향해 뛰쳐나갔건만, 갑자기 눈앞에서 빛이 번쩍거렸다.

따아악~!

"아코~!"

너무 아파 나도 모르게 눈물이 찔끔 흘러나올 정도였다. 얼얼한 이마를 부여잡은 채 눈을 들어 보니 어머니가 엄한 시선으로 날 바라보고 있었다.

그 시선과 마주치자마자 나는 반사적으로 눈을 내리깔고 입을 꼭 다물 수밖에 없었다.

내가 아무리 우울증과 무기력증에 빠져 허우적대느라 다른 모든 것을 하찮게 여겼어도 내 머리 한쪽 구석에서는 '이 무슨 애 같은 짓이냐? 네 나이가 몇인데. 나잇값을 해라! 이건 잘못된 일이라는 걸 모르냐?' 등등 이성이 계속 내 자신을 향해 질책하고 있었던 것이다.

즉 나도 내가 잘못하고 있다는 것을 다 알고 있었다.

"또 이럴 거야?"

"아니… 그게……."

머쓱함에 욱신거리는 이마에 대고 있던 손을 내려 꼬물거리는데 어머니가 말을 이었다.

"또 이렇게 쓸데없이 궁상떨면 그냥 확 오크 마을에다 던져 버릴 거야."

'으응?'

그게 얼마나 무서운 협박인지 모르는 난 단순히 고개를 갸웃거렸을 뿐이지만 뒤에서 안절부절못하며 지켜보고 있던 아버지가 기함을 했다.

"하, 하레츠으~! 그게 무슨 소리야? 됐어, 됐어. 애가 이럴 수도 있는 거고 저럴 수도 있는 거지. 자자, 우리 아사~ 아빠가 얼마나 놀랐는지 아니? 이렇게 나왔으니 이제 됐다. 다음부터 이러면 안 돼요~ 응?"

얼른 앞으로 나와 나를 안아 드는 아버지의 목에 자연스레 팔을 두르며 나는 고개를 끄덕였다.

"음, 다시는 이런 일 없을 거라고… 장담은 못 하겠지만 그래도 최대한 노력할게. 미안했어, 아빠."

진심으로 하는 말에 아버지는 가만히 등을 토닥여 줬지만 어머니는 못마땅한 모양이었다.

"그대는 너무 물러. 그래서 아이가 강건하게 크겠어?"

"조인족이 너무 살벌한 거야. 아무리 그래도 애 식사도 안 주는 게 어디 있어?"

"그러니까 즉각 나왔잖아."

"그래도~ 애 얼굴 좀 봐. 이렇게 야위어 가지고는……."

"며칠 굶는다고 안 죽어."

부모님의 툭탁거림(?)을 한 귀로 흘려들으며 힐끗 시선을 돌리니 유모의 모습이 보였다.

나와 시선이 마주치자 평소처럼 미소를 짓는 유모의 얼굴이 꽤나 초췌해 있는 것이 그녀 또한 걱정이 이만저만이 아니었던 모양이다.

'에구, 미안해라…….'

꼬르르륵~

한데 내가 유모에게 뭐라 말을 건네기도 전에 내 배 속이 다시 한 번 요동쳤다.

먹으러 나왔으면 빨리 좀 먹자고 재촉하는 모양이다.

그 소리가 좀 컸던지 어머니와 툭탁거리던 아버지가 즉각 시선을 돌렸다.

"아이고, 우리 딸~ 많이 배가 고팠을 텐데 아빠가 정신이 없네. 어여, 어여 먹자."

멀리 갈 것도 없이 식사는 내 침실 문 바로 옆에 차려져 있었다. 냄새를 풍기려고 아주 작정을 했는지 식사가 차려진 탁자 옆에는 바비큐 그릴까지 가져다 놓고 거기서 직접 등갈비를 굽고 있었다.

게다가 지글지글 구워지는 등갈비에 소스를 바르고 있는 건 바로 나이젤 아저씨였다.

"아하하~ 우리 공주님, 이제 방황은 끝냈어?"

"방황까지야……."

반갑게 손을 흔들며 웃는 나이젤 아저씨에게 나는 머쓱하게 웃어 보였다.

아버지나 나이젤 아저씨의 태도로 보아 더 이상의 꾸중은 없을 것 같아 나는 편한 마음으로 내 위장이 기다리고 기다리는 음식을 먹으려고 했다.

한데,

따악~!

"꿰엑~!"

맞은 데 또 맞는 바람에 너무 아파서 이번에는 눈물이 주르륵 흘렀다.

"아파아앗~!"

본능적으로 이마를 감싸며 나는 원망에 찬 시선으로 어머니를 바라봤다.

"왜 때려!"

"얄미워서."

"뭣?"

덤덤하게 나온 어머니의 말투에 순간 어이가 없어졌다.

그건 어머니를 말리려고 막 앉았던 자리에서 엉덩이를 든 아버지와 나이젤 아저씨도 마찬가지였던 모양이다.

"이씨, 물론 내가 좀 잘못은 했지만… 그래도 나 나름대로는 정말 심각하게 고민하다 나온 건데… 얄밉다고 때린 데 또 때리다니……."

차마 지은 죄가 있으니 대들지는 못하고 혼자 꿍얼댔지만 어머니는 눈 하나 깜짝 안 했다.

"내 맘 같아서는 며칠 더 굶기고 싶었지만, 일단 네 교육에 대해서는 네 아버지에게 일임한 상태고 날이 날인지라 봐준 줄 알아."

그녀의 냉엄한 시선에 얼른 입을 합 다물고 혹이 뽈록 솟아오른 이마만 만지고 있자 어머니가 아쉽다는 듯 한마디 덧붙였다.

"뱃가죽이 등가죽에 들러붙을 정도로 쫄쫄 굶어봐야 다시는 이런 짓거리를 안 할 텐데……."

"됐어, 됐어. 하레츠도 오늘이 특별한 날인 거 알잖아."

하하 웃으며 어머니를 만류하는 아버지의 말에 난 의아하다는 시선을 보냈다.

아까 어머니도 날을 언급하고 아버지도 특별한 날이라고 하니 오늘이 뭔 날이긴 날인 듯한데 그게 뭔지 모르겠다.

'오늘? 오늘이 뭔 날이야?'

그런데 그때 여러 사람이 다가오는 기척이 느껴져 나는 자연스레 고개를 돌리다 두 눈을 휘둥그레 떴다.

그들이 끌고 오는 카트 위에는 커다란 3단 케이크가 올려져 있는 것이었다.

"어어?"

"생일 축하한다, 우리 딸."

"아이고~ 우리 공주님이 벌써 세 살이네. 그런데 세 살이 되자마자 사춘기라니 너무 빠른 거 아니냐?"

아버지와 나이젤 아저씨의 말에 나는 입을 떠억 벌렸다.

'오늘이 내 생일이었어?'

되게 창피했다.

"말해."

가라앉은 그 음성이 칼날이 되어 자신의 목에 겨누어진 기분이라 딜란 K 조케스터(아사의 유모)의 등 뒤로 식은땀이 또르르 흘러내렸다.

더 난감한 건 명이 내려졌으니 말을 해야 했지만 무슨 말을 해야 할지 모른다는 것이다.

힐끗 눈동자를 옆으로 돌리니 자신처럼 무릎을 꿇고 고개를 땅에 처박다시피 하고 있는 프레스턴 경 또한 몸을 한 번 움찔거릴 뿐 뭐라 말을 못 했다.

솔직히 자신들도 영문을 몰라 답답했던 것이다.

그러나 그렇다고 마냥 입 다물고 있다간 정말 목이 날아갈지도 모를 일이기에 일단 딜란 K 조케스터는 입을 열었다.

"아침까지만 해도 기분이 무척 좋아 보였습니다. 5황자에게 편지를 쓰고 날기 연습한다고 나갈 때도 평소와 같은 모습이었는데… 숲 위를 몇 번 나는 모습을 보이다 갑자기 사라진 후 돌아오니 저리……."

"프레스턴."

딜란이 말을 채 끝내기도 전에 필립이 프레스턴 경을 불렀다.

"유모의 연락을 받고 가보니 숲에 나 있는 길 한가운데 가만히 서 있는 모습이었습니다. 분위기가 좀 가라앉긴 했지만 질문에 응대하는 모습이 평소와 비슷해 심각하지는 않다고 판단했습니다. 그러나 그 후 저택에 도착할 때까지도 계속 가라앉은 모습이었습니다."

"어린애가 계속 침울해 있는데 심각하지 않다고 판단해?"

"죽여주십시오!"

필립의 차가운 말에 프레스턴 경이 얼른 바닥에 이마를 박았다.

"너 따위를 죽인다고 이 일이 해결돼? 말해봐. 그렇게 해서 해결된다면 당장에 죽여주지."

차분한 어조로 흘러나온 말이었지만 내용이 엄청 살벌했다.

"죄, 죄송합니다."

"됐고. 그래서? 조케스터, 넌 뭘 했지?"

"죄송합니다, 폐하. 아기씨가 좋아하는 식단으로 저녁을 준비했고 후식도 넉넉히 준비했지만 소용이 없었습니다."

"고작… 음식 나부랭이나 준비한 것뿐?"

이제는 음산한 기운까지 스며든 필립의 말에 조케스터는 입을 다무는 수밖에 없었다.

"네놈들을 여기에 둔 이유가 뭐라고 생각해?"

필립의 말에 두 사람이 다시 이마를 바닥에 박았다.

"애가 갑자기 저러는데 이유도 모르고 기분을 풀어줄 방법도 몰라? 기껏 옆에다 두고 잘 살피라고 했더니 그것도 제대로 못하나? 그 눈과 다리는 뭐하러 가지고 있는 거지? 내가 그것들을 그냥 놔둬야 할 이유가 있을까?"

필립이 한 마디 한 마디 이어갈수록 두 사람은 숨이 턱턱 막혀오는 기분이었다.

기실 그건 단순한 느낌만이 아니었다.

말이 이어질수록 필립의 몸에서 점점 더 강력한 기운이 뿜어져 나와 주변에 있는 모든 사람을 압박했던 것이다.

그나마 현재 주변에 있는 이들이 다들 한가락 하는 사람들이었기에 버틸 수 있었지, 실력이 조금이라도 낮았다면 제대로 서 있지도 못하고 숨이 막혀 꺽꺽거렸을 것이다.

"혹시… 그 녀석 때문인가? 5황비의 아들."

"5황자 말씀이십니까?"

필립의 뒤에 조용히 시립하고 서 있던 카버 시종장의 확인하는 질문에 필립이 고개를 끄덕였다.

"설마… 그 아이와 만나지 못하게 해서 얘가 서운했나? 이 녀석이 아사에게 무슨 쓸데없는 말이라도 한 건……."

그랬다면 가만 안 두겠다는 듯 살기를 풀풀 풍기는 모습에 이러다간 유모나 프레스턴 경뿐만이 아니라 5황자와 그에 관련된 이들에게까지 화가 미칠까 슬며시 걱정된 카버가 입을 열었다.

"5황자에게서 온 편지 내용은 별 이야기가 없었습니다만… 다시 확인해 볼까요?"

바로 그때, 예쉬에게는 천만다행하게도 구원자가 나타났다.

"쯧쯧, 그러다 죄 없는 애 잡겠다. 5황자하고 못 만나게 되자마자 울고불고 떼썼다면 몰라도 아무렇지도 않았다며? 그런데 며칠 지나서 그 일로 이러겠냐? 갑자기 이유도 없이 애가 우울해하고 평소 좋아하던 것도 쳐다보지 않는 걸 보니 내 보기에는 꼭 사춘기 같다만."

살벌한 분위기가 아무렇지 않다는 듯 들어와 평온한 어조로 말을 건네는 건 나이젤이었다.

"장난하냐? 이제 겨우 세 살이다."

필립의 매서운 시선을 정면으로 받았지만 나이젤은 태연했다.

그도 그럴 것이, 아무리 무서운 시선이라 해도 수없이 받다 보면 조금씩이라도 면역이 생기게 마련이다.

게다가 필립 정도까진 아니지만 나이젤도 한 실력 하는 강자였기에 필립이 진짜 죽일 마음으로 대하지 않는 한은 태연한 척 버틸 수 있었다.

"평범한 애였다면 정말 말도 안 되는 소리지. 하지만 우리 공주님은 평범한 애가 아니잖나."

"지금 조인족의 피가 섞여서 그럴지도 모른다고 한다면……."

"내가 그렇게 단순한 이유로 그러겠냐. 물론 조인족과의 혼혈이라는 것도 특별한 거지만 우리 공주님은 더더욱 특별한 공주님이시지."

나이젤이 이렇게까지 나오자 뭔 말을 하려는 건지 한번 들어나 보자고 생각했는지 필립은 기세를 조금 누그러뜨렸다.

"무슨 말을 하려는 거냐?"

"내가 이래 봬도 공주님의 대부 아니냐?"

짐짓 거만한 태도로 허리에 양손을 척 올리며 하는 말에 필립의 눈썹이 꿈틀댔다.

"논다. 누가 허락했냐?"

말은 그래도 기세가 완전히 누그러진 걸 확인한 나이젤은 속으로 안도의 한숨을 내쉬며 너스레를 떨었다.

"어허, 너, 사람이 그러는 거 아니다. 솔직히 지금까지 내가 아사 키우는 데 얼마나 물심양면으로 도왔냐? 대부가 아니면 누가 이렇게까지 해주겠어?"

"시끄럽고. 그래서 하고 싶은 말이 뭔데?"

"그런고로 내가 우리 공주님을 잘 키우기 위해 조인족에 대해 얼마나 열심히 공부했는지 알아? 하레츠 씨에게도 이것저것 많이 묻기도 했고. 생각 같아서는 조인족 마을에 가서……."

나이젤의 말이 길어지자 필립의 눈썹이 서서히 치켜 올라갔다.

그 기색을 눈치챈 카버가 슬쩍 나이젤에게 눈짓을 보내자 그 신호를 알아차린 나이젤이 어색하게 웃으며 말을 얼버무렸다.

"어쨌든 그렇게 해서 알아낸 건데, 조인족이 인간보다 성장이 빠르다는 건 알지? 대략 두 배 정도 빠르다고 하는데, 그건 단지 평균일 뿐이지 처음부터 끝까지 동일하게 두 배인 게 아니야."

"그래서?"

"좀 인내심을 가지고 들어봐. 일단 조인족이 탄생하려면 인간에 비해 두 배 정도 걸린다고 하지만 내가 계산해 보니까 두 배 반 가까이 걸리더라. 인간은 어머니의 배 속에서 대략 8~10개월 정도 있다가 태어나지만 조인족은 어머니의 배 속에서 12개월을 있다가 알로 탄생한 뒤 알 속에서도 또 12개월을 머문 후에야 세상에 나올 수 있어. 그러니 24개월, 대략 인간의 두 배 반이야."

"그래서?"

"그것 때문인지 몰라도 태어나자마자 성장 속도가 다섯 살 전까지는 두 배 반 정도가 돼. 아사 나이라면 인간은 아홉 살에서 열 살 정도가 된다는 거지. 그런데 너도 알다시피 우리가 아사 아기였을 때 실수를 했잖냐. 지금 아사의 몸집이 작은 것도 그런 이유 때문이고."

"잘 아는군. 그런데 사춘기가 벌써 왔다는 소리가 나오나?"

"그런데 한 가지, 아사가 몸집이 작을지언정 단 하나, 보통 조인족보다 훨씬 뛰어난 게 있어."

나이젤은 그렇게 말하며 검지로 자신의 관자놀이를 톡톡 두들겼다.

"머리. 우리 공주님은 지능의 성장 속도가 굉장히 빨라. 내가 우리 공주님이 태어나서 겨우 하루 지났는데 말을 하려는 거 보고 놀라서 하레츠 씨에게 물어봤잖냐. 원래 조인족은 그렇게 빨리 말을 하는 거냐고. 그런데 우리 공주님처럼 빨리 말하는 조인족은 없다고 하더군. 빨라야 보름 전후부터, 늦게는 한 달 전후래. 그러니 우리 공주님이 얼마나 빠른 거냐?"

자기 딸이 잘났다고 이야기하자 필립의 표정이 조금 풀렸다.

"그렇지. 우리 아사가 나이에 안 맞게 똑똑하긴 하지."

'으이구, 누가 딸바보 아니랄까 봐.'

나이젤은 잠시 속으로 혀를 끌끌 찼지만 하려던 말을 잊지는 않았다.

"태어난 직후에는 그때까지 달빛을 계속 받고 있던 덕분이라 쳐도 그 후에도 지능만은 뛰어났어. 여기서 우리가 한 일이 하나 더 있지? 아사의 침실에 설치한 달빛 증폭기. 아사의 성장을 도우려고 설치한 그 마법 아이템 말이다. 그게 제법 효과가 좋아서 그 뒤로 아사가 쑥쑥 잘 크기는 했지. 그런데 그게 과연 육체의 성장만 도왔을까?"

"흠……."

필립이 나이젤의 말을 진지하게 생각해 보는 눈치이자 나이젤은 속으로 '나이스~'라고 외치며 말을 이었다.

"내 예상이 맞는다면 아사의 지능은 지난 2년 동안 보통 인간에 비해 약 3~4배 이상 성장했을 거다. 그러면 느려도 십대 초반의 지능을 가지고 있을 텐데 그 정도면 인간의 아이들 중 빠른 애들은 사춘기의 징후를 보이기 시작하지."

"사춘기라……. 정말 그럴까?"

긴가민가한 표정의 필립에게 나이젤은 고개를 끄덕여 보였다.

솔직히 나이젤도 100% 확신은 없었지만 그나마 억지로라도 갖다 붙일 수 있는 게 그것밖에 없어서 밀어붙이고 있는 중이었다.

이번 일로 몇 사람의 목숨이 간당간당했으니 그게 정말이든 아니든 일단은 시간을 벌어놓고 볼 생각이었다.

"그럼 그거 외에 아사의 태도를 설명할 다른 말이 있냐? 평소처럼 잘 놀다가 갑자기 우울해졌다며? 이유도 없이. 거기다 좋아하던 것에도 흥미를 잃고. 그 외에 사춘기라면 보통 '내가 왜 사나' 그러지 않나? 어, 혹시 애가 그러던?"

나이젤의 말에 필립의 몸이 멈칫거렸다.

"그, 그랬지. 갑자기 '왜 살까?' 이랬지?"

필립이 휙 고개를 돌려 카버를 바라보자 카버가 기다렸다는 듯 대답했다.

"'나는 왜 사는 걸까?', '나는 왜 여기 있는 걸까?', 내가 여기 있어야 하는 중요한 이유가 있을까?'라고 했습니다. 그 외에도 더 있습니다만……."

카버의 말에 필립과 나이젤의 고개가 동시에 끄덕여졌다.

"사춘기군."

"딱 사춘기네."

그러고 나자 필립은 긴 한숨을 내쉬며 몸에서 힘을 뺐다.

물론 나이젤도 티 나지 않게 속으로 안도의 한숨을 내쉬고 있었다.

'아이고, 진짜 다행이다. 우리 아사, 그런 말도 다 하고 착하기도(?) 하지.'

"아이고~ 우리 딸은 조숙하기도 하지. 이제 겨우 세 살짜리가……."

하지만 푸념을 내뱉는 필립의 얼굴은 아까보다 훨씬 밝았다.

일단 영문도 이유도 몰라 막막했던 일에 대한 원인이 밝혀졌으니 말이다.

이제는 그에 대한 해결책만 찾으면 되었다.

"자, 사춘기라……. 그래, 그래, 우리 딸이 조숙하다 치고. 사춘기는 어떻게 하면 되는 거지? 넌 사춘기 때 어떻게 했냐?"

한층 밝아진 어조로 필립이 나이젤에게 묻자 평소 아는 것이 많다고 잘난 체하기 좋아하던 녀석이 얼굴 가득 난감함을 떠올린 채 턱을 긁적였다.

"사춘기라……. 글쎄… 나는 있었는지도 모르고 지나간 거 같은데? 10대 초반까지는 마탑에서 공부하느라 정신없었고, 그러다가 열다섯 살 때 너도 알다시피 마탑에서 마나 서클을 파괴당하고 쫓겨났으니까. 그 후에는 방황 좀 하다가 너를 만났는데 그때가 사춘긴가?"

빛나던 미래가 한순간에 파괴되고 그대로 깜깜한 절망 속으로 내동댕이쳐진 시기였다.

감정의 변화를 겪을 틈도 없이 그냥 쭈우욱 절망 속에서 허우적거렸었다.

그런 암울한 과거를 떠올린 나이젤은 아무래도 그건 아니다 생각했는지 머쓱한 표정으로 필립을 바라봤다.

"그러는 넌?"

"나? 음, 그냥저냥 평범한 황자로 지내다가 갑자기 열한 살 때 머리가 검다고 그대로 저주받은 존재로 낙인찍혔지. 그 후로 몇 년간 쭈우욱 냉궁에 갇혀 있었고……."

필립은 말을 하다 말고 나이젤과 같이 난감한 표정을 지었다.

평민이라는 이유로 귀족 출신의 동료들에게 시기를 받아 미래가 짓밟힌 나이젤이나, 황위 암투에 휘말려 희생양이 되었던 필립이나 사춘기랍시고 우울해하는 건 그 당시의 그들에게는 사치스러운 감정이었다.

잠시 과거를 떠올리며 머쓱해하던 필립은 나이젤을 바라보며 피식 웃었다.

그래도 이를 악물고 힘겹게 버둥대 끝내는 절망의 늪을 헤치고 일어선 동지끼리 교환할 수 있는 미소였다.

하지만 그 인생 역전 스토리의 과거가 지금은 별 도움이 안 됐다.

"그대들은 사춘기 때 어땠지?"

나이젤이 제일 먼저 필립 앞에 여전히 무릎을 꿇고 있지만 한숨 돌린 두 사람에게 묻자 두 사람의 표정에도 난감함이 어렸다.

"저어… 저는 열 살에 훈련소에 들어가서 스무 살이 될 때까지 거기서 쭈욱 있었던 터라……."

"저도……."

그러자 필립이 주변에 있는 이들 중 그나마 도움이 될 듯한 가장 나이 많은 시종장 카버에게로 시선을 돌렸다.

카버는 사람들의 기대 어린 시선에 아주 따뜻해 보이는 미소를 지으며 입을 열었다.

"기억을 더듬어 보면… 첫 살인 명령을 받고 시행하던 십 대 중반 즈음이 가장 사춘기 비슷한 시점이 아니었을까 싶습니다만……."

그의 말에 다들 조용히 시선을 돌렸다.

필립은 더 이상 다른 이들을 보지 않고 나이젤에게 시선을 돌렸다.

"사춘기 애들에 대해서 좀 알아봐."

"최대한 빨리 알아보마."

나이젤이 자신만만한 표정으로 고개를 끄덕였다.

그러나 기껏 나이젤이 밤까지 새워가며 알아온 대책이라

는 걸 들은 필립의 표정은 엄청 살벌했다.

"그러니까… 지금 장난하냐?"

필립의 날카로운 시선에 나이젤은 차마 눈을 마주하지 못하고 은근슬쩍 피해 버렸다.

그렇지 않아도 사랑하는 딸이 멍하니 의자에 앉아 웅얼거리기만 할 뿐 식사도 제대로 안 했다는 보고에 신경이 아주 날카로워진 필립의 시선이라 웬만한 건 견딜 수 있는 나이젤도 진땀이 났다.

"신경 많이 써주라고? 내가 우리 딸한테 너무 무신경해서 우리 애가 저렇게 된 거냐? 따뜻한 위로와 사랑의 말? 내가 뭘 더 어떤 말을 할까? 변함없는 행동과 시선? 장난해? 조용히 지켜보라고? 애가 식사도 못 하고 야위어가고 있는데 지금 가만히 지켜보게 생겼어?"

마지막에 가서는 필립에게서 살기까지 뿜어져 나왔다.

"이따위 것밖에 할 말이 없나? 오랫동안 연구했다는 게 겨우 이 정도란 말이냐? 네놈들은 연구를 머리로 한 게 아니라 발로 했지? 학자랍시고 거들먹거리기 전에 당장 쓸모 있는 방법을 말하는 것이 좋을 거다. 안 그랬다간 그 머리통을 갈라서 안에 뭐가 들었는지 확인해 볼 테니까!"

나이젤이 혹 이 상황에 도움이 될까 싶어 데리고 온, 인간 심리학과 아카데미의 제자 교육에 대해 오랜 시간 연구했다는 나이 지긋한 학자들은 당장에라도 숨넘어갈 듯한 표정으로 꺽꺽거리고 있었다.

재상이 말하길, 제국의 미래를 짊어질 아이들을 훌륭하게 키우는 방법에 대해 친히 폐하께서 조언을 구하고 싶다고 하기에 자신들이 그동안 연구했던 논문들까지 바리바리 싸가지고 왔건만 그건 내놓지도 못했다.

현 황제가 황자나 황녀들에게 무관심하다는 건 알 만한 사람들은 다 알고 있었다.

그런 주제에 언제 자신이 황자, 황녀들에게 신경을 썼으며 따뜻한 위로의 말과 사랑한다는 말을 했다고 저리 분통을 터뜨린단 말인가? 정말 오우거 신랑과 오크 신부가 마주 서서 짝짜꿍하는 소리였다.

그런 애면 소리에서 끝나는 것이 아니라 그들이 있는 제국 아카데미에 들어간 그 많은 연구 자금이나 후원금 등등을 도대체 어디로 먹은 것이냐, 당장에 감사를 실시하겠다 등등 협박까지 해대니 학자들은 심장마비가 올 것 같은 심정 속에서도 나이젤에게 이를 갈았다.

'분명 재상이 우리에게 원한이 있음이야.'

'혹시 우리를 피 말려 죽게 하려는 심사인가?'

그들은 보다 못한 나이젤이 나서서 필립을 진정시키고 자신들을 내보내 이 시련에서 구원했음에도 불구하고 외려 나이젤에 대한 원한을 활활 불태웠다.

물론 발등에 불이 떨어진 나이젤은 그들을 전혀 신경 쓰지도 못했지만 말이다.

게다가 다음 날에는 아예 아사가 침실 밖으로 나오지도 않았다는 보고에 필립이 기함을 하며 주변 사람들을 달달 볶았기에 그들을 황궁으로 불렀다는 사실조차 잊어버리고 말았다.

결국 대안으로 떠오른 하레츠를 당장 부르려 했는데, 다행히 그전에 하레츠가 먼저 저택을 방문했다.

사람들이 아사의 돌발 행동에 놀라서 깜빡 잊고 있었는데, 아사의 세 번째 생일이 바로 코앞으로 다가와 있었던 것이다.

그녀는 당황해 우왕좌왕하는 사람들을 의아하게 바라보다가 아사의 상태에 대해 듣고 덤덤하게 딸을 방문해 살펴보더니 간단하게 지시를 내렸다.

"굶겨!"

라고.

당연히 딸바보 필립과 대부라고 주장하는 나이젤과 유모 등등이 결사반대했지만 하레츠의 설명에 억지로라도 수긍할 수밖에 없었다.

"나도 나흘 만에 나왔거든."

지금은 이렇게 강하고 고고한 여성이 성년이 되기 전, 부족 내 미성년 서열 싸움에서 처참하게 패배하여 자존심이 산산조각 난 적이 있다고 한다.

서열 싸움에서 진 것도 분했지만 그 상대가 평소 자신이 얕잡아 보던 자였기에 그 충격이 몇 배는 더 컸다고.

분한 마음에 식사도 거부한 채 자기 처소에 틀어박혀 있는데 그녀의 교육을 담당했던 어머니, 그러니까 아사의 외할머니 되시는 분께선 과감하게 무시해 버렸단다.

안 죽었으면 된 거다 하고 들여다보지도 않았고 배 안 고프니 안 먹는 거겠지 하고 식사도 안 챙겨줬다고.

그렇게 나흘 동안 외면하다 나흘째 저녁에 그녀의 처소 앞에 커다란 사슴을 통째로 끌고 와서 굽기 시작했다고 한다.

"굶주림 앞에서는 자존심이고 우울함이고 쓸데없는 거야. 그러니까 이 일의 해결책은 간단해. 나올 때까지 굶겨."

정말 단순 무식한 방법이었지만 결과는 대성공이었다.

아사가 딱 자신의 생일이 지나가기 몇 시간 전에 스스로 침실을 뛰쳐나왔던 것이다.

"하아~ 하레츠, 당신네 종족은 정말 너무 살벌해."

"대신 효과는 확실하잖아?"

"그거야 그렇지만……."

필립은 여전히 불만이 있는 표정이었지만 한 방에 나타난 효과에 뭐라 말을 잇지 못했다.

그래도 딸이 다시 평소대로 돌아와 다행이라며 딸내미를 품에 안고 어르는 모습에 뒤에서 지켜보던 다른 사람들은 안도감으로 가슴을 쓸어내릴 수 있었다.

아마 이 방법도 소용없었더라면 여기 있는 사람 대부분은 목이 날아갔을 테니 말이다.

"하아아~ 살았군요. 정말… 폐하의 딸 사랑이 이렇게 지극하실 줄은 몰랐습니다."

안도의 한숨을 내쉬는 유모의 말에 근처에 있던 나이젤이 피식 웃었다.

"딸 사랑이라……. 처절하게 지극할 수밖에. 아사는 필립에게 단순한 딸이 아니니까."

"예? 그게 무슨……?"

딸이면 딸이지, 딸이 아들일 수도 있단 말인가?

이해 못 한 유모의 표정에 나이젤이 지나가는 말로 덧붙였다.

"필립에게 아사는… 존재의 이유지. 자신이 인간으로서 계속 살아갈 수 있고 살아야만 하며 살아도 되는 이유."

너무나 거창한 비유에 유모는 내심 어이가 없어 실소가 흘러나올 것 같았지만 상관 앞이라 차마 티는 내지 못하고 속으로 삼켜야 했다.

제 14 화

새로운 경험을 당하다

내가 우울증에 빠진 건 순간적인 감정의 변화나 변덕 때문이 아니었다.

　낯선 이 세계에 홀로 떨어진 후 태평하게 지내면서도 문득문득 불안한 기분이 드는 건 어쩔 수 없었다.

　그 기분은 어떻게 해소할 수 있는 게 아니었기에 계속 마음속 저 깊은 곳에다 쑤셔 넣고 있었다.

　그게 어느새 쌓이고 쌓였다가 이번 자극으로 한순간에 터졌던 모양이다.

　나는 어머니를 만나기 전까진 내 주위에 있는 사람들과는 달리 혼자 날개가 달린 사람이었다.

　아무리 낙천적인 성격의 소유자라 해도 자신 홀로 다른 모습을 가지고 있다면 조금의 괴리감이라도 느꼈을 텐데 나는 전혀 그런 게 없었다.

날개를 가졌다는 것 이전에 이미 이 세상 사람들과 다르다는 커다란 괴리감을 가지고 있었으니까.

그와 함께 언젠가는 이곳을 떠나 한국으로 돌아갈지도 모른다는 생각을 항상 마음 한곳에 가지고 있었던 것 같다.

내가 다시 태어났다는 걸 확인하고도 말이다.

그렇기에 여기에 잘 적응해 살고 있는 듯 보였어도 한편으로는 허공에 붕 떠 있는 것 같은 불안정한 느낌을 가지고 있었다.

그래서 더욱더 내가 이곳에 있어야 하는, 나여야만 하는 이유를 원했다. 닻처럼 날 단단히 이 세계에 고정시켜 줄 수 있도록 말이다.

정말 천사라도 나타나서 '당신은 마왕을 물리쳐야만 합니다!' 라고 했으면 좀 낫지 않았을까나?

어머니의 극약 처방으로 우울함을 훌훌 털고 일어났지만 그런 생각만은 완전히 사라지지 않고 남아 있었다.

앞으로 이번 소동 같은 일은 없겠지만 아마 난 이 세상을 떠날 때까지 평생 그 고민을 가지고 살아갈 것 같았다.

이마에 혹을 달고 퉁퉁 부은 눈에 창피해서 붉어진 얼굴로 맞이한 생일 파티 이후 며칠 머물던 어머니가 돌아가고 나자 나는 다시 평소의 일상생활로 돌아왔다.

뭐, 예기치 못한 소소한 일들이—예를 든다면 도성에서 유명하다는 보석 공예 장인이 방문한다든가 나이젤 아저씨가 자신의 스승이라는, 머리는 대머리인데 하얀 수염만 탐스럽게 난 웬 할아버지와 함께 나를 만나러 오는 등등의—가끔 일어난 덕분인지 고개를 들어보니 시간이 나도 모르는 새에 훌쩍 지나가 있었다.

덕분에 예쉬한테 '곧 만나러 갈게~'라는 내용의 편지를 받았을 때는 '응? 벌써 외출 금지령이 끝났어?'라고 생각할 정도였다.

그 편지를 받고 가만 계산해 보니 예쉬와 숲에서 헤어지고 난 후 벌써 다섯 달이나 흘러 있었다.

'어쩐지 날씨가 좀 선선해진 거 같더라……..'

"흐음, 그러고 보니 예쉬 녀석, 외출 금지 기간이 두 달인가 석 달이라고 하지 않았어?"

첫 번째 편지를 읽은 게 몇 달 전이다 보니 기억이 가물가물했지만 다섯 달보다 짧았다는 것은 확실했다.

그런데 이제야 온다고 편지를 보내나 하는 내 의문에 유모가 대답해 줬다.

"외출 금지령이 풀렸어도 당분간 자숙하셨던 거겠죠. 솔직히 그때 일은 연유야 어쨌든 결국은 그분께서 다른 사람들을 그 숲으로 끌어들이신 격이니까요. 그 때문에 더 아기씨께 미안하셨을 거예요."

"흐음."

뭐, 따지고 보면 그렇긴 하다.

"과연 그렇게 자숙하는 모습을 보이면 아빠가 좀 더 잘 봐줄 수도 있겠네. 녀석, 머리를 잘 썼는걸?"

알아서 잘한 행동에 고개를 *끄덕거리자* 유모가 맞장구를 쳤다.

"5황자님은 황궁 내에서도 영특하다고 소문이 자자하답니다. 어쩌면 그 때문에 다른 황자님들이 더 5황자님을 미워하신 건지도 모르겠네요."

유모는 얼마 전까지만 해도 황궁 내 이야기를 전혀 하지 않았지만 숲에서의 사건 이후 예쉬가 잠시 북궁에 출입을 못하게 되자 그런 예쉬의 소식을 전해줄 겸 해서인지 이것저것 황궁의 소식을 이야기해 주기 시작했다.

"더 미워한다? 괜히 자신들보다 똑똑해서 미워하는 거 말고 뭐가 더 있다는 소리네? 그러고 보니 그때 다른 황자 녀석들이 예쉬한테 비천하다고, 천하다고 그랬지, 아마?"

내 말에 유모가 짐작이 간다는 표정으로 고개를 *끄덕*였다.

"아아, 그건 5황자님의 외가를 가지고 괜히 꼬투리 잡는 거예요. 5황자님 외가는 다른 황자님들의 외가처럼 전통 있는 대귀족 가문이 아니거든요."

"대귀족이 아니면 소귀족인감?"

내가 툴툴거리자 유모가 미소를 지어 보이더니 설명을 이어나갔다.

"그러니까 5황자님 외가가 크레스포 백작가인데요. 이 가문이 전전대의 가주 때만 해도 기사 가문 출신의 상인 집안이었거든요."

"음? 기사도 귀족 아닌가? 책에서 보면 기사랑 공주랑 결혼하던데?"

괜히 순진한 척 아무것도 모른다는 표정으로 묻자 유모가 난감한 표정으로 호호 웃어 보였다.

내가 알아듣기 쉽게 설명하려다 보니 그게 외려 어렵게 느껴졌나 보다.

"그게… 지금 자세히 말씀드리자면 길고 복잡하니까 나중에 귀족 계급에 대해 정식으로 공부하게 되시면 그때 선생님께 자세히 배우세요."

길고 복잡하다니 유모 말대로 일단 그건 제쳐 두고 예쉬네 외가에 집중하기로 했다.

"그래, 그래, 그래서 예쉬네 외가가 어쨌는데? 기사인데 왜?"

"기사가 아니라… 음, 쉽게 말해 그분은 기사가 아니라 기사의 아들이셨던 거죠. 기사 아들이지만 기사가 아닌 상황. 그러니 선조가 기사였을 뿐인 평민 집안이었던 거예요."

"에에? 기사의 아들이 어떻게 평민이 될 수 있어? 선조가 기사면 대대로 기사인 거 아니야?"

내 질문에 유모는 잠시 고민하다가 결국 간단한 설명이 있어야 이해가 되겠다 싶었는지 쉬운 단어를 고르려 애쓰며 설명해 주기 시작했다.

"기사는 능력이 있어야 얻을 수 있는 작위랍니다. 그래서 평민이라도 능력이 있으면 기사가 될 수 있고요, 귀족이라도 능력이 없으면 될 수 없지요."

평민이라도 능력이 있으면 기사가 될 수 있다니, 여기는 평민이 상위 계급으로 올라갈 수 있는 제도가 있는 모양이다.

'흠, 아버지네 나라는 제법 괜찮은 나라군.'

"음음, 근데 예쉬네 외가가 기사 집안이라며? 그것도 가문 아닌가?"

"그건 그냥… 선조 중 한 분이 기사면 예우 차원에서 기사가 나온 집안, 즉 기사 집안이라고 말해주는 거랍니다. 만약 할아버지가 기사인데 아버지도 기사고 아들도 기사가 되었다면 그건 기사 가문이라고 말해야겠지요."

"그렇구나. 그럼 예쉬네 외가는 기사 집안이라고 했으니 그냥 선조 중 한 분이 기사였다는 거네? 다른 분들은 기사가 아니고?"

"바로 그거예요. 정확히는 기사 가문에서 분가되어 나온 후 대대로 상업에 종사했다고 합니다. 뭐, 그래도 선조가 기사인 건 맞으니 예우 차원에서 기사 집안 출신의 상인이라고 하는 거랍니다."

"오케이, 접수했어."

"네?"

나도 모르게 한국에서 사용하던 말버릇이 튀어나오자 알아듣지 못한 유모가 눈을 동그랗게 떴다.

그에 나는 손을 휘휘 내저어 그냥 설명이나 하라는 신호를 보냈다.

유모는 내 행동에 뭐라 한마디 하고 싶은 모양이었지만 그저 한숨 한번 내쉬는 걸로 자신의 심정을 표현한 후 설명을 이어갔다.

유모는 아무래도 내가 방에 한번 틀어박혔던 거 가지고 많이 놀랐는지 그 후로 잔소리를 좀 자제하고 있었다.

잔소리하고 그거하고는 별 상관이 없었지만 잔소리가 줄어든 것은 반가웠기에 유모에게 내심 미안하면서도 한편으로는 좋아라 하며 지내고 있는 중이다.

"하여간에 상재가 뛰어났는지 대대로 상업에 종사하면서 점점 번창했다네요. 그러다 현 크레스포 백작님의 조부 때 처음으로 남작 작위를 받았대요. 백작으로 승작이 된 건 현 크레스포 백작님 때였고요. 그러니 다른 오래된 귀족 가문 출신들이 자신들의 가문에 비해 역사가 짧다고 얕잡아 보는 거죠. 심지어는 돈으로 귀족 작위를 샀다고 깔보기도 하고."

"하여간 능력 안 되는 것들이 핏줄 운운, 집안 운운한다니까."

그제야 예쉬가 왜 그리 괴롭힘을 당하게 되었는지 알게 된 나는 혀를 끌끌 찼다.

한데 그 말을 들은 유모가 이번에는 그냥 넘어갈 수 없다는 듯 두 눈에 불을 켜고 물었다.

"아니, 아기씨, 그런 말은 도대체 어디서 들으신 거예요? 아까도 제가 알아들을 수 없는 말을 하시고. 솔직히 말씀해 보세요. 누가 그런 말을 사용하던가요?"

"뭐, 꼭 어디서 들어야만 아나? 그냥 어쩌다가 나오는 거지."

요 근래 유모는 내가 책이 아니라 다른 사람이 거친 말을 쓰는 걸 보고 배웠다고 생각하는 모양이었다.

그 유력한 용의자로 경호팀 아저씨들—일명 기사와 병사들—을 점찍는 바람에 프레스턴 경에게 가서 이 일로 진지하게 논의—인지 항의인지—까지 했었다.

덕분에 한동안은 프레스턴 경이 눈에 불을 켜고 범인을 색출하려 했고.

'그 아저씨들한테 좀 미안했지. 아하하하!'

다음 날 예쉬는 미리 편지를 보낸 대로 오랜만에 저택을 방문했다.

오랜만의 방문이라 그런지 선물로 케이크, 쿠키, 파이 등을 푸짐하게 싸들고 왔기에 나의 커다란 환대를 받을 수 있었다.

뭐, 그렇다고 내가 항상 예쉬에게 받기만 하는 건 아니다. 가끔은 내 쪽에서―물론 유모가 챙겨줘서―답례를 하기도 했으니까.

"어서 와! 어서 와~ 정말 오랜만이야~"

예쉬가 아니라 뒤에서 시녀들이 들고 들어오는 꾸러미에 시선을 두며 말하자 예쉬 녀석이 '푸하하!' 하고 웃어댔다.

"역시 넌 여전하구나. 그동안 잘 지냈어?"

"나야 늘 그렇듯 잘 지냈지. 그런데 너⋯⋯."

그제야 예쉬에게 시선을 돌리며 대답하던 나는 문득 말을 멈추고는 예쉬를 아래위로 찬찬히 훑어봤다.

"왜? 왜 그래? 뭐 묻었어?"

내 행동에 의아함을 느낀 예쉬가 얼굴을 쓸면서 묻자 나는 인상을 찡그리며 입을 열었다.

"너⋯ 너어⋯⋯."

"응? 내가 왜?"

"우쒸, 키 컸네? 겨우 몇 달 못 봤는데 확연히 느낄 정도로 크다니. 도대체 얼마나 큰 거야?"

나도 요 몇 달 사이 훌쩍 키가 커서 저택 사람들이 잔치라도 열 것처럼 좋아했다.

그래서 내심 예쉬 녀석이 오랜만의 날 보면 놀랄 거라고 여겼건만 외려 내가 놀라 버렸다.

외출 금지를 당해 그동안 집에만 콕 박혀 있었을 텐데 그 사이에 뭘 했기에 콩나물시루에 콩나물 자라듯 컸단 말인가.

내가 쉽게 알아챌 정도면 2~3㎝ 이상은 큰 거 같은데.

'남자애들 키 크는 시기가 열 살 전후던가?'

왠지 나빠진 기분에 불퉁해진 표정으로 녀석을 훑어보자 이 녀석이 갑자기 씨익 웃더니 내 머리를 토닥이는 만행을 저질렀다.

"그래, 그래, 우리 아샤도 많이많이 먹고 얼른 이 오라버니만큼 커야지?"

"나도 키 큰 거 안 보이냐? 너 이대로 돌아가고 싶지?"

예쉬 녀석, 어째 키가 큰 만큼 능글맞아진 거 같다.

한데 달라진 건 그뿐이 아니었다.

얄미운 녀석의 태도에 나중을 기약하며 집 안에 들여놨더니만 차 한 잔만 마시고는 곧바로 자리에서 일어나는 것이었다.

전에는 내가 놀리든 틱틱대든 뭉개고 앉아서 점심까지 대접 받으며 놀다 가던 녀석이 말이다.

몇 달 전과는 사뭇 다른 녀석의 태도에 당황해 '얘가 오늘 왜 이래?' 라는 시선으로 바라보는 사이, 예쉬 녀석은 정말 가려는 듯 현관으로 향하고 있었다.

덕분에 얼결에 녀석을 배웅하러 현관문까지 따라나섰지만 어째 기분이 편치를 못했다.

왜, 평소에는 안 그러던 사람이 갑자기 태도를 바꾸면 이상하기도 하고 내가 뭔가 잘못했나 싶어 찜찜하기도 하고 그러지 않은가 말이다. 내가 바로 그 짝이었다.

그래서 그랬을까?

현관문을 나서자 눈앞에 펼쳐진, 어제 못지않게 화창한 늦여름의 풍경을 물끄러미 바라보던 나는 막 마차에 오르는 예쉬에게 충동적으로 입을 열었다.

"숲까지 배웅해 줄까?"

"응?"

내 뜬금없고 갑작스러운 말에 주변에서는 당황해했지만 정작 나는 말해놓고 보니 제법 괜찮은 생각이다 싶었다.

예쉬 녀석의 행동으로 인해 생긴 찜찜함을 친히 배웅을 해주는 거로 털어버릴 수 있을 것 같아서였다.

게다가 예의 '방콕' 사건 이후 숲 속에서 산책을 즐기기 시작했기에 예쉬를 배웅할 겸 겸사겸사 산책하고 돌아오는 것도 나쁘지 않을 것 같았다.

'그럼, 그럼. 드라이브라도 가줘야 할 날씨에 이대로 다시 저택 안으로 들어가는 건 아깝지.'

내 생각에 스스로 만족해 씨익 웃으며 예쉬를 바라보자 예쉬도 금세 마주 씨익 웃어 보였다.

"이야~ 아사가 직접 배웅을 해주다니. 그러면 나야 황송

하지.”

뭐, 예의상이라도 거절할 수 없는 제안이긴 했을 거다.

덕분에 난 배웅을 빌미로 마차—그것도 무척 고급 마차—드라이브를 하게 되어 무척 만족스러웠고 예쉬도 그럭저럭 나쁘지 않은 눈치였다.

그래서 그날의 충동적인 일을 계기로 나는 예쉬가 저택을 방문했다가 돌아갈 때 항상 녀석의 마차를 타고 숲까지 배웅해 주게 되었다.

가끔 예쉬에게 시간적 여유가 있을 때에는 숲 입구에서 마차를 내려 같이 산책을 하기도 했다.

혼자서 하는 고즈넉한 산책도 좋았지만 친구처럼 편한 존재와 함께하는 산책도 만족스러웠다. 예쉬도 숲 속에서의 산책이 마음에 들었는지 먼저 산책을 제안하기도 했다.

그렇게 한 일주일 정도 지났을 때에는 예쉬를 배웅하면 같이 산책하는 게 당연한 코스가 되어버렸다.

그래서 예쉬가 저택을 다시 방문하기 시작한 지 한 달 하고도 보름 정도가 지난 어느 날도 저택을 방문한 예쉬가 돌아가려 하자 나도 자연스레 그를 따라나섰다.

이제는 주변 사람들도 그걸 당연하게 생각하고 있었기에 내가 뭐라 말하지 않아도 이미 내 외출 망토가 준비된 것은 물론 나와 동행할 기사와 시녀도 대기하고 있다가 내 뒤에 따라붙었다.

슬슬 가을이 시작되는 시기라 숲은 서서히 컬러풀한 색채로 옷을 갈아입어 올 때마다 느낌이 새로웠다.

이번에는 얼마 전에 새로 찾아낸 장소를 산책하기로 했다.

그곳은 야생 풀밭이 넓게 펼쳐져 있었다. 가을을 맞이해 수많은 들꽃이 사방에서 기지개를 펴기 시작하고 있어 또 다른 장관을 연출했다.

야생 들국화나 코스모스를 비롯하여 민들레 씨처럼 생긴 꽃, 도라지꽃과 비슷하게 생긴 꽃 등등.

화창한 가을 햇살 아래 저마다 미모를 뽐내는 야생화들의 모습에 감탄하며 천천히 걷고 있는데 불쑥 예쉬 녀석이 말을 걸어왔다.

"처음부터 좀 그렇게 생각했지만 아사 넌……."

"난 뭐?"

"애늙은이 같아. 너 정말 세 살 맞아? 어떻게 세 살짜리 애가 그런 표정으로 산책을 할 수 있는 거냐? 어째 이번에 키가 더 크고 나서 좀 더 심해진 거 같아."

예쉬의 말에 나는 반사적으로 인상을 구겼다.

"지금 네 말하고 있는 거지? 너야말로 전에 비해 훨씬 애늙은이 같아졌거든?"

"무슨 소리. 난 성숙한 거라고."

"하이고~ 퍽이나~"

예쉬의 말에 내가 코웃음을 쳤지만 예쉬는 꿋꿋했다.

"네 나이에는 산책보다는 뛰어다니면서 노는 걸 더 좋아해야 하는 거 아니냐? 나도 아직은 그런 게 더 좋은데……."

그러고 보니 예쉬가 전에 비해 훨씬 성숙해진 느낌이라 해도 아직은 어린애다. 거기다 남자애.

'확실히… 저 나이의 남자애들은 이런 산책보다는 축구나 농구를 하며 노는 걸 더 좋아할 텐데…….'

왠지 순간적으로 예쉬와 그리고 놀아주지 못해 괜히 미안 해졌다. 하지만 곧바로 내가 왜 미안해하나 싶어서 퉁명스러 운 어조로 본래의 화제로 돌아갔다.

"아니, 애는 산책 즐기지 말라는 법이라도 있냐? 그리고 내 표정이 도대체 어떤데?"

예쉬는 적당한 단어가 쉽게 떠오르지 않았던지 한참 동안 이나 '으음, 으음' 하다가 어렵사리 입을 열었다.

"뭐랄까. 나이 지긋한 분이 따뜻한 햇살 아래 앉아 정원을 바라보며 차를 마실 때 짓는 표정?"

"뭐냐, 그 구체적인 묘사는? 그러니까 내가 지금 할아버지 나 짓는 표정을 짓고 있다는 거냐?"

왠지 살짝 기분 나빠 샐쭉하니 노려보며 투덜거리자 예쉬 가 머쓱해하며 머리를 긁적거렸다.

"그냥 비슷했다는 거지. 말하다 보니 이상해졌는데, 하여 간 어린애 표정은 절대 아니야."

결국 결론은 어린애답지 않다는 소리에 나는 피식 웃었다.

'당연하지. 내 나이가 몇인데. 거기다 너도 21세기의 공해 걱정이 심각한 환경 속에서 살아봐라. 이곳이 얼마나 감탄스 럽고 소중한 환경인지 알 거다. 암, 암, 자연은 보호해야 해.'

어쩌면 이런 생각도 내가 부잣집 딸내미라서 할 수 있는 건지도 모른다.

만약 이 세상의 돈 없는 가난한 집에 태어나 세탁기도 청소기도 없이 힘들게 집안일을 하고, 찬바람이 숭숭 들어오는 통나무집에서 추위에 떨며 잠을 청해야 했으면 깨끗한 자연이고 나발이고 당장 내가 앞장서서 석탄이나 석유를 찾으려 했을지도.

"예쉬야, 내가 진심으로 충고하는데……."

"뭘?"

"네가 부잣집 아들이라는 걸 정말 감사하도록 해. 거기에 이렇게 깨끗한 자연환경을 누릴 수 있다는 것도 큰 축복이라는 걸 명심하고."

"하아! 너 갑자기 신관이라도 되고 싶은 건 아니겠지?"

예쉬는 내 말이 정말 황당하다는 표정이다.

"그러고 보니 아까 차마 못한 말이 있는데, 아까의 네 표정이… 예전에 어머님의 초청으로 궁을 방문하셨던 대신관님의 표정과 정말 비슷했거든?"

물론 녀석이 납득하지 못할 거라는 건 알고 있었지만 사람이 진심으로 충고해 주는데 감사히 받아들이지는 못할망정 저런 신소리라니.

"에라, 이 한심한 녀석아."

"…내가 너한테 그런 소리를 들을 정도는 아니라고 본다만……."

그래도 한심하다는 소리는 듣기 싫은지 예쉬 녀석이 투덜거렸다.

"느껴봐. 바람이 얼마나 깨끗하고 시원하니? 하늘도 저렇게 파랗잖아. 나무들도 정말 크고 튼튼하게 우거졌어."

예쉬보다 두어 발 앞선 채 뒤를 돌아 뒷걸음질 치며 하나 하나 꼽아주며 말하자 내 말에 주변을 차분히 돌아보던 예쉬 가 어깨를 으쓱했다.

"글쎄… 원래 바람은 시원한 거고 나무들도 원래 저렇게 잘 자라는 거 아니… 아사!"

뭘 고마워해야 하는지 모르겠다는 표정으로 반박하며 나 에게로 시선을 돌리던 예쉬가 갑자기 다급한 표정으로 나에 게 손을 뻗었다.

하지만 그와 동시에 나 또한 다급히 외쳤으니.

"예쉬!"

내 허벅지까지 올라오는 야생 풀밭에서 시커먼 그림자가 벌떡 일어나 예쉬를 덮쳤던 것이다.

그러나 그 사실을 미처 알려주기도 전에 갑자기 내 정신이 아득해지더니 곧바로 눈앞이 깜깜해지고 말았다.

덜덜덜덜…….

달콤한 잠에 빠져 있는데 방해를 받는 것만큼 짜증 나는 일이 또 있을까?

이건 배고픈 사람이 막 식사를 차려놓고 밥 한 술 떠먹으 려는데 따르릉~ 하고 전화벨이 울리는 것보다 더 짜증 나는 일이고, 기껏 먹는 걸 잠시 유보하고 전화를 받았을 때 [안녕 하십니까, 고객님~!] 하고 홍보 멘트를 날리는 음성을 듣게 되는 것보다는 덜 짜증 나는 일이다.

그런 일은, 진정한 살인 충동이란 게 무엇인지 알게 해주는 일이니 말이다.

잡설이 길었지만, 하여간 난 꽤 짜증을 느끼며 깼던 터라 날 깨운 사람이 누구인지 알기만 하면 아무리 아버지라도 가만 안 둘 거라 결심하며 눈을 떴다.

한데,

'으잉?'

덜덜덜덜……

나는 바닥으로부터 올라오는 진동을 온몸으로 느끼며 황당한 시선으로 주변을 둘러봤다.

'이건 또 뭐가 어떻게 된 거야?'

생전 처음 보는 낯선 풍경에 나는 순간적으로 몇 년 전 나에게 일어났던 일이 또 일어난 건 줄 알았다.

그러다가 바로 옆에 엎어져 미동도 않는 예쉬를 발견하고 그게 아니란 걸 깨달을 수 있었지만.

'아… 놀래라. 아니었구나. 다행이다.'

아무래도 아버지를 비롯하여 이곳 사람들에게 정이 많이 들었던 모양이다. 무슨 말도 못 하고 갑자기 생이별하게 된 줄 착각한 순간 머릿속이 하얘졌으니 말이다.

오죽했으면 내가 착각했다는 걸 깨닫자마자 첫 만남이 그렇게 안 좋았던 어머니까지 떠오를까?

'아무래도 어머니한테도 정이 들었나 봐…….'

덜덜덜덜……

오랜만에(?) 상념에 좀 젖어보려 했건만 온몸을 울리는 진동 때문에 불가능했다.

진동이 얼마나 강했던지 골까지 덜덜덜 울리는 기분이었다.

아무래도 바닥에 엎드려 있어서 더 그런가 싶어 일어나려는데, 어째 팔이 마음대로 움직여 주질 않았다.

의아해 내려다보니 두 팔목이 교차된 상태로 투박한 천에 단단히 결박되어 있었다.

손목을 꽉 조이는 건 아니었지만 팔목을 비틀어 봐도 쉽게 느슨해지거나 풀어질 기미가 보이지 않았다.

황당한 상태에 얼떨떨해하던 나는 얼마 지나지 않아 여기서 깨어나기 전에 뭔 일이 있었는지를 떠올릴 수 있었다.

'아아… 그때 예쉬 뒤에서 벌떡 일어났던 게 사람이었나? 나도 누군가에게 당해서 정신을 잃은 거고? 헐, 내 평생 납치당해 묶여볼 줄이야.'

그 상태로 조심스레 몸을 일으키며 몸을 점검해 보니 두 다리는 묶이지 않았지만 뒤의 날개가 뻐근하면서도 움직일 수 없었다.

아무래도 날개는 손과 마찬가지로 묶인 듯했다. 그래서 엎드려 있었는지도.

다행히 그렇게 묶인 것 외에 어디 다친 데는 없는 것 같은데, 열 받게도 팔찌랑 목걸이 등등 몸에 착용하고 있던 액세서리란 액세서리는 몽땅 사라져 있었다.

'우쒸, 그거 비싼 건데……'

거기다 옷도 내가 입고 있던 게 아닌, 약간 두껍고 투박한 옷으로 갈아입혀져 있었다.

'비싼 건 다 빼앗아갔네.'

속으로 투덜거리며 나는 조심스레 주위를 둘러보기 시작했다.

내가 똑바로 앉으니 천장과는 약간의 틈만 남았고 예쉬와 같이 있으니 양옆으로도 여유가 거의 없는 좁은 공간이었다.

창이나 문 같은 건 없이 사방이 꽉 막혀 있었다. 다행히 천장의 모서리 한쪽에 동전만 한 구멍이 하나 나 있었다.

그곳으로부터 빛이 들어와 주변을 살펴볼 수 있었고 말이다.

'구멍이 나 있는 상자라니… 지금처럼 사람을 재워서 옮기는 일이 자주 있었나 보지?'

바닥에는 얇은 매트가 깔려 있었는데, 얼마나 빨지 않고 오래 사용했는지 눅눅한 데다 퀴퀴한 냄새도 났다.

'으으, 설마 벼룩이나 이가 살고 있는 건 아니겠지? 아님 곰팡이나.'

이런 매트 위에서 자고 있었다고 생각하자 무지 찝찝했다. 은근히 몸이 가려운 것 같기도 하고.

덜덜덜덜.

그 와중에도 진동은 계속해서 울리고 있었다.

가만히 귀를 기울이자 타다다다닥, 덜커덩덜커덩하는 소리도 들려온다. 아무래도 이 상자가 수레에 실려서 어디론가 이동 중인 모양이었다.

'아, 일 났네.'

일도 보통 일이 아니었다.

내가 사라지는 바람에 지금쯤 저택은 발칵 뒤집혔을 테니 말이다.

'으으음, 아버지가 유모나 프레스틴 경한테 너무 뭐라고 하지 않았으면 좋겠는데…….'

나야 어디에 있든 아버지나 저택 사람들이 분명 구해주러 올 테니 크게 걱정은 안 됐지만 그사이 저택 사람들이 얼마나 좌불안석하고 있겠는가.

'뭐, 내가 여기서 그런 생각을 해봤자 아무 소용이 없겠지만…….'

나는 어깨를 한 번 으쓱하는 걸로 생각을 털어버리고 고개를 옆으로 돌렸다.

옆에 엎어져 있는 예쉬도 나와 마찬가지로 장신구를 모조리 빼앗기고 투박한 옷으로 갈아입혀진 채 깨끗하지 못한 매트 위에 엎어져 있었다.

그런 걸 전혀 모른 채 도롱도롱 잘만 자고 있는 예쉬를 보고 있자니 웃기기도 하고 귀엽기까지 했다.

아무리 많이 컸다 하지만 이렇게 보니 아직 솜털이 보송보송한 애송이다.

처음에는 애를 깨워 지금 상황에 대해 의논하려 했는데, 예쉬의 어깨에 손을 대는 순간 마음을 바꿔 손을 거두어들였다.

'얘가 지금 할 수 있는 게 뭐가 있겠어? 그냥 조금이라도 더 편히 자두게 놔두지, 뭐.'

그러고 나서 대략 30~40분 정도 지났을 즈음이다.

"워, 워~!"

히히힝!

말 세우는 소리와 함께 덜덜거리며 이동하는 수레가 멈춰섰다.

'흠? 도착한 건가?'

편하게 앉아 있던 나는 얼른 매트에 엎드려 눈을 감았다.

수레가 멈췄으니 틈을 봐서 도망친다?

천만의 말씀.

내가 무슨 원더우먼도 아니고 하다못해 성인도 아닌데 여기서 무사히 도망칠 수 있을 리가 없었다. 그리고 설사 여기는 어떻게 빠져나간다 해도 무사히 저택까지 도착할 확률은 극히 낮았다.

물론 비상사태가 생긴다면 당연히 뭔가 행동을 취하기는 하겠지만 일단은 저택 사람들이 날 데리러 올 때까지는 얌전히 기다리고 있을 생각이다.

그런고로 여전히 잠들어 있는 척하려고 했는데, 딱히 그럴 필요가 없었다. 수레가 멈춘 후 상자만 들어 올려지더니 어디론가 또 이동을 시작했던 것이다.

흔들~ 흔들~

아까의 덜덜덜거리는 진동보다는 훨씬 승차감이(?) 좋았다.

그리고 얼마 후, 천장에 있는 구멍에서 들어오던 빛이 순식간에 약해졌다.

'실내로 들어온 모양인데? 오긴 다 왔나 보다.'

하지만 실내에 들어와서도 이동은 오랫동안 계속되었다.

한참을 흔들거리며 이동하는 것으로도 모자라 나중에는

덜커덩~ 끼이익! 하는 문 열리는 소리를 두 번이나 통과하며 상자가 한쪽으로 기울어진 채로도 꽤 이동되었던 것이다.

'…아무래도 지하로 내려가는 거 같지?'

지하는 오랫동안 지내기에 좋은 환경이 아닌데 말이다.

얌전히 있기로 했지만 잠시라도 머물러 있어야 할 곳이 극악한 환경이라면 생각을 바꿔야 하지 않을까 싶다.

내가 그렇게 고민하는 사이 우리가 담겨 있는(?) 상자가 드디어 멈춰 섰다.

쿵~!

상자를 내려놨는지 둔중한 물건이 부딪히는 소리와 함께 가벼운 충격이 온몸을 울렸다.

'목적지에 도착?'

그러면 다음 순서로는 상자가 열릴 게 뻔했기에 나는 얼른 다시 자는 척 엎드려 눈을 감았다.

과연 잠시 후 덜그럭덜그럭, 덜컹 하는 소리와 함께 약간 서늘하고 습한 공기가 화악 밀려들었다.

드디어 뚜껑이 열린 것이다.

그와 함께 거친 손길이 마치 짐짝 다루듯 내 허리춤을 잡고 휘익 들어 올리더니 딱딱한 매트 위로 내던지는 것이었다.

까딱 잘못했으면 자는 척하는 것도 잊고 꽥~ 비명을 지를 뻔했다.

어떻게 간신히 신음은 참을 수 있었지만 오만상을 하는 것까지 막는 건 어려웠다.

만약 날 내동댕이친 나쁜 녀석이 이때의 내 얼굴을 봤으면

자는 척하고 있다는 걸 들켰을 텐데, 다행히 그때를 맞추듯 옆에 있던 다른 사람이 그를 나무랐기에 무사히 넘어갈 수 있었다.

"무슨 짓이야! 이게 얼마짜리인지 알기나 해? 흠집이라도 생기면 어쩔 거야?"

물론 날 물건 취급하는 소리는 기분 나빴지만 말이다.

'이게 얼마짜리? 우와, 세상에……!'

난생처음 납치를 당해보고 거기다 더해 물건 취급까지. 오늘 참 색다른 경험을 골고루 해본다.

"아쒸, 이것들이 얼마나 튼튼한데 이 정도로 그러오?"

날 내동댕이친 게 분명한 사람이 불만 가득한 목소리로 투덜거렸지만 목소리는 크지 못했다. 그에게 뭐라고 한 사람을 두려워하는 모양이었다.

"이 자식이, 요즘 너 은근히 개긴다?"

"아니, 내가 뭘 어쨌다고……."

"시끄러. 그렇지 않아도 최근에 자꾸 거슬리는데… 조심해라?"

"……."

"다 옮겼으면 얼른 저 상자나 챙겨."

날 짐짝 던지듯 던진 사람은 그 뒤 아무런 대꾸를 하지 않았지만 한 소리 듣고 기분이 상당히 나빴던지 좀 거칠게 덜그럭거리는 소리가 들렸다.

끼이익, 탁, 철커덕!

그 뒤를 이어 문이 열리고 닫히는 소리, 자물쇠가 잠기는 소리까지 연이어 들려왔다.

사방이 막힌 곳이라 그런지 소리가 울려 그들이 내는 사소한 소리까지 너무나 잘 들렸다.

저벅저벅 그들이 걸어가는 소리가 한동안 들리다가 탁, 탁, 탁 하는 계단 올라가는 소리도 들려왔다.

'과연 계단을 내려온 게 맞아. 역시 여기는 지하구나.'

습한 공기에 진즉에 알아채긴 했다.

계단 올라가는 소리를 스물다섯 개 세었을 즈음, 계단 올라가는 소리가 멈추고 문이 열리고 닫히는 소리가 멀리 들리더니 그 후로는 아무런 소리도 안 들렸다.

분명 이곳 지하로 내려올 때는 적어도 문을 두 개는 거친 것 같았다. 문 하나를 통과한 후에는 소리가 들리지 않는 걸로 보아 방음도 되는 모양이다.

그들이 사라진 후에도 한참 동안이나 자는 척하면서 다른 어떤 소리가 나는지 귀를 기울이고 있던 나는 여전히 아무 소리도 들리지 않자 그제야 슬며시 눈을 떴다.

깜빡, 깜빡.

초점이 맞춰진 눈에 제일 먼저 보이는 건 굵은 쇠창살이었다.

내 팔뚝만 한 쇠막대기가 촘촘히 박힌 창살의 모습에 떠오르는 이미지는 딱 하나였다.

'완전 감옥이잖아?'

속으로 툴툴거리면서도 누운 상태로 고개와 눈동자만 조심스레 돌려가며 사방을 살피던 나는 곧 화들짝 놀라 굳어버렸다.

우리가 있는 공간 저쪽에 예쉬와 나 말고도 또 다른 존재들이 앉아서 나를 바라보고 있었던 것이다.

나와 눈이 마주치자 금세 흥미 없다는 표정으로 고개를 돌리는 그들의 모습에 내 심장은 놀라서 펄떡펄떡 뛰어다녔다.

'아, 놀래라. 무슨 기척이라도 좀 내지. 어떻게 저렇게 가만히 있어서 사람을 놀래키냐?'

벌렁이는 심장을 부여잡고 일어나며 나는 속으로 투덜거렸다.

그러면서 슬그머니 그들에게 시선을 돌리니 가장 먼저 나와 예쉬처럼 단단하게 결박되어 있는 손목이 보였다.

'흠, 쟤네도 우리랑 같은 신세인가 보네.'

둘 다 예쉬와 비슷한 또래로 보였다. 한 애는 약간 어스레한 이곳 환경에서도 확연히 알아볼 있는 붉은 머리를 가지고 있었고, 다른 애는 잿빛 머리를 가지고 있었다.

그런데 놀랍게도 그중 잿빛 머리를 가진 애의 등 뒤로 나와 비슷한 날개가 보였다.

이 세계에서 날개를 가진 사람이라고는 나와 어머니를 제외하고 한 번도 본 적이 없었던 터라 내심 반가워 말이라도 건네 보고 싶었지만 나를 철저할 정도로 외면하고 있는 둘을 보자니 주저되었다.

그래서 대화는 다음 기회로 미루고 나는 주변으로 관심을 돌렸다.

제일 먼저는 바로 옆 침대에 있는 예쉬 녀석.

여전히 정신없이 잠들어 있는 모습이 신기할 정도였다.

'어떻게 아직까지 깨지 않고 계속 자기만 할 수 있는 거지? 아까 그 덜덜덜거리는 곳에서도 잘만 자고……'

그래 잠시 지켜보고 있는데, 끄응~ 하는 잠꼬대를 하며 몸을 뒤척이더니 침대 끄트머리의 거의 떨어질 듯 말 듯한 아슬아슬한 곳에서 몸을 잔뜩 웅크린다.

침대가 좁다 보니 한번 몸을 뒤척였을 뿐인데 침대 끄트머리에 닿았던 것이다.

'푸핫, 저 처량 맞은 꼴은 또 뭐냐?'

그 모습을 보자니 예전에 비해 훨씬 더 애늙은이 같아진 태도로 날 놀라게 했던 녀석과 동일 인물이라는 게 믿겨지질 않았다.

'저 녀석, 원래 잘 때는 이러고 자나?'

잠버릇 참 특이하다 생각하며 나는 침대에서 내려와 예쉬를 제대로 눕히고는 그의 머리맡에 있던 모포를 펼쳐 그에게 덮어줬다.

좁고 낡은 침대에 그 못지않게 낡고 해진 매트와 시트였지만 다행히 지저분하지는 않았다.

게다가 바닥도 비록 차가운 돌바닥이었지만 약간 습하다는 것 외에는 오물이나 쓰레기 등은 보이지 않았다. 당연하겠지만 상자 안에 비해 공간이 넓었기에 상자 안에 있을 때보다는 훨씬 살(?) 만했다.

뭐, 쇠창살과 직각을 이루고 있는 두 벽면에 두 개씩 있는 침대 사이의 좁은 통로 외에는 남은 공간이 거의 없었지만 말이다.

예쉬에게 모포를 덮어주느라 바닥으로 내려선 김에 나는 쇠창살로 다가가 이것저것 살펴보기 시작했다.

보기에도 참 튼튼해 보이는 쇠창살은 내가 매달려서 흔들어봤지만 역시 꿈쩍도 안 했다.

문은 당연하게도 단단히 잠겨 있고 말이다.

'흐으음.'

우리가 있는 공간에는 창도 없고 등불 같은 것도 없었지만 대신 쇠창살 밖의 복도 천장 중간중간에는 커다란 마법등이—놀랍게도 일반 횃불이 아니라 마법등이었다—달려 있어 주변을 밝히고 있었다.

'제법 이 공간에 돈 좀 쓰셨는데? 관리도 꽤나 하는 거 같고.'

납치를 하고 사람을 물건 취급하는 걸 보니 분명 인신매매단 같은데, 가둬두는 공간도 그럭저럭 깨끗하고 상처가 나지 않게 쇠사슬이나 거친 밧줄이 아닌 천으로 결박해 놓은 걸 보니 얌전히만 있으면 대우가 그다지 험하지는 않을 것 같다.

'좋아, 구조팀이 올 때까지 얌전히 있을 수 있겠어.'

만족한 듯 고개를 끄덕인 나는 다시 건너편의 존재들에게 시선을 돌렸다.

어차피 여기에서 한동안 같이 지내야 할 동지들이니 슬슬 말을 터봐야겠다고 생각한 것이었다.

한데 웃기게도, 내가 다른 곳을 두리번거리고 있는 사이 날 보고 있었던지 빨간 머리 꼬맹이가 내가 시선을 돌리자 황급히 고개를 돌려 딴청을 부리는 거다.

'얼씨구? 그럼 그렇지. 꼬맹이들 주제에 호기심이 없을 리

가 없지.'

나에 대한 호기심이 있다는 걸 안 나는 한층 편해진 마음으로 녀석들에게 말을 걸었다.

"저기~ 있잖아~!"

한데 내 부름에 두 존재 다 들은 척도 안 하는 거다.

'뭐냐, 이것들?'

사람이 불렀으면 돌아보는 시늉이라도 해야 할 것 아닌가. 분명 못 들은 건 아닐 텐데.

아까는 분명 날 보고 있었면서 이건 또 뭐하자는 시츄에이션인가 싶어 어이가 없었지만 조금 더 소리를 높여 그 애들을 다시 불렀다.

"이봐~!"

하지만 돌아오는 건 여전히 싸늘한 침묵뿐이었다.

이것도 인연이라고, 예쉬랑 비슷한 또래로 보이는 데다 먼저 잡혀온 녀석들이라 안됐다고 생각했건만 돌아오는 반응이 저따위이자 그런 생각들이 싸그리 사라졌다.

"야! 너희!"

이제 더 이상 동정심이고 예의고 다 필요 없다 싶어 빽 소리를 질렀더니 그나마 겨우 한 존재가 반응을 보였지만 네 가지를 갖추지 못한 반응이었다.

"시끄러! 할 일 없으면 잠이나 자시지?"

붉은 머리 녀석이─이제는 존재도 아니고 녀석이다─내뱉은 말이 저따위였던 것이다.

'뭐 이런 녀석이 다 있어?'

이런 데 와서도 이렇게 네 가지 없는 녀석을 만나야 하다니 세상에는 네 가지를 갖추지 못한 녀석들이 왜 이리 많은 건지 모르겠다.

생각 같아서는 당장에라도 한 소리 해주고 싶었지만 여기온 지 몇 시간도 지나지 않았는데 벌써부터 말썽을 일으키고 싶지 않아 나는 녀석을 한번 흘겨봐 주는 것으로 분노를 억누르고는 시선을 돌려 버렸다.

'쳇, 쳇, 쳇. 이 시키들, 나중에 두고 보자.'

녀석들의 모습을 보지 않으려 고개를 돌리다 보니 아까 자세히 살피지 않은 쇠창살 바깥의 공간으로 시선이 가게 되었다.

쇠창살 틈새로 얼굴을 거의 끼우다시피 복도 사방을 살펴보니 우리가 있는 공간이 복도 가장 끝에 위치해 있었고 우리와 건너편 공간 옆에는 또 다른 쇠창살을 낀 공간이 있었다.

하지만 촘촘한 창살 때문에 밖으로 고개를 내밀 수가 없어확인한 건 고작 그 정도가 다였다. 일단 복도 건너편 공간에는 아무도 없다는 건 확인할 수 있었지만 말이다.

만약에라도 옆, 아니면 옆옆 공간에 딴 사람이 있을까 확인하고 싶었던 나는 옆 공간들을 향해 불러봤다.

"저기요오~ 혹시 다른 방에 계신 분드으을~"

우리를 감시하는 이들이 있을까 옆방(?) 사람들이나 겨우들을 수 있을 정도의 크기로 불러봤지만 어째 돌아오는 반응이 없었다.

잠시 기다렸다가 너무 작게 불렀나 싶어 조금 더 크게 다시 한 번 불렀다.

"이봐요드으으으을~!"

한데 너무 컸는지 사방으로 소리가 웅웅 울려 나도 화들짝 놀랄 정도였다.

옆방엔 확실하게 들렸겠지만 그와 함께 어딘가 있을지 모를 간수(?)까지 듣고 이쪽으로 오는 게 아닌가 조마조마하고 있는데 다행히 그런 일은 없었다.

대신 그 옆방에서도 아무런 반응이 없었지만.

한데 그때, 아까 나보고 한 소리 한 녀석이 다시 나서는 거였다.

"시끄럽다니까!"

나도 참 속이 좁았다.

사방으로 소리가 크게 울리는 바람에 다시 소리칠 생각이 완전히 사라졌는데, 붉은 머리 녀석의 짜증스러운 목소리를 들으니 왠지 오기가 펑펑 솟은 것이다.

그래서 뉘 집 개가 짖느냐는 듯 그 녀석을 무시하고는 다시 소리치려고 깊게 숨을 들이켰다. 혹 간수(?)들이 올지도 몰랐지만 괜한 오기가 '올 테면 오라지'라고 생각하게 만들었다.

그러자 붉은 머리 녀석이 안 되겠던지 짜증이 팍팍 들어가 있는 목소리로 내뱉었다.

"여기는 우리 외에 아무도 없어. 그러니 그렇게 소리쳐 봤자 너만 헛고생하는 거라고."

큰 목소리가 어지간히도 거슬렸던 모양이다. 아니면 내 큰 목소리를 듣고 간수(?)들이 오는 게 싫었거나.

"파하~ 그래? 그럼 여기 있는 인원이 다인 거야?"

붉은 머리 애가 드디어 입을 열 것처럼 보여 내가 깊이 들이쉰 숨을 그대로 내뱉고 묻자 그 녀석이 말해주기 싫다는 듯 노골적으로 인상을 찡그렸다.

'아쭈?'

기껏 말하기 시작했는데 이대로 녀석이 다시 입을 다물게 할 수는 없었다.

그래서 내가 다시 큰 소리로 외치려는 양 숨을 깊이 들이쉬자 녀석이 어쩔 수 없다는 듯, 그러나 여전히 짜증이 팍팍 들어간 어조로 설명해 줬다.

"그렇다니까 몇 번이나 말하게 하는 거야, 쪼끄만 게!"

녀석의 불친절한 설명에 나는 기가 막힌 심정으로 녀석을 바라보다가 안 되겠다 싶어 입을 열었다.

여기서 그냥 가만있으면 요 녀석은 계속 이런 식으로 굴게 뻔했던 것이다.

"이제 같이 지내게 될 사이인데 좀 잘 지내보는 게 어때? 한 공간에 같이 있는 사람끼리 껄끄러운 것도 안 좋잖아?"

나름 첫 대면이라 성질 죽이고 좋게 좋게 말했건만 꼬맹이의 반응은 까칠했다.

"내가 왜?"

'내가 왜? 와, 뭐 이딴 애가 다 있냐?'

그 빨간 머리 꼬맹이의 말에 나는 아주 정색을 하고 진지한 어조로 말해줬다.

"안 그러면 내가 지금보다 훨씬, 훠어얼씬~ 더 귀찮게 만

들어줄 테니까. 엄청 시끄럽게 굴거나 몇 번이나 더 말하게 만들거나."

내 협박에 빨간 머리 꼬맹이가 나에게 눈을 부라렸다.

"뭐? 이게?"

자기 딴에는 무섭게 보이려고 하는 듯했지만 나에게는 안 통했다.

"이게 뭐? 할 말 있으면 해봐!"

외려 내가 더 당당하게 들이대자(?) 빨간 머리 꼬맹이가 당황했는지 멈칫거렸다.

그런 꼬맹이를 향해 씨익 웃으며 뭐라 더 말하려는 찰나였다.

"끄으응······."

갑자기 들려온 신음 소리에 시선을 돌리니 예쉬가 이제야 정신이 드는지 오만상을 하며 머리를 부여잡고 있었다.

"예쉬, 정신이 들어?"

대치하고 있던 빨간 머리 꼬맹이를 무시해 버리곤 얼른 예쉬에게 다가가 조심스레 부르자 예쉬의 눈이 가늘게 떠졌다.

"끄응··· 아··· 사? 아··· 윽!"

예쉬는 완전히 정신을 차리지 못한 상태에서도 내 부름에 반응해 흐린 어조로 웅얼거렸다. 그러다 잠시 후 완전히 정신을 차렸는지 갑자기 벌떡 일어나려다가 한번 크게 비틀거리곤 도로 뒤로 넘어갔다.

쿠웅~!

두 손이 결박된 채로 누워 있었던 걸 몰랐던 탓이다.

"괜찮아?"

넘어지는 소리가 꽤 둔중한 게 제법 아팠을 거 같다. 하기야 매트가 얇아서 충격을 줄여주지 못했을 거다.

"아아… 으으응……."

신음인지 대답인지 모를 소리를 흘리던 예쉬가 몸을 옆으로 돌려 천천히 일어나 앉더니 정신을 가다듬으려는 듯 두 손으로 이마를 꾹꾹 눌러댔다.

그러고는 곧 날 바라보며 질문을 던지기 시작했다.

"넌 괜찮아? 이게 어떻게 된 거야? 여긴 도대체 어디고?"

나에 대한 질문을 시작해서 마무리는 주변에 대한 질문까지.

당황한 시선으로 주변을 두리번거리는 예쉬에게 나는 하나하나 대답해 줬다.

"난 괜찮아. 묶인 건 불편하지만 다친 데는 없는 거 같아. 그런데 비싼 건 다 뺏겼어. 아~ 그건 좀 열 받는다. 그리고 어떻게 된거냐면, 우리는 납치당해서 몸값을 협상하거나 누군가에게 팔리기 전까지 여기 갇혀 있는 거 같아. 마지막으로 여기가 어딘지는 몰라."

예쉬는 너무나 당당하게 대답하는 날 어이없다는 듯 바라봤지만 난 꿀릴 게 없었다.

"왜? 뭐?"

"아니……."

뭔 생각인지 말끝을 흐리며 고개를 절레절레 내젓는 예쉬에게 나는 사족을 덧붙였다.

"여기가 어딘지 모르는 건 어쩔 수 없어. 쟤네가 물어봐도 대답해 주지 않는걸."

말해주지 않은 건 사실이니까 나는 아주 당당하게 맞은편에서 우리를 벙찐 표정으로 지켜보고 있는 두 존재를 가리켰다.

한데 예쉬야 그 애들을 보고 놀라는 건 당연했지만 우리를 보고 있던 두 존재도 놀라며 덩달아 시선을 돌리는 것이었다.

'뭐야, 저 녀석들? 내가 말 걸 때는 무시하더니만 예쉬가 깨어나니 호기심이 생겼나 보지? 큭큭.'

얄밉긴 해도 저런 순진한 모습을 보이니 그건 또 귀엽게 보였다.

그런데 빨간 머리 녀석이야 이해가 가지만 잿빛 머리 녀석도 그럴 줄은 몰랐다.

'쟤가 예쉬한테 관심이 있나?'

한데 빨간 머리 녀석이 심사가 좀 꼬였는지 약간은 반항적인 시선으로 다시 우리를 바라보는 것이었다.

그래서 난 반쯤은 놀리는 심정으로 녀석에게 말을 건넸다.

"왜? 네가 여기가 어딘지 말 안 해준 건 맞잖아."

한데 이 빨간 머리 녀석도 만만치가 않았다.

"네가 언제 여기가 어딘지 물어봤어? 안 물어봤잖아! 근데 왜 나한테 다 뒤집어씌워?"

"응?"

곰곰이 생각해 보니 정말 쟤한테 여기가 어딘지 물어본 적이 없었다.

하지만 그건 먼저 건넨 내 말을 무시한 제 놈이 따질 수 있는 게 아니지 않는가.

'참내, 아무리 그래도 물어보지도 않았으면서 대답 안 해 줬다는 소리를 듣는 건 억울하다 이거냐?'

애가 넘 귀엽게 구니 웃음이 나올 것 같았다. 하지만 내가 지금 웃으면 또 뭐라 바락바락 대들 것 같아서 그냥 빤히 바라봐 줬더니—솔직히 이 녀석이 이렇게 하면 어떻게 반응할지도 궁금했다—녀석은 찔려 하며 고개를 돌리는 게 아니라 외려 너 '내가 뭘?' 이라는 시선으로 뻔뻔하게 나를 바라보는 것이다.

아무래도 지금 내 시선을 피하면 자신이 지는 것 같아 그러는 모양이다.

그런데 그때 예쉬가 슬쩍 끼어들어 빨간 머리 녀석의 말을 냉큼 받았다.

"그럼 물어보면 대답해 주겠다는 거구나? 고마워. 그럼 여기가 어디야? 알고 있는 것 좀 말해줘."

'오오, 능글맞아진 예쉬의 말발이 여기서 쓸모를 발휘하는구나.'

한데 그 쓸모가 이번에는 별 도움이 안 되었다. 예쉬의 능력이 딜린 게 아니라 빨간 머리 녀석이 별 도움이 안 되었던 것.

"몰라. 내가 인간 도시에 대해 어떻게 알아?"

팔짱을 낀 채 고개까지 획 돌려 버리는, 일명 '나 몰라라' 하는 무성의한 태도와 함께 나온 대답에 나는 '그럼 그렇지' 란 생각에 한숨을 쉬었지만 예쉬는 달랐다.

"잠깐, 너 지금 '인간 도시' 라고 했어? 그럼 여기가 도시

안이란 말이야?"

예쉬의 질문에 빨간 머리가 여전히 무성의한 태도로 입술을 삐죽였다.

"넌 인간 주제에 여기가 도시라는 것도 모르냐?"

"그럼 혹시 여기가 어떤 나라인지는 알아?"

아무래도 예쉬의 표정이 너무 간절했던 모양이다.

그런 애한테 계속 심술부리는 건 양심에 찔렸던지 힐끗 예쉬를 바라본 빨간 머리 녀석은 머쓱한 표정을 짓더니만 주춤주춤 팔짱을 풀고 자세를 바로 했다.

"뭐… 이카인지 뭔지 하는 것 같은데……"

빨간 머리 녀석이 가물가물한 기억을 짜내려는 듯 오만상을 하며 자신 없는 말투로 대답하자 놀랍게도 옆에서 거드는 목소리가 들렸다.

"이카제브 제국. 그렇게 들었어."

빨간 머리 꼬맹이 옆 침대에 앉아 있던 잿빛 머리 애였다.

그동안 계속 있는 듯 없는 듯 아무 말 없이 조용히 있기에 목소리를 듣기 힘들 거라 여겼는데, 뜻밖의 순간에 자기가 알아서 끼어들다니.

덕분에 난 여기가 아직도 아버지네 나라라는 것보다 녀석한테 대답을 들었다는 게 더 신기하게 여겨질 정도였다.

'역시 쟤가 예쉬한테 관심이 있나 본데?'

잿빛 머리 애는 내친김이라 생각했는지 한 번 더 입을 열었다.

"그리고 여기 있는 우리는 드미트리 제국이라는 곳으로 팔려갈 거라고 하더군."

그 말을 끝으로 입을 꾹 다물었는데, 그 애의 표정이 무겁게 가라앉자 옆에 있던 빨간 머리 애도 안색이 흐려지는 거였다.

그 분위기에 휩쓸렸음인지 지금까지 멀쩡하던 예쉬 녀석까지도 심각한 표정으로 생각에 빠져들자 주변 분위기가 칙칙해졌다.

'으이그, 꼬맹이들 주제에 이런 분위기는 또 뭐래…….'

그런 분위기가 마음에 안 들어 속으로 혀를 차던 난 이 분위기를 타파할 겸, 겸사겸사 아까부터 궁금했던 걸 물어보기로 했다.

이럴 때 가장 만만하게 말을 걸 수 있는 건 역시 빨간 머리 꼬맹이.

"그런데 애, 빨간 머리!"

내 부름에 빨간 머리 애가 우울해하던 섯노 잊고 벌컥 성을 냈다.

"빨간 머리라니? 지금 나 보고 그런 거야?"

"그럼 여기에 빨간 머리가 너 말고 또 있니?"

"이게 진짜! 난 위대한 묘인족 12 대전사 중 한 명인……."

"묘인족? 묘인족이 뭐야? 역시 그냥 인간이 아닌 건가?"

왠지 길어질 것 같은 자기소개를 싹둑 자르며 나는 신기하다는 어조로 물었다.

"컄! 야! 너! 남의 말을 끝까지 들어야 할 거 아니야!"

"흥이다. 너도 아까 내가 불렀을 때 대답 안 했잖아. 근데 나는 왜 네 말을 끝까지 들어야 하는데?"

좀 유치하게 아까 녀석이 저지른 만행을 콕 집자 녀석이 찔리는지 뭐라 말은 못 하고 열 받은 얼굴로 입술만 잘근잘근 씹어댔다.

'아아, 요 녀석, 점점 더 귀여워지는걸.'

이러다간 이 애를 놀리는 데 재미가 들릴 거 같다.

"이, 이… 조그만 게!"

물론 이런 언행은 별로 안 귀여웠지만.

"조그만 게 뭐 어떻다고? 그러는 너도 꼬맹이잖아. 같은 꼬맹이끼리 좀 더 크다고 뭐가 대단해?"

그런데 너무 찔러댔던 모양이다.

"이게 진짜~!"

애가 너무 화가 났는지 갑자기 머리카락이 곤두서며 눈의 동공이 세로로 길게 찢어지는 것이었다.

거기다 입술 사이로 뾰족한 송곳니가 튀어나오고 날카로운 손톱이 길어졌다.

솜털이 뽀송뽀송하던 귀여운 얼굴마저 일그러지기 시작하는 바로 그때, 갑자기 손목을 결박하고 있던 천에서 파바박 하고 스파크가 일어났다.

"으악~!"

그와 함께 빨간 머리 꼬맹이가 비명과 함께 앉은 자리에서 펄쩍 뛰어올랐다. 그 모습에 너무 놀란 나는 그 애가 다시 침대 위로 고꾸라질 때까지도 할 말을 찾지 못하고 어버버거리고만 있었다.

대신 나보다 먼저 정신을 차린 예쉬가 입을 열었다.

"그거… 마법인가?"

그러자 다행히(?) 원래의 모습으로 돌아와 딱딱한 매트에 처박혀 씨근덕거리고 있던 붉은 머리 애 대신 옆에서 지켜보고 있던 잿빛 머리 애가 대답해 줬다.

"그래, 내가 하고 있는 건 모르겠지만 이 녀석 건 변신할 기미가 보이면 충격을 주더라고. 이 바보 같은 녀석은 몇 번이나 당해놓고도 가끔가다 이렇게 또 당하고 있지."

"아씨, 따가워."

불퉁한 얼굴로 일어나 앉으며 결박된 손을 흔드는 붉은 머리 애의 모습에 나는 자책감이 들었다.

내가 요즘 애처럼 구는 것에 익숙해지고 재미까지 들려 있다 하지만 원래는 나이를 먹을 대로 먹은 어른이 아닌가 말이다.

"아, 이런, 미안해. 그런 게 있는 줄 몰랐어. 너 괜찮냐?"

"시끄러. 이까짓 것에 누가 다치기라도 한 줄 알아?"

물론 붉은 머리 꼬맹이는 사과를 받아들이지 않았지만 내가 미안해하고 있어서 그런지 얄미워 보이질 않았다. 아니, 오히려 꼬맹이가 불퉁해하는 모습이 기특해 보이기까지 했다. 훌쩍이며 엄마를 찾는 애들보다야 훨씬 장하지 않는가 말이다.

한데 이렇게 감상에 빠져 있는 나와는 달리 예쉬는 그 상황을 보고 현실적인 문제를 발견해 냈다.

"잠깐만. 그렇다는 건 혹시 우리를 결박하고 있는 것에도……?"

"아마도."

잿빛 머리 녀석은 예쉬가 하려는 말이 뭔지 금방 눈치채고는 순순히 대답까지 해줬다.

'저 시키, 내가 말을 걸었을 때는 들은 척도 안 하더니 어떻게 예쉬한테는 꼬박꼬박 대답까지 해주냐?'

물론 예쉬한테라도 대답을 해주니 다행이긴 하지만 그래도 기분이 나쁜 건 나쁜 거였다.

그래서 불퉁한 표정으로 투덜거리는데, 붉은 머리 녀석이 이걸 본 모양이었다.

"흐흥~ 꼬맹이~"

기분 나쁘게 히죽 웃으며 날 부르는데, 내 속을 한번 긁어보겠다는 의도가 너무 역력했다. 아마 복수할 기회는 이때다 싶었나 보다.

하지만 녀석한테는 안됐지만 내가 그 정도에 넘어갈 리가 없었다.

"왜, 빨간 머리?"

그래서 아무렇지 않게 아주 당당히 대답했더니 녀석의 얼굴이 팍 일그러졌다.

"빨간 머리라고 부르지 말라니까!"

아무래도 얘가 빨간 머리라는 말에 뭔가 한이라도 맺힌 모양이다.

"그럼 뭐라고 불러?"

"잘 들어. 그러니까 난 위대한 묘인족 12 대전사 중 한 명인……."

하지만 정말 안타깝게도 난 이번에도 그 녀석의 이름을 듣지 못했다.

철컥, 덜커덩! 끼이이익!

저 멀리에서 뻑뻑한 문이 열리는 소리가 들려왔던 것이다.

제 15 화

철창 속에서의 하루

철컥, 덜커덩! 끼이이익!

그 소리에 빨간 머리 녀석은 이번에도 자기소개를 못 하고 긴장된 표정으로 입을 다물어야 했다. 관심 없다는 시선으로 눈을 내리깔고 있던 잿빛 머리 녀석도, 심각한 표정으로 생각에 골몰하고 있던 예쉬도 고개를 들었다.

터더덕, 터더덕, 터더덕.

계단을 내려오는 발걸음 소리가 중첩되는 걸 보아하니 혼자가 아닌 것 같았다.

아이들이 마치 약속이라도 한 듯 다 같이 입을 다물고 긴장한 채 소리에 집중하는 사이, 계단을 내려오는 발걸음 소리가 복도를 걷는 소리로 바뀌었다.

터벅, 터벅, 터벅!

터벅, 터벅, 터벅!

그런데 그와 함께 어디선가 음식 냄새가 솔솔 풍겨오기 시작했다.

왠지 긴장된 상황과 맞지 않은 냄새라 나는 코를 킁킁거려 냄새를 다시 확인하면서 고개를 갸웃거렸다.

"킁, 킁, 킁, 갑자기 웬 음식 냄새?"

내 말에 예쉬도 고개를 갸웃하며 킁킁 냄새를 맡아보기 시작하는데, 빨간 머리 애가 긴장으로 굳은 어깨를 풀고 고개를 주억거렸다.

"아아, 벌써 시간이 그렇게 됐나?"

뭔가 알고 있는 말투에 나도 모르게 의문이 담긴 시선을 보내자 이 빨간 꼬맹이가 그런 날 보더니 또 히죽히죽 웃었다.

"궁금해? 가르쳐 줄까, 말까?"

아주 기회만 있으면 놓치지 않고 약 올리는 모습이 얼마나 얄미운지 아까 미안하게 생각했던 거 몽땅 취소하고 싶은 심정이었다.

궁금함을 참고 됐다고 거부하려는 찰나, 다행히 잿빛 머리 애가 나섰다.

"그냥 있어보면 안다."

"야, 그걸 왜 말해!"

"네가 시끄럽게 만드는 것보다는 나으니까."

"우쒸~!"

자신의 항의에 단호히 대처하는 잿빛 머리 애의 태도가 불

만족스러운 듯 빨간 머리 애의 얼굴이 불퉁하게 변했지만 더는 뭐라고 하지 않았다.

대신 혼잣말로 투덜댔을 뿐.

"체엣, 그놈의 대머리 녀석들 때문에……."

그놈의 대머리 녀석들은 또 누군지 의아해하기도 전에 그 대머리 녀석들이 모습을 드러냈다.

저쪽에서부터 걸어오던 발걸음 소리가 우리가 있는 철창 앞에서 멈춰 섰던 것이다.

'어엇, 진짜 대머리네?'

"이놈들이 얌전히 있네? 역시 말 안 듣는 애들은 매가 최고라니까."

발걸음 소리에서 예상했던 대로 두 사람이 나타났다. 키만 좀 다를 뿐 둘 다 입고 있는 옷이 쫄티로 보일 정도로 우람한 덩치를 한 대머리였다.

생김새조차 비슷해 보여서 내심 둘이 형제가 아닐까 생각될 정도였다.

그중 키가 큰 대머리가 기분 나쁘게 히쭉히쭉 웃으며 입을 열었는데, 험상궂은 인상 때문에 저 웃음이 기분 좋아 웃는 건지 협박하려 인상을 쓴 건지 헷갈렸다.

선입견은 안 좋은 거지만 '나 무지 나쁜 놈이오'라고 써 붙인 것 같은 인상 때문에 다른 생각은 할 수도 없었다.

"그래, 그래, 오늘 처음 온 녀석들도 얌전하군. 마음에 들어."

그사이 흡족한 미소를 띤 대머리 남자가 철창에 달린 문을 열고 안으로 들어왔다.

"이곳에 온 걸 환영한다, 꼬마야. 얌전히만 있으면 이 아저씨들이랑 친하게 지낼 수 있을 거야."

'웁스.'

키 큰 남자의 뒤를 이어 들어온 키 작은 남자의 말에 나는 절로 마른침을 삼켰다.

그 남자의 말이 꼭 '말 안 듣기만 해봐. 그냥 화악!'이라며 협박하는 것처럼 느껴졌던 것이다.

덕분에 난 이곳에 와서 처음으로 내 안위를 진심으로 걱정하며 얌전히 고개를 끄덕였다.

그만큼 키 작은 남자의 인상이 조금, 아니, 많이 무서웠던 것이다. 키 큰 대머리 남자보다도 더 말이다.

크고 각이 진 얼굴과 부라리고 있는 듯한 크고 사나운 눈매만으로도 산적들이 고개를 숙일 것 같았다. 거기다 이마에서 시작해 왼쪽 뺨을 지나 입가에서 끝난 붉은 흉터는 그의 인상을 더욱더 무섭게 만들어주고 있었다.

아마 저 사람은 웬만한 시비에는 휘말리지도 않을 거다. 뭔 일이 생기려고 해도 인상만 한 번 그어주면 모든 일이 싸악 해결될 테니 말이다.

'완전 얼굴이 무기.'

"착하다. 배고프지? 상으로 이 빵을 주마."

그런 생각을 하고 있어서인지, 그가 뭐라고 말하든 그의 커다란 손이 통에 쑥 들어갔다 나올 때는 협박용(?) 몽둥이라도 꺼내는 줄 알고 깜짝 놀랐을 정도였다.

한데 그가 꺼내서 나에게 내민 건 진짜 빵이었다. 빵 냄새를 솔솔 풍기는.

‘으응? 빵… 이네? 웬 빵?’

그제야 생각난 건데, 아까 그들이 올 때 음식 냄새가 풍겼었다.

갇힌 공간에서 갑자기 음식 냄새가 풍겨서 의아해했었는데 두 인상파 얼굴에게 놀라느라 그걸 까맣게 잊고 있었다.

‘혹시… 설마… 이 사람들, 우리 식사 챙겨주러 온 거야?’

힐끔 시선을 돌려보니 빨간 머리 애와 잿빛 머리 애는 벌써 키 큰 대머리 남자로부터 빵을 한 덩이씩 받아 들고 있었다.

‘그, 그런 거냐?’

나 또한 얼결에 받아 들고 보니 빵이 내 주먹 세 개를 합친 것만 했다.

하나 그렇게 크다고 좋은 건 아니었다.

빵은 귀리에다 물만 넣고 반죽해서 구웠는지 엄청 딱딱해 과연 내가 씹을 수 있을지 의문이 생길 정도였다. 둥근 모양을 한, 약간 더 딱딱한 바게트 빵이 딱 이걸 거다.

그러나 어쩌랴. 눈앞에 ‘당장 먹지 않으면 가만두지 않겠어!’ 라고 느껴지는 부리부리한 눈빛으로 바라보는 남자가 있는데.

어쩔 수 없이 눈을 딱 감고 조금 입에 넣어봤지만 역시나, 내 이가 자국조차 내지 못했다.

‘이거야 원……’

세상에 어떻게 이런 빵이, 이게 먹을 수나 있는 건가, 혹시 이건 식사를 챙겨주는 게 아니라 괴롭힘의 일종인가, 못 먹으면 어떻게 되는 걸까 등등…….

빵의 딱딱함에 차마 먹지 못하고 머뭇거리는 사이 머릿속에서는 온갖 생각이 일제히 떠올라 뒤엉키고 있었다.

덕분에 갑자기 시커먼 그림자가 쓱 다가왔을 땐 또다시 화들짝 놀랄 수밖에 없었다.

이런 내 심정을 아는지 모르는지 내가 놀라서 지켜보는 가운데 작은 대머리 남자가 내 손에 들려 있던 빵을 쓰윽 가져가는 거다.

'헛, 혹시…….'

준 빵을 얼른 먹지 않고 조몰락(?)거린다고 한 대 맞기라도 하는 건 아닌가 싶어 그의 눈치를 보고 있는데, 의외로 그가 가져간 빵을 반으로 뚝 자르더니—나무판을 반으로 뚝 부러뜨리는 듯한 소리가 났다—안의 부드러운 부분만 조심스레 뜯어내 나에게 다시 내미는 것이었다.

"자, 아~ 해봐."

'히익~!'

하지만 잔뜩 긴장하고 겁을 먹고 있던 탓에 친절이 친절로 보이지 않았다. 오히려 그의 무서운 인상과 어울려 '이렇게까지 해줬는데 당장 안 먹으면 가만 안 두겠어!' 라고 협박 받는 기분이었다.

그런 상황이다 보니 나는 그 남자보고 그 손 씻은 거냐고 감히 물어볼 엄두도 못 내고 얌전히 입을 벌려 빵을 받아먹을 수밖에 없었다.

'으에, 맛없다.'

달콤한 버터 맛이나 우유 맛은 당연하겠지만 조금도 나지 않았다.

그러나 여기서는 이거라도 감지덕지해야 하는 거겠지.

거기다 눈앞에선 대머리 남자가 지켜보고 있었기에 나는 맛없다는 티도 내지 못하고 그냥 입안에 있는 빵을 열심히 씹었다.

다행히 좀 거칠고 맛이 없다 뿐이지 삼키지 못할 정도의 극악한 음식은 아니었다.

내가 얌전히 오물오물 씹어 삼키자 남자가 그게 마음에 들었나 보다.

"자, 더 먹어. 아~"

살벌한(?) 미소를 지으며 한 번 더 빵을 들이미는 것이었다.

"아아~"

들이밀기에 한 번 더 얌전하게 받아먹었다.

그러자 또 한 번 더 들이밀고, 먹자 또 들이밀고……

이게 네다섯 번쯤 반복되다 보니 아무리 두려움에 제대로 된 생각을 할 수 없었던 나라도 이게 협박이 아닌 친절이라는 걸 깨달을 수 있었다.

뭐, 사실 세 번째부터 혹시~ 하는 생각이 들긴 했다.

그런데 그런 생각을 받아들이기에는 빵을 들이미는 모습이 정말 협박하는 것처럼 보여서 '혹시'와 '설마'가 몇 번이고 머릿속에서 엎치락뒤치락했던 것이다.

'에휴~ 내가 이러면 안 되는데.'

속이 쓰린 이야기지만 내가 한국에서 살 땐 평균에 아주 살짝 못 미치는 외모를 가지고 있었던 터라 여시 같은 가시나(?)들에게 밀려 차별을 받은 적이 좀… 있었다.

그렇게 몸소 쓰라린 체험을 했건만 그랬어도 이분(?)의 외모를 보는 건 정말 힘들었다.

그러지 말아야지, 말아야지 결심해도 나도 모르게 움찔움찔 놀라며 절로 겁을 먹게 되었던 것이다.

하지만 다섯 번째 빵을 받아먹을 즈음 나는 용기(?)를 내야 했다.

뻑뻑한 빵만 먹다 보니 목이 막힌 것이다.

그래서 다섯 번째 빵을 씹어 삼키고 나자 또 '아~' 하면서 빵을 들이미는 대머리 떡대의 눈치를 슬슬 살피며 빵을 받아먹는 대신 입을 열었다.

"목마른데……."

만약 '쓰읍, 이게 어디서~' 란 반응을 보이면 얼른 다시 빵을 받아먹을 태세를 갖춘 채로 말이다.

하지만 과연 내 생각은 틀리지 않았다.

내 말에 그가 허둥지둥 물을 찾아 몸을 돌렸던 것이다.

"으응? 자, 잠깐만 기다려."

그가 잠시 나에게서 몸을 돌린 사이, 나는 안도의 한숨을 내쉬며 미처 신경 쓰지 못한 다른 쪽 대머리 남자를 향해 시선을 돌렸다.

그는 빨간 머리 애와 잿빛 머리 애를 지켜보느라 내 쪽으론 등을 돌린 채 서 있었는데, 팔짱을 낀 채 서 있는 폼이 뒤에서 보기에도 무척 고압적인 자세였다.

표정도 그 못지않았는지 그를 마주 보고 있는 빨간 머리 애와 잿빛 머리 애의 얼굴이 별로 좋지 않았다.

　그 상태로 묵묵히 딱딱한 빵을 뜯어 먹고 있으니 소화나 제대로 될지 걱정이다.

　예쉬도 그 애들과 별반 다르지 않은 표정이었지만 그래도 군소리 없이 빵을 곧잘 먹고 있었다. 딴 애들은 몰라도 예쉬는 이런 빵을 처음 먹어보는 걸 텐데 말이다.

　역시 큰 대머리 남자의 인상 덕분인 듯하지만 무리하게 먹다 체하지나 말았으면 좋겠다.

　"자, 이거 마셔."

　예쉬를 보며 걱정스런 시선을 보내는 사이 몸을 돌렸던 작은 대머리 남자가 나에게 뭔가를 불쑥 내밀었다.

　이 세계에 와서 처음 보는 나무로 만들어진 투박한 컵이었다.

　안에는 물이 담겨 있었는데, 아쉽게도 장시간 실온에 있었던 듯 미지근했다.

　'뭐, 이런 데서 시원한 냉수를 바라는 건 무리겠지. 아아, 그래도 생과일주스 먹고 싶다.'

　만약 지금 저택에 있었다면 유모와 입씨름을 해서 얻어낸 커다란 파이 조각에다 꿀을 탄 따뜻한 우유나 새콤달콤한 과일 차를 마시고 있었을 거다.

　집을 떠나봐야 집의 소중함을 알게 된다지만 여기 온 지 얼마 되지도 않았는데 벌써 저택과 그곳에 있는 사람들이 그리워지기 시작했다.

　'빨랑빨랑 구하러 오길…….'

이미 아버지나 저택 사람들이 날 찾으려고 안달복달하며 뛰어다니고 있을 게 뻔했지만 이렇게 맛없는 음식을 오래 먹고 싶진 않으니 조금만 더 서둘러 줬으면 좋겠다.

물을 마신 후 작은 대머리 남자가 좀 만만해진 나는 두어 번 더 빵 조각을 받아먹은 뒤 맘 편하게 고개를 절레절레 저었다. 그가 기꺼이 내 의사를 존중해 줄 거라 예상하며 말이다.

"배불러."

과연 그는 그 말 한마디에 들고 있던 빵을 뒤로 물렸다.

"배불러? 그럼 그만 먹을까?"

끄떡~

"그래, 그럼 그만 먹자."

그동안 내가 주는 걸 잘 받아먹은 게 기분 좋았던지 그는 흔쾌히 들고 있던 빵을 옆으로 치워놓더니 내 머리 위로 손을 올렸다.

"아이고, 착하다~"

그런데 그렇게 내 머리를 두어 번 쓰다듬던 대머리 남자가 갑자기 손을 치우는 거다.

'이 아저씨가 왜 그런대? 아, 혹시 머리에 기름이 꼈나?'

그러고 보니 여기로 오기 전날 귀찮아서 머리를 안 감긴 했다.

'헛, 많이 꼈나?'

괜히 찔리는 마음에 대머리 남자의 눈치를 보는데, 이 대머리 남자도 마침 내 눈치를 보고 있는 게 아닌가?

'으잉? 이건 또 무슨 시추에이션?'

당연히 그의 행동을 이해하지 못한 내가 의아한 시선으로 바라봤더니 뭔 심경의 변화인지 대머리 남자가 험상궂은 인상과는 정말 어울리지 않게 어색하고 쑥스럽다는 듯 '에헤헤~'하고 웃으며 다시금 내 머리에 조심스레 손을 가져다 대는 거였다.

'흐음, 혹시 이 아저씨……?'

뭔가 감이 잡혔지만 그가 좀 만만해졌다고 해도 아직 그의 인상은 부담스러웠기에 나는 일단 얌전히 있으면서 좀 더 지켜보기로 했다.

그사이 키 작은 대머리 남자는 내 머리를 두어 번 더 쓰다듬고는 손을 내렸다.

"자, 우리 예쁜 아가씨, 저녁을 먹었으니 이제 코 자야지?"

무척이나 기분 좋은 목소리.

그걸로 나는 확신을 얻을 수 있었다.

키 작은 대머리 남자는 아까보다 더욱더 부드럽고 다정한 목소리를 내려고 애쓰며 내 옷자락과 시트 위에 떨어진 빵 부스러기를 손으로 싹싹 쓸어 치워주더니 내 침대 머리맡에 대충 접힌 채 놓여 있는 모포까지 손수 펴줬다.

'어째 이러다가 날 눕혀놓고 재워준다고 토닥이며 자장가까지 불러주는 거 아냐?'

왠지 지금 폼을 보자면 충분히 그럴 것 같았다.

그러나 다행히 그전에 큰 대머리 남자가 그를 제지하고 나섰다.

"지금 뭐 하냐? 적당히 하고 얼른 가자고."

그 말에 작은 대머리 남자는 아쉬운 얼굴로 날 돌아보더니 어쩔 수 없다는 듯 주섬주섬 가지고 왔던 것들을 통 안에 챙겨 넣기 시작했다.

하지만 나가기 전에 나에게 물이 가득 담긴 컵을 하나 챙겨주며 작별 인사를 건네는 걸 잊지 않았다.

"자, 나중에 목마르면 이걸 마시고 조금만 놀다 자야 한다? 그럼 이지씨가 내일 맛있는 것 가지고 올게."

비록 얼굴은 좀… 많이 무서웠지만 나한테 잘해주고 싶어서 안달인 남자—로 확정된 사람—에게 밉보일 필요가 없겠다 싶어 나는 기꺼이 고개를 끄덕거려 줬다.

미소까지 지어주고 싶었지만 아직 거기까진 무리라서 말이다.

그 또한 내가 얌전히 고개를 끄덕여 준 것만으로도 감동한 모양이니 나의 이 고귀한 미소는 나중을 위해 남겨두는 게 좋을 것 같았다.

"잘 때는 이불 잘 덮고 자야 한다?"

어떻게든 한마디라도 더 말을 붙이려는 키 작은 대머리 남자의 태도에 먼저 철창 밖으로 나가 있던 키 큰 대머리 남자가 못 참겠던지 철창을 두드렸다.

"거, 적당히 좀 못해? 이러다 늦으면 또 한 소리 듣는단 말이다!"

"알았어. 알았다고!"

작은 대머리 남자는 투덜거렸지만 큰 대머리 남자를 무시할 순 없었는지 나에게 아쉬운 눈빛을 던지고는 꾸물꾸물 철창에 달린 문으로 향했다.

"얼른 나와!"

"알았다니까! 그럼 잘 있어. 내일 올게."

다시 재촉을 받아 짜증을 내는 와중에도 나에게 작별 인사 마무리하는 걸 잊지 않는 게 대단해서 나는 답례로 한 손을 흔들어줬다.

그게 또 작은 대머리 남자를 찡하게 했는지 그는 큰 대머리 남자의 짜증에도 불구하고 꿋꿋하게 모습이 보이지 않게 될 때까지 계속 손을 흔들어댔다.

그 탓에 나도 그때까지 계속 손을 흔들어줘야 했지만 기분은 과히 나쁘지 않았다.

'흐음, 잘하면 아군을 만들 수도 있겠는데?'

사심 없이 나에게 호감을 보이는 그에게는 미안하지만 내심 잘됐다 생각하고 있는데 빨간 머리 녀석이 이죽거렸다.

"흥, 저딴 놈에게 꼬리를 흔드는 꼬라지하고는."

이런 상황에서는 저들의 말을 잘 들으며 얌전히 있는 게 현명한 거라고 설명하고 싶었지만 빨간 머리 애 표정을 보아하니 씨알도 안 먹힐 것 같다.

그래서 나는 구차하게 설명하는 대신 틱틱거렸다.

"남이사. 상관 마시지?"

"뭐? 저, 저 쪼그만 게! 너, 너, 두고 보자!"

그렇게 이를 빠드득 갈며 자신의 뒤끝이 길다는 걸 노골적으로 드러낸 빨간 머리 녀석은 확실히 뒤끝이 길고 치사했다.

다시 우리 넷만 남게 되자 예쉬는 그 틈을 타서 우리보다 먼저 이곳에 온 두 아이에게 이것저것 물었다.

한데 이 빨간 머리 꼬맹이 녀석이 예쉬가 대답 좀 들으려고 하면 나서서 훼방에 타박을 놓는 것이었다.

"너희는 언제부터 여기 있었어?"

라고 예쉬가 물으면,

"그걸 네가 알아서 뭐해? 너랑 무슨 상관이야?"

라고 타박을 놓고,

"매일 이렇게 먹었던 거야?"

라고 물어보면,

"너도 있다 보면 알게 될 거 아니야!"

라고 타박을 놓는 것이었다.

잿빛 머리 애는 예쉬에게 대답을 해줄 것 같았지만 빨간 머리 녀석이 선수 쳐서 훼방을 놓는 탓에 자꾸 말할 타이밍을 놓쳐 결국 입을 다물게 되었다.

게다가 빨간 머리 녀석이 눈을 세모꼴로 뜬 채로 예쉬의 입만 노려보며 질문이 나오기만 하면 곧바로 대응할 태세를 갖추고 있자 몇 번 질문을 던지던 예쉬도 이대로는 안 되겠다 싶었는지 머쓱하게 웃으며 입을 다물어 버렸다.

"에라, 이 치사 빤쮸야~!"

혀를 끌끌 차며 그 꼴을 보고 있던 내가 결국 한심함을 참지 못해 빨간 머리 녀석을 타박하자 그 녀석이 나를 향해 세모꼴 눈을 돌렸다.

"내가 이러든 말든 네가 무슨 상관이야!"

"그래, 너 잘났다! 네 똥 굵다! 네 똥 컬러다!"

요즘 초등학생들이 이런 말을 쓰는지 모르겠지만 내가 초등, 아니, 내가 어렸을 때는 국민학교였다. 하여간 내가 국민학교에 다닐 때 우리는 이러고 놀았다.

빨간 머리 녀석의 치사한 태도에 나도 모르게 어렸을 때의 그 유치찬란한 대사를 내뱉었더니만 어째 내 말에 거기 있는 녀석들 모두 얼굴이 뻘게지는 것이었다. 그것도 나랑 빨간 머리 녀석의 툭탁거림을 한심한 눈길로 보고 있던 잿빛 머리 녀석까지 말이다.

거기다 예쉬 녀석은 손으로 이마를 짚으며 나를 타박하기까지 했다.

"아사, 넌… 어떨 때는 애늙은이처럼 굴더니 지금은 어째……."

"내가 뭘?"

왠지 좀 과한 꼬맹이들의 반응에 얘들이 왜 이러나 싶기도 하고 은근히 부아가 나기도 해서 약간 날카로운 어조로 물었더니 빨간 머리 녀석이 자기 머리카락 색만큼이나 빨개진 얼굴로 소리를 꽥 지르는 것이었다.

"너, 너, 너, 넌 여자애가 창피한 것도 모르냐? 어, 어떻게 그, 그런 말을… 으아악!"

자기가 다 창피하다는 듯 몸서리를 치는 빨간 머리 녀석의 태도에 나는 고개를 갸웃거리며 내가 뭐라고 말했는지 곰곰이 되짚어보기 시작했다.

'그러니까…….'

"뭐? 네 똥 굵다고 한 거?"

내 말에 잿빛 머리 애는 시선을 돌렸고, 빨간 머리 애는 '으아악!' 하고 비명을 질렀으며, 예쉬는 당장 나에게 달려와 내 입을 틀어막았다.

'이것들이 진짜!'

자기네가 깨끗하면 얼마나 깨끗하다고 듣는 것 가지고도 이렇게 질색하는지 모르겠다.

이 녀석들은 그 유명한 동화 '누가 내 머리에 똥 쌌어?'도 모르나?

'당연히 모르겠지만.'

그래도 녀석들의 반응이 괘씸했던 나는 입을 막고 있는 예쉬의 손을 치우며 따지고 나섰다.

"야! 똥 이야기가 어때서? 너네는 똥 안 싸냐? 너네는 엉덩이에 똥구멍이 없이 밋밋해?"

그러자 빨간 머리 녀석이 못 견디겠다는 듯 몸부림을 치다가 침대에서 내려서며 외쳤다.

"시끄러! 너, 조용히 해! 이 위대한 대전사의 아들이 왜 그따위 말을 듣고 있어야 하는 거야?"

하지만 그렇다고 가만있을 내가 아니다. 나는 오히려 더 쌍심지를 켜며 입을 열었다.

"웃기지도브브브……."

이게 무슨 소리인고 하니, 나에게 옆으로 밀쳐졌던 예쉬 녀석이 다시 달려들어 내 입을 틀어막는 바람에 나는 소리였다.

이번에는 단단히 각오했는지 내가 밀어대도 안 밀리고 굳건히 버텼다.

그러자 빨간 머리 녀석이 반색을 했다.

"너, 맘에 든다. 네 녀석, 의외로 괜찮은 녀석이었군."

아마 한국인이었다면 엄지손가락이라도 치켜들었을 태세였다. 빨간 머리 녀석의 말에 잿빛 머리 애가 맞다는 듯 고개를 끄덕였고 예쉬 녀석은 그들에게 살짝 고개를 숙여 보이기까지 했다.

나는 짜증이 났지만 세 소년은 상황이 그렇게 마무리된 것이 참으로 만족스럽다는 표정으로 시선을 주고받더니 예쉬는 나를 끌고 내 침대로, 잿빛 머리와 빨간 머리 애는 각각의 침대로 올라가 앉았다.

그러자 마치 그때를 기다렸다는 듯 또다시 끼이이익~ 하고 이 지하 세계와 지상 세계를 단절시키고 있던 문이 열리는 소리가 들렸다.

덕분에 예쉬가 손을 치우기만 하면 가만있지 않으려 했던 나와 나를 달랠 준비를 하던 예쉬가 멈칫하고 철창 바깥쪽으로 귀를 기울였다.

그와 함께 예쉬는 의문에 찬 시선을 잿빛 머리와 빨간 머리 애들 쪽으로 돌렸다. 누구 덕분에 약간은 친밀해진 그들이 이 상황에 대해 뭔가 설명해 주길 바라는 뜻에서였다.

그리고 예쉬의 시선을 받은 빨간 머리와 잿빛 머리가 순순히 입을 열어 대답해 줬고 말이다.

"아아, 걱정할 것 없어. 불 끄러 온 거야."

"이제 잘 때가 되었다는 거지."

"뭐? 그게 무슨 소리야?"

예쉬가 입을 막은 손을 떼어줘 내가 묻자 빨간 머리 녀석이 어깨를 으쓱해 보였다.

"별거 아니라고. 뭐, 보면 알 거다."

애들은 설명을 해도 꼭 이런 식이다.

그냥 처음부터 사람이 알아듣게 설명해 주면 어디가 덧난단 말인가.

'보통 사람이 아니라서 그런가?'

내가 그렇게 속으로만 투덜대는 사이 탁, 탁, 탁 하는 계단을 내려오는 소리가 들렸다.

이 공간의 선배(?)인 두 녀석이 별일 아니라고 했지만 반사적으로 긴장한 채 소리에 귀를 기울이고 있으려니 잠시 후 계단 내려오는 소리가 끝이 나고 저벅저벅 복도를 따라 걸어오는 소리가 들렸다.

그렇게 해서 곧이어 나타난 존재는 '저러고 다니는 사람도 있구나' 하는 깨달음(?)을 주는 사람이었다.

짙은 감색의 펑퍼짐한 포대 자루 같은 옷을 입는 걸로도 모자라 이 어둑어둑한 장소에서 후드를 콧등까지 푸욱 눌러 쓰고 있어 얼굴도 안 보였으니 말이다. 몸매(?)도 안 보이고 키도 어중간해서 여자인지 남자인지도 모르겠다.

저런 펑퍼짐한 옷차림은 전에 본 적이 있었다.

몇 달 전 나이젤 아저씨가 자신의 스승이자 대마법사라고 하던 할아버지를 데리고 왔을 때, 그 할아버지가 마법사들이 입는 옷이라며 저렇게 펑퍼짐한 로브를 입고 있었다.

'그래도 그 할아버지는 멋스럽게 보였는데. 나 원, 저렇게

후드를 덮어쓰고 있어도 앞이 보이나?'

뭐, 보이니까 여기까지 올 수 있었던 거겠지만 말이다. 보는 사람은 답답한데 본인은 괜찮은가 보다.

내가 할 말은 아니지만 저 사람, 연애하기 참 힘들 거 같다.

그 성별도, 외모도 알 수 없는 마법사가 여기까지 와서 한 일이란 복도에 있는 마법등을 끄는 것이었다.

천장을 향해 고개와 한 손을 들고 뭐라고 짧게 중얼거리니 그의 손이 향하는 쪽에 있던 마법등이 하나씩 꺼지기 시작했다.

'설마… 불 끄러 여기까지 온 거야?'

정말 그랬다.

그 마법사는 몇 개를 제외한 나머지 마법등을 모조리 끄자 자신이 할 일은 끝났다는 듯 그대로 몸을 돌려 가버렸으니까 말이다.

마법사가 멀어져 가기에 슬그머니 철창으로 다가가 살펴보는 내 옆으로 와서 나처럼 밖을 내다보던 예쉬가 중얼거렸다.

"저 사람… 마법사였구나."

마법사 로브를 그렇게 뒤집어쓰고 있는 건 처음 봤다고 중얼거리는 예쉬의 말에 동의의 뜻으로 고개를 끄덕이던 나는 속으로 착잡함을 금치 못했다.

나야 아버지를 잘 둔 덕에 만나볼 수 있었지만 일반 사람들은 만나기는커녕 쉽게 보기도 힘든 게 마법사라고 들었다.

그런 그들을 고용할 수 있다는 건 여기가 그만큼 대단한 세력이라는 뜻이 아니겠는가?

"아무래도 이곳, 평범한 곳이 아닌 것 같아. 마법사까지 고용해서 데리고 있을 정도라니."

예쉬도 나와 비슷한 생각을 한 모양이다.

"동감."

하기야 황성에 침입하여 잘 있는 꼬맹이들을 납치한 자들이다.

황성이 어떤 곳인가. 아마 이 나라에서 가장 경비가 삼엄한 곳일 거다. 그런 곳에 침입할 수 있다는 것 자체로 '평범'이라는 수준에서 벗어난다.

그런 걸 고려해 볼 때 아무래도 아버지가 우리를 구하는데 힘 좀 많이 써야 할 것 같다.

그때 빨간 머리 꼬맹이가 심각해져 있는 우리를 불렀다.

"언제까지 거기 그러고 있을 거야? 아침에 일어나려면 이제 슬슬 자야 해."

반사적으로 시선을 돌려보니 빨간 머리 애뿐만이 아니라 잿빛 머리 애도 꾸물꾸물 시트를 펴고 있다.

그들의 모습에 지금 뭐 하냐고 물으려고 했던 나는 그보다도 먼저 빨간 머리 애의 말에 뭔가가 걸려서 멈칫했다.

아니 뭐, 아침에 일어나야 한다는 게 틀린 말은 아닌데, 지금 이런 환경에서 들을 말이던가?

'여기 갇혀 있는 상황에 아침에 일어나든 정오까지 잠을 자든 누가 상관을 한다고? 설마 교도소처럼 정해진 시간에 일어나게 해서 운동이라도 시키는 건가?'

나만 의아했던 게 아니었던지 예쉬도 의아하다는 표정으

로 물었다.

"마치… 내일 아침 제시간에 꼭 일어나야 한다는 것처럼 말하네?"

예쉬의 말에 빨간 머리 녀석이 인상을 구기며 투덜대는 어조로 설명해 줬다.

"아까 더럽게 맛없는 빵 가지고 온 험악하게 생긴 놈 있지? 그놈이 아침에 깨우러 오거든. 제때 안 일어나면 얼마나 괴롭히는지 몰라. 생긴 대로 노는 놈이지. 그런 놈에게 괴롭힘을 당할 바에는 일찍 자는 게 좋아."

"빵 가지고 온 사람이라면 두 명이잖아?"

"키 더 큰 놈 있잖아. 그놈 정말 치사하고 아니꼬운 놈이거든. 작은 놈은 그동안 보기만 했고. 아, 내일은 모르겠네. 저 꼬맹이랑 시시덕거릴지도."

끝에 가서 날 힐끔 보기에 나는 녀석을 향해 피식 웃어주기만 했다.

'쪼끄만 게 어디서 저런 걸 배워가지고.'

꼬맹이가 그래 봤자 가소로울 뿐이었다.

하지만 예쉬는 심각한 표정으로 계속 질문을 던졌다.

"그 사람들이 아침에 와서 뭘 하는데? 아침 식사를 일찍 가져다주는 건가?"

"아침 식사는 무슨. 괜히 우리를 괴롭히려는 거지."

그 말에는 정말 동감이었는지 옆에서 조용히 듣고만 있던 잿빛 머리 애까지 살짝 고개를 끄덕였다.

"어쨌든 그러니까 너희도 얼른 자. 아침에 괜히 우스운 꼴

되지 않으려면."

빨간 머리 애는 그 말을 끝으로 설명을 끝냈다 생각했는지 시트 속으로 꾸물꾸물 기어들어 갔다.

빨간 머리 애만 그러면 별 상관 안 했을 텐데 잿빛 머리 애도 자리를 잡고 누워 시트를 덮자 예쉬가 날 잡아 끌었다.

"우리도 자자."

나 또한 저 애들이 충고에다 몸소 실천(?)까지 해보이는데 따라 해서 손해 볼 건 없다 생각했기에 기꺼이 예쉬의 손길에 이끌려 침대 위로 꼬물거리며 올라갔다.

"우쒸, 딱딱해."

사람이 참 간사한 것이, 겨우 몇 년 폭신하고 안락한 침대에서 잤다고 딱딱한 침대가 불편하게 느껴지는 거다. 한국에서는 몇십 년 동안 바닥에 요 하나만 깔고도 잘만 잤으면서 말이다.

그런데 내 투덜거림을 들었는지 예쉬가 나에게 다가와 시트를 잘 덮어주며 달래줬다.

"조금만 참아. 곧 폐하께서 구하러 오실 테니까."

나만 들을 수 있게 작게, 그러면서 부드럽게 속삭이는 말에 나는 새삼 예쉬를 돌아봤다.

그래도 위험한 상황에 처하니까 오라비로서의 마음가짐이 팍팍 솟나 보다.

'뭐… 이럴 때만이라도 동생 노릇이나 좀 해줘볼까?'

비록 예쉬 녀석을 오라버니라고는 개미 눈물만큼도 생각지 않고 있지만 말이다.

"응, 알았어."

내가 순순히 대답하자 예쉬가 기특하다는 표정으로 머리까지 가볍게 톡톡 두드려 주고는 자신의 침대 위로 올라갔다.

'훗, 귀여운 자식. 자기도 걱정이 클 텐데 말이야.'

속으로 쿡쿡 웃으며 나는 딱딱한 침대 위에서 억지로 눈을 감고 잠을 청했다.

그렇게 해서 잘 자고 아침에 잘 일어났으면 얼마나 좋으랴만 잠자리가 불편해서 그런지 잠이 쉬이 오질 않는 것이다.

처음에는 한국에서 자던 경력(?)이 있으니 조금만 참으면 딱딱한 매트쯤이야 금방 적응해서 자게 될 줄 알았다.

하지만 웬걸? 시간이 지날수록 불편한 걸 지나서 뼈까지 배겨와 도저히 못 참겠는 거였다.

날개가 묶여 있는 관계로 똑바로 눕지 못해 불편한 데다 거기다 더해 시간이 지나자 바닥과 그대로 닿은 골반뼈가 배겨오기 시작했다.

그래서 편한 자세를 찾으려 꼼질꼼질 움직이다 보니 이제는 살짝 비틀려 있는 허리가 불편하다고, 제대로 좀 있어달라고 항의하는 거였다.

'에구구, 벌써 이 나이에 허리 통증을 느껴야 하다니.'

날개를 자유로이 움직이지 못하자 뒤척이는 것도 쉽지 않았다.

시트를 걷고 일어나는 게 귀찮아서 누운 상태로 어떻게든 해보려 했지만 외려 내 움직임에 바닥에 깔린 요가 옆구리 부근에 뭉쳐 잠자리만 불편하게 만들었다.

'우쒸~'

결국 견디지 못하고 자리에서 벌떡 일어나자 옆 침대에서 뒤척거리고 있던 예쉬가 내 기척을 느끼고 빠끔히 얼굴을 들었다.

"잠이 안 와?"

"응, 불편해서."

"하긴……."

그러면서 예쉬도 부스스 자리에서 일어나더니 불편한 표정으로 허리를 툭툭 두드리는 거다.

"남자는 허리가 생명이라던데……."

그 모습을 지켜보고 있던 내가 문득 중얼거린 목소리에 예쉬가 의아한 시선으로 나를 돌아봤다.

"뭐? 그게 무슨 소리야?"

"아, 아니… 뭐… 그냥… 나온 소리."

차마 어린애한테 자세히 말할 수가 없어서 머쓱하게 웃으며 얼버무리자 예쉬가 실없는 소리라 생각했는지 피식 웃다가 문득 생각났다는 듯 입을 열었다.

"그나저나 대단해, 아사. 보통 애들이라면 울고불고 난리가 나도 벌써 났을 텐데 의연하게 있으니 말이야. 역시 아사야."

'얘야, 너도 안 그러는데 내가 그러면 내 체면이 뭐가 되겠니?'

게다가 앞서도 이야기했듯이 자잘한 걱정은 있지만 절망할 정도로 두렵지는 않았다.

"그러는 너는? 너도 뭐 얌전하게 잘 있잖아. 아까 그 맛없는 빵도 잘 먹고."

"나야 너도 알다시피 평탄하게 살아온 게 아니잖아? 그러니 이런 것쯤이야 그냥저냥 있을 수 있지만 넌 아니잖아. 그러니 대단한 거지."

'그런가?'

뭐, 딴에는 그런 것 같다.

그게 아니라 해도 예쉬가 얌전하게 잘 있어주니 나쁘지 않았고.

그래서 내친김이라 생각한 나는 예쉬에게 충고해 주기 위해 입을 열었다.

"예쉬, 내가 아주 좋은 말 하나 해주마. 이건 일명 납치당했을 때의 대처 요령이라는 건데 우리같이 대단한 존재들은 언제 어디서든 납치될 위험성이 많잖아?"

내 말이 끝나자마자 예쉬 녀석이 의아하다는 듯 고개를 갸웃거리며 묻는다.

"납치? 암살이나 상해가 아니고?"

"야, 여기서 딴지를 걸고 싶냐? 그냥 대충 넘어가!"

하던 말을 잘린 내가 예쉬를 째려보며 투덜거리자 예쉬가 항복한다는 듯 두 손을 들어 보였다.

"예이, 예이, 네 말도 맞지. 어쨌든 그래서?"

하지만 그게 정말 미안한 게 아니고 그냥 지금 상황만 넘겨보려는 느낌이라 마음에 안 들었다.

"쳇, 너 말이야. 이런 금과옥조 같은 말을 어디 가서 또 들을 수 있을 줄 알아? 감사히 받들어 모시지는 못할망정 딴지나 놓고 말이야."

그래서 순순히 말해주는 대신 한소리 하는데, 건너편에서 자고 있는 줄로만 알았던 빨간 머리 녀석이 벌떡 일어났다.

"야, 너야말로 대충하고 그냥 넘어가. 그래서 그 납치당했을 때의 대처 요령이 뭔데?"

"어라? 너 아직 안 잤냐? 아아, 우리가 너무 시끄럽게 떠들었나?"

예쉬가 미안한 어조로 말을 건넸지만 나는 입술을 삐죽이고만 있었다.

'시끄럽기는 무슨. 저 녀석들 생각해서 낮은 목소리로 소곤대고 있었건만. 저 녀석들도 안 졸리니까 안 잔 거지.'

"그럼 아까부터 계속 뒤척거려서 신경 거슬리게 하더니, 이제는 둘이 수군대는데 잠을 잘 수 있겠냐? 야, 너도 지금 안 자지?"

빨간 머리 녀석이 그렇게 투덜거리며 잘 자고 있는 듯 보였던 잿빛 머리 애를 향해 말을 걸자 잿빛 머리 애도 정말 안 자고 있었는지 졸음기 하나 없는 멀쩡한 표정으로 부스스 일어나 앉는 것이었다.

"뭐……."

'어라? 정말 우리가 시끄럽게 굴었나?'

잿빛 머리 애까지 잠들지 못하고 있으니 진짜 예쉬랑 내가 잘못한 기분이 든다.

그래서 나도 사과 한마디 하려고 했는데 빨간 머리 녀석이 산통을 깼다.

"어쨌든 빨랑 말해보라고. 대처 요령이 뭐냐니까?"

은근히 기대 어린 저 눈을 보고 있자니 내 말을 듣고 난 후 화를 낼 게 뻔해 보였다.

내가 말할 내용이란 이거였으니까.

"어른들이 구해줄 것이라 굳게 믿고 얌전히 기다릴 것."

"뭐? 겨우 고거야?"

역시나 내 말을 듣자마자 빨간 머리 녀석이 쌍심지를 켰다.

그러나 가장 뛰어난 지혜는 가장 기본적이고 단순한 법. 이건 절대 고작이 아니었다.

뭐, 저 녀석들에게 말해준다고 이해할 수 있을 것 같지는 않지만 말이다.

"우습게 보지 마. 지금 상황에서 이거보다 더 현명한 대처 방법이 있다고 생각해?"

"겨우 입 다물고 얌전히 있는 게 뭐가 현명한 거냐?"

과연 진지한 내 말에 빨간 머리 녀석이 코웃음을 쳤다.

"상황을 똑바로 판단하고 적절한 행동을 취하는 게 왜 어리석은 거지? 봐봐. 넌 여기가 어디인지, 너희 집과 얼마나 먼 거리인지, 너희 집으로 가장 빠르고 안전하게 갈 수 있는 방법이 무엇인지 알아?"

"그, 그걸 내가 어떻게 알아?"

내 질문이 생각지도 못한 거였는지 빨간 머리 꼬맹이는 당혹한 표정으로 외쳤다.

그런 모습에 나는 '그럼 그렇지'라는 표정으로 가볍게 비웃음을 한번 날려준 후 질문을 이었다.

"그럼 여기에 있는 사람은 몇 명인지, 그들이 얼마나 강한

지, 또 이 건물의 구조는 어떻게 되어 있으며 어디 어디서 사람들이 경계를 서는지, 몇 시간에 한 번씩 교대를 하는지는 알아?"

"그러는 넌 알아?"

당연히 모를 걸 알고 물어봤다.

"마지막으로 이 철창은 물론이거니와 계단 위의 문은 당연히 잠겨 있겠지. 열 수 있는 방법은 있어?"

"열쇠를 가질 수 있으면 열 수 있겠지."

자꾸 제대로 된 대답을 못 하니 무지 억울한 모양인지 불퉁한 얼굴로 입을 꼬옥 다문 빨간 머리 꼬맹이를 대신해 이번에는 잿빛 머리 애가 대꾸했다.

"그렇다는 건 여길 무사히 나갈 수 있는 방법을 전혀 모른다는 거잖아. 그렇게 아무것도 모른 채로 나가려고 하는 게 현명한 거냐, 모르면 알 때까지 일단 상황을 지켜보는 게 현명한 거냐?"

내 말에 대꾸할 말을 찾지 못했는지 한참 동안 입가를 씰룩거리던 빨간 머리 녀석이 그래도 수긍하고 싶지 않은지 투덜거렸다.

"흥, 능력도 없는 게 거창하게 변명은……."

"변명이 아니라 냉정하게 상황을 파악한 거지. 능력이 없으니 없는 대로 얌전히 있겠다는 거다. 대신 쓸데없이 난리를 친다거나 울지는 않잖아. 넌 내가 빽빽 울면서 아빠나 불러댔으면 좋겠냐?"

내 말에 그동안 계속 반항적인(?) 눈빛을 보이던 빨간 머리 녀석이 멈칫했다.

"그… 건… 아니지."

"아니면, 힘도 없는 애송이 주제에 여기서 나가겠다고 난리 치는 게 나아?"

"…아니… 그냥 지금처럼 얌전히 있어라."

말하다 보니 점점 더 힘을 받은 내가 가슴을 펴고(?) 당당하게 물어보자, 빨간 머리 애가 힘 빠진 어조로 중얼거렸다.

그런데 생각지도 않게 잿빛 머리 애도 동의한다는 듯 고개를 끄덕이는 것이다.

덕분에 나는 더욱더 의기양양해진 표정으로 두 꼬맹이를 바라보며 말했다.

"거봐. 그러니 내가 지금 얼마나 현명하게 행동하는 건지 알겠지?"

생각 같아서는 '음핫핫!' 하는 웃음까지 보여주고 싶었지만 상황이 상황이라 그건 참기로 했다.

하지만 자신만만한 미소는 감추지 않았는데, 그걸 본 빨간 머리 녀석이 배알이 꼬였던 모양이다.

"그래, 너 잘났다. 그렇게 잘난 채로 잘 팔려가라."

뭐, 나야 그 정도의 악담은 가볍게 비웃으며 넘길 수 있었지만 옆에서 듣고 있던 예쉬는 그게 아니었나 보다.

"무슨 말을 그렇게 해? 너무 심하잖아?"

얼굴에 마치 '나 착한 애요'라고 쓰여 있는 것처럼 얌전히 있던 예쉬가 정색을 하니 빨간 머리 애가 놀랐는지 움찔거렸다.

하지만 그렇다고 빨간 머리 애 성격에 그냥 물러날 리가 없었다.

"흥, 내가 뭐 틀린 말 했어? 그 자식들이 얼마 후에 우리를 팔아버린다고 했단 말이야. 그러니 여기서 얌전히 있으면 나중에 어떻게 될지는 뻔할 뻔 자지."

그 녀석의 말에 예쉬의 눈초리가 차가워지자 내가 얼른 나섰다.

나야 저 빨간 머리 녀석이랑 대놓고 툭탁거려도 괜찮지만 예쉬가 나 때문에 저 녀석이랑 싸우는 건 왠지 싫었던 것이다.

"어떻게 될지 뻔하기는 하지. 난 아빠가 곧 구출하러 올 거거든."

불쑥 끼어든 나 때문에 말할 타이밍을 노리고 있던 예쉬와 잔뜩 긴장하고 있던 빨간 머리 애가 멈칫거렸다.

덕분에 둘 사이에 팽배했던 긴장된 분위기가 피시식 하고 김이 빠진 건 좋았는데, 거기다 더해 가만히 지켜보고 있던 잿빛 머리 애가 내 말을 어린아이의 치기 어린 말이라 여겼는지 '흥!' 하고 콧방귀를 뀌는 거다.

"왜? 못 믿겠어?"

그에 내가 눈을 부라리며 묻자 녀석은 뭔가를 말하려다 결국 아무래도 상관없다 생각했던지 어깨를 한번 으쓱해 보일 뿐이었다.

그리고 대신 나선 건 빨간 머리 꼬맹이.

"흥, 네 아빠가 얼마나 대단한지는 모르겠지만 여기가 어딘 줄 알고 널 찾으러 오냐? 일찌감치 꿈 깨시지?"

"쯧쯧, 너는 왜 그리 삭막하니? 믿어. 믿는 자에게 복이 온다는 말도 몰라?"

"그런 말이 어딨어? 너야말로 나중에 엉엉 울지나 말고 정신 차려."

"내가 나중에 엉엉 울지, 으하하 하고 웃을지는 두고 보면 알 일."

내가 한마디도 지지 않고 맞받아치자 빨간 머리 꼬맹이가 결국 열 받았다.

"으이씨! 이 쪼끄만 게!"

그렇게 빨간 머리 꼬맹이랑 툭탁거리고 가끔가다 예쉬가 끼어들고 아주 드물게 잿빛 머리 애가 한마디씩 툭툭 내뱉으며 놀다 보니 시간 가는 줄 몰랐다.

우리가 너무 늦었다는 걸 깨달은 건 졸음을 견디지 못한 잿빛 머리 애가 불현듯 길게 하품을 했을 때였다.

"하아아암~! 아아, 너무 늦었군."

잿빛 머리 애는 자신도 모르게 하품이 나온 건지 자기가 해놓고도 놀라며 시간을 가늠했다.

"아차차, 얼른 자야 하는데. 이게 다 너 때문이야!"

괜히 날 물고 늘어지는 빨간 머리 녀석의 행태에 내가 쌍심지를 켜려는데 예쉬가 끼어들어 만류했다.

"자자, 지금 누구 탓을 할 때가 아니잖아? 얼른 자야지. 아사, 너도 얼른 누워서 자. 그리고 너도."

"쳇."

뭐, 나도 슬슬 졸려지기 시작했기에 예쉬의 지시에 군말 없이 아래에 깔린 요를 제대로 펴려고 했다. 아까 옆구리 부분에 뭉쳐 있던 걸 아직도 못 펴고 있었던 것이다.

그사이에 건너편에 있는 애들은 다시 시트 속으로 파고들었고 내 옆에 있던 예쉬도 드러누워 시트를 덮으면서 다시 잠자리 인사를 건넸다.

"잘 자, 아사."

"응, 예쉬도."

양손이 묶인 상태라서 그런지 밑에 깔린 요를 평평하게 펴는 게 쉽지 않았다. 침대에 드러누운 상태도 아닌데도 흡족할 만큼 펴지지 않아 이리저리 용을 써보던 나는 결국 침대에서 내려와 이불 주름을 폈다.

그러다 보니 내가 침대에 올라 자려고 품을 잡았을 때는 다른 꼬맹이들은 잠들었는지 고른 숨소리를 내고 있었다.

한데 신기한 건 예쉬도 그렇다는 것이다.

내가 돌아봤을 때에 예쉬 녀석은 입까지 살짝 벌린 채 도롱도롱 잘도 자고 있었다.

'쟤는 어떻게 저렇게 잘 자는 거지? 정말 신기하다니까. 게다가 아까 그 상자에서 나보다도 더 많이 잔 주제에 잠이 또 오나?'

얘도 아버지 아들이라서 귀한 대접 받고 살았을 텐데, 이 딱딱한 침대를 어떻게 견디는지 모르겠다. 나도 불편함을 견디지 못해 이리저리 꼬물댔는데 말이다.

묶인 날개 때문에 뒤척이는 것도 힘들어 이번에는 아예 시트를 뭉쳐 품에 끌어안고 엎어졌다. 익숙지 않은 시트를 덮으려고 계속 꼬무락거리는 것도 성가셨던 것이다.

다행히 이곳 기온이 따뜻한 편이었기에 시트를 덮지 않아도 춥지 않아 나는 길게 하품을 하며 베개 속에 얼굴을 파묻었다.

그러다 보니 어느새 잠들었던 모양이다.

그것도 누군가가 조심스러운 손길로 내 어깨를 흔들어 깨우기 전까지 중간에 한 번도 깨지 않은 채 아주 푸우욱 말이다.

흔들흔들.

"이제 그만 일어나야지."

"우웅……."

험악한 손길은 아니었지만 누군가에게 몸이 흔들려서 잠에서 깨는 건 정말 드문 일이라 나는 깨어나면서도 내심 의아해하고 있었다. 저택 사람들은 웬만한 일이 아니고서는 함부로 내 몸에 손을 대지 않았던 것이다.

게다가 날 깨우는 목소리도 걸걸한 것이 남자 목소리 같았다.

그런데 그때 비몽사몽 중에 들은 그 낯선 목소리가 다시 한 번 들려왔다.

"그렇게 많이 졸려?"

남자 목소리 같은 게 아니라 진짜 남자 목소리였다.

그것도 자기 딴에는 최대한 부드러운 목소리를 내려고 노력한 모양이지만 이렇게 말을 해본 적이 없는 듯 되게 어색한 느낌이었다.

그 목소리에 퍼뜩 정신이 돌아오며 기다렸다는 양 어제의 기억이 순식간에 몰려들었다.

졸려서 잠투정을 하는 척 베개에 얼굴을 비비며 몰려드는 어제의 기억을 정리하는데 이제는 토닥토닥 어깨를 두드린다.

"그만 자고 일어나. 얼굴 닦아줄게."

한데 그 뒤를 이어 기가 막힌다는 음성이 들려왔다.

"잘~ 논다. 아, 얼른 제대로 안 깨워? 언제까지 여기 있을 건데!"

짜증 어린 기색을 감추지 않는 큰 소리에 날 조심스레 깨우던 이가 얼른 만류했다.

"왜 큰 소리는 내고 그래? 애가 놀라면 어쩌려고."

"저게 놀라는 게 문제야? 얼른 일 끝내고 올라가야 나도 아침을 먹을 거 아니야?"

"그럼 열쇠 줘. 내가 천천히 정리하고 올라갈 테니."

"장난해? 나 혼자 올라가서 아침 먹으면 그 새끼가 잘도 가만두겠다. 아, 빨랑빨랑 깨워! 아님, 내가 해?"

둘이 툭탁거리는 사이 나는 속으로 심호흡까지 해가며 어제의 그 험상궂은 얼굴을 대면할 마음의 준비를 단단히 하고는 눈을 떴다.

과연 어제 본 그 험상궂은 대머리 두 명이 와 있었다.

눈동자만 떼구루루 굴려 주변을 살피니 내 옆에서 자고 있던 예쉬까지 언제 넘어간 건지 건너편 침대에서 퉁퉁 부운 얼굴의 빨간 머리 애와 같이 앉아 있었다.

예쉬는 걱정스러운 시선으로 나를 바라보고 있다가 나와 눈이 마주치자 얼른 일어나라는 눈빛을 보내왔다.

그래서 부스스 일어나 앉았더니 화를 내는 키 큰 대머리 남자를 만류하고 있던 작은 대머리 남자가 내 기척을 느꼈는지 얼른 돌아보며 환히—아마도 자기 딴에는—웃어 보이는 거였다.

"일어났어? 시끄러워서 깬 거야?"

그 순간 난 움찔하려는 몸을 최대한 이완시키고 태연한 척 두 눈을 비비며 투정을 부렸다.

"졸려~"

"어제 늦게 잤구나~ 그래서 일찍 자라고 했는데. 자자, 얼굴을 닦으면 잠이 깰 거야. 아저씨가 얼굴 닦아줄까?"

그는 정말 그러고 싶다는 듯 벌써 젖은 천을 손에 들고 내 눈치를 살피고 있었다.

잠시 이 남자가 안 좋은 쪽으로 애들을 좋아하는—예를 든다면 소아성애자 같은 변태라든지—인간이면 어쩌나 걱정했지만 곧 그런 걱정은 날려 버렸다.

일단 남자한테서 이상한 기색은 읽을 수 없었던 데다 만약 정말 그가 그런 변태라면 내가 싫다고 해도 자기가 하고 싶은 대로 하지 내 눈치를 살피지는 않을 거라는 생각이 들었기 때문이었다.

그래서 앞으로 좀 더 지켜보자 생각하면서 순순히 고개를 끄덕여 줬다.

"응."

그러자 남자는 정말 기뻐하며 아주 조심스럽게 젖은 천을 얼굴에 가져다 대는 거였다.

"아저씨가 얼굴 닦아주고 조금 있다가 맛있는 것도 갖다

줄게."

"응."

"그래, 그래, 착하다."

나와 키 작은 대머리 남자의 다정다감한 분위기에 주변 사람들의 표정은 별로 좋지 못했다. 그리고 당연하겠지만 제일 썩은 표정을 지은 건 키 큰 대머리 남자였다.

"젠장할, 빨리 좀 해라."

"알았어. 알았다고."

"꼭 그 짓거리까지 해야겠냐?"

"알았다고 했지?"

키 큰 대머리 남자가 있는 대로 짜증을 부려댔지만 작은 남자가 강경하게 대꾸하자 입술만 씰룩거릴 뿐 더 이상 뭐라고 하지는 않았다.

'호오, 이 남자, 키 큰 대머리 남자에게 항상 밀리는 줄 알았는데, 할 때는 한 성깔 하나 보지? 잘됐네. 여차할 때 이 아저씨를 방패로 삼는다면 저 키 큰 대머리 남자를 크게 걱정할 필요는 없겠어.'

내가 머릿속으로 그런 계산을 하면서 눈을 감고 있는 동안 남자가 조심조심 이마부터 시작해 얼굴 전체를 닦아주더니 마지막으로 양쪽 손까지 닦아주고는 물러났다.

"자, 다 됐다. 깨끗하니 너무너무 예쁜걸?"

립 서비스도 잊지 않는 센스에 내가 답례로 씨익 웃어주자 남자가 귀여워서 어쩔 줄 모르겠다는 표정이 되었다.

외모는 정말 하늘과 땅만큼이나 다르지만 그 표정 하나로 나는 저택에 있을 아버지가 절로 떠올랐다.

'으음, 지금 뭐 하고 있을라나. 분명 가만있지는 않을 텐데…….'

살기를 있는 대로 뿌려대며 주변을 빙하 지대로 만들고 있을 거라고는 꿈에도 생각 못 한 나는 혹시나 식사도 안 하고 일도 내팽개치고 내 방에서 우울해하고 있는 건 아닌가 하는 쓸데없는 걱정을 했다.

키 작은 대머리 남자는 키 큰 대머리 남자가 뒤에서 째려봄에도 불구하고 꿋꿋하게 날 자리에서 일으켜 준 뒤 손수 시트까지 개어준 후에야 물러났다.

한데 두 남자의 일은 거기서 끝이 아니었다.

철창 안에 있는 애들을 한 침대로 몰아넣은 후 철창 안 청소를 시작한 것이었다.

구석구석 깨끗이 쓸고 윤이 날 정도로 닦은 건 아니었지만 그래도 대충이나마 청소를 한 후 밤새 칸막이 안을 지키고 있던 요강도 갈아줬다.

그래서 여기가 그럭저럭 지저분하지 않을 수 있었던 모양이다.

뭐, 시트는 갈아주지 않아서 조금 아쉬웠지만 말이다.

'여기다 대고 목욕하고 싶다고 하면 뭐라고 할까? 아, 나 머리도 감아야 하는데………'

슬슬 머리가 근질거리고 있었다. 이러다가 아버지가 구출하러 올 때까지 목욕은커녕 머리도 못 감는 건 아닌지 걱정이다.

'으에, 그 꼴로 아버지를 만나게 되면 어쩐대?'

내가 그런 걱정을 하는 사이, 정말 성의 없는 태도로 설렁설렁 청소를 끝낸 두 남자는 그제야 철창 밖으로 나섰다.

아쉬운 표정으로 몇 번이나 뒤를 돌아보면서 끌려가는 키 작은 대머리 남자를 보고 있자니 어째 저 험상궂은 얼굴이 어제보다는 좀 덜 무섭게 보이는 것 같기도 했다.

'뭐, 오늘 다시 보니 아예 못 봐줄 정도는 아니네. 다시 보게 되면 안 무서워할 수 있겠는데?'

두 대머리 남자가 완전히 사라지자 빨간 머리 녀석이 기다렸다는 듯 기지개를 켜며 투덜거렸다.

"너는 참 비위도 좋다. 어떻게 저런 놈 얼굴을 아무렇지도 않게 계속 보고 있냐?"

"어허, 그러면 못써. 사람을 외모로만 보고 판단하면 안 돼. 어쩌면 착한 사람일지도 모르잖아."

처음에 그가 얼굴을 들이밀 때마다 움찔움찔 떨며 무서워하던 건 기억 저편으로 넣어둔 채 시침 뚝 떼고 말하자 빨간 머리 녀석이 코웃음을 쳤다.

"흥, 퍽이나."

게다가 예쉬도 빨간 머리 애의 말을 거들었다.

"착한 사람이라면 이런 데서 일을 할 리가 없어. 그러니까 조심해."

예쉬의 말에 나는 쓴 입맛을 다셨다.

솔직히 예쉬의 말은 틀리지 않았다. 정말 그가 착한 사람이었다면 애초에 이런 곳에 있지도 않았을 거다.

설마 철창 안에 갇혀 있는 아이들을 돌보면서 그들이 왜 여기에 와 있는지 모르지는 않겠지.

'그 사람한테 피치 못할 사정이 있을지도 모르겠지만… 그래도 역시 여기에 있는 것 자체가 안 좋긴 하지?'

그렇게 따지자면 곧 팔려갈 애를 귀여워해 주는 그가 이상한 건지도.

물론 내 입장에서는 다행스러운 일이고 그의 호의가 고맙기는 하지만 나중에 그를 변호해 주기는 어려울 것 같다.

"뭐, 그래도 여기에 우리 편이 되어줄 수 있는 사람이 한 명 정도 있는 것도 나쁘지 않잖아?"

"그래서 그냥 잠자코 있었지만 그래도 마지막엔 그 사람도 우리를 외면할 거야. 그건 꼭 염두에 두도록 해."

"으음, 그렇겠지? 그럼 나도 우리를 탈출시켜 주는 것까지는 안 바랄 테니 그 수준에서 사이좋게 지내도록 하지, 뭐."

내가 어깨를 으쓱해 보이며 말하자 동의한다는 듯 예쉬가 고개를 끄덕이는데, 잿빛 머리 애와 빨간 머리 애가 황당하다는 시선을 보내왔다.

"뭐, 뭐냐, 쟤. 너 도대체 몇 살이냐? 아니, 조인족 여자애들은 원래 다 저렇게 어릴 때부터 영악한 거야?"

빨간 머리 애의 말에 예쉬가 '아하하!' 하고 웃었다.

"글쎄, 다른 조인족 애들은 못 봐서 모르겠지만 쟤가 나이에 안 맞게 굴긴 해."

'남 말 하고 있기는.'

"그래서 몇 살이라는 건데?"

"몇 달 전에 세 살이 됐지?"

빨간 머리 애의 재촉 섞인 질문에 대답하면서 나는 두 꼬마가 '에엑, 그거밖에 안 됐어?' 라며 놀랄 거라고 예상했다. 예쉬를 비롯해서 지금까지 만난 사람들은 내 나이를 들었을 때 대부분 그러면서 놀랐으니 말이다.

한데 이 애들의 반응은 내 예상과는 완전 딴판이었다.

"에에엑? 진짜? 아니, 세 살이라면서 왜 이렇게 작아?"

이건 빨간 머리 녀석.

"난 많아야 곧 두 살이 되는 줄 알았는데……."

이건 잿빛 머리 녀석.

'뭣이라?'

"야! 작긴 뭐가 작아? 이래 봬도 다섯 살짜리(한국 나이로 일곱 살) 만 하다는 소리를 듣는단 말이다."

예쉬랑 잠시 못 만나는 동안 나도 많이 컸기에 당당하게 말했건만 돌아오는 건 비웃음이었다.

"다섯 살? 픗픗, 네가 무슨……. 두 살도 안 됐겠지."

빨간 머리 녀석은 날 만난 후 처음으로 의기양양한 표정으로 날 마음껏 비웃어댔다.

"우쒸~ 이렇게 큰 두 살짜리 애 봤어? 봤냐고!"

"당연히 봤지. 우리 부족은 회색 날개 조인족과 교류가 많아서 나도 아버지 따라 몇 번 가본 적이 있는데, 거기서 본 애들은 다들 너보다 크던걸? 멀리 갈 것도 없네. 얘만 해도… 너, 다섯 살 맞지?"

빨간 머리 애가 가리키는 대로 잿빛 머리 애를 돌아보며 나는 무지 놀랐다.

"쟤가… 쟤가 다섯 살이라고? 진짜?"

예쉬랑 비슷한 또래로 보여 적어도 열한 살(한국 나이로 열세 살), 아니면 기껏해야 한두 살 더 많은 정도라고 생각했는데 말이다.

믿을 수 없다는 내 시선을 받은 잿빛 머리 애가 덤덤하게 대꾸했다.

"석 달 뒤면 여섯 살 된다."

'아… 그러고 보니 조인족은 인간보다 성장 속도가 두 배 정도 빠르다고 했던가? 그럼 쟤가 나이에 맞는 건가?'

그제야 깜빡 잊고 있던 사실이 떠올랐다.

잿빛 머리 애의 말에 빨간 머리 애가 의기양양한 표정으로 날 돌아봤다.

"들었지? 조인족의 다섯 살이 이 정도라고. 근데 네가 다섯 살짜리 애만 하다는 소리를 듣는다고?"

할 말 있으면 해보라는 시선을 보내는 빨간 머리 꼬맹이가 엄청 얄미웠지만 내가 무슨 말을 할 수 있었겠는가.

"우쒸, 좀 작으면 어때서……."

할 말이 없던 내가 소심하게 투덜거리자 빨간 머리 녀석이 좋은 건수를 잡았다 생각했는지 아주 대놓고 비웃기 시작했다.

"캬캬캬! 그래, 그래, 누가 뭐라 하냐? 작을 수도 있는 거지. 캬캬캬!"

"아오~ 너 잘났다. 두고 봐! 내가 여기 나가면 어떻게든 키 크고 만다!"

저게 별것 아니라는 걸 머리로는 분명히 아는데도 빨간 머리 녀석이 눈앞에서 낄낄거리며 비웃자 감정이 절로 부글부글 끓어올라 넘쳤다.

그래서 참지 못하고 녀석을 째려보며 전형적인 악당의 대사를 내뱉었더니 빨간 머리 꼬맹이가 시원스럽게 웃어젖혔다.

"으하하하! 그래, 그래! 얼마든지 두고 보자고, 꼬맹아!"

제 16 화

예쉬의 우울

"너는 꼬맹이 아니냐? 넌 몇 살인데?"

"에헴, 잘 들어, 꼬맹이. 이 몸은 두 달 전에 여섯 살이 된 몸이시다. 앞으로는 이 몸을 멋진 오라버니라고 부르거라!"

잔뜩 열이 받은 내가 씩씩거리며 묻자 빨간 머리 녀석이 의기양양한 포즈로—그래 봤자 손이 묶여 있어 웃긴 폼이었지만—대답했다.

"웃겨! 여섯 살 주제에 무슨! 얘는 열한 살이라고. 그럼 넌 얘한테 형이라고 할 거냐?"

내가 꼬맹이들의 나이에 놀란 표정으로 있는 예쉬를 끌어들이며 묻자 빨간 머리 애와 잿빛 머리 애가 눈을 동그랗게 뜨고 예쉬를 바라봤다.

"진짜? 진짜 네가 열한 살이야? 근데 왜 이렇게 작아?"

"흐음, 이야기는 들었지만… 인간은 정말 허약한 존재로군."

빨간 머리 애의 믿을 수 없다는 말에 이어 잿빛 머리 애한테 허약한 존재로 찍힌 예쉬의 얼굴이 붉어졌다.

아무리 어른스러운 예쉬라고 해도 작고 허약한 존재로 취급받는 건 싫은 모양이다.

"이래 봬도 어디 가서 작다는 소리는 못 들었다만? 네 종족의 성장이 빠른 것뿐이야."

"에이, 하지만 인간이 허약한 건 사실이지. 내가 듣기로 인간은 겨우 5, 60년밖에 못 산다고 하던걸? 근데 진짜 그것밖에 못 살아?"

빨간 머리 애한테 왠지 불쌍하다는 시선까지 받게 된 예쉬가 욱하는 표정으로 날 째려봤다.

그의 시선에는 '이게 다 너 때문이야!' 라는 기색이 가득했지만 난 뻔뻔하게 '내가 뭘?' 이라는 표정으로 응수했다.

내가 억울한 건 못 참아도 남이 억울한 건 얼마든지 참을 수 있었다. 일명 '나만 아니면 돼' 라는 심보랄까?

한데 그것도 잠시였다.

빨간 머리 녀석이 예쉬를 불쌍하게 여기는 사이 잿빛 머리 애가 나를 빤히 바라보더니 뜬금없는 질문을 던지는 것이었다.

"그런데 너… 날 수는 있는 거냐?"

"뭣? 아니, 지금 무슨 의미로 묻는 건데? 날 수는 있는 거냐니?"

"그냥 말 그대로의 의미다만?"

"아니, 지금 내가 못 날 것 같으니까 그렇게 물어보는 거 아니야? 내가 어딜 봐서 못 날 거 같은데? 내가 지금은 묶여 있어서 그렇지 집에 있을 때는 매일 아침저녁으로 날아다녔거든?"

"그래? 흠, 뭐 할 건 다 하나 보군."

말은 그렇게 하면서도 날 훑어보는 잿빛 머리 애 얼굴은 별로 안 믿긴다는 표정인 거다.

그 표정에 난 울컥해 버렸다.

"뭐냐, 지금 그 표정은? 내가 날 수 있다는 게 신기한 일이냐? 나도 날개가 달려 있는 거 안 보여?"

그동안은 별로 신경 쓰지 않고 살았는데 내가 날 수 있다는 사실이 지금 이 순간 그렇게 다행스러울 수가 없었다.

어머니의 교육을 받을 때 '차라리 날 수 없었으면~'이라고 생각했던 것 몽땅 취소다.

'만약 아직까지 날지 못했더라면 저 두 꼬맹이 녀석이 무슨 시선으로 봤을지……'

그걸 상상하는 것만으로도 소름이 오싹 돋았다.

그런데 빨간 머리 녀석도 내 말이 믿기질 않는 모양이다.

"네가 진짜 날 수 있다고?"

녀석은 그러든 말든 상관없다는 식의 잿빛 머리 애와는 달리 내가 앉아 있는 침대로 다가오더니 다짜고짜 등 뒤의 내 날개를 만져 보는 거였다.

"헤에, 이 여리여리한 날개로? 날다가 날개가 안 꺾이면 다행이겠다."

"으갹~!"

평소의 내 성격대로라면 즉각 녀석의 말에 반박했을 텐데, 나는 그러기는커녕 펄쩍 뛰다시피 자리에서 벌떡 일어났다.

날개가 등에 달려 있어서 그런지 녀석이 날개를 만져 보는 느낌이 꼭 등을 쓰으윽 쓰다듬는 느낌이라 나도 모르게 몸서리가 쳐졌던 것이다.

"뭐, 뭐냐?"

"이, 이게 어딜 만져!"

내가 벌떡 일어날 때부터 놀라 있던 빨간 머리 녀석은 내 반응에 더더욱 놀라 버벅거렸다.

"아, 아니… 나, 나는……."

"바보! 멍청이! 변태! 쪼그만 게 벌써부터 밝히긴! 남의 날개를 허락도 없이 갑자기 왜 만지냐?"

"이, 이봐, 난……."

물론 난 아까 녀석의 돌발 행동에 깜짝 놀라긴 했지만 곧바로 녀석의 행동에 어떤 의도가 있는 게 아니라는 걸 알 수 있었다.

단지 내가 놀란 감정을 수습하려다 보니 반사적으로 녀석에게 쏘아붙인 거였는데, 말해놓고 나서 아차 싶었다.

'아오, 내가 지금 뭐 하는 거야? 여섯 살짜리한테… 그것도 변태라니…….'

요즘 들어 나잇값도 못하고 너무 유치하게 노는 것 같다.

그래서 스스로가 한심해져 어찌할 바를 몰라 하는데, 의외로 잿빛 머리 애가 나서서 내 편을 들어주는 거였다.

"그래, 이번엔 네가 잘못했어. 조인족의 날개는 함부로 만지는 게 아니야. 물론 함부로 만지게 놔두지도 않지만.”

'근데 거기서 왜 날 보니? 나도 날개 달린 사람은 남이 날 개를 못 만지게 한다는 거 지금 알았거든?'

저택에서는 매일 저녁마다 유모나 다른 시녀들이 내 날개를 빨아주고(?) 다듬어주는 게 하루 일과인 데다 그걸 아버지나 어머니도 뭐라 하지 않아 나는 남들이 만져도 되는 줄 알았다.

아니, 물론 유모들이 아닌 다른 사람들이었다면 날개뿐만 이 아니라 다른 신체 부위도 함부로 만지지 못하게 했겠지만 말이다.

웬일로 내 편을 들어주는 잿빛 머리 애였지만 마지막 마무 리가 마음에 안 들어 불퉁하게 녀석을 바라보는데, 빨간 머리 애도 잿빛 머리 애가 마음에 안 들기는 마찬가지였나 보다.

“뭐냐, 너? 그렇게 말하니까 꼭 내가 잘못한 거 같잖아? 꼬 맹이 날개 좀 만진 게 뭐가 어때서? 너도 나한테 네 날개를 만지게 하잖아!”

그렇게 투덜거리며 녀석이 보란 듯이 내 날개 쪽으로 손을 뻗 자 어느새 다가온 예쉬가 얼른 나를 자기 쪽으로 끌어당겼다.

“어리다 해도 숙녀의 신체에 함부로 손을 대는 건 옳지 않지.”

예쉬까지 내 편을 들자 빨간 머리 녀석의 얼굴이 불퉁해지 더니 눈가가 씰룩거리기 시작했다.

그 표정을 보자니 괜히 나 때문에 일이 커지는 것 같아 나 는 분위기 좀 전환시키려고 했다.

한데 내가 채 입을 열기도 전에 잿빛 머리 애가 먼저 나서는 거였다.

"왜 화가 난 거지? 반대로 생각해 봐라. 만약 네 누나에게 별로 친하지도 않은 놈이 갑자기 다가가 등에 손을 댔다면 넌 어땠을 거 같아?"

잿빛 머리 애의 말이 끝나자마자 빨간 머리 애의 눈동자가 분노로 시뻘겋게 물들었다.

"어느 놈이 그랬든지 걸리면 가만 안 놔두겠어."

이를 빠득빠득 갈며 말하는 폼이 빨간 머리 애가 아무래도 좀 시스터 콤플렉스인 것 같다.

하지만 뭐, 그 덕분에 경직된 분위기를 풀 수 있었던 데다 이 빨간 머리 꼬맹이에게 역지사지까지 인식시킬 수 있어서 다행이다 싶었다.

그런데 그때,

덜커덩~!

갑자기 공간을 뚫고 날아온 문 열리는 소리에 아이들은 누가 뭐라 말하지 않아도 후다닥 각자의 침대로 올라갔다.

'휘유~ 그래도 안 좋은 분위기가 해결된 뒤에 와서 다행이야.'

속으로 안도의 한숨을 내쉬며 막 계단을 내려오는 소리에 귀를 기울이고 있는데, 빨간 머리 애가 머쓱한 표정으로 날 바라보더니 작은 목소리로 툭 내던졌다.

"야, 꼬맹이, 미안했다."

'헤에, 욘석 봐라?'

의외였다.

자존심이 세서 사과 같은 건 절대 안 할 것처럼 보였는데 말이다.

더구나 이번 일은 녀석의 갑작스러운 행동 때문이라기보다는 오히려 내가 오버해서 일이 커진 게 아니던가.

꼬맹이가 날개 좀 만졌다고 뭘 얼마나 기분이 나쁘겠는가? 가슴이나 엉덩이도 아닌데.

그래서 그냥 삐친 거나 풀고 감정의 앙금을 훌훌 털어내면 그걸로 대만족이었는데, 거기다 사과까지 따라오자—비록 꼬맹이라는 호칭까지 붙어왔지만—외려 내가 머쓱해졌다.

"뭐… 됐어. 나도 놀라서 말을 좀 심하게 했고. 그건 나도 미안."

그즈음 우리 쪽으로 다가오는 발걸음 소리가 점점 커지고 뚜렷해졌기에 옆 침대에 있던 예쉬가 나머지 이야기는 나중에 하라는 의미로 나직하게 날 불렀다.

"아샤."

그에 알았다는 듯 고개를 끄덕이고 입을 다물자 얼마 지나지 않아 창살 앞에 두 대머리 남자가 모습을 드러냈다.

음식 냄새를 풍기는 걸 보니 아침 배급(?)을 위해 온 모양이었다.

한데 키 큰 대머리 남자는 뭣 때문에 심사가 꼬였는지 그렇지 않아도 안 좋은 인상에 불만이 가득 차 있는 거다.

덕분에 자물쇠를 여는 소리도 요란했다.

"에이 씨, 내가 왜 계속 이런 뒤치다꺼리를 해야 하는 거야?"

"그만둬. 이제 와서 그래 봤자 무슨 소용이야? 야야, 됐어.

내가 할 테니까 너는 여기 있어. 네가 들어가서 인상 쓰면 애들이 식사나 제대로 하겠어?"

"내가 왜 저 새끼들까지 신경 써야 하는데?"

"그러니까 내가 다 하겠다고."

"에이 XX~! @@할 ##들~!"

키 작은 대머리 남자가 거의 빼앗다시피 키 큰 대머리 남자가 들고 있던 통을 넘겨받고 키 큰 남자를 복도 너머로 밀어대자 그는 못 이기는 척 뒤로 물러섰다.

한데 그랬으면 얌전히 기다리고 있을 것이지, 복도 건너편으로 가더니 심한 욕설과 함께 벽을 거칠게 걷어차는 것이었다.

안 들어오는 건 좋지만 저렇게 시끄럽게 굴어서야 어디 음식이 목구멍으로 제대로 넘어갈까 싶다.

"자자, 저 아저씨가 오늘 좀 속상한 일이 있어서 그런 거니까 너무 신경 쓰지 마."

작은 대머리 남자가 철창 안으로 들어오자마자 나에게 다가와 애써 웃어 보이며 달랬지만 소음이 너무 커서 별 효과가 없었다.

"자, 자, 그것보다 이걸 좀 보렴. 아저씨가 우리 착한 아가씨를 위해서 선물을 가지고 왔거든. 짜잔~!"

그러자 작은 대머리 남자가 과장된 액션을 취하며 통에서 뭔가를 꺼내 들어 나에게 보여줬는데, 그의 과장된 몸짓에 비해 나온 건 그닥 보잘것없어 보였다. 그냥 조그마한 나무 통이었으니 말이다.

'으응?'

여기서 이런 통이 무슨 필요가 있다고 저 사람은 혼자 들떠서 저러는지 모르겠다. 뭔가 있어 보이지도 않는데 말이다.

의아한 눈으로 나무통과 그를 번갈아 바라보자 대머리 남자는 자신이 너무 흥분했다는 걸 깨달은 듯 벌게진 얼굴로 헛기침을 하더니 나무통의 뚜껑을 열었다.

그러자 생각지도 못한 달콤한 버터 향이 화악 퍼지는 것이었다.

"우와~"

물론 내가 저택에서 먹던 그 고급스러운 버터는 아니었지만 귀리 가루에 물만 넣어 구운 딱딱하고 맛없는 빵에는 이 정도의 버터도 감지덕지였다.

"이걸⋯ 나한테?"

내가 두 눈을 동그랗게 뜨며 묻자 대머리 남자가 귀여워 못 참겠다는 눈빛을 했다.

"그러엄. 이거 아저씨가 너 먹으라고 특별히 가지고 온 거야."

"우와~ 진짜?"

"자자, 배고팠지? 아저씨가 얼른 빵에 찍어줄게. 아차차, 우선 물 먼저 마시자."

건너편과 옆쪽에서 어이없다는 시선이 날아와 내 얼굴을 찔렀지만 난 꿋꿋하게 아버지가 좋아하던 미소를 지으며 대머리 남자를 바라봤다.

한데 목을 축이고 그가 커다란 손으로 조심조심 버터를 발라준 빵을 한입 먹으려는데 이번에는 다른 느낌의 시선이 내 얼굴을 찌르는 것이었다.

힐끔 시선을 돌려보니 맛없는 걸 억지로 먹는다는 표정을 한 세 명의 어린이가 날 빤히 바라보고 있었다.

정확히는 내 입에 물린 달콤한 향을 솔솔 풍기는 버터가 발린 빵을.

'나 원…….'

어이없다는 시선은 얼마든지 무시할 수 있었지만 먹고 싶다는 저 처량한 시선은 아무리 철면피의 나라도 차마 외면하질 못하겠다.

"아저씨!"

그래서 얼른 입에 들어간 빵을 넘기고 대머리 남자를 부르자 그가 기다렸다는 듯 버터 바른 빵을 내밀었다.

"응? 아고, 벌써 다 먹었구나. 그렇게 맛있어?"

"저기… 그거 우리 오빠도 먹고 싶어 할 텐데……."

"으으응? 그, 그럴까? 우리 아가씨는 얼굴이 예뻐서 그런지 마음씨도 착하구나."

대머리 남자가 주변의 세 꼬맹이를 바라보는 시선은 떨떠름했지만, 내가 눈을 동그랗게 뜨고 보고 있으니 차마 거절할 수 없었던 모양이다.

그리하여 내키지 않은 태도로 다른 아이들에게도 버터를 조금씩 나눠주고는 얼른 돌아와 내가 먹을 또 다른 빵에 버터를 듬뿍 발라줬다.

그 태도를 보자니 아무래도 아이들이라고 무조건 예뻐하는 건 아닌 것 같았다.

나도 한 외모 하지만 객관적으로 예쉬도 미소년이라고 불리는 데 손색이 없었고, 잿빛 머리 애나 빨간 머리 애도 우리에게 꿀릴 외모는 아니었다.

'흐으음, 내가 더 어려서 그런 건가? 아니면 그냥 자신을 따르는 애를 귀여워하는 건가?'

잠시 고민하던 나는 결국 아무려면 어떠냐 싶어 생각하는 걸 포기하고 그가 내민 버터가 잔뜩 발린 빵을 기분 좋게 받아먹었다.

"옳지, 잘 먹는구나. 잘 먹으니 착하다. 자, 이것도 잘 먹으면 아저씨가 좀 있다가 와서 또 선물을 주마."

"진짜? 뭔데?"

"후후후, 그건 비밀."

그러면서 한쪽 눈을 찡긋거리는 것이 나한테 잘 보이려고 애쓰는 게 역력했다. 윙크는 좀 아니었지만.

'쯧쯧, 이 사람, 아무래도 한번 정 주면 간이고 쓸개고 다 내주는 타입 같은데?'

뭐, 내 입장에서야 나쁠 건 없었기에 나는 애써 생글생글 웃으며 고개를 끄덕여 보였다.

'하지만 아무리 그렇다고 해도 무조건 받으려고만 하는 건 좀 그렇지?'

특히나 점심때 약속한 선물이라고 달달한 소스가 발린 꼬치구이를 숨겨 가지고 온 그가 내가 먹는 걸 흐뭇한 표정으로 지켜보고 있는 걸 보자니 더더욱 가만히 있기가 뭐했다.

그래서 나는 꼬치구이 먹는 걸 멈추고 대머리 남자의 눈치를 살폈다.

"근데… 아저씨는? 아저씨는 안 먹어도 돼?"

나만 먹는 게 되게 미안한 듯 바라보자 남자의 눈에 감동의 물결이 넘실거렸다.

"어이구, 이렇게 착할 수가! 아저씨 생각도 다 해주고. 이 아저씨는 먹었으니까 걱정 말고 먹으렴."

"진짜?"

한 번만 권하고 말면 정 떨어진다는 말을 근거로 하여 예의상 한 번 더 물었더니 남자가 고개까지 크게 끄덕여 줬다.

"그러엄. 아저씨는 이미 많이 먹었단다."

그에 안심한 척 다시 꼬치구이를 뜯어 먹으며 그에게 말을 건넸다.

"근데 아저씨는 이름이 뭐야?"

뭐, 다른 건 몰라도 최소한 이름은 알아둬야 할 것 같아 물었더니 대머리 남자가 너무 좋아했다.

"내 이름? 아저씨는 트래버스라고 해."

"헤에, 그럼 투래버스 아저씨야?"

내 발음이 마음에 안 들었던지 그가 발음을 교정해 줬다.

"투래버스가 아니라 트래버스."

"웅웅, 트래버스 아저씨."

"그래, 그래, 앞으로는 트래버스 아저씨라고 불러. 그러는 꼬마 아가씨는 이름이 뭐지?"

내가 이름 좀 불러줬다고 너무 좋아하는 그가 자연스럽게 내 이름을 묻기에 나는 별 생각 없이 내 이름을―정확히 말하면 애칭을―알려주려고 했다.

한데 내가 입을 열기도 전에 옆 침대에서 얌전히 버터가 발린 빵을 먹고 있던―트래버스는 꼬치구이는 나만 줬지만 버터는 인심 좋게 다른 애들에게도 나눠 줬다―예쉬가 불쑥 끼어들었다.

"알려고 하지 마십시오."

그동안은 내가 트래버스에게 웃든 말을 걸든 가만히 놔두던 녀석이 갑자기 매몰차다고 할 정도의 반응을 보이니 내가 다 어리둥절할 정도였다.

당연하겠지만 트래버스는 불쾌하다는 듯 인상을 찡그리며 예쉬를 바라봤다.

원래 험악한 인상과 잘 버무려져 엄청 무서운 얼굴이 되었다. 한데 예쉬는 그 얼굴을 보고 움찔하면서도 물러나지 않았다.

"어차피 당신은 우리를 돈 받고 팔 거잖습니까. 그러면서 이름 따위 알아서 뭐하려고요? 잠깐 동안 부르려고요?"

아무래도 단단히 결심하고 나선 것 같다.

지금 잠깐 사이 떠올린 게 아니라 처음부터, 즉 내가 트레버스에게 말을 건넬 때부터 예쉬는 자기 나름대로 내가 보여도 될 호감의 한계를 지정해 놓고 있었나 보다.

그걸 넘어서려 하니 제지하고 나선 거고.

'이 자식, 진짜 열한 살짜리 맞아?'

종종 예쉬의 어른스러움에 놀라고 감탄하는데, 이번에도

놀람과 감탄을 금할 수 없었다.

태어나자마자 한 살 먹고, 그다음 해 1월이 되면 무조건 한 살 또 먹고, 3월에 새 학기가 시작되는 한국 교육 시스템에 맞춰 따져 보면 예쉬는 겨우 초등학교 5학년이었다.

요즘 애들이 예전에 비해 영악하다고 해도 초등학교 5, 6학년 애들이 저 정도는 아닐 것 같은데 말이다.

그렇게 예쉬에게 감탄하는 한편으로 나는 만약의 사태에 대비하고 있었다.

예쉬의 말에 분노한 트래버스가 순간적으로 폭력을 휘두를지도 모르니 말이다.

한데 신기하게도 예쉬의 말에 트래버스가 정곡을 찔린 듯 움찔거리더니 어찌할 바를 몰라 하는 거였다.

'헤에, 애가 한 말에 되게 찔려 하네?'

스스로도 자신이 안 좋은 일을 하고 있다는 건 자각하고 있었나 보다. 그래 봤자 달라지는 건 없겠지만.

어찌할 바를 모르고 우물쭈물하던 트래버스가 결국 고개를 돌려 예쉬의 시선을 외면해 버리자 내가 나섰다.

어쨌든 지금 우리 입장에서는 그의 호의가 필요한 상황이니 사태가 악화되게 내버려 둘 수만은 없었다. 뭐, 그가 좀 더 괜찮게 보인 터라 조금은 도와주고 싶기도 했고.

"뭐, 괜찮아, 트래버스 아저씨."

예쉬의 시선을 피해 고개를 돌리고 있던 트래버스가 내 말에 놀란 표정으로 나를 바라봤다.

그런 그에게 나는 어깨를 가볍게 한번 으쓱해 보이고는 싱긋 웃었다.

"괜찮아. 그래도 이거 가져다준 건 고마운걸. 정말 맛있어. 뭐, 오빠가 싫어하니 내 이름을 가르쳐 줄 수는 없지만 내가 아저씨 이름은 꼭 기억해 줄게."

이래 봬도 직장 생활을 10여 년 가까이 했던 터라 지금 상황을 좀 풀어지게 만들 립 서비스 정도는 어렵지 않게 할 수 있었다.

그 립 서비스가 제대로 먹혔는지 트래버스는 무척이나 감격한 눈빛이었다.

"그래, 그래, 정말 넌 신화에 나온다는 천족 같구나."

'뭘 이 정도 가지고. 그래도 감격한 만큼 간식을 가져다주면 좋을 텐데…….'

감격에 찬 트래버스가 기분 좋게 철창을 나가는 모습에 나는 손을 흔들어주며 속으로 중얼거렸다.

이런 내 마음을 알았던지, 트래버스는 저녁때 내 선물로 사과 파이를 가지고 왔다. 버터는 이제 기본 옵션화가 되어 자동으로 딸려왔고 말이다.

그가 가지고 온 사과 파이는 제법 커서 그것만 먹어도 배가 불렀기에 나는 빵은 사양했다. 솔직히 파이가 너무 달아서 속이 좀 미식거리기도 했고.

그러자 그는 나에게 주려고 버터를 한가득 발라놓은 빵을 보며 엄청 아쉬워했다.

"아아, 내가 아무 때나 여기에 들어올 수 있다면 저녁 가져다주기 전에 먼저 와서 간식을 줬을 텐데……."

"왜? 트래버스 아저씨는 여기 마음대로 들어올 수 있잖아."

그의 중얼거림을 들은 내가 '아무것도 몰라요' 하는 표정으로 고개를 갸웃거리자 트래버스가 인상과 안 어울리게 난처한 표정으로 머리카락도 없는 머리를 긁적였다.

"그게… 아직 이 아저씨는 말단이라서 이런 데 함부로 들어올 수 없거든."

"이런 데? 여기가 그렇게 대단한 데야?"

그냥 보통 감옥처럼 보이는데 말이다. 아니, 좀 깨끗한 감옥이려나?

"뭐… 중요하다면 중요한 곳이랄까? 게, 게다가… 어린아이들만 있는데 험상궂은 아저씨들이 마음대로 드나드는 것도 안 좋잖아. 뭐… 그런 거지."

내 질문에 당황한 트래버스가 별것 아니라는 듯 둘러대려 했지만 그 태도로 나는 여기 있는 애들이 일명 비싼 몸이시라는 걸 눈치챌 수 있었다. 나를 포함해서 말이다.

'그러니까 여기가 귀중품 금고라는 거지? 어쩐지… 제법 깨끗하게 관리된다 했다. 뭐, 이 몸이라면 비싼 게 당연하지.'

하지만 나는 일단 아무것도 모르는 척 고개를 주억거렸다.

"그렇구나~ 근데 아저씨, 여기는 어디야?"

"으응? 어디냐니?"

다시 한 번 움찔대는 트래버스를 모르는 척 나는 계속 질문을 이었다.

"그러니까… 여기 도시 맞지? 도시 이름이 뭐야?"

내 말에 그는 멈칫거렸지만 '그 정도쯤이야' 라고 생각했는지 잠시 후 순순히 대답해 줬다.

"에… 에… 여기는 카르피 성이야. 카르피 자작이 다스리는 곳이지."

기껏 정보를 얻었건만 카르피 성이 어디 있으며 카르피 자작이 누구인지 전혀 모르겠다.

그래서 눈을 말똥거리며 트래버스를 계속 바라보자 그가 설명하기 어려웠던지 난처한 표정으로 더듬거렸다.

"에… 에… 그래도 제국에서도 크다고 알아주는 곳인데, 에… 이곳이 제국의 남쪽인가 서쪽인가에 위치한다고 한 거 같은데……. 아, 그래, 여기는 드미트리 제국의 국경과 가까워서 드미트리 제국과 교역이 활발하게 이뤄지고 있단다. 그래서 밖에 나가면 드미트리 제국 사람들이나 거기서 가지고 온 물건들을……."

나중에는 괜찮은 소개말이 떠올랐는지 환한 표정으로 신나게 말해주던 그가 내 얼굴을 보더니 말끝을 흐리며 어색하게 웃었다.

"하.하.하, 뭐, 그렇다는 거지."

갇혀 있는 애한테 밖에 나가면 볼 수 있는 멋진 것들을 이야기해 봤자 놀리는 것밖에 더 되겠는가.

하지만 나는 그것도 모르는 척 고개만 갸우뚱거렸다.

"드미트리 제국? 거기가 어떤 곳인데? 거기 사람들은 우리랑 많이 달라?"

"으음, 우리나라 바로 옆에 있는 아주아주 커다란 나라인데, 나도 직접 가보지 않고 들은 이야기지만 꽹상히 너운 나라라고 하는구나. 그래서 그런가, 척 보면 우리나라 사람이랑 뭔가 다르게 생기긴 했어. 아, 옷차림도 우리랑 많이 다르고."

트래버스는 자신이 알고 있는 한도 내에서 열심히 설명해 주려고 했지만 아는 것도 많지 않은 데다 설명에도 두서가 없어 그닥 도움이 안 됐다.

그래도 애써서 설명해 주는데 무시하는 것도 미안해서 대충 고개를 끄덕여 주고 있는데 옆에 있던 예쉬가 슬그머니 끼어들었다.

"카르피 성은 수도에서 많이 먼가요?"

"수도? 으음, 멀긴 멀지. 내가 듣기로는 말을 타고 달려도 꼬박 열흘은 걸린다고 하던데?"

"열흘……."

트래버스는 예쉬의 말에 기꺼이 대답해 줬지만 그 대답을 들은 예쉬의 표정은 별로 좋지 않았다.

"굉장히 머네요."

우울하다는 표정으로 중얼거리는 예쉬를 트래버스가 한번 힐끗 봤지만 관심 없는 듯 다시 내 쪽으로 시선을 돌렸다.

한데 그때, 철창 밖에서 지루한 얼굴로 기다리고 있던 다른 대머리 남자가 짜증을 내며 그를 불렀다.

"아씨~ 야, 대충 처먹이고 빨리 나와! 언제까지 있을 건데!"

그 말에 트래버스는 인상을 찡그렸지만 어쩔 수 없다는 표정으로 한숨을 내쉬고는 주섬주섬 자리를 정리하기 시작했다.

그도 그럴 것이 저 키 큰 대머리 남자가 이번에는 다른 때에 비해 좀 더 오래 기다려 줬던 것이다.

"알았어! 알았다고!"

"빨리 나와!"

"알았다니까! 지금 나가! 그럼 아저씨는 오늘 이만 갈게. 내일 보자."

"응! 아저씨, 안녕~!"

그에게 손을 흔들며 작별 인사를 건네자 트래버스도 큰 손을 붕붕 흔들며 마주 인사를 건넸다.

"그래, 그래, 우리 예쁜 아가씨도 안녕~!"

투덜대는 키 큰 대머리 남자와 함께 트래버스가 저 복도 너머로 모습을 감추자 기다렸다는 듯 빨간 머리 녀석이 인상을 찡그린 채 트래버스 흉내를 냈다.

"우리 예쁜 아가씨도 안녀엉~? 놀고 있네."

"투덜대지 마시지? 빵에 버터 발라서 맛있게 먹은 주제에."

"쳇, 그까짓 버터."

말은 그렇게 해도 제법 맛있었는지 입맛을 쩝쩝 다신다.

하기야 나도 저택에 있었더라면 줘도 안 먹었을 버터가 여기서는 그렇게 맛있을 수가 없었다.

밍밍한 빵을 단 한 번 먹어본 나도 그렇게 되었는데, 며칠 동안 밍밍한 빵에 물만 먹은 애들이 버터에 침을 흘리지 않을 수가 없었을 거다.

"그러는 넌? 그깟 버터가 그렇게 좋냐? 저 녀석한테 웃어줄 만큼?"

"당연하지. 밍밍한 빵보다는 엄청, 어어엄청 맛있는걸."

"흥, 너 정말 조인족 맞아? 조인족이 그깟 버터 때문에 저런 놈에게 헤벌레 웃다니… 조인족 자존심은 다 어디로 간 거야?"

"난 이제 세 살이거든? 세 살짜리 애한테 뭘 바라니? 뭐, 나중에 성년이 되고 나면 그때나 한번 생각해 볼게."

떳떳하다는 듯 어깨를 펴고 당당하게 대구하자 빨간 머리 녀석이 인상을 팍 찡그리더니 혼잣말처럼 투덜댔다.

"저 녀석은 태어나자마자 말싸움부터 배웠나."

녀석의 말에 나는 피식 웃으며 예쉬에게 시선을 돌렸다. 나는 아니지만 예쉬는 정말 저런 말을 들을 만했기 때문이었다.

그런데 어째 얘 표정이 요상하다.

"응? 표정이 왜 그래? 혹시 빵이 얹히기라도 했어?"

"응? 무슨……. 아무것도 아니야."

내 질문에 예쉬가 얼른 웃으며 고개를 저었지만 이미 이상한 거 다 눈치챈 후였다.

"아무것도 아닌 게 아닌 거 같은데?"

내가 인상을 찌푸리며 얼른 제대로 불라는 시선을 쏘아 보냈지만 예쉬는 그래도 웃어 보이기만 했다.

'쪼그만 게 내 앞에서 그래 봤자지.'

갑자기 예쉬가 왜 이러나 기억을 찬찬히 되감아보니 하나가 걸렸다.

"뭐야, 여기가 수도랑 멀다는 이야기 때문에 그래?"

잘 찍었는지 내 질문에 예쉬의 눈동자가 스르르 옆으로 굴러간다.

'참 내, 겨우 열흘 거리 가지고 뭘.'

아무래도 그동안은 녀석도 우리를 구할 팀이 올 거라 믿고 있었는데, 이곳과 수도와의 거리가 그런 믿음을 산산조각 낸 모양이다.

"그러니까… 여기가 수도랑 머니까 아빠가 우리를 구하러 오기 힘들 것 같다 이거야?"

내 추론이 맞았는지 예쉬의 눈동자가 다시금 반대로 데구루루 굴러갔다.

그 모습에 나는 혀를 끌끌 찼다.

"으이구, 믿으려면 끝까지 믿어야지. 다 포기하고 체념하기는 너무 이르지 않아? 걱정 마. 아빠가 꼭 구하러 올 거야."

하지만 예쉬는 이 몸이 기껏 위로해 줬는데도 힘없이 입술만 삐죽 올려 보이는 거다.

"그래, 그렇겠지."

"그러지 말고 믿어봐. 누가 그러더라. '네 믿음대로 될지어다.' 얼마나 멋진 말이냐?"

내 말을 그냥 흘려 넘기는 예쉬의 모습에 한 번 더 말해봤지만 예쉬는 여전했다.

그런데 대신 빨간 머리 녀석이 내 말에 호기심을 드러냈다.

"누군데? 그 황당하고 어이없는 말을 한 사람이?"

"뭣이라? 아니, 이게 왜 황당하고 어이없는 말이냐? 얼마나 멋지고 훌륭한 말인데? 이 말씀을 한 분도 아주 아아아아주 훌륭하고 위대하신 분이라고."

"허, 이거 역시 어린애였네. 그 유치찬란한 거짓말을 믿다니. 야, 그럼 내가 이 베개가 멧돼지 바비큐가 될 것이라 믿으면 그대로 뿅 하고 멧돼지 바비큐가 되겠네?"

"유치찬란한 건 바로 너야! 그 말을 왜 그렇게 왜곡하는 건데? 네 머리는 고런 것밖에 생각 못 하지?"

"뭣이라? 야, 믿음대로 된다고 말한 건 바로 너잖아!"

다시금 시작된 빨간 머리와 나의 투닥거림에 잿빛 머리 애가 '또냐~'라는 시선으로 얼굴을 돌렸지만 예쉬는 여전히 죽상을 하고 침대 위만 바라보고 있었다.

평소 능글능글, 뺀질뺀질하지만 그래도 항상 활기차던 녀석이 저렇게 죽상을 하고 있는 꼴을 보니 아무래도 마음이 쓰였다.

거기다 내가 거의 잊은 채 살고 있긴 하지만 그래도 예쉬는 내 혈육이 아니던가.

여기 이렇게 같이 갇혀 있는 동지이기도 하고 말이다.

"이 바보야, 걱정하지 말라니까."

이 정도로는 예쉬의 얼굴이 풀릴 거라고 생각하지 않았기에 나는 눈동자만 힐끔 돌려 날 보는 예쉬에게 진지하게 말했다.

"정 믿을 게 없으면 날 믿어봐."

"야, 야, 도대체 너의 어딜 보고 믿으라는 거냐? 널 믿느니 차라리 아까 그 오우거처럼 생긴 대머리 녀석을 믿겠다."

빨간 머리 녀석의 태클에 자동으로 눈을 세모꼴로 치뜨며 뭐라 하려던 난 곧 심호흡을 하며 마음을 진정시켰다.

지금은 저 꼬맹이와 놀 때가 아니었던 것이다.

그러면서 뭔 말을 어떻게 해야 예쉬의 기운을 살릴 수 있을까 고민하고 있는데, 놀랍게도 웬만하면 잘 나서지 않는 잿빛 머리 애가 날 만류했다.

"그냥 놔둬. 지금은 무슨 말을 해도 귀에 들어오지 않을 테니까."

뜻밖의 목소리에 내가 의외라는 시선을 보내자 그 애가 말을 이었다.

"이럴 때는 그냥 놔두는 게 좋아."

'쟤가 예쉬에게 호의를 보이는 것 같더니만 예쉬와 관련되니까 이렇게 나서기도 하네?'

뭐, 듣고 보니 그럴듯한 말이라 나는 잿빛 머리 애 말을 존중하기로 했다. 솔직히 예쉬의 기운을 차리게 할 만한 멋진 말도 생각나지 않았고 말이다.

그러자 그 모습을 지켜보고 있던 빨간 머리 애가 입을 삐죽이는 거다.

"뭐냐, 꼬맹이. 내가 말하는 건 콧등으로도 안 듣는 녀석이 저 녀석이 말하니까 곧바로 듣네? 같은 조인족이라 이거냐?"

들어줄 만하니까 들어준 건데, 이렇게 말했다간 빨간 머리 녀석이 삐칠 거 같아서 나는 다른 말을 꺼냈다.

"아니, 뭐… 이제는 뭐라고 애를 달래야 할지도 모르겠고 네 말대로 날 계속 믿으라고 하는 것도 웃기고……."

매번 녀석과 툭탁거리긴 하지만 솔직히 잿빛 머리 애보다는 더 귀여워하는 터라 슬쩍 말을 순화해서 했더니만 요 단순한 녀석이 좋다고 의기양양해 웃어댔다.

"캬하하~ 네가 말해놓고도 좀 그랬지? 아무리 할 말이 없다고 해도 꼬맹이를 믿으라고 하다니."

'참 내, 정말 귀여운 녀석이라니까······.'

내가 속으로 큭큭대며 바라보는 사이 잿빛 머리 애가 어이없다는 시선을 보냈다. 빨간 머리 애는 그 시선을 귀신같이 알아채고는 '내가 뭘?'이란 눈빛으로 잿빛 머리 애의 시선을 받아쳤다.

두 꼬맹이의 시선으로만 대화를 주고받는 모습이 더 웃겨서 예쉬는 잠시 잊고 두 녀석을 구경하고 있는데, 이상하게 등 쪽이 결려오기 시작했다.

아니, 정확히 말하면 날갯죽지 쪽이었다.

피가 통하지 않을 정도로 꽉 묶인 건 아니어서 날개를 움직이지 못하는 것만 빼면 그럭저럭 견딜 수 있다고 생각했는데, 오랜 시간 묶여 있다 보니 아무래도 그게 아니었다.

그나마 팔은 묶여 있는 상태로도 계속 움직이니까 조금 저리다가 괜찮아졌지만 등 쪽은 약간 저릿저릿하는 걸 계속 그냥 나뒀더니만 이제는 결리기 시작했다.

"끄으응······."

이대로 놔뒀다가는 나중에 통증이 심해질까 걱정돼 나는 벽에다 대고 등을 통통 두드렸다.

날개를 왼쪽으로 접고 다섯 번, 오른쪽으로 접고 다섯 번. 그런 식으로 한창 등을 두들기고 있는데 잿빛 머리 애가 슬그머니 다가왔다.

나에게는 별로 관심을 보이지 않던 애였기에 의아한 시선으로 바라보자 잿빛 머리 애가 무뚝뚝하게 입을 열었다.

"그렇게 해봤자 별로 소용없어. 이쪽으로 앉아서 날개를 보여봐."

"으응?"

그렇게 말해봤자 애가 갑자기 왜 이러나 싶기만 해 엉거주춤하고 있자 잿빛 머리 애는 두 번 말하지 않고 손을 뻗어 날 잡더니만 반강제로 침대에 앉히고 자신도 내 뒤에 자리를 잡고 앉았다.

"뭐, 뭐 하게?"

갑작스러운 상황에 놀라 내가 벌떡 일어나려 했지만 잿빛 머리 애가 한발 먼저 내 날갯죽지를 꽉 잡고 못 움직이게 했다.

"가만있어. 너한테 해가 되지는 않을 테니까."

"으힉~!"

놀라서 나도 모르게 신음성을 내질렀지만 어찌 된 일인지 몸에 힘이 빠져 움직이질 못하겠는 거다.

'뭐, 뭐냐?'

내가 당황하든 말든 잿빛 머리 애는 그렇게 날 도로 앉히더니 날갯죽지부터 날개 끝까지 이어진, 날개를 지탱하고 움직이는 주요 근육이 있는 날개 윗부분을 꽉꽉 주물러 주기 시작했다.

한데 녀석이 꽉꽉 주물러 줄 때마다 찌릿찌릿해져서 나도 모르게 온몸을 움찔움찔 떨며 신음성을 내뱉게 되는 것이었다.

"윽! 꺅! 에엑! 흡! 으힉! 앗! 거, 거기! 웃!"

그게 꼭 저린 다리를 꾹꾹 눌렀을 때의 바로 그 느낌이라 신음을 참기가 정말 힘들었다.

덕분에 난 녀석이 갑자기 왜 이런 친절을 베푸는 건지 의아해할 겨를도 없었다.

 또 그런 이유로 내 모습에 낄낄대고 웃는 빨간 머리 녀석에게도 뭐라고 한마디 쏘아붙이지도 못했다.

 그렇게 한참 동안이나 강한 손아귀의 힘으로 내 날개를 주물러 주던 잿빛 머리 애가 물러나자 나는 어색한 얼굴로 녀석에게 꾸벅 고개를 숙였다.

 고맙긴 고마웠지만 이 애한테서 도움을 받을 거라고는 꿈에서도 생각을 못 했기에 녀석의 도움이 되게 어색하고 이상했던 것이다.

 "에… 고마워."

 그래도 딴에는 진심을 담아서 감사의 인사를 한 건데, 인사를 받을 생각은 안 하고 날 물끄러미 보고만 있던 잿빛 머리 애가 뜬금없는 말을 꺼냈다.

 "너… 정말 날 수 있구나?"

 '뭣이라?'

 뜬금없어도 너무나 뜬금없는 말이기에 나는 순간 할 말을 잃고 버벅거렸다.

 그런 내 심정을 아는지 모르는지 잿빛 머리 애는 신기하다는 시선으로 나를 바라보며 말을 이었다.

 "아니 뭐… 몸집도 작고 날개도 튼튼해 보이질 않아서 별로 믿기지 않았거든. 게다가 날개도 하얀색이고. 한데 날개를 만져 보니 확실히 알겠어."

 '허어어?'

물론 전에 이런 이야기가 나왔을 때 녀석이 내 말을 믿는 기색이 아니긴 했다. 한데 안 믿었다고 이렇게 대놓고 말할 줄이야.

너무 어이가 없으면 화도 안 난다더니 내가 지금 딱 그 짝이었다.

하지만 그래도 그냥 넘어가기는 싫어서 어이없고 황당한 가운데서도 입을 열었다.

"아니… 날개가 하얗고 몸집이 작으면 못 나냐?"

이건 반어의문문으로 한 말이었는데 내 말에 잿빛 머리 애가 즉각 고개를 끄덕이는 것이었다.

"세 살이라면서 두 살도 안 된 몸집을 가지고 있어서 어떻게 살아 있나 신기했는데 날 수 있는 덕에 안 죽었구나."

이 무슨 황당무계한 소리인가.

"아니… 날개 달렸다고 꼭 날아야 하냐? 못 날면 죽어?"

"날지 못하는 조인족이 어떻게 살아남을 수 있는데?"

'으응?'

오늘 이 잿빛 머리 꼬맹이한테 이런 감정을 몇 번이나 겪는지 모르겠다.

게다가 자기 입으로는 이제 몇 달 후에 여섯 살이 되고, 겉보기로는 10대 초반으로 보이는 꼬맹이 녀석이 죽음이라는 걸 저렇게 쉽게 언급하는 것도 충격이었다.

저 녀석이 지금 언급한 '죽음'은 그냥 어린애들이 열 받아서 '너 죽어!' 하고 엄포를 놓는 것이 아니었다. 정말 진지하게 생명이 사라지는 걸 의미한 거다.

'애가 정말 알고 말하는 거야, 아니면 주변에서 들은 대로 말하는 거야?'

한데 그때 문득 어머니를 처음 만났을 때 다짜고짜 죽을 뻔했던 일이 떠올랐다.

"자, 잠깐만. 궁금한 게 있는데, 혹시 조인족은 애가 태어났을 때 허약하면 그냥 죽이는 거냐?"

"당연하지 않아? 태어날 때부터 몸집이 작거나 허약한 애는 어차피 날지도 못하고 오래 살지도 못할 게 뻔한데……."

그 말인즉슨 태어나자마자 얼마 안 되어서 처리(?)된다는 뜻이렸다?

'헐, 나 진짜로 죽을 뻔했구나.'

그때도 죽을 뻔했다는 건 알고 있긴 했지만 뭔가 다른 복잡한 이유가 있다거나 오해로 빚어진 사고였다거나 그런 건 줄 알았다.

그래서 아버지가 그 복잡한 사정—혹은 오해—을 해결했기에 내가 살아남은 건 줄 알았는데, 그냥 몸집이 작다는 이유 하나만으로 얼마 살아보지도 못하고 생을 마감할 뻔했을 줄이야.

이 순간 나는 아버지가 조인족이 아니라는 사실에 진심으로 감사했다.

만약 아버지도 조인족이었다면 그 당시 아버지는 어머니를 막는 게 아니라 방관하거나 아니면 오히려 직접 날 처리(?)했을지도 모를 일이니 말이다.

옛일(?)을 회상하고 있던 날 다시 현실로 불러들인 건 무뚝뚝한 잿빛 머리 애의 질문이었다.

"그런데 넌 언제부터 날게 된 거지?"

"으응? 음, 날기 연습을 시작한 때, 아니면 본격적으로 날 수 있었던 때?"

본격적으로 날 수 있었던 때는 정확하게 기억 못 하지만 날기 연습을 시작한 날은 정확하게 기억한다. 어머니에게 붙들려 저택에서 떨어진 그날을 어찌 잊을 수 있으랴.

"날기 연습을 시작한 때로 하지."

"두 살 생일을 한 달 좀 안 되게 앞뒀을 때."

내 말에 잿빛 머리 애는 그럴 줄 알았다는 표정으로 고개를 끄덕였다.

"왜? 내가 너무 늦은 거야?"

"보통 태어나서 한 살이 되기 전에 날개를 펄럭이기 시작하고 한 살이 되면 늦어도 낮은 언덕이나 바위 위에서 뛰어내리기 시작하니까."

"낮은 언덕이나 바위 위에서… 뛰어내린다고? 왜?"

어째 앞의 이야기보다 뒤의 이야기가 귀에 와서 콕 박혔다.

그래도 설마 하면서 묻는 내 질문에 잿빛 머리 애가 그것도 모르냐는 시선으로 대답해 줬다.

"왜긴. 나는 법을 익히기 위해서지. 그러니 두 살 즈음에 뛰어내리기 시작했다면 좀 많이 늦은 거지."

잿빛 머리 애의 말에 나는 너무 놀라 나도 모르게 입을 떠억 벌렸다.

내가 좀 많이 늦었다고 말하는 건 귀에 들어오지도 않았다.

"처음에는 낮은 곳에서 뛰어내리면서 나는 요령을 익히는 거였어?"

놀라움과 당혹감이 가득한 내 질문에 잿빛 머리 애가 영문을 몰라 고개를 갸웃거리면서도 순순히 대답해 줬다.

"당연하지. 처음에는 낮은 곳에서 뛰어내리다가 차츰 높은 곳에서 뛰어내리지 누가 처음부터 높은 곳에서 뛰어내리겠어?"

누구긴 누구냐, 바로 나지.

"내, 내 어머니는… 처음부터 다짜고짜 날 저택 꼭대기에서 내던졌는데?"

게다가 그때 분명히 자기네 날개 일족은 모두 다 그렇게 한다고 했었다.

그때 얼마나 고생했는지 만약 내가 정신적으로 성인이 아니었다면 자다가 경기를 일으켜도 몇십 번은 일으켰을 거다.

'그때 나한테 거짓말을 한 거냐아!'

내 말에 잿빛 머리 애의 눈이 놀라서 동그래졌고 뒤에서 듣고 있었는지 빨간 머리 애도 놀란 어조로 말을 건넸다.

"야, 네 어머니가 혹시 널 죽이려고 한 거냐?"

그 말을 완전히 부정할 수 없다는 게 슬프다.

덕분에 반쯤 농담으로 던져졌을 그 질문에 대꾸도 못 하고 입을 다물고 있자 오히려 빨간 머리 애가 당혹해했다.

"어… 음… 뭐… 아니, 농담인데……. 하하하."

어색한 상황을 웃어넘기려 한 것 같았지만 그게 오히려 더 어색했다.

어차피 나야 어머니에게 별 감정이 없는 터라 속았다는 게 분했을 뿐 큰 충격을 받은 건 없었다.

　그래서 경직된 분위기도 풀 겸 빨간 머리 꼬맹이의 모습에 웃으려고 했는데, 하필 타이밍도 안 좋게 저 멀리서 끼이이익 하고 문이 열리는 소리가 들리는 거였다.

　"잘 시간인가 보군."

　저녁 식사를 끝낸 후 이곳을 방문한 사람이라면 마법등을 끄기 위한 마법사밖에 없었다.

　잿빛 머리 애의 말에 우리는 서둘러 각자의 침대에 올라가 시트를 덮었다.

　한데 그 와중에도 예쉬는 여전히 자신의 침대 위에 앉은 채 가만히 있는 것이다.

　'에휴……'

　그냥 뒀다간 밤새도록 그러고 있을 것 같아 뭐라도 해주려고 침대에서 내려오는데 빨간 머리 애가 날 불렀다.

　"야!"

　"응?"

　"넌 그냥 가만있어."

　"으응?"

　그게 뭔 소리인가 싶어 빨간 머리 애를 바라보는데, 얘가 거의 뛰어내리다시피 자신의 침대에서 벗어나 예쉬의 침대로 다가오더니 다짜고짜 예쉬의 뒤통수를 후려갈겼다.

　타악!

　그나마 손날로 가격한 거라 아프진 않았을 것 같은데, 그 한 대로 예쉬가 푹~! 하고 앞으로 고꾸라지는 것이었다.

"세게 안 때렸어."

물끄러미 바라보고 있는 날 힐끔 본 빨간 머리 애가 변명조로 툭 내뱉더니 시트를 예쉬의 몸 위로 던져 놓고는 잽싸게 다시 자신의 침대 위로 뛰어 올라갔다.

그 행동이 얼마나 잽쌌던지 그 애가 침대에서 내려온 것은 마법사가 계단을 일고여덟 개쯤 밟고 내려왔을 때였는데 빨간 머리 애가 다시 침대 위로 올라가자 그때야 계단을 다 내려온 마법사가 복도로 들어서는 소리가 들렸다.

'대단해!'

그 날렵하고도 단호한 행동에 나는 주저 없이 빨간 머리 애를 바라보며 엄지손가락을 치켜 올렸다.

엄지손가락을 보이는 행동이 여기서도 같은 의미였는지 빨간 머리 애는 씨익 웃으며 시트 속으로 기어들어 갔고, 나도 맘 편히 딱딱한 베개 위에 머리를 눕히고 시트를 덮었다.

여전히 딱딱한 침대가 불편했지만 그래도 어제 하룻밤 지내봤다고 나는 좀 더 쉽게 잠들 수 있었다.

덕분에 누군가가 내 몸을 흔들 때 금방 잠에서 깼다.

"우우웅~"

잠을 제대로 자기는 했지만 그래도 아직은 딱딱한 침대에 완전히 적응을 못해 온몸이 쑤셨다.

반사적으로 하품을 하며 기지개를 켜는데 기대했던 트래버스의 음성 대신—난 트래버스가 날 깨웠을 거라고 여기고 있었다—가늘면서도 무뚝뚝한 음성이 들려왔다.

"정신 차려. 곧 그들이 내려올 거야."

"으응?"

생각도 못 한 음성이 들려오자 약간은 몽롱했던 정신이 번쩍 들었다.

고개를 돌려 보니 거기에는 잿빛 머리 애가 내가 확실히 정신을 차린 걸 확인하고는 막 몸을 돌려 자신의 침대로 향하고 있었다.

'으으응? 쟤가 왜?'

어리둥절해져서 주춤주춤 자리에서 일어나 주변을 둘러보니 아직 누가 온 기색은 없다.

"뭐야? 아직 아무도 안 왔는데 왜 깨운 거야?"

일분일초라도 더 자는 게 좋은 나는 잿빛 머리 애가 혹시 나한테 심술부리는 건 아닌지 의심하고 있는데 빨간 머리 애가 툭 말을 내뱉었다.

"야, 머리 뻗쳤다."

'으잉?'

머리가 뻗친 방향까지 손가락으로 가리키고 있는 빨간 머리 애를 바라보며 나는 당혹감을 감출 수가 없었다.

'아니, 얘들이 갑자기 왜 이래? 어제 뭐 잘못 먹었어? 나한테 웬 관심?'

일단 뻗친 머리를 손가락으로 빗어 가라앉히면서 나는 의아한 시선으로 잿빛 머리 애와 빨간 머리 애를 번갈아 바라봤다.

평소에는 있는 듯 마는 듯 무시하던 녀석이 대머리 남자들이 오기 전에 깨워주지를 않나—이건 신경 써주는 건지 심술 부리는 건지 좀 헷갈리지만—보기만 하면 아옹다옹하던 녀석이 머리가 뻗쳤다고 알려주질 않나.

"눈곱도 떼. 여자애가 칠칠치 못하게."

'아니, 여자애는 눈곱 끼면 안 된다는 법이라도 있냐?'

속으로 투덜대면서도 나는 얌전히 시키는 대로 하며 열심히 머리를 굴렸다.

'왜 그러지? 예쉬가 축 처져 있으니까 내가 불쌍해 보였나?'

날 신경 써주는 게 싫은 건 아니지만 갑자기 그러니 반갑기보다는 얼떨떨하다.

그 와중에 옆에서 기척이 느껴지기에 시선을 돌리니 이 소동에 잠이 깼는지 예쉬가 꾸물꾸물 몸을 일으켰다.

"깼어?"

"아아……."

잠에 취한 탓인가, 아니면 어제의 우울에서 벗어나지 못한 탓인가, 여전히 매가리 없는 모습이었다.

다른 때라면 그냥 알아서 극복하게 놔뒀을 텐데 지금은 때가 안 좋았다.

잠시 후면 트래버스와 함께 그 성질 나쁜 대머리 남자가 내려올 터. 저런 상태의 예쉬가 그 남자에게 잘못 걸리기라도 하면 어쩌나 싶었던 것이다.

"아직도 기분이 안 좋은 거야?"

그래서 조심스레 물었더니 예쉬가 미처 뭐라고 대답하기도 전에 빨간 머리 애가 냉큼 끼어들었다.

"야, 적당히 하고 정신 차려! 아니면 그 성질 더러운 대머리 녀석한테 한번 당하고 정신 차릴래?"

'내 말이 바로 그거라니까.'

동감이라고 내가 고개를 끄덕거리자 빨간 머리 녀석이 의기양양해져 말을 이었다.

"저 봐라. 저 꼬맹이도 내가 맞다고 하잖아. 그러니까 얼른……."

하지만 빨간 머리 애는 말을 끝까지 이을 수 없었다. 예쉬가 빨간 머리 애의 말을 중간에서 싹둑 잘랐던 것이다.

"나도 잘 아니까 그만하지?"

"얼른 정신… 으잉?"

"정신 차렸다고."

중간에 말이 싹둑 잘리는 바람에 당황한 빨간 머리 애와 마찬가지로 나도 놀라서 예쉬를 바라보자 내 시선을 느꼈는지 요 녀석이 날 마주 보며 씨익 웃었다.

"오오~ 내 동생, 이 오라버니를 걱정한 거야? 감동인데?"

'얼씨구?'

그래도 여느 때보다 약간 힘이 빠져 있다. 아무래도 일부러 태연한 척하는 모양.

뭐, 그렇다 해도 어제처럼 넋 놓고 있는 것보다는 훨 나았기에 나는 모르는 척 평소대로 투덜거렸다.

"누가 오라버니라는 거야, 누가?"

"뭐야, 저 녀석. 어제 괜히 힘없는 척했던 거 아니야?"

예쉬의 회복이 놀라웠는지 빨간 머리 애가 투덜대자 예쉬가 팔을 들어 몸을 쭈욱 펴면서 평이한 어조로 대꾸했다.

"뭐, 나름 평탄치 못한 삶을 살아온 터라……."

"놀고 있네."

빨간 머리는 어이없다는 듯 대꾸했지만 난 속으로 예쉬의 말에 고개를 끄덕였다. 확실히 추운 겨울 날 나무 위에 대롱대롱 매달리는 건 아무나 하는 경험이 아닐 테니 말이다.

'과연… 그래서 빨리 회복할 수 있었던 거였군. 속으로야 어쨌든 말이지.'

뭐, 애가 애답지 않은 게 조금은 딱했지만 지금 상황에서는 차라리 잘됐다 싶었다.

덕분에 잠시 후 내려온 성격 더러운 키 큰 대머리 남자의 마수(?)에서 무사할 수 있었으니 말이다.

제 17 화

드디어 그날?

예쉬가 나름대로 정신을 차린 후로는 그럭저럭 평온한 시간이 흘러갔다.

평소에는 애들과 놀고 식사 시간 때는 트래버스와 놀면서 이 정도면 나름 그럭저럭 지낼 만하다고 생각했다.

하지만,

"하아~ 답답해."

처음에는 납치당해 갇혀 있는 주제에 좋은 환경에 있는 거라고 생각했으면서 그 생각이 사흘밖에 못 갔다.

작심삼일이란 말이 여기서도 통용되는 건지 모르겠지만 하여간에 사흘이 지나자 슬슬 답답함을 느끼기 시작하더니 거기서 이틀이 더 지나자 이제는 아예 가슴이 묵식해진 것이때때로 뭔가가 속에서부터 보글보글 끓어올라 터져 나오려고 했다.

뭐, 객관적으로 볼 때 내가 답답해할 만도 했다.

커다란 저택에서 살다가 우리 집 욕실보다도 좁은 공간에서, 그것도 날개와 손이 묶인 채로 온종일 갇혀 있으니 답답하지 않으면 그게 오히려 이상한 일일 것이다.

한데 단순히 답답함만을 느끼는 것이 아니라 순간순간 고함을 지르고 싶다거나 벽에 머리를 받아 그 안을 깨끗이 비우고(?) 싶은 욕구가 불쑥불쑥 치솟아오르는 것이 문제였다.

'아무래도 내가 슬슬 맛이 가려고 하는 것 같아.'

그럴 때마다 나는 내 주위에 있는 애들을 보면서 정신을 다잡았다.

예쉬나 꼬맹이들을 지켜줘야 한다는 사명감 때문이 아니라, 저런 꼬맹이들도 잘 버티고 있는데 나이를 먹을 대로 먹은 어른이 버티지 못한다는 건 정말 창피한 일이라고 생각했기 때문이었다.

'그러고 보면 저 녀석들은 어떻게 저렇게 멀쩡히 버티고 있는 거지? 설마 나만 답답한 건가?'

그렇게 생각하니 어째 나만 이상한 애(?)가 된 기분이다.

그래서 나는 잿빛 머리 애가 가르쳐 준 대로 내 날개를 조물조물 주물러 주고 있는 예쉬를 돌아봤다.

"예쉬, 넌 안 답답해? 나만 답답한 건가?"

그러자 예쉬가 아련한 표정으로 미소를 지으며 대답해 줬다.

"대충… 여섯 살 땐가? 어떤 강아지 같은 녀석 때문에 옷장에 반나절 정도 갇혔던 적이 있었지."

"하아아?"

'어떤 강아지 같은 녀석이라고 하면 저번에 본 그 패션 감각이 꽝이었던 황태자 녀석이겠지?'

한데 여섯 살 때 그런 일을 당했다면 좁고 어두운 공간에 대한 트라우마가 있을 법도 한데 앤 그동안 여기서 멀쩡히 잘 있었다. 아, 우울해하던 것 빼고.

그래서 내가 믿기지 않는다는 시선으로 녀석을 바라보자 예쉬 녀석은 담담한 어조로 말을 이었다.

"뭐, 그때 그 공간은 여기보다 두세 배는 넓었으니까. 통풍도 잘되고 어둡지도 않고."

"혹시 드레스 룸?"

"응."

"나 원……."

그제야 상황을 이해 한 나는 '그럼 그렇지' 하며 허탈한 미소를 흘렸다.

거긴 좁은 게 아니다.

내 드레스 룸만 해도 내 침실 못지않게 넓고 환한 공간이니까.

일단 나에게 입히고, 신기고, 씌우고, 채우는 등등의 모든 물품이 들어갈 만큼 넓어야 했고 그런 수많은 물품 중에서 특정 물품을 쉽게 찾을 수 있어야 했으니 환한 빛은 필수였다.

아마 모르긴 몰라도 비싼 물품들이 망가지지 않게 일정한 온도가 유지됨은 물론 통풍도 잘될 거다.

그런 곳에 있었으니 밀실 공포증이 생기기는 좀…

"근데 거기 반나절 정도 갇혀 있어봤다고 지금 안 답답한 거야?"

"설마……. 단지 그곳에서 구출되길 지루하게 기다리던 중 문득 이런 생각이 들더라고. 어쩌면 이런 데 갇히는 게 지금이 마지막이 아닐지도 모른다는……."

"헐, 쪼그만 게 눈치가 빨랐네."

지금도 나이에 비해 영악하다 했더니만 그런 기미가 어려서부터 있었나 보다.

하긴 그러니까 그 많은 괴롭힘을 꿋꿋이 버티고 이렇게 잘 자라난 거겠지만.

"과연 그 뒤로도 여기저기 갇히더라고. 궁 내 좁은 공간이란 공간은 웬만하면 다 한 번씩은 들어가 봤을걸. 거기다 차갑고 딱딱한 바닥에서도 한두 번 자봤어야지. 덕분에 지금도 침대가 딱딱해서 불편하고 여기가 좁아서 답답하기는 한데 견딜 만해."

"너 참… 힘들게 살았구나?"

예쉬의 말을 듣고 있던 빨간 머리 애가 불쌍하다는 시선을 보내며 말을 걸어왔다.

"뭐… 나름 평탄치 않은 삶을 살았다니까."

"그래, 그래, 허약한 녀석이니 주변 애들이 가만두지 않았겠지."

빨간 머리 애가 사는 동네도 약한 애들을 괴롭히는 일이 있는 모양인지 녀석이 쉽게 납득했다.

그에 예쉬가 뭐라 말하려다가 끙 하는 신음 소리와 함께 입을 다물었다.

하지만 날개를 주무르는 손에 힘이 팍팍 들어가는 걸 보니 조금은 열이 받은 모양이다.

그래서 난 예쉬의 주의를 딴 데로 돌릴 겸 빨간 머리 애한테 질문을 던졌다.

"그러는 넌 답답하지 않아? 너희는 우리보다 먼저 여기 왔잖아. 혹시 너도 예쉬처럼 이런 데 콕 박혀 있어봤어?"

그러자 우리의 귀여운 꼬맹이, 빨간 머리 녀석이 버럭 화를 냈다.

"무슨 소리! 내가 그렇게 비실비실해 보여? 이래 봬도 난 위대한 묘인족 12 대전사 중 한 명인……."

녀석의 말을 듣던 나는 귀찮아서 대충 말을 끊었다.

뒤에 나올 건 아마 녀석의 부모님 이름이거나 자기 이름일 게 뻔한데 내 이름도 길어서 아직도 더듬거리는 판에 남의 이름까지 들어서 뭐하겠는가?

"그러니까… 네가 대전사라고?"

"아니, 우리 엄마가!"

아주 당당하게 외치기에 나는 비죽 웃어 보였다.

"네 엄마가 대전사면 너도 대전사냐? 그냥 대전사의 아들이라는 것뿐이잖아. 엄마가 대전사라고 아들까지 대전사란 법 있어?"

"뭣이라? 난 당당한 미래의 대전사 후보라고!"

'원래 애들이란 모두 미래의 대통령이자 과학자이자 우주

비행사이자 성공한 연예인 후보지.'

하지만 나는 꼬투리 잡는 대신 선심을 써서 녀석이 원하는 미래상을 불러주며 질문했다.

"그래, 그래. 그럼 당당한 미래의 대전사 후보님, 넌 하나도 안 답답해? 어떻게 여기서 버티고 있는 거지?"

한데 돌아오는 건 어째 우물쭈물하는 녀석의 모습이었다.

'뭔 일이 있었군. 그럼 그렇지. 녀석이 스스로 답답함을 제어했을 리가 없지.'

뭔 일을 당한 빨간 머리 애한테는 미안하지만 그걸 눈치챈 난 내가 이상한 게 아니란 걸 깨달을 수 있어서 조금 기분이 좋았다.

그래서 말하기 싫어하는 거 억지로 알려 하지 않고 그냥 넘어가려 했는데 예쉬가 나섰다.

"그 대머리 남자겠군. 키 크고 성질 더러운."

"뭐가?"

"아니, 저 두 녀석을 얌전하게 만든 놈 말이야."

그게 진짜냐고 물을 필요도 없었다. 예쉬의 말이 끝나자마자 빨간 머리 애가 빽 고함을 질렀으니까.

"닥쳐, 비실이!"

'진짜군.'

어떻게 했냐고 물을 필요도 없을 것 같다.

그 대머리 남자의 성격을 보면 몇 대 쥐어박았을 게 뻔했으니 말이다.

사람이란 아픔을 겪어봐야 그만큼 인내력이 생긴다고 하

지 않던가.

내가 그렇게 혼자 추측하고 알아서 납득하고 있을 때, 한 마디 더 했다간 가만 안 두겠다는 듯 매섭게 노려보는 빨간 머리 꼬맹이를 예쉬는 너무나 공감한다는 눈빛으로 마주 보고 있었다.

"정말… 기분 더럽지. 열 받고 짜증 나고. 아주 잘 알지."

"시끄러. 내가 너 같은 줄 알아?"

빨간 머리 애는 말은 그렇게 해도 방금 전의 흉흉함이 조금은 누그러진 표정이었다.

"하기야 난 솔직히 맞아본 적은 없었다. 그냥 좁은 공간에 갇히거나, 2층 베란다에서 밀려 떨어지거나, 나무에 대롱대롱 매달리거나, 연못에 빠지거나… 간단하게 그 정도였지."

"흐에, 연못에 빠지기도 했어?"

"뭐, 뱃놀이 가자며 강제로 끌고 가서 배를 태우더니 연못 한가운데에서 밀어버리더군."

가볍게 말하는 말투와 거만하게 고개를 끄덕이는 폼이 참 잘 어울렸다. 이제는 '그런 일도 있었지' 하며 대수롭지 않게 넘기는 듯해서 마음에 들기도 하고.

"덕분에 수영을 잘하게 됐어. 내가 딴 건 몰라도 수영만큼은 루비오보다 잘할걸."

'루비오? 루비오가 누구…… 아아, 예쉬 따라다니던 그 애?'

예쉬가 거기까지 말하자 빨간 머리 애의 눈빛은 완전히 누그러지다 못해 이제는 측은함까지 담고 있었다.

"야, 너 혹시라도 나중에 밖에서 내가 도와줄 수 있는 기

있음 말해라. 이 형님이 힘 한번 보태주마."

글쎄 뭐, 여길 나간다면 우리가 빨간 머리 애랑 다시 만날수 있을지 없을지는 미지수지만 그 마음만큼은 기특했다.

한데 이렇게 생각한 나와는 달리 예쉬는 별로 고맙지 않은지 그저 그런 표정으로 고개만 슬쩍 끄덕일 뿐이었다.

그리고 그 표정에 빨간 머리 애가 당연히 발끈했고 말이다.

"뭐냐, 그 떨떠름한 표정은? 이 몸의 도움을 받게 되었는데 감사히 여기지는 못할망정……!"

"아니 뭐, 네 마음은 정말 고맙게 생각해."

"고맙게? 그 표정이 정말 고맙게 생각하는 표정이냐? 나에게 허리 숙여 감사의 인사를 해도 모자랄 판에!"

허리 숙여 인사까지 할 필요는 없었지만 떨떠름한 표정을 한 건 너무하긴 했다.

'근데 저 녀석이 왜 저런 표정을 짓는 거지? 녀석답지 않은데?

제 나이답지 않게 능글거리는 녀석이라 지금 상황에서는 얼마든지 기분 좋게 웃으며 감사 인사를 할 것 같은데 말이다.

생각 같아서는 빨간 머리 애 편을 들어 예쉬한테 한마디 해주고 싶었지만 예쉬답지 않은 모습에 뭔 사정이 있는 것같아 함부로 뭐라 하기가 어려웠다.

내가 우물우물거리는 사이 예쉬도 더 이상 말을 꺼내지 않았고 빨간 머리 꼬맹이도 불퉁한 표정으로 입을 다무는 바람에 본의 아니게 우리 주변에 갑작스레 적막이 내려앉게 되었다.

뭐, 잿빛 머리 애는 원래 조용히 있는 애였고 말이다.

그렇게 항상 시끌시끌했던—대부분 나와 빨간 머리 애 때문이지만—공간이 갑자기 조용해지자 왠지 모르게 이 고요를 깨면 안 될 것 같은 분위기가 되어버렸다.

덕분에 내가 이곳에 온 후 처음으로 우리는 각자의 침대에 앉아 본의 아니게 고요의 시간을 가지게 되었다.

트래버스가 활기찬 발걸음 소리를 내며 식사를 가지고 오기 전까지는 말이다.

"얘들아, 이 아저씨가 오셨다~!"

그동안 나와 친하게 지낸 덕분에 다른 아이들도 트래버스가 편하게 보였던지 한 번, 두 번 말을 걸기 시작하더니 이제는 그럭저럭 대화까지 하는 수준에 이르렀다.

처음에야 어쨌든 이제는 모든 아이를 위해 먹을거리를 꼬박꼬박 챙겨오는데—그것도 트래버스가 개인적으로 마련한 기색이 역력한—그 정성을 봐서라도 계속 입 다물고 냉랭하게 대하기는 어려웠을 거다. 비록 그가 우리를 이곳에 가둔 일당 중 한 사람이라고 해도 말이다.

거기다 더해 이틀 전부터는 트래버스가 혼자 여기로 내려오게 되었다는 것도 분위기를 완화하는 데 한몫했다.

뭔 일이 있었는지 이틀 전 이른 아침부터 혼자 청소하러 내려오기 시작했던 것이다.

처음엔 혼자 여기까지 삼시 세끼를 나르고 청소를 하니 트래버스가 짜증을 내는 건 아닌가 걱정했는데, 다행히 트래버스가 전보다 훨씬 밝아진 표정을 하고 있어 안심할 수 있었다.

게다가 지금처럼 예기치 않은 침묵을 깨는 데도 도움이 되었기에 우리는 반가운 표정으로 그를 맞을 수 있었다.

"아~ 벌써 점심시간인가?"

"후후후~ 얘들아, 이 아저씨가 어제도 말했다시피 특별한 상여금을 받았거든. 그래서 약속대로 특별 메뉴를 준비해 왔지. 자자, 기대하시… 으응? 아니, 우리 아가씨가 왜 이리 힘이 없어?"

뭐, 나도 그가 가지고 온 특별 메뉴가 반갑기는 한데, 아까 애들과 떠드느라 잠시 풀렸던 답답함이 다시금 몸을 내리누르고 있어 그런지 어째 만사가 귀찮게만 느껴졌다. 그래서 '아저씨~' 하며 호들갑을 떠는 대신 그냥 왔냐는 눈짓만 보냈더니 의아했던 모양이다.

"아니 뭐……."

"왜? 어디 아파?"

그래도 가장 예뻐하던 내가 흐느적거리니 당장 눈에 걱정스러운 기운이 어렸다.

"날개가 아파. 계속 움직이지 못해서 답답하고. 아저씨, 나 답답해."

답답한 건 사실이기에 투덜거림에 칭얼거림을 섞어 대답하자 트래버스가 눈에 보일 정도로 굳더니 어색하게 웃었다.

"그, 그랬구나. 자자, 아저씨가 맛있는 거 가지고 왔으니 그거 먹으면서 기분 풀자. 응?"

"아니 뭐, 기분은 풀어도 날개는 아픈데……."

"아저씨가 주물러 줄까? 그래, 그래. 우리 아가씨가 식사하는 동안 아저씨가 날개 주물러 줄게. 그리고 재미있는 이야기도 해줄게. 뭐가 좋을까."

'애쓴다.'

필사적으로 머리를 쥐어짜 내 관심을 돌리려는 트래버스를 보자니 내가 괜한 사람에게 화풀이를 한 느낌이었다.

솔직히 좀 찔리라고 묶인 날개 이야기를 꺼낸 거긴 하지만 그래도 여기 들어오는 것도 누군가의 허락하에 겨우 들어오는 사람에게 괜한 이야기를 꺼냈다는 자책감이 들었던 것이다.

그래서 나는 그가 애쓰는 것에 맞춰 화제를 돌렸다.

"무슨 이야기인데?"

내가 화제를 돌린 것이 기뻤는지 트래버스가 신이 나서 자신이 가지고 온 음식들을 꺼내며 이야기를 풀어놓기 시작했다.

그런데 만약 그 이야기들을 우리 저택 사람들이나 아버지가 들었다면 그의 멱살이 잡혀도 수십 번은 잡히지 않았을까 싶다.

트래버스는 이런 인신매매 집단 중에서도 말단인 덕분에 어린아이에게 유익한 이야기보다는 어린아이가 아직은 듣지 않아도 될 이야기를 많이 알고 있었다.

특히나 그의 소속이 소속이다 보니 노예에 대한 이야기에 빠삭했다.

물론 그도 나름대로는 적당한 선을 지키려고 노력하지만 이야기를 하다 보면 그 선이 어디로 가 있는지 모르게 되니 문제였다.

하지만 그렇기 때문에 내 입장에서는, 아니, 꼬맹이들한테
는 트래버스의 이야기가 인기였다.

우리가 어디 가서 이런 이야기를 들어보겠는가.

"혹시 몬스터라는 걸 본 적 있니? 아주아주 무시무시한 괴
물들을 몬스터라고 하는데……."

그렇게 해서 시작된 오늘의 트래버스 표 이야기는 검투장
이야기였다.

검투 노예는 로마 시대를 배경으로 한 영화나 드라마에서나
봤던 건데, 트래버스가 해주는 검투장 이야기도 그와 비슷했다.

오늘 이야기는 그 검투장 중에서도 최고 등급 노예들만 나
온다는 몬스터들과 싸우는 검투장 이야기였다.

"나 같은 사람은 그런 데 함부로 들어가지도 못해. 그런 경
기는 입장료도 골드만 받거든."

"골드? 골드가 뭔데?"

이제는 제법 친해졌다고 이야기 도중 빨간 머리가 불쑥 끼
어들어 묻기도 했고 트래버스도 싫은 기색 없이 자신이 아는
한도 내에서 친절하게 설명해 주기도 했다.

"돈이야. 돈 중에서 가장 비싼 돈. 1골드면 지금 너희가 먹는
빵을… 어디 보자… 에에… 에에… 그러니까… 저 빵이 2실링
인데, 은화 한 닢이 50실링이니까… 음……."

나에게는 천만다행히 이곳에서도 10진법을 사용했다. 만
약 5진법이나 12진법을 사용했으면 그렇지 않아도 안 좋은
머리를 쥐어뜯는 사태가 발생했을지도 몰랐다.

"은화는 또 뭔데?"

산수에 약한지 내 날갯죽지를 주무르던 것도 잊고 끙끙거리며 계산하던 트래버스는 내 말에 한숨을 푹 내쉬더니 아예 아이들 중심부로 옮겨와 앉아 입을 열었다.

"그러니까… 끄으응… 처음부터 설명해 줄게. 돈이라는 게 여러 가지가 있거든? 일단 구리 돈, 그리고 은으로 만든 은화, 그리고 금화, 이렇게. 이해했지? 은이랑 금이 뭔지는 알고?"

오랜만에 차분한 설명이 흘러나왔다.

덕분에 트래버스의 말에 귀를 기울이고 있던 네 명의 어린이는 착하게 고개를 끄덕였다.

"그래, 그래, 똑똑하다. 자자, 그래서 제일 흔하게 사용하는 게 구리 돈인데, 이걸 실링이라고 해. 그래서 구리 돈 하나는 1실링이라고 하지. 음, 어디 보자. 아, 그래."

그가 바지에 달린 주머니를 뒤적거리더니 시커멓게 때가 낀 동그란 무언가를 꺼내 우리에게 내밀었다.

"자, 봐라. 이게 바로 실링이라는 거야."

오래된 동전인지 많이 닳아 있긴 하지만 알아보는 건 어렵지 않았다.

"요런 게 두 개가 있어야 너희가 먹는 빵을 하나 살 수 있단다. 그리고 요게 50개가 있어야 은으로 만든 동전 하나와 바꿀 수 있지. 그래서 은화 한 닢은 50실링이야."

끄덕끄덕.

착하게 고개를 끄덕이는 네 어린아이를 흡족하게 바라본 트래버스가 다시 말을 이었다.

"은화는 내가 지금 가지고 있지 않거든. 나중에 보여줄게.

하여간 그런 은화가 50개가 모이면 그게 금화 하나가 되는 거란다."

나는 아직 이 세계의 경제에 대해 배우지 않았기에 구리 돈을 보는 것도, 그리고 그 돈의 값어치를 짐작하는 것도 지금이 처음이었다.

'보자. 저 빵이 하나에 2실링이라고 했지? 빵의 가치가 한국과 똑같지는 않겠지만 얼추 맞춰 대충 천 원짜리 빵이라고 치자고. 그럼 1실링이 대충 500원이라는 이야기네.'

그렇게 계산한다면 은화 한 닢은 2만 5천 원, 금화 한 닢은 125만 원 꼴인 셈이다.

금화 한 닢을 100만 원 정도라고 생각하면 대충 가치가 맞지 않을까?

'자, 잠깐만. 그럼 지금 그 몬스터와의 싸움을 구경하기 위해서는 100만 원을 내야 한다는 소리야?'

뭔 입장료가 그렇게 어마어마한지 모르겠다.

엄청 유명한 오페라 극장의 VIP석이 그 정도 하려나?

"아저씨, 그럼 몬스터랑 싸우는 거 구경하려면 금화 하나가 있어야 하는 거야?"

"아니지. 금화로만 입장료를 받는다고 딱 하나만 받는 게 아니거든. 구경하는 데는 보통 구경하기 좋은 자리가 있고 안 좋은 자리가 있는데, 안 좋은 자리가 금화 한 서너 개? 좋은 자리는 몇 십 개? 아하하, 이 아저씨도 직접 돈 내고 들어간 건 아니라서 정확하게는 모르겠다."

'컥, 몇 백에서 몇천만 원이란 소리야?'

입장료의 어마어마함에 입을 떠억 벌리는데, 트래버스가 신 나서 말을 이었다.

"아저씨가 운 좋게 그런 검투장에 가본 적이 있는데, 정말 엄청났지. 일반 검투장과는 비교도 할 수 없었다니까. 그도 그럴 것이 그곳에서 싸우는 검투 노예는 일반 검투장 노예들과 차원이 다르니까."

그때의 상황을 떠올리는 것인지 트래버스는 흥분에 찬 표정이었다.

어쩌면 눈을 빛내며 자신의 말에 귀를 기울이는 애들 때문에 더욱 신 난 건지도 모르겠다.

"처음에는 오크와 검투 노예의 싸움이었지."

그의 말에 빨간 머리 애가 야유를 흘렸다.

"에이, 오크 정도야 우리 어른들은 가볍게 처리하는데?"

"어허, 원래 이런 경기는 처음에는 가볍게 시작하는 거야."

"아무리 그래도 오크가 오크지."

"인간은 약하잖아. 오크도 제법 어려운 상대일 거야."

"하긴……."

김빠진다는 표정의 빨간 머리 애와 이해한다는 표정의 잿빛 머리 애를 보자니 왠지 뭔가가 울컥하는 느낌이다.

'힘만 세면 다냐?'

하지만 나와는 달리 다른 사람들—이라고 해봤자 예쉬와 트레버스뿐이지만—은 아무렇지도 않은 표정인 거다.

거기다 더해 예쉬는 질문까지 던졌다.

"그럼 오크와 사람의 일대일 대결인가?"

"음, 예전에는 그랬다고 하는데, 내가 봤을 때는 오 대 오였어. 오크 다섯에 사람 다섯."

"누가 이겼는데? 혹시 오크?"

"설마. 사람이 이겼겠지. 사람들은 아마 무기도 들고 있었을걸."

'거참⋯⋯.'

검투장이라고 하면 분명 피 튀는 살벌한 전투가 벌어졌을 텐데, 이 꼬맹이들은 그게 무슨 스포츠 경기라도 되는 듯 이야기한다.

그것도 빨간 머리 애나 잿빛 머리 애가 그러면 보통 사람이 아니라서 그런가 보다 하고 넘어가겠는데, 예쉬까지 저러니 저 애들이 이상한 건지 내가 이상한 건지 헷갈리기 시작했다.

그런데 그때였다.

콰앙!

타다다다다닥!

다행이랄지 나의 머리를 복잡하게 만드는 생각은 급작스러운 소음에 의하여 휘리릭 날아가 버렸다.

나뿐만이 아니라 모든 이가 갑작스러운 소음에 놀라 입을 다물고 있는데, 잠시 후 별로 반갑지 않은 키 큰 대머리 남자가 헉헉거리며 모습을 드러냈다.

"허억, 허억, 허억!"

한참을 뛰어온 건지 그는 땀이 흥건한 얼굴로 거친 숨을 뿜어댔다.

"왜, 왜 그래?"

"야, 헉! 너, 아씨! 허억! 빠, 빨리……."

대머리 남자는 호흡을 채 고르지도 못한 상황에서도 말을 이어가려고 애를 썼다.

"뭐?"

그 모습에 트래버스도 뭔가 큰일이 난 거라 예상한 모양인지 대머리 남자를 재촉하는 한편, 너저분하게 널린 식기들과 음식 부스러기들을 황급히 정리하기 시작했다.

그사이 몇 번 심호흡을 해서 조금 안정을 찾은 대머리 남자도 황급히 트래버스를 도왔다.

평소 뺀질거리며 귀찮은 일은 다 트래버스에게 떠넘기려고 하던 그가 저러는 걸 보니 뭔 일이 있어도 크게 있는 모양이다.

"빨리 정리하고 올라오래."

"새삼스레……."

"이 멍청아! 내일이 그날이잖아!"

대머리 남자의 말에 트래버스의 동작이 흠칫하더니 딱딱하게 굳었다.

그걸 본 대머리 남자가 욕설과 함께 입을 열었다.

"그것 때문에 우리한테까지 호출이 왔어."

대머리 남자가 거기까지 말했을 즈음, 사방에 널린 식기들이 모조리 트래버스가 가지고 온 통으로 들어갔고 부스러기도 대충 정리가 되었다.

그러자 대머리 남자는 통 하나를 빼앗다시피 들고는 트래버스를 재촉하며 쌩하니 나가 버리는 것이었다.

조금만 더 있었으면 뭔 일인지 들을 수 있었을 텐데 정말 아쉬웠다.

하지만 그의 뒤를 따라 철창을 나서기 전 우리를 돌아본 트래버스의 표정이 죄책감과 슬픔, 서운함 등등의 감정으로 범벅이 되어 있는 걸 보니 그날이 뭔 날인지 대충 짐작할 수 있었다.

"흠, 드디어 여기를 떠나는 건가?"

그리고 그건 나뿐만이 아니었는지 대머리 남자와 트래버스가 완전히 밖으로 나가고 조용해지자 잿빛 머리 애가 중얼거렸다.

덤덤하게 말했지만 표정은 안 좋아 보였다.

'하기야 예쉬는 아예 표정까지 딱딱하게 굳었는데, 뭘.'

빨간 머리 애는 말할 것도 없었고 말이다.

덕분에 트래버스의 방문으로 그나마 원래대로 돌아가나 싶던 분위기는 그전보다 더더욱 얼어붙어 버렸고, 나도 괜히 분위기에 눌려 입 다물고 얌전히 있어야 했다.

제 18 화

새로운 이웃

한참 시간이 지났어도 각자의 침대 위에서 웅크리고 앉아 꼼짝도 안 하는 아이들의 모습에 슬슬 걱정이 될 무렵, 다시 한 번 위에서 덜커덩하는 소리가 들렸다.

'뭐야, 벌써 저녁 식사 시간?'

하지만 계단을 내려오는 소리가 요란하다. 내려오는 사람이 여러 명인 듯하다.

'흠?'

나야 무슨 일인가 싶어 고개를 갸웃했을 뿐이지만 나머지 세 아이의 얼굴은 하얗게 굳어졌다.

특히나 예쉬는 나에게 다가와 바들바들 떨리는 손으로 내 손을 꼬옥 잡기까지 했다.

'나 원······.'

그 모습이 기특하기도 하고 웃기기도 하지만 또 안쓰럽기도 해서 나는 그냥 예쉬에게 손을 잡혀준 채 가만히 있었다.

그렇게 나만 덤덤하고 나머지 세 꼬맹이는 긴장하는 가운데, 요란한 소리를 내며 계단을 내려오던 사람들이 드디어 복도로 진입(?)하는 소리가 났다.

그리고 그와 함께 낯선 이의 목소리가 들렸다.

"짜증 나는군. 아무리 가장 안전하고 조용한 곳이라고 해도 꼭 이런 곳으로 해야 했나?"

목소리를 듣는 순간 저 사람은 목소리가 최고의 콤플렉스겠다는 생각이 들었다. 목소리 자체가 날카롭다 보니 듣는 순간 귀가 쨍하면서 인상이 절로 찌푸려졌던 것이다.

그런 목소리로는 최대한 부드럽게 말해도 괜찮을까 말까인데, 뭣 때문인지 잔뜩 짜증이 어려 있어 그렇지 않아도 별로 듣기 안 좋은 목소리가 더욱 귀를 괴롭혔다.

"정말 죄송합니다. 그래도 저희가 깨끗하게 관리하는 곳이니······."

참으로 안됐게도 그의 말을 받는 사람은 그런 내색을 조금도 할 수 없는 입장이었던 모양이다.

거기다 말까지 중간에서 싹둑 잘렸다.

"깨끗? 그래 봤자 철창 안인데 깨끗해 봤자 얼마나 깨끗하다고!"

"그러시면 그냥 물건만 여기다 두시고 마법사님은 손님방에서 머무시는 것이 어떨지······."

"짜증 나게 몇 번이나 말하게 만드는 거냐? 판매되기 전까지는 내가 일정 거리 이상 떨어질 수 없다니까!"

'으윽!'

버럭 소리를 지르니 목소리가 갈라지기까지 했다.

"죄, 죄송합니다."

"에잇, 젠장할. 지지리도 재수가 없지. 왜 하필 그때……."

목소리 안 좋은 '마법사'가 혼자서 투덜거릴 즈음, 드디어 그들이 우리가 있는 철창 앞으로 모습을 드러냈다.

'흠, 저 짙은 남색의 옷을 입은 사람이 마법사겠군.'

그 옆에는 키 크고 늘씬한 체격을 가진 30대 후반, 혹은 40대 초반쯤으로 보이는 남자가 서 있었다.

셔츠에 암녹색 재킷을 깔끔하게 차려입었지만 커다란 손은 무척 단단해 보였고, 딱딱해 보이는 외모에 눈빛이 날카로운 걸 보니 평범한 직장인은 아니었다.

그 뒤에는 덩치 큰 남자가 따라오고 있었다. 그는 마법사와 그 암녹색 재킷을 입은 사람이 걸음을 멈추자 황급히 앞으로 나서서 우리가 있는 곳 건너편의 철창을 열었다.

그 모습을 지켜보고 있던 마법사가 또 투덜댔다.

"아니, 기껏 준다는 곳이 제일 구석에 처박혀 있는 곳인가?"

"여기가 제일 공간이 넓기 때문에 그렇습니다. 다른 곳은 좁아서 불편하실 겁니다."

그동안 마법사의 투덜거림을 공손하게 받아준 사람이 바로 저 암녹색 재킷을 입은 남자였던 모양이다.

그는 척 보기에도 간도 쓸개도 다 있어 보였는데 용케 저 마법사의 투덜거림을 받아주고 있었다. 생긴 대로 했다면 사달이 나도 벌써 몇 번은 났을 것 같은데 말이다.

"어차피 여기 자체가 마음에 안 드네."

"시중들 괜찮은 계집을 보내드리겠습니다."

"필요 없네."

"최고급 와인은 어떠십니까?"

"흥! 최고급 와인이라고 해봤자……."

"블랑베리 와인 30년산입니다만."

"뭣? 진짜인가?"

"제가 감히 누구 앞에서 거짓을 아뢰겠습니까?"

블랑베리 와인 30년산이 엄청 대단한 건지 짜증이 이마까지 차올라 있던 마법사의 표정이 한순간에 사르르 풀렸다.

'나 원, 한국에서도 비싼 양주나 와인에 환장하는 사람들이 있더니만 그건 여기도 마찬가지인가?'

술을 별로 좋아하지 않는 나로서는 도통 이해가 안 가는 일이다.

"호오~ 그렇다면야……."

암녹색 재킷 남자가 마법사를 달래는 사이 또 다른 인물들이 모습을 드러냈다.

그들은 직경이 1m는 너끈하게 넘어 보이는 커다란 검은 상자를 들고 있었다. 굉장히 중요한 거라도 들었는지 아주 조심스럽게 철창 안으로 옮겨놓았다.

그것도 세 개씩이나.

한데 그때, 마지막 상자를 들고 있던 한 남자가 순간적으로 발을 헛디뎠는지 살짝 휘청거렸다. 그러나 그건 말 그대로 살짝이었기에 상자가 잠깐 흔들렸을 뿐 곧바로 균형을 잡았건만 마법사가 그걸 또 봐버렸다.

"조심하지 못해! 그게 어떤 건데!"

"헛! 옛, 옛, 조심하겠습니다."

마법사의 날카로운 목소리가 공기를 가르자 발을 헛디딘 사내가 반사적으로 허리를 숙였다. 문제는 그러느라 상자가 다시 한 번 기우뚱거렸다는 것.

"으헉! 조심하랬지! 말로만 하지 말고 진짜로 조심하란 말이다! 이 쓸모없는 것들!"

또다시 터져 나온 마법사의 새된 노성에 뻣뻣하게 굳은 사내가 다시 한 번 고개를 숙이려는 찰나, 지켜보고 있던 암녹색 재킷 남자가 상자로 다가가 한 손으로 밑을 받쳐 줬다.

그 모습에 난 그가 부하를 도우려는 줄 알았다.

'호오, 생긴 것과는 달리 부하를 위할 줄 아는 남자네?'

하지만 웬걸?

내 감탄이 채 끝나기도 전에 암녹색 재킷 남자의 발길질에 상자를 두 번이나 기울게 한 남자가 허공을 날았던 것이다.

퍼억~!

우당탕~!

"컥!"

'으헥!'

지켜보고 있던 아이들이 움찔할 정도로 무서운 일격이었다. 제법 덩치가 있는 사내가 한 방에 복도 저쪽으로 나가떨어졌으니 말이다.

아마 그 일격에는 그동안 마법사의 짜증을 받아주느라 생긴 울화가 잔뜩 담겨 있을 것 같다.

겸사겸사 삐빼 말라서 툭 치면 바로 쓰러질 것 같은 마법사의 입을 다물게 하려는 무력시위도 조금은 담겨 있을 것 같고.

한데 아이들과 주변의 다른 남자들이 흠칫거리는 것에 반해, 마법사는 아주 태연자약하게 그 모습을 보며 얇은 입술을 한 번 비죽였을 뿐이었다.

"저런 놈은 처음부터 이런 일을 시키지 말았어야지."

'우와~ 저 남자, 더 열 받겠다.'

과연 아까부터 마법사의 짜증을 다 받아주면서도 짜증스런 기색을 조금도 내비치지 않았던 암녹색 재킷 남자의 눈이 순간적으로 번뜩였다.

하지만 그건 아주 잠시였고, 남자는 곧 한숨 비슷한 숨을 길게 내쉬며 눈빛을 원래대로 돌려놨다.

역시 저 남자는 범상치 않은 남자였다.

"죄송합니다."

"그래야지."

아주 당연하다는 듯 사과를 받는 마법사를 보니 정말 대단하다는 말이 절로 나왔다. 저렇게 무대뽀로 당당한 것도 쉽지 않을 텐데 말이다.

'저 마법사도 범상치 않은 사람이네.'

그사이 다른 남자에 의해 그 마지막 상자마저 철창 안으로 고이고이 옮겨지자 일단 상황은 마무리되는 듯싶었다.

"딴 건 필요 없고, 괜찮은 의자와 탁자를 가져오너라. 네가 말한 그 와인도 잊지 말고."

"알겠습니다."

"그럼 됐으니 이만 가봐."

귀찮다는 듯 손을 휘휘 내저어 보이는 마법사를 향해 암녹색 재킷을 입은 남자는 공손히 허리를 숙여 보이고는 복도에 옹기종기(?) 모여 있는 사내들을 이끌고 사라졌다.

그 후 계단 위의 문이 여닫히는 소리까지 사라지고 나서야 우리는 긴장으로 참고 있던 숨을 길게 내쉴 수 있었다.

그러면서 조금은 조심스럽지만—건너편에 새로 생긴 이웃 때문에—그래도 평화로운 시간을 다시 가질 수 있겠구나 생각했는데, 아쉽게도 그건 너무 이른 판단이었다.

잠시 후, 이제는 오지 않을 거라고 생각했던 사람들이 저마다 물건들을 이고 지고 다시 우르르 몰려오자 2차전이 시작됐던 것이다.

즉, 그들을 본 마법사가 꼬장꼬장하고 못된 성격을 대놓고 드러냈던 것이다.

"이게 뭔가? 이 안이 넓기는 뭐가 넓어? 좁아터졌구먼. 거기 자네, 자네는 여기가 넓다고 생각하나?"

"어… 그, 그게… 저기……."

갑자기 마법사에게 지적당해 대답해야 했던 사내는 어쩔 줄 몰라 하며 자신을 도와줄 사람을 찾아 시선을 헤맸지만 다들 남자의 시선을 피해 버렸다.

그사이 마법사의 짜증스런 말이 이어졌고 말이다.

"사람이 물었으면 대답을 해야 할 거 아니야? 자네 말더듬인가? 왜 제대로 말을 못해? 여기가 이렇게 좁잖아? 안 좁아?"

"예? 예, 조, 좁습니다, 좁고말고요!"

"그렇지? 좁지? 나보고 이렇게 좁은 데서 어떻게 지내란 거냐고! 거기다 왜 이렇게 지저분해? 자네, 여기 이 필요 없는 침대 좀 빼내게."

복도 건너편의 철창 안은 우리가 있는 곳처럼 네 개의 침대가 들어가 있었다, 그중 세 개의 침대 위에는 상자가 하나씩 올려져 있었고 나머지 하나는 비어 있었다.

마법사에게 딱 걸린 남자뿐만이 아니라 다른 사람들도 황급히 힘을 합해 마법사가 가리킨 침대를 빼내자 그 밑에 옹기종기 모여 있던 먼지가 고스란히 드러났다.

"이게 뭔가? 다른 데도 지저분하더니 이건 더 엉망이군. 지금 나보고 이런 곳에서 지내란 말인가? 당장 청소부터 다시 하게!"

마법사의 짜증에 두 사내가 청소 도구를 가지러 가는지 총알같이 밖으로 튀어나갔다.

하지만 마법사의 말은 그게 끝이 아니었다.

"의자는 이게 뭔가? 난 편안한 의자를 원하네. 그런데 자네 눈에는 이게 편안해 보이나? 저 탁자는 또 뭐고? 이렇게 좁아터진 곳에 저렇게 큰 탁자가 다 들어가겠어? 아님, 저 철창을 다 뜯어낼 건가? 내가 뜯어내 줄까?"

후다닥, 우당탕!

요란한 소리를 내며 커다란 탁자와 의자가 철창 밖으로 빠져나가자 그 뒤에 와인과 음식을 들고 있던 사내들이 자동적으로 움츠러들었다.

과연 마법사의 짜증은 그들을 지나치지 않았다.

"거기, 자네들은 뭔가? 지금 이 상황이 보이지도 않나? 와인이랑 음식은 다시 도로 가져갔다가 청소 다 끝난 다음에 가지고 오게. 설마 나보고 지금 이 먼지를 옴팡 다 뒤집어쓴 식어빠진 음식을 먹으라고 하는 건 아니겠지?"

'헐! 대단하다.'

마법사의 짜증 섞인 날카로운 음성에 덩치 큰 사내들이 사색이 되어 이리 뛰고 저리 뛰는 모습을 보자니 안됐다는 생각이 들 정도였다. 분명 저들은 아주 못된 사람들임이 분명한데도 말이다.

한데 이런 나와는 달리 다른 애들은 그 모습을 아주 쌤통이라는 표정으로 지켜보고 있었다. 특히나 빨간 머리 녀석은 웃음소리까지 내서 예쉬와 잿빛 머리 애가 황급히 입을 막아야 했을 정도였다.

그렇게 한바탕 난리가 지나가고 마법사가 겨우 그럭저럭 만족했을 때는 저녁때가 훨씬 지나서였다. 내가 배가 고프다 못해 아프기 시작했으니 그즈음이 맞을 거다.

덩치와는 안 어울리게 다 죽어가는 표정으로 눈치만 살피던 그들이 마법사의 고갯짓에 해방을 맞은 표정이 되어서는 일제히 90도 인사를 하고 썰물 빠지듯 순식간에 사라졌다.

"에이, 벌써 끝난 거야?"

그 모습에 빨간 머리 꼬맹이가 아쉽다는 듯 중얼거리자 예쉬와 잿빛 머리 애가 동감이라는 듯 고개를 끄덕였다.

"난 배고파. 뭐든 빨리 끝나서 식사나 했으면 좋겠다."

이런 내 푸념에 부흥이라도 하는 듯 얼마 지나지 않아 맛있는 냄새를 폴폴 풍기고 있는 쟁반을 든 남자들이 등장했다.

아쉬운 건 우리를 위한 게 아니었다는 것이지만.

한데 황당하게도 쟁반을 든 두 사람이 트래버스와 그의 파트너인 대머리 남자라는 거였다.

함부로 대할 수 없는 사람에게 식사를 가져온 사람이 한 인상 하는 덩치 좋은 남자라니. 이건 아무래도 아까 그 암녹색 재킷 남자의 소심한 심술인 것 같았다.

"뭐냐, 네놈들은?"

음식 냄새를 폴폴 풍기고 있으니 방문 목적이 뻔했을 텐데도 마법사는 마치 중요한 때에 방해라도 받은 양 인상을 썼다.

"식사를 가지고 왔습니다. 아, 와인도요."

그 와인의 약발 참 오래갔다.

식사라는 말에도 풀리지 않던 인상이 대머리 남자가 황급히 덧붙인 와인이란 말에 눈에 띌 정도로 누그러졌던 것이다.

"그럼 당연히 블루치즈도 가져왔겠지? 그 와인은 블루치즈랑 곁들여 먹어야 하거든."

마법사의 말에 키 큰 대머리 남자가 고개가 부러져라 끄덕였다.

"그럼요. 그, 뭐더라? 로크? 루크? 하여간 그 뭐라고 하는……."

"로크포르 치즈겠지."

"네, 맞습니다. 바로 그겁니다."

"흠, 제법 신경을 썼군."

그 치즈가 뭔지는 모르겠지만 와인 못지않게 굉장히 좋은 건가 보다.

와인 덕분에 누그러지기는 했지만 그래도 여전히 남아 있던 못마땅하다는 기색을 완전히 풀어냈으니 말이다.

게다가 쟁반을 덮은 뚜껑을 벗기고 안을 확인한 마법사의 얼굴에는 화색까지 돌았다.

"좋아, 거기 두고 자네들은 이만 물러가 보게."

흡족한 얼굴로 내려진 마법사의 축객령에 키 큰 대머리 남자의 표정은 사자 굴에서 빠져나온 사람의 표정이 되었지만, 트래버스는 그렇질 못했다.

"저어… 시중을 들라는 지시를 받았습니다만……."

그런 지시를 받은 건 트래버스뿐이었는지 키 큰 대머리 남자는 음식을 탁자 위에 올려놓자마자 슬슬 물러날 태세였다.

"필요 없다. 가서 내일 아침 식사 때나 내려오너라."

"어… 저… 그러면……."

본이 아니게 두 번이나 마법사의 지시를 따르지 않는 셈이 되자 그렇지 않아도 성격이 별로인 마법사의 눈초리는 사납게 치켜 올라갔고 트래버스의 얼굴은 하얗게 질려 갔다.

"죽고 싶냐?"

살벌한 기세까지 폴폴 풍기며 묻는 마법사의 말에 트래버스는 두 눈을 질끈 감으며 외쳤다.

"저, 저기… 저 애들 식사를 챙겨줘야 하는데요."

그러면서 트래버스가 가리킨 건 건너편 철창에 옹기종기 붙어 있던 우리였다.

마법사가 우리 쪽으로 아주 못마땅하다는 시선을 보냈기에 나는 혹시라도 저 성격 나쁜 마법사가 우리를 그냥 굶기라고 하는 건 아닌지 무척 걱정했다.

하지만 천만다행히도 마법사는 못마땅한 기색이면서도 식사를 주는 걸 허락했다.

아무리 성격이 나빠도 어린아이들을 굶기는 건 아니다 싶었던 모양이다.

"쯧, 할 수 없지. 대신 난 시끄러운 건 질색이니까 조용히 하도록 해."

"알겠습니다. 감사합니다."

그래도 그동안 함께한 정이 있는지, 트래버스는 마치 자신의 식사를 허락받은 양 허리를 90도로 숙여 감사 인사를 한 후 마법사가 마음을 바꿀세라 허둥지둥 우리 쪽으로 다가왔다.

그사이 키 큰 대머리 남자는 후다닥 밖으로 나갔고 말이다.

"자, 얘들아, 저녁 먹자."

마법사의 경고 때문인지 거의 속삭이다시피 우리에게 말을 건네며 트레버스는 조심스레 철창 안으로 들어왔다.

"오오~"

그렇게 우여곡절 끝에 들어온 트래버스가 제일 먼저 스튜용의 오목한 접시를 꺼내자 철창 안의 아이들 눈이 휘둥그레졌다.

평소 우리에게 배급되는 음식은 빵과 물 정도였고, 가끔가다 말라비틀어진 쪼그만 과일 하나가 추가되는 게 다였다.

트래버스가 챙겨주는 것도 파이나 쿠키, 치즈, 버터 같은 다른 사람 몰래 숨겨 오기 좋은 음식뿐이었기에 이런 접시를 사용할 일은 없었던 것이다.

그런 상황이었으니 지금 이런 접시가 나온다는 것은 평소 구경할 수 없었던 특식이 나온다는 뜻이었기에 아이들의 눈이 기대감으로 반짝거렸다.

아이들의 시선에 트래버스도 히죽히죽 웃으며 입을 열었다.

"자아, 기대하시라~ 짜잔~"

그가 꺼내 든 것은 냄새만으로도 '나 보통이 아니오~'라고 외치고 있는 스튜였다.

여기서 보게 될 줄 몰랐던 여러 야채에 버섯과 고기도 큼지막하게 들어가 있고, 소금에다 향신료까지 듬뿍 첨가된 바로 그 특제 고급 스튜!

"우와아아~!"

비록 양이 턱도 없을 정도로 적었지만—아무래도 마법사 몫을 트래버스가 조금 빼돌린 모양—맛이라도 보는 게 어디인가 싶었다.

덕분에 아이들은 아까 마법사의 경고도 잊고 자신도 모르게 환호성을 내뱉었다.

뭐, 환호성이라고 해도 평소 큰 소리를 내지 않는 애들이었기에—빨간 머리 꼬맹이는 제외하고—그렇게 시끄러울 정도는 아니었건만 마법사에게는 무척 거슬렸던 모양이다.

"거기!"

마법사의 날카로운 음성이 날아오자마자 아이들은 놀라 입을 다물었고, 트래버스는 황급히 자리에서 벌떡 일어났다.

그런데 그게 반사적으로 일어난 거였기에 자신을 바라보는 마법사의 시선 앞에서—아마 마법사는 '쟤가 왜 저래?' 라며 본 게 아니었을까?—뭘 어떻게 해야 할지 몰라 허둥대던 트래버스는 뜬금없이 우리를 향해 입을 열었다.

"자, 자, 얘, 얘들아~ 저, 저분은 아주아주 위대하고 대단하신 마법사님이시란다~ 어서 인사드려야지~"

아까부터 보고 있었는데 이제 와서 소개라니. 어이없는 일이었지만 말을 꺼낸 트래비스의 얼굴도 완전히 사색이 되어 있었다. 자기도 다급한 마음에 얼결에 시켜놓고 '이게 아닌데~' 싶었던 모양이다.

그런데 다행이라고 해야 할지, 트래버스의 행동이 너무나 뜬금없었기에 마법사도 화를 내는 대신 벙쪄 트래버스를 바라보고 있는 것이었다.

'하긴 나도 황당하니 저 사람이 저러는 것도 이해가 가.'

내심 고개를 끄덕이면서도 나는 얌전히 트래버스가 시키는 대로 손을 흔들며 인사를 했다.

"안녕하세요, 마법사님?"

'나는야 착한 어린이~'

당연하겠지만 내 행동에 주변에 있던 애들은 물론 트래버스까지 당혹한 시선을 보내왔다. 시킨다고 정말 할 줄 몰랐던 모양이다.

그리고 그건 마법사도 마찬가지로 나에게 황당하다는 시선을 보냈지만 나는 꿋꿋하게 방긋방긋 웃어줬다.

"어, 어, 그, 그래……."

'으잉?'

한데 설마 마법사가 인사를 받아줄 줄이야.

덕분에 나마저도 황당해졌다.

마법사는 얼결에 대꾸를 한 건지 '내가 뭐하는 거야?'란 표정으로 어색하게 헛기침을 하며 슬며시 고개를 돌렸다.

'오올~ 이거, 이거, 저 아저씨가 예상외로 괴상한 존재는 아닌 모양인데? 아님 내 외모 덕인가?'

성격 더러운 이웃을 만난 탓에 긴장의 나날을 보내게 될까 걱정했는데 예상외로 괜찮을 것 같다.

의외의 소득을 얻은 기분이라 난 기분이 좋았건만 트래버스는 아니었나 보다.

"자자, 저분은 식사하실 테니 우리도 저녁 먹자. 응? 저분을 귀찮게 하면 안 돼요. 자자, 이것 보렴. 오늘은 이 아저씨가 특별한 음식을 많이 준비해 왔단다."

혹시라도 마법사에게 꼬투리를 잡혀 곤욕이라도 치를까 걱정되었는지 트래버스는 얼른 내 시선을 돌리려고 애를 썼다.

확실히 그의 말대로 특별한 음식이 많았다.

아까의 그 특별한 스튜는 물론이거니와 오랜만에 보는 하얇고 말랑한 빵에 고급 치즈, 훈제 고기에다 싱싱해 보이는 과일까지 올라와 있으니 말이다.

"우와아~"

아까의 일이 있었기에 이번에는 최대한 볼륨을 낮춰 감탄을 흘리자 트래버스가 뿌듯한 표정을 지었다.

"자자, 식기 전에 어서 먹자."

세상에, 스튜도 스튜지만 빵도 아직까지 따끈따끈했다. 우유와 버터 등등이 잔뜩 들어가 노릇노릇 구워진 그 빵 위에 치즈를 올리고 입에 넣자 '음~ 이 맛이야' 란 말이 절로 나왔다.

저택에 있을 때는 흰 빵보다는 견과류가 들어간 호밀빵을 더 좋아했는데, 아무래도 앞으로는 흰 빵을 좋아하게 될 것 같다.

'하얀 밀가루는 피해야 하는 음식인데… 그래도 넘 맛있다.'

비록 양이 넉넉지 못해 흡족할 만큼 배가 부르지는 않았지만 오랜만의 만찬에 아이들은 만족한 표정을 지을 수가 있었다.

그렇게 아이들의 만족스러운 식사가 끝나고 식사 자리까지 다 치웠는데, 어째 트래버스는 평소처럼 갈 생각을 않고 한동안 복도 건너편 마법사가 머무는 창살 안쪽을 기웃거리고만 있는 거다.

제3자의 입장에서는 참 처량 맞은 모습이었지만 직접 시선을 받는(?) 마법사는 귀찮기만 했던지 얼마 지나지 않아 짜증이 가득 담긴 음성이 날아왔다.

"뭐야!"

"아니, 저기… 식사를 다하셨으면 치워 드리려고… 요."

마법사가 식사를 끝낸 것 같기는 한데 무서워서 차마 '치울까요?' 라고 물어보지도 못하고 눈치만 봤던 모양이다.

"됐다."

"그럼… 뭐 필요한 거라도…….'"

"없으니까 나가!"

"예, 예."

짜증스러운 축객령에 트래버스는 자신에게 시선조차 보내지 않는 마법사를 향해 몇 번이나 허리를 숙여 보이고는 바구니를 챙겨 들었다.

그리고 마지막으로 우리에게 신신당부를 하는 것도 잊지 않았다.

"저 마법사님은 정말 무서운 분이니까 시끄럽게 군다거나 말을 건다거나 하면 안 돼. 알았지? 오늘은 지루하더라도 조용히 있다가 일찍 자거라. 그러면 아저씨가 내일도 맛있는 거 챙겨 올게."

걱정이 되는지 자꾸만 머뭇거리며 우리를 바라보던 트래버스는 결국 마법사에게 한소리 더 듣고 나서야 억지로 돌아갔다.

트래버스가 사라지고 나니 우리가 있던 공간에 침묵이 내려앉았다.

트래버스의 경고도 경고지만 우리도 지켜본 게 있었기에

입을 열 엄두가 나지 않았던 것이다.

우리가 그러든지 말든지 트래버스가 사라진 후에도 한동안 새로 공수되어 온 폭신해 보이는 안락의자에 늘어져 있던 마법사는 잠시 후 벌떡 일어났다.

숨죽인 채 그를 주시하고 있던 우리가 화들짝 놀랄 정도로 갑작스러운 움직임이었다.

마법사는 그런 우리를 한번 힐끔 보는 것으로 관심을 끊더니 여전히 침대 위에 곱게 놓여 있는 세 상자로 다가가 뭔가를 조작하기 시작했다.

그러자 신기하게도 세 상자가 동시에 뚜껑이 저절로 열리더니만 그 뒤를 이어 바닥과 직각으로 세워져 있는 네 면이 서서히 뒤로 넘어가는 것이었다. 즉, 육면체가 2차원의 설계도로 변신(?)한 것.

'오옷~ 자동 시스템! 저것도 마법인가?'

더 놀라운 것은 상자가 2차원 설계도로 변신하고 난 후 드러난 그 안에 있던 존재(?)의 모습이다.

그랬다. 그 안에는 물건이 아니라 살아 있는—것으로 보이는—생명체가 들어 있었던 것이다.

일단 제일 먼저 보인 것은 그 커다란 상자 안에 꽉 찰 정도로 크고 투명한 구였다. 구가 투명했기에 곧바로 그 안에 동동 떠 있는 웬 형체를 발견할 수 있었고 말이다.

철창 안이 어둑어둑해서 눈에 잔뜩 힘을 주고 주시하다가 그 형체가 사람이 웅크린 모습이라는 걸 알아챘을 때는 정말 깜짝 놀랐다.

'사, 사람? 진짜 사람이 안에 들어 있는 거야? 이게 무슨 SF 영화냐?'

미래 공상 과학 영화에서 자주 등장하던 실험구 안에 있는 인간의 모습이 아니던가.

안에 들어 있는 존재의 몸집을 보니 얼추 여기 있는 예쉬나 빨간 머리 꼬맹이 또래인 것 같다.

그럼 저 마법사가 SF 영화에서의 과학자 역할을 하고 있는 것이렷다.

'그렇다면 저 마법사가 악당 편이냐 영웅 편이냐가 문제인데……'

아주 중요한 문제를 고민하며 SF 영화의 한 장면 같은 모습을 지켜보던 나는 문득 뭔가 미묘한 점을 발견했다.

대단한 건 아니지만 한번 발견하게 되자 괜히 자꾸만 신경이 쏠리는 그런 미묘한 점 말이다.

'으음, 저건 왜 그러지? 왜 저럴까? 으음, 물어봐도 되나?'

하지만 트래버스가 신신당부하고 간 마당에 친한 척 마법사에게 말을 걸지도 못하고—비록 얼결에 인사는 했지만—혼자 끙끙대고 있는데, 이런 내 시선을 마법사가 느낀 모양이다.

"뭐냐?"

'민감하기도 하시지. 애가 노골적으로 보면 또 얼마나 봤다고 그걸 금세 알아채시나.'

그러나 이왕 이렇게 말을 걸어준 것. 난 기회를 놓치지 않고 입을 열었다.

다행히 방금 전까지 꼼꼼하게 살펴본 결과가 만족스러웠는지 마법사의 표정은 괜찮아 보였고 어조도 평이했던 터라 틈을 노려볼 수 있었다.

"마법사님, 다른 애들은 작은데 왜 검은 머리를 가진 애는 커요?"

역시 궁금한 건 속 시원하게 물어야 하는 법이다.

물론 그로 인하여 예쉬가 황급히 내 입을 틀어막고, 빨간 애가 눈을 부라리고, 잿빛 머리 애가 이마를 짚는 등, 주변에서 난리가 났지만 상관하지 않고 나는 마법사만 주시했다.

각각의 구 안에서 웅크린 채 액체—아마도—속에서 동동 떠 있는 애들은 어둑어둑한 곳에서도 머리카락 색만큼은 확실하게 보였다.

한 명은 화려한 주황색 머리카락을 가지고 있고, 다른 한 애는 백금 머리색을, 마지막 한 애는 칠흑처럼 검은 머리를 가지고 있었다. 마치 세 아이가 자신만의 존재감을 뚜렷하게 가지고 싶어 하는 것처럼 확연하게 눈에 띄었다.

그런데 그들 중 검은 머리카락을 가진 애는 좀 더 특별한 애인지 다른 애들보다 덩치가 더 컸다.

다른 애들은 구 안에서 약간의 여유 공간을 가지고 떠 있는 데 반해 검은 머리 아이는 구 안을 꽉 채운 채 간신히 들어가 있었던 것이다. 보는 사람이 답답함을 느낄 정도로 말이다.

특히나 알을 깨고 나올 때 엄청 고생한 나로서는—지금 생각해도 몸서리쳐질 만큼 지독한 악몽이었다—남의 일처럼 느꺼지지가 않아 도저히 외면할 수가 없었다.

한데 이렇게 안타까워하는 나와는 달리 마법사는 시큰둥한 표정으로 내가 가리킨 검은 머리 애를 보며 대꾸해 줬다.

"아아, 이 애는 다른 애들보다 나이가 많거든. 그래서 그래."

성의 있는 어조는 아니었지만 그래도 대답을 해줬다는 것에 힘을 얻은 나는 여전히 내 입을 막고 있는 예쉬의 손을 치우며 재차 질문을 던졌다.

"저 애들은 원래 저 안에서 사는 거예요? 저 검은 머리 애는 좁아 보이는데 계속 저러고 있어야 하나요? 안 나와요?"

이때다 싶어 질문을 연속해서 쏟아냈더니 예쉬가 다시 내 입을 막았고, 거기에 빨간 머리 애까지 합세하며 눈을 부라렸다.

"너 미쳤냐!"

'이것들이! 설마 내가 아무 생각 없이 말을 건넸겠냐? 괜찮아 보여서 말을 건 거라고! 욘석들이 직장 생활 경력 10년 차의 눈치를 뭐로 보고!'

그러나 예쉬와 빨간 머리 녀석이 내 눈빛에 담긴 뜻도 못 알아보고 계속 나를 방해하는 바람에 하마터면 마법사의 대답을 못 들을 뻔했다.

"주인을 만나면 나올 수 있지. 만나지 못하면 저러고 있는 거고."

'으응? 이건 또 뭔 소리? 저 애들이 저기 있는 거하고 주인하고 뭔 상관…… 아아, 그런 건가?'

주인이라는 단어에 다시 한 번 깨달은 거지만, 내가 지금 있는 이곳은 인신매매 조직. 우리도 옆 나라에 팔려가기 전에 잠시 머무르고 있는 거라고 하지 않던가.

그렇다면 저 투명한 구 속에 있는 생명체도 우리와 마찬가지라는 의미였다.

단지 우리는 철창 안에 갇혀 있고 저들은 구 속에 갇혀 있다는 게 다를 뿐.

'단순히 갇혀 있는 게 아니겠지? 저렇게 구 안에 사람을 넣고 있는 게 쉬운 일은 아닐 텐데, 잠시만 가두려고 저렇게 하겠어? 그럴 거면 우리처럼 철창 안에 가뒀겠지.'

내가 그렇게 혼란스러운 생각들을 머릿속으로 정리하고 있는 사이, 할 일을 모두 끝낸 듯 홀가분한 표정이 된 마법사가 자신을 위하여 마련된 탁자로 다가가 와인을 집어 들었다.

뽁~!

와인의 입구를 막고 있던 마개가 마법사의 손이 닿자마자 마치 기다렸다는 듯 경쾌한 소리를 내며 튀어나왔다.

꼴꼴꼴~!

투명한 유리잔에 조금만 따른 와인을 부드럽게 흔든 뒤 향을 맡아본 마법사가 흡족한 웃음을 지으며 입으로 가지고 갔다.

"하아~!"

얼마나 맛이 대단한지 그 깐깐한 마법사가 와인 한 모금에 눈을 지그시 감으며 감탄사를 터뜨렸다.

덕분에 술은 별로 안 좋아하는 나조차도 와인이란 게 그렇게 맛있는 건가 싶어 새삼스레 볼 정도였다.

그리고 그런 생각은 나만 한 게 아니었다.

"와, 와인이란 게 저렇게 맛있는 거였냐?"

빨간 머리 애의 질문에 예쉬도 신기하다는 표정으로 고개를 갸웃거렸다.

"그런가 봐. 나도 말로만 들어봐서……. 하기야 대단한 와인은 없어서 못 사는 거지, 돈이 없어서 못 사는 게 아니라고 하던데. 그런 거 보면 맛이 좋기는 정말 좋은가 봐."

아이들이 목소리를 낮춘다고 낮췄지만 이 마법사의 청력은 되게 뛰어났던 모양이다.

하기야 복도의 너비가 그렇게 넓은 게 아니라서 웬만한 소리는 다 들리긴 할 거다. 그러니까 우리도 건너편 철창 안의 모습을 볼 수 있는 것이고.

"그럼, 맛있지. 이 와인의 맛을 어디다 비할꼬~"

다행인 것은 그 무지무지 좋은 와인을 맛본 마법사의 기분이 한층 더 업되었기에 화를 내는 대신 우리의 말을 기분 좋게 받아줬다는 것이다. 아무래도 이 마법사는 와사모(와인을 사랑하는 모임) 회원이라도 되는 모양이다. 그것도 열성 회원, 아니면 임원 정도 되거나.

다시 한 번 잔에 담긴 와인을 한 모금 입에 넣은 그는 그 여운을 길게 느끼고 싶은 듯 입안에 한참을 머금고 있다가 아주 조금씩 천천히 목뒤로 넘겼다.

"하아아~!"

그리고는 황홀하다는 듯 탄성을 내뱉기까지.

기분이 무척 좋아 보이는 마법사의 얼굴을 바라보던 나는 그가 와인의 여운을 즐길 만큼 즐겼다 생각되자 조심스레 입을 열었다. 분위기가 괜찮으니 이 틈에 궁금하던 걸 다 물어볼 생각이었던 것이다.

거기다 더해 외면하기 힘든 저 검은 머리 애를 도와줄 방법도 찾고 싶었고 말이다.

"저기요, 마법사님~ 그럼 저 애들 주인은 따로 정해져 있나요? 주인이 되려면 어떤 자격이 있어야 하는 건가요?"

"으음? 저 애들?"

내 옆에 있는 애들은 그쯤 되자 놀라지도 않고 가만히 지켜보기만 했다. 내가 몇 번이나 질문을 했는데도 마법사가 화를 내지 않으니 이제야 내가 마구잡이로 물어보는 게 아니라는 걸 알아챈 모양이다.

과연 마법사는 이번에도 기분 좋게 내 질문에 응해줬다.

"그거야 저 애들 몸값을 낼 수 있으면 누구나 주인이 될 수 있지. 왜? 네가 주인이 되고 싶으냐?"

아마도 그 마법사는 농담이었겠지만 나는 진지했다.

"네, 네! 저요! 제가 주인이 될래요!"

한 손을 번쩍 들며 외치는 폼이 웃겼던지 마법사는 기분 좋게 웃으며 고개를 끄덕였다.

"크크크크, 그래라. 한데 경매는 내일 밤인데 그때 네가 살 수 있을까?"

"헛! 경매에 참석 못하면 못 사나요?"

"그거야 당연하지. 경매에 내놓을 예정이니까. 아, 하지만 저 검은 머리 녀석은 가능할지도 모르겠군. 벌써 2년째 아무도 사려 하지 않으니……."

"그, 그럼 제가 사면 안 되나요?"

두 손을 마주 잡고 간절하게 말하자—내 입으로 말하기는 뭣하지만—마법사의 눈에 꽤 귀엽게 보였던 모양이다.

"캬캬캬, 좋다. 만약 저 녀석이 이번 경매에서도 팔리지 않으면 너에게 팔도록 하마. 단, 네게 그만한 돈이 있어야겠지? 만약 돈도 없는데 그런 말을 한 거라면… 널 잡아갈 테다!"

그의 농담 섞인 협박에 주변에 있던 애들은 기겁했지만 나는 아주 진지하게 물었다.

"저기… 24개월 할부는 안 될까요? 이왕이면 무이자로……."

그 시각, 카르피 성내 고급 여관의 한 별관 정원.

별관은 사람의 시선을 싫어하는 VIP 고객을 위하여 마련된 곳으로, 외부의 시선은 물론 출입마저 철저히 차단되고 있었다.

덕분에 누군가는 어떤 방해도 받지 않고 혼자 조용한 정원에서 달빛을 받으며 검을 휘두를 수 있었다.

얼마나 오랜 시간 동안 검을 휘둘렀는지 그가 입고 있는 티셔츠가 땀으로 흠뻑 젖어 있었다.

하지만 그의 검은 조금의 흔들림도 없이 강하고 곧은 선을 허공에 그리고 있었다.

그렇게 끝없이 이어질 것 같은 곧은 선이었지만, 잠시 후 하늘을 향한 검이 곧게 땅으로 내리그어지는 것을 마지막으로 검은 움직임을 멈췄다.

검을 든 자가 천천히 호흡을 고르며 검을 갈무리하자 기다렸다는 듯 정원의 어둠 속에서 누군가가 모습을 드러냈다.

"이제 완전히 제 컨디션을 되찾으셨군요. 다행입니다."

가녀리고 부드러운 목소리는 여성의 것이었다.

검을 휘두르고 있던 자도 그녀의 존재를 알고 있었는지 담담하게 대꾸했다.

"갈비뼈 몇 개 부러졌다고 움직이지 못하는 비실이는 아닙니다만."

농담 섞인 그의 말에 여자가 작게 웃었다.

그에 남자도 마주 미소를 지어 보이다가 돌연 정색을 했다.

"내일은 작은 변수 하나라도 있어서는 안 되니까요."

"그렇군요. 옳으신 말씀입니다."

그의 말에 고개를 끄덕인 여성 또한 진지한 얼굴을 해보이며 입을 열었다.

"드디어… 내일이군요."

"예, 내일입니다. 더 일찍 갔어야 했는데… 저희가 너무 오래 기다리시게 했지요. 너무 늦게 왔다고 화를 내시진 않을까요?"

"아아, 그렇지 않아도 걱정입니다. 그걸 빌미로 분명히 간식을 늘려달라고 하실 텐데 어찌 감당할지……."

분위기가 너무 무거워지는 듯하자 남자와 여자는 짐짓 농 섞인 말을 주고받으며 분위기를 밝게 하려고 했다.

한데 눈치도 없이 이 밝은 분위기를 깨는 사람이 있었다.

"이야, 내가 좋을 때 방해한 건가?"

타이밍 좋은 그의 등장에 말 그대로 분위기가 싸하게 얼어 붙었다.

한데 분위기가 얼어붙어도 너무 심하게 얼어붙었다. 정원 에 있던 두 사람이 그를 쳐다보지도 않고 차갑게 외면해 버 렸으니까.

"그럼 저는 조금만 더 몸을 풀겠습니다."

"너무 무리하지는 마십시오. 그럼 전 먼저 들어가겠습 니다."

그렇게 말한 여성이 몸을 돌리더니 나중에 나타난 남자는 쳐다보지도 않고 안으로 들어가 버렸다.

나중에 나타난 남자는 냉정한 여성의 뒤를 바라보며 가볍 게 휘파람을 불었다.

"휘유~ 나 엄청 미움 받는데? 아무래도 당분간 밤마을은 포기해야 할까 봐."

그러나 처음부터 정원에 있던 남자도 그의 말은 들은 척도 안 하고는 검만 빼어 드는 것이었다.

결국 허공에 대고 혼잣말을 하게 된 남자가 머쓱하게 뺨을 긁적이더니 길게 한숨을 내쉬고는 한 걸음 더 다가와 다시 말을 걸었다.

"적당히 해. 몸이 다 나았다고 해서 갑자기 무리하면 오히려 컨디션 망친다."

하지만 그 걱정 어린 말도 검을 다시 휘두르기 시작한 사람이 무시해 버리는 바람에 또다시 허공에 흩어지는 신세가 되어버렸다.

"야!"

남자가 빽 소리를 질렀지만 그래도 무시.

나중에 등장한 갈색 머리 남자는 그렇게 세 번이나 무시를 당하자 결국 참지 못하겠던지 그 또한 허리에 차고 있던 검을 빼 들고 검을 휘두르고 있는 남자 앞으로 뛰어들었다.

"타렉, 이 시키! 너 자꾸 이럴래!"

화가 난 목소리와는 달리 그의 행동은 민첩하고 정확했다.

타탁~!

단 한 번의 스텝으로 남자의 사각지대로 움직이더니 상대방이 아래에서 막 위로 검을 쳐 올리려 하는 바로 그 찰나의 순간에 자신의 검을 찔러 넣어 상대방의 움직임을 막았던 것이다.

그러자 당연하겠지만 타렉이라 불린 자의 행동이 멈췄다.

"비켜!"

"못 비키겠다! 왜 내 말을 무시해?"

"비키라고!"

"못 비키겠다니까! 자꾸 이럴 거냐, 이 멍청아?"

"닥쳐! 남 상관 말고 네 일에나 신경 쓰시지?"

"이 시키가 진짜! 너, 내가 이번 작전 계획 세울 때 네 편 안 들어줘서 삐친 거냐?"

그의 말에 바로 코앞에 있음에도 불구하고 상대방에게 눈길도 주지 않았던 타렉의 매서운 눈길이 밝은 갈색 머리 남자에게로 향했다.

하지만 밝은 갈색 머리 남자도 만만치 않아 그 매서운 시선을 눈도 깜빡 안 하고 정면으로 마주했다.

"멍청한 놈! 팀장이라는 녀석이 정신 못 차리면 팀 전체가 엉망이 된다는 거 몰라? 적당히 해. 이미 다 결정된 건데 자꾸 이렇게 삐딱선을 타면 내가 나서서 널 이번 작전에서 제외시키라고 하겠어."

"날 이번 작전에 투입시킨 건 폐하시다. 네가 이래라저래라 할 수 있는 게 아니야!"

"이 상태의 널 보시면 널 뺀 걸 이해해 주시겠지."

"흥! 그깟 노예상인 놈들의 서류를 찾는 게 그렇게도 중요하더냐?"

"이 빌어먹을 새끼! 네놈, 우리가 그깟 노예상인 놈들의 서류를 찾기 위해 얼마나 고생했는지 몰라서 그딴 식으로 말하는 거냐! 네놈의 실수에 우리까지 휘말리게 하지 마!"

그 말에 한 치의 물러섬도 없이 팽팽하게 대치하고 있던 타렉의 팔에서 힘이 빠졌다.

덕분에 밝은 갈색 머리 남자도 잠시 휘청거렸지만, 곧 균형을 잡고는 자신도 뒤로 물러났다.

"젠장할!"

그러자마자 타렉은 이를 갈며 몸을 거칠게 돌리더니 손에 쥐고 있던 검을 힘껏 내동댕이쳐 버렸다.

덕분에 밝은 갈색 머리 남자가 다시금 분노했고 말이다.

"이 자식이! 네가 지금 제정신이야? 기사라는 녀석이 감히 검을 내팽개쳐!"

"네놈한테 그따위 말 듣고 싶지 않으니 닥치시지!"

"야, 이 자식아! 너 자꾸 이럴래? 겨우 며칠이야! 며칠이라고! 며칠만 참으면 되는데, 네놈의 조급함 때문에 우리가 5년 동안 진행해 오던 작전을 뒤집어야겠어? 너도 내일 작전을 진행하는 게 합당하다는 걸 아니까 괜히 엉뚱한 곳에 화풀이하는 거잖아!"

"닥쳐! 겨우 며칠이라고? 겨우? 단 한 시간이라도 그런 곳에 계실 분이 아니시다! 그런데 지금까지 몇 번이나 미뤄놓고는 겨우 며칠? 그걸 나보고 참으라고?"

"왜 네가 난리야! 재상께서도 허가한 작전인데!"

"웃기지 마! 솔직히 이번 작전이 그 때문에 미뤄진 거 폐하께선 모르실걸. 내 말이 틀려?"

타렉의 말에 밝은 갈색 머리 남자가 멈칫하더니만 다시 언성을 높였다.

"이 자식아! 이럴 거면 애초에 잘 지키고 있을 것이지 왜 이제 와서, 왜 여기 와서 이 난리냐, 난리가!"

"그래서 우리 팀만 가겠다고 했잖아! 그걸 막아선 건 네놈이야!"

"그럼 네 팀 때문에 우리 작전을 망쳐야겠냐!"

두 사람은 감정이 격해져 나중에는 서로 고함을 질러대며 싸워댔다.

한데 그렇게 큰 소리로 싸워대는데도 불구하고 아무도 나와 보질 않는 거다.

덕분에 두 사람은 마음껏(?) 큰 소리를 내며 싸워대다 나중에는 하고 싶은 말을 다 했는지 씩씩거리며 서로를 노려보기만 했다.

그러다 결국 먼저 몸을 돌린 건 타렉이었다.

"넌 정말 나쁜 자식이야."

그러면서 중얼거린 말에 밝은 갈색 머리 남자가 지지 않고 대꾸했다.

"작전 하나로 세 가지 이득을 얻는 거야. 이만하면 충분한 이유가 되지 않아?"

"충분한 이유? 그깟 이유 때문에 그분에게 무슨 일이라도 생겼다간 내가 널 가만두지 않을 거다."

"놀고 있네. 그분이 아무리 어리다 해도 황족이야. 나라를 위해 그 정도쯤은 감수하셔야 할 위치 아닌가?"

타렉의 협박에도 태연하게 대꾸하는 갈색 머리 남자의 말에 타렉은 다시 몸을 돌려 그의 멱살을 움켜잡았다.

"이유가 어떻든 아무것도 모른 채 강제로 희생당하는 게 옳은 거냐? 이유가 아무리 대단하고 거창하더라도 희생의 여부는 스스로가 결정하는 거다. 아무도 그걸 강요할 수는 없어. 잘 들어. 내가 억지로 참고 있는 건 그분을 무사히 구출하는 데 너희의 작전이 더 가능성이 높다는 걸 알기 때문이야. 만약 그게 아니었으면 네가 50년을 공들였든 이 나라의 존망을 위협하든 난 상관 안 했어!"

"그래, 그렇게 결정했다면 지금 이 짓은 뭐냐? 괜한 화풀이 아니냐?"

그거에 대해서는 할 말이 없는지 타렉은 갈색 머리 남자를 눈 빠지게 노려보다가 멱살을 탁 놔주고는 몸을 돌려 성큼성큼 가버렸다.

졸린 목을 쓰다듬으며 그 모습을 지켜보던 밝은 갈색 머리 남자는 타렉의 모습이 완전히 사라지자 못마땅한 표정으로 혀를 끌끌 찼다.

"쯧쯧, 마음이 저리 여려 가지고는……."

"호오, 천하의 팀장님들께서 흥분해서 고성을 지르며 싸우질 않나 멱살을 잡질 않나, 오늘 여러모로 신기한 장면을 많이 보는군요."

타렉이나 밝은 갈색 머리 남자가 가벼운 면 티셔츠와 바지를 입고 있는 것에 비해 새로이 어둠 속에서 등장한 남자는 이 늦은 시간에 깔끔한 정장 차림에 스카프까지 매고 있었다.

"재밌냐?"

깔끔남의 등장에 갈색 머리 남자가 툴툴거렸다.

"아하하, 재밌네요."

"그래, 너라도 재미있다니 다행이다. 난 지금 골치가 아픈데. 어후, 저 녀석은 고지식해서 한번 골나면 오래가는데 큰일이야."

"어쩔 수 없죠. 그냥 나 죽었소 하고 납작 엎드리세요. 그럼 언젠가는 화를 푸시겠죠."

깔끔남이 싱글싱글 웃으며 가볍게 하는 말에 갈색 머리 남자가 째려봤다.

"이 시키, 넌 남의 일이다 이거지?"

"에이, 선배님도 참. 선배님과 전 한배를 탄 동지인데 설마제가 그러겠습니까? 저도 선배님처럼 똑같이 미움 받고 있다는 거 아시잖아요."

"근데 네놈은 왜 이렇게 발랄해?"

"그거야……."

싱긋 웃으며 말하던 깔끔남이 잠시 뜸을 들이다가 다시금 발랄한 어조로 말을 이었다.

"이번 작전이 까딱 잘못되기라도 하면 미움이고 뭐고 폐하께서 단칼에 죽여주실 텐데 딴생각할 여유가 있어야 말이죠."

"아아, 그것도 그러네. 다른 작전은 좀 망치더라도 목숨 걱정은 안 했는데, 이번 작전은 목숨이 왔다 갔다 하니… 젠장, 그 자식은 왜 또 쓸데없는 짓을 저질러서……. 어차피 죽을 놈, 그냥 얌전히 있다가 얌전히 갈 것이지."

"그러게 말입니다. 이번 작전에 투입된 녀석들, 어떻게 해서든 기필코 이번 작전에 성공해서 '그' 작전에 참여하겠다고 다들 이 갈며 벼르고 있던데요?"

"아, 그거 괜찮은데? 좋아, 이번 작전, 기필코 성공해서 나도 '그' 작전에 동참해야지."

"좋으시겠어요. 전 '그' 작전에는 참여 못 하는데. 대신 열심히 응원은 해드리죠. 뭐, 그러려면 이번 작전을 성공시켜야 하겠지만요.”

"기필코 성공시킨다!"

달빛 아래 갈색 머리 남자의 눈빛이 스산하게 빛났다.

제 19 화

디데이!

카르피 자작령은 노예 매매와 노예 검투로 유명한 도시였다. 얼마나 유명한지 그 위명이 제국 내뿐만이 아니라 외국에까지 퍼져 있어 외국의 귀족이나 부호들이 근처를 지날 일이 있으면 일부러 들를 정도였다.

　그런 유명세답게 커다란 도시는 날이 저물어도 여전히 북적북적했다.

　그중 지금까지 불도 안 켜고 정문도 굳게 닫혀 있던 어느 거대한 건물 안에 하나둘 불이 켜지기 시작하더니 잠시 후에 사람들이 달려나와 커다란 정문을 활짝 열었다.

　이 건물은 이제야 개장을 하는 모양이다.

　그러자 기다렸다는 듯 고급스럽고 화려하고 우아한 마차

들이 줄지어 안으로 들어가기 시작했다.

이곳이 바로 카르피 자작령의 노예매매상 중에서도 최고라고 일컬어지는 곳이었다.

비싼 것도 비싼 거지만 회원제로 운영되고 있어 회원이 아닌 이상 입장하는 것도 어려웠다. 게다가 회원도 쉽게 될 수 없었고 말이다.

즉, 이곳은 아무나 함부로 드나들지 못하는 소수의 VIP 고객만을 위한 곳이었다.

"특실 2장."

크고 화려한 현관문 앞에서 회원증을 확인하는 직원에게 방금 도착한 금발의 미남자가 회원증을 보여주며 낮게 속삭이자 직원의 눈빛이 변했다.

하지만 그건 아주 잠시였고 정중한 태도로 회원증을 받아 확인을 끝낸 직원은 금발의 미남자에게 다른 이들에게 한 것처럼 똑같이 허리를 숙여 인사를 건넸다.

"확인되셨습니다. 안으로 들어가시면 두 분을 안내해 드릴 사람이 기다리고 있을 겁니다. 즐거운 시간 되십시오."

그 직원의 인사를 뒤로한 채 현관 안으로 들어가니 제복을 입은 안내원이 기다리고 있다가 정중하게 맞이했다.

"귀인을 모시게 되어 영광입니다."

"특실은 언제 열리지?"

금발 미남자의 질문에 안내인이 좀 더 가까이 다가와 낮은 목소리로 속삭였다.

"두 시간 후에 열릴 예정입니다. 그전에 일반석에서 관람

하시겠습니까? 일반실은 30분 후에 열릴 예정입니다.”

그의 대답에 금발 미남자가 뭐라 대답하려는 찰나, 옆에서 건들거리는 태도로 따라오던 갈색 머리의 남자가 끼어들었다.

“아, 나 그 구경이라는 거 하고 싶은데. 여기는 행사에 나올 물건을 미리 구경할 수 있다며?”

깔끔하고 고급스러운 옷차림에 더할 나위 없이 잘 어울리는 금발 미남자에 비해, 갈색 머리 남자는 분명 고급스러운 옷차림을 했음에도 불구하고 옷의 맵시나 태도가 전혀 귀인처럼 보이질 않았다.

갈색 머리 남자의 요청에 안내인은 대답하기 전 힐끗 금발 미남자의 눈치를 살폈다.

다년간 이곳에서 여러 고객을 상대하며 갈고닦은 눈치로 파악한 건데 어째 이 두 고객 사이의 분위기가 별로 안 좋아 보였던 것이다.

여기서 괜히 잘못 나섰다간 피 보는 건 자신이라는 걸 잘 아는 안내인이 눈치껏 시간을 끌자 과연 금발 미남자가 알아서 나섰다.

“이곳은 복잡해서 까딱 잘못하다간 제시간에 돌아오지 못할 수도 있습니다. 그러면 임무를 수행하지 못할 텐데요.”

하지만 금발 미남자의 말에 갈색 머리 남자는 콧방귀만 뀔 뿐이었다.

“내 걱정을 다 해주고, 이거 참 눈물 나게 고마운걸. 걱정 마셔, 그냥 후딱 구경만 하고 올 테니. 자네나 먼저 자리에 가 있지? 어이, 나한테도 당연히 안내인이 따라붙겠지?”

"물론입니다. 여기서 잠시만 기다리시면 얼른 다른 안내인을……."

안내인 입장에서도 사이가 안 좋은 두 사람을 붙여놓는 것보다는 각자 떨어뜨려 놓는 게 좋을 듯해 이번에는 즉각 대답했다.

한데 그가 대답을 끝내기도 전에 금발의 미남자가 끼어들었다.

"그럴 필요 없네. 이분은 이.대.로 관람석으로 가실 테니까."

하지만 갈색 머리 남자가 그걸 또 부정했다.

"어이, 누구 맘대로? 그냥 댁이나 길 잃어버리지 말고 얌전히 제 갈 길이나 가시지? 그래야 착한 어린이지."

두 남자가 현관과 얼마 떨어지지 않은 곳에서 툭탁거리고 있으니 들어오던 사람들의 시선을 끄는 건 당연했다.

그러자 얼른 그곳 매니저가 눈치껏 또 다른 안내인을 달고 달려왔다.

"자자, 이러지 마시고 저희가 시간에 맞춰 모시고 갈 테니 너무 걱정 마시지요."

"그래, 그래. 어린애는 빨리 빨리 자러 가야지?"

듣는 사람 참 기분 나쁘게 낄낄거리며 웃는 갈색 머리 남자의 태도에 금발 남자가 욱하는 표정을 지었지만, 매니저가 타이밍 좋게 끼어들어 둘을 갈라놨기에 사건은 더 이상 커지지 않고 마무리되었다.

그리하여 그 일행은 둘로 나뉘어 금발 남자는 특실로, 갈색 머리 남자는 일반 경매 진열실(?)로 향했다.

"저분과 잘 아는 사이가 아니신가 봅니다?"

기분 나쁜 티가 역력한 금발 남자를 조심스레 살피며 안내인이 묻자 금발 남자가 짜증이 담긴 어조로 내뱉었다.

"귀인의 명이 아니었다면 저런 작자와 결코 함께하지 않았을 걸세."

저런 사람이랑 절대 친하지 않고 교류도 안 한다는 걸 강력하게 어필하는 금발 남자의 말에 안내인이 얼른 맞장구를 쳤다.

"그럼요. 제가 지금껏 귀인을 몇 번 뵀었지만 결코 저런 분과 동행하신 적이 없으셨지요."

"저런 분은 무슨, 그냥 용병 나부랭이인 것을."

안내인이 갈색 머리 남자를 존칭하는 것조차 마음에 안 든다는 듯 금발 남자가 투덜거렸다.

그에 안내인이 정말 놀랐다는 듯 눈을 치켜떴다.

"그게 정말이십니까? 아니, 어떻게 용병이……."

"그거야……."

막 말을 내뱉으려던 금발 남자가 멈칫했지만, 잠시 후 어깨를 으쓱하며 말을 이었다.

"뭐… 어차피 그 작자와 잠시라도 같이 있으면 다 들통이 날 테니……. 그 작자는 귀인의 명을 받고 온 자일세. 나도 귀인의 명으로 어쩔 수 없이 저자를 여기에 데리고 온 것이고."

"아니, 그 귀인께서 왜 저런 용병을……."

"그러게 말일세. 참내, 저런 하찮은 용병에게 이런 일을 시켰다는 걸 그분이 아시면 난리가 날 터인데 왜 공자께선……."

거기까지 중얼거린 금발 남자는 그쯤에서 입을 다물었지만 몇몇 단서는 이미 나온 터라 안내인은 그걸 근거로 열심히 머리를 굴리고 있었다.

'이 남자를 손끝으로 부릴 수 있다는 건 귀족, 그것도 대귀족일 터. 대귀족 중 저런 용병을 가까이 하는 망나니 자식이 있는 자라면……'

안내인이 머릿속에서 열심히 망나니 자식을 가진 대귀족 리스트를 뽑고 있는 사이, 그들은 어느덧 손님들을 위한 휴게실로 들어서고 있었다.

과연 VIP 고객만을 위한 곳이다 보니 휴게실이 웬만한 저택의 응접실 못지않았다.

그런 휴게실의 한쪽 벽면에는 크고 아름다움 호숫가 풍경이 수놓아진 거대한 태피스트리가 걸려 있었다. 그쪽으로 다가간 안내인은 그 벽 모서리에 박혀 있는 화려한 촛대를 일정 순서에 따라 건드렸다.

그러자 태피스트리가 걸려 있는 벽 자체가 그르릉 하는 소리와 함께 빙글 돌아가더니 그 뒤에 있는 통로를 드러내었다.

"이쪽입니다."

안내인을 따라 그 안으로 들어가며 금발 남자가 가볍게 투덜거렸다.

"여긴 매번 올 때마다 통로가 달라지는군."

"아하하, 그러십니까? 아무래도 귀인들께는 항상 신선한 모습을 보여드려야 하니까요."

비밀 통로 끝에는 또 다른 방이 나왔는데, 바닥에는 커다란 마법진이 그려져 있었고 그걸 시동시키기 위한 마법사도 대기하고 있었다.

"저 마법진 가운데에 서 계시면 됩니다."

이동 마법진.

그것도 다른 마법사가 와서 보더라도 정확히 어디로 가는지 알 수 없게 좌표가 철저하게 숨겨진 이동 마법진이었다.

그 마법진을 이용해 한 번 더 이동하고 나서야 금발 남자는 목적지에 도착할 수 있었다.

"어서 오십시오."

그곳은 무척 희귀한 물건들부터 국법으로 금지되어 있는 물건(?)들까지 다루는 아주 특별하고 비밀스러운 경매장이었다.

그런 이유로 이곳을 방문했다는 걸 비밀로 하길 원하는 손님들을 배려하여 방문하는 모든 사람은 얼굴과 체형을 가리게 되어 있었다.

덕분에 이동 마법진으로 이동해 온 금발 남자와 그의 두 수행원 또한 거기서 건넨 가면과 후드가 달린 헐렁한 로브를 착용해야 했다.

뭐, 그렇게 해봤자 능력 있는 자라면 상대방의 신분을 알아챌 수도 있겠지만 눈 가리고 아웅 하는 격이랄까? 알아도 모르는 척해주는 것이 이곳의 예의였다.

"자리로 가시겠습니까, 경매 물품을 먼저 살펴보시겠습니까?"

대기하고 있던 또 다른 안내인이 금발 남자에게 다가와 물었다.

그렇게 새로운 안내인과 함께 경매 물품을 꼼꼼히 확인하며 경매에 참여할 준비를 마친 금발 남자가 경매장의 자리로 오니 먼저 와 있어야 할 갈색 머리 남자의 모습이 보이지 않는 거였다.

 경매가 시작할 때까지 여유라도 있으면 그냥 기다렸을 텐데 경매 시작 시간이 임박한 터라 금발 남자는 초조한 빛을 감추지 못하고 안내인을 불렀다.

 이곳은 경매 시작 전까지 본인의 자리에 있지 않으면 경매에 참여할 수 없다는 규칙이 있었던 것이다.

 "이 사람 아직도 안 왔는가? 혹시 특실에 들어오지도 않은 건 아니겠지?"

 "곧 알아봐 드리겠습니다."

 "부탁 좀 하지."

 한데 다행히도 안내인이 움직이기 전에 갈색 머리 남자가 다른 안내인을 따라 막 자리에 도착했다.

 하지만 정말 아슬아슬한 시간이었던 터라 그를 보는 금발 남자의 시선은 곱지 못했다.

 "뭘 하다 이제 오시는 겁니까?"

 "뭐 어때? 아직 시작한 것도 아니구만."

 "아슬아슬했다는 걸 모르십니까? 게다가 당신이 왜 여기 온 건지 잊으신 건 아니겠지요? 경매에 참여하려면 경매 전 물건을 확인하는 건 기본 중의……."

 금발 머리 남자가 정색을 하고 말을 이어가고 있는데 갈색 머리 남자가 귀를 후비적거리며 그의 말을 중간에서 끊어버렸다.

"아따, 정말 시끄럽게 구는구만. 상인들이 원래 말이 좀 많다고 하지만 넌 너무 심하다고 생각하지 않냐? 이거 계집애도 아니고."

갈색 머리 남자의 귀찮다는 기색이 역력한 무례한 태도에 당연하게도 금발 남자가 발끈했다.

"뭐, 뭐라고요? 계집애? 지금 나한테 시비 거시는 겁니까?"

"시비?"

그러나 갈색 머리 남자는 코웃음 칠 뿐이다.

"이따위를 시비라고 생각하다니, 역시 온실 속에서 펜만 들고 논 놈이란……."

"이, 이……!"

너무 화가 나 이제는 부들부들 떠는 금발 남자가 뭐라 하려고 할 때 뒤에서 불안한 표정으로 지켜보던 안내인이 조심스레 끼어들었다.

"귀인, 이제 경매가 시작됩니다."

그냥 뒀다간 둘 다 경매고 뭐고 다 잊어버릴 거 같아 끼어들었더니 다행히 그의 시도는 먹혀들어 금발 남자가 겨우 분을 삭이며 이성을 되찾았다.

"그… 렇군. 일단 경매를 하고 보죠."

그렇게 간신히 진정된 금발의 남자가 자리에 앉자 콧방귀를 뀌던 갈색 남자도 자리에 털썩 주저앉았다.

그 모습에 안내인도 안도의 한숨을 내쉬며 깊숙이 허리를 숙일 수 있었다.

"즐거운 시간 되시길 바랍니다."

아마 이 인사가 그 안내인이 평생 한 인사 중 가장 진심이 담긴 인사였을 것이다.

그러나 안내인의 진심이 가득 담긴 그 인사가 허망하게도 그곳에 있는 어느 누구도 별로 즐거운 시간을 보내지 못했다. 금발 남자나 갈색 머리 남자나 이곳 직원들이나 말이다.

처음에 경매가 시작되자 두 남자는 경매에 집중하는 듯 보였다.

하지만 그것도 잠시,

VVIP 고객만을 위한 경매답게 일반 사람은 물론, 좀 난다 긴다 하며 어깨에 힘주고 다니는 사람들조차 쉽게 볼 수 없는 대단히 희귀한 물품들이 소개되자, 온몸에 '경박'이라고 써 붙이고 있는 듯한 갈색 머리 남자가 쓰인 그대로 행동하기 시작했던 것이었다.

시끄럽게 감탄하는 것은 물론이거니와 옆에서 조용히 경매를 지켜보는 금발 남자까지 자신의 감탄에 끌어들이려고 하는 바람에 금발 남자를 다시 분노하게 만들었다.

다행히 그들이 있는 공간이 다른 좌석과 완벽하게 독립되어 있었기에 망정이지, 아니었다면 그 주변의 모든 사람에게 민폐가 이만저만이 아니었을 거다.

그러나 그 방 안의 일이라고 해도 다툼이 점점 커지자 근처에서 대기하고 있던 직원들이 즉각 출동해 갈색 머리 남자를 막으려고 했다.

하지만 금발 남자한테도 함부로 대하는 사람에게 직원들의 말이 먹히겠는가?

결국 그들도 어찌할 수가 없어 이곳 매니저까지 출동했지만 갈색 머리 남자는 매니저의 말에도 콧방귀를 뀔 뿐이었다. 열 받은 매니저가 최후의 패인 '출입 금지' 카드까지 들고 나왔는데도 말이다.

"흥, 미안하지만 난 이번 한 번만 오는 걸로 의뢰를 받은 몸이라서……."

갈색 머리 남자는 매니저가 뒷목 잡고 넘어갈 정도로 뻔뻔하게 나왔다.

'얼마나 대단한 백을 가지고 있기에…….'

저 무도한 갈색 머리 놈의 뒷배가 누군지만 알면 어떻게든 손을 써볼 텐데, 그걸 모르는 매니저로서는 속만 태울 뿐이었다.

물론 상회도 뒷배가 어느 누구 못지않게 든든했기에 웬만한 세력가라면 얼마든지 해결 가능했다.

하지만 그것만 믿고 처리하기에는 금발 남자의 태도가 마음에 걸렸다.

금발 남자 또한 비록 평민이긴 하나 웬만한 귀족들과도 어깨를 견주는 자.

그런 자가 뒷배 본인도 아니고 그 뒷배 자식의 고용인을 어찌지 못해 저리 이만 바득바득 갈고 있는 모습을 보니 함부로 손을 쓰기가 꺼려졌던 것이다. 저 뒷배가 얼마나 대단하기에 고용인도 함부로 손을 못 대나 싶어서 말이다.

그렇게 소동이 해결되지 못하고 지지부진한 사이 경매가 중반을 넘어 종반으로 넘어가자 금발 남자의 얼굴에 다급한

이 어렸다.

이제 곧 금발 남자가 노리고 있는 제품이 나올 시간이었던 것이다.

이러다간 자칫 자신이 노리던 제품을 놓치게 될까 걱정된 금발 남자가 강경하게 나왔다.

"자꾸 이렇게 나올 겁니까? 이러다 나 또한 맡은 바 임무를 완수하지 못하고 돌아가게 된다면 내 기필코 당신을 가만두지 않을 겁니다!"

"흥, 자네 임무를 완수하지 못한 걸 가지고 왜 내 탓을 하나, 자네 탓이지?"

"이렇게 자꾸 방해를 하는데 어떻게 경매를 할 수 있단 말입니까? 지금 당장 여기서 사라지지 않는다면 내 이 자리에서 끝장을 보겠습니다!"

"네놈이 어떻게 하겠다고?"

금발 남자가 비장한 어조로 말하자 갈색 머리 남자가 거슬렸던 모양이다.

"나 또한 귀한 분의 명을 받고 왔다는 걸 알 테지요?"

한 자 한 자 씹어 먹을 듯한 어조로 나온 말에 갈색 머리 남자의 얼굴에 놀람의 빛이 떠올랐다.

"뭐야, 너. 지금 네 고용주에게 이르기라도 하겠다는 거냐?"

"당신이 입 닥치고 나가지 않는다면 정말 그럴지도 모릅니다!"

"이게 진짜! 너 지금 나랑 해보자는 거지?"

"누가 먼저 시작했는데요?"

"아이고~ 두 분, 또 왜 이러십니까!"

지금 당장 어떻게 해버리겠다는 듯 흉흉한 기색을 보이는 갈색 머리 남자에게 배 째라는 표정으로 들이미는 금발 남자.

그러자 정말 큰일 나겠다 싶어 울상이 된 매니저가 끼어들었다.

결국 너 죽고 나 죽자는 식으로 나온 금발 남자의 협박과 자꾸 이러면 뒷감당이고 뭐고 사람들 시켜서 강제로 끌어내겠다는 매니저의 협박에 갈색 머리 남자가 굴복했다.

그가 원하는 물건을 금발 남자가 구입해 주는 대신 그는 특실 밖으로 나가서 기다리는 것으로 타협을 본 것이다.

그렇게 해서 겨우 갈색 머리 남자가 직원 세 명의 감시 겸 안내를 받으며 밖으로 나가려는 찰나, 단상에 있던 경매 진행자가 힘찬 목소리로 외쳤다.

"자, 그럼 마지막으로 고대하시고 기다리시던 오늘 경매 하이라이트 순서입니다!"

바로 금발 남자가 노리고 있는 제품이었다.

그에 금발 남자는 갈색 머리 남자에게서 신경을 끄고 황급히 경매를 위한 마법 좌판을 손에 쥐었다.

그 모습을 힐끔 본 갈색 머리 남자는 순순히 밀실을 나가는가 싶더니 몇 걸음 안 가 걸음을 멈췄다.

당연하겠지만 그를 호위하고 있던 직원 세 명도 걸음을 멈췄고, 두어 걸음 앞서 나가고 있던 매니저도 즉시 몸을 돌렸다.

"뭔가 잊으신 거라도 있으십니까?"

"아니, 지금 경매 결과가 궁금해서……. 지것만 구경하고 나가면 안 될까?"

"귀인."

절대 허락할 수 없다는 기색의 매니저에게 갈색 머리 남자
가 씨익 웃으며 말을 이었다.

"아니, 나도 내뱉은 말이 있으니 다시 돌아가겠다는 건 아
니야. 어디 구석진 곳이라도 상관없어. 단지 저 경매의 결과
만 볼 수 있으면 돼."

"저희가 결과를 전해드리면 안 되겠습니까?"

구경은커녕 최대한 빨리 그를 내보내고 싶었던 매니저가
난감하다는 표정으로 말하자 갈색 머리 남자의 눈초리가 금
방 험악해졌다.

"왠지… 지금 상당히 기분 나쁜데? 아니, 나도 여기 손님
인데 구경도 못 시켜주겠다는 거야, 뭐야?"

그러면서 자세도 껄렁해지고 눈빛에 심술이 피어오르는
걸 보니 여차하면 여기서 이대로 소란을 일으킬 태세.

'저놈은 진짜 그럴지도 몰라!'

잠깐이나마 본 갈색 머리 남자의 행동이 절대 그의 협박을
무시하지 못하게 만들었다.

그리하여 결국 매니저가 한발 양보했다.

경매장을 채 빠져나가지도 못한 상황에서 소동이 난다면
아까 밀실에서 소동이 벌어진 것보다 더 난감한 상황이 되어
버리니 말이다.

"그건 아닙니다. 그러나 좌석이 아닌 이상 잘 보이는 곳이
없어서 오히려 귀인의 심기를 거스르게 될까 봐……."

"아아, 걱정 마, 걱정 마. 그냥 결과만 직접 눈으로 확인하고 싶을 뿐이니까."

손을 휘휘 저으며 히죽이는 면상을 한 대 후려치고 싶은 심정을 억누르며 매니저는 잽싸게 주변을 훑어보다 한곳을 발견하고는 마음을 정했다.

"그럼… 이쪽으로 오십시오. 그나마 저쪽이 제일 잘 보이는 곳이지요."

매니저가 갈색 머리 남자를 데리고 간 곳은 경매장 입구 근처였다.

즉, 갈색 머리 남자가 뭔 짓(?)을 하려는 기미가 보이기만 하면 그 즉시 주변에 있는 사람들이 그를 제압해 밖으로 끌고 나갈 수 있는 위치였다.

하지만 매니저의 장담대로 경매가 잘 보이기도 했기에 갈색 머리 남자는 매니저의 속셈을 모르는 척 벽에 등을 기대고 팔짱을 낀 자세로 한창 경매가 진행되고 있는 단상으로 시선을 돌렸다.

"네, 지금 이천 골드 나왔습니다! 그럼 삼천 골드 안 계십니까?"

진행자의 말이 끝나기가 무섭게 진행자의 머리 위에 있는 커다란 마법 전광판에 숫자가 떴다.

[오천 골드.]

"네, 오천 골드 나왔습니다! 오천 골드! 그럼 육천 골드 안 계십니까?"

경매가 시작된 지 얼마 안 되었는데 벌써 오천 골드까지 진행된 걸 보니 과연 하이라이트 제품(?)이라고 할 만했다.

[육천 골드.]

[칠천 골드.]

[팔천 골드.]

순식간에 숫자가 세 번이나 바뀌었다.

"네, 팔천 골드 나왔습니다! 팔천 골드! 그럼 구천 골드 없으십니까?"

"휘유~ 장난 아니군."

이 기세를 보면 오늘 열린 경매의 최고 가격을 경신하는 것도 금방일 듯했다.

[만 골드.]

1골드를 백만 원이라고 봤을 때 만 골드면 백억 정도 되는 돈이다. 아마 아사가 저 가격을 봤으면 '어어어어억~!' 하며 뒷목을 잡았을지도 모른다.

하지만 여기서 그 정도의 돈은 자주 나왔는지 진행자는 평이한 어조였다.

"네~ 만 골드 나왔습니다! 만 골드! 그럼 만 천 골드 안 계십니까?"

[만 천 골드.]

"네, 만 천 골드! 만 천 골드 나왔습니다! 만 천 골……."

그러자 이번에는 진행자의 말이 끝나기도 전에 마법 전광판 숫자가 바뀌었다.

[만 오천 골드.]

"마, 만……."

아무래도 성격 급한 참가자가 있었는지 진행자가 막 입을 열려는 순간 숫자가 또 바뀌었다.

[만 칠천 골드.]

그 순간 또다시 바뀌는 숫자.

[이만 골드.]

그러자 다시 한 번 또 숫자가 바뀌었다.

[오만 골드.]

거기서 숫자가 멈췄다.

빠르게 숫자가 바뀌는 바람에 입도 벙긋 못하고 지켜보기만 했던 진행자는 그제야 입을 열었다.

"네~ 오만 골드 나왔습니다. 오만 골드. 그럼 오만 천 골드 안 계십니까?"

그러나 오만 골드의 위력이 컸는지 전광판은 조용했다.

하기야 한국 돈으로 대략 오백억이다, 오백억!

아마 아사라면 너무 어마어마한 돈이라 그 돈의 가치에 대해 감도 못 잡을 것이다.

아무리 대단한 물건이라 해도 금액이 거기까지 치솟자 경매 진행자마저 긴장된 표정으로 꿀꺽 침을 삼켰다.

"네, 그럼 오만 골드에 낙찰하도록 하겠습니다. 하나, 둘, 셋! 네, 낙찰되셨습니다!"

그걸 지켜보고 있던 갈색 머리 남자가 눈살을 찌푸렸다.

"이거… 안 좋은데, 안 좋아."

갈색 머리 남자의 중얼거림이야 어쨌든 진행자의 목소리는 다시 이어졌다.

"네, 그럼 다음 물품을 보시겠습니다."

경매 진행자의 목소리를 듣고 있던 갈색 머리 남자가 자신의 옆자리를 지키고 있는 직원에게 물었다.

"이봐, 저 특별한 제품이 이번에 세 개가 나왔다고 했지?"

"네, 그렇습니다."

"아까 그 똥색 머리 녀석이 경매가 진행되기 전에 분명 제품을 확인했겠지?"

"예, 그러셨습니다만… 아, 저기… 귀인, 혹시나 해서 말씀드리는데, 다른 제품은 경매 전 육안으로 확인이 가능하시지만 저 제품만은 그러실 수 없습니다."

"뭣?"

갈색 머리 남자의 경악성에 설명해 주던 직원이 덩달아 놀라 말을 더듬었다.

"그, 그게… 주인에게 인계되기 전까지 최대한 빛을 보면 안 된답니다. 그래서 경매 전 전시도 안 되고 경매할 때도 시작 전에 잠깐만 공개되고 있습니다."

"그게 정말이야?"

미처 몰랐던 듯 갈색 머리 남자의 얼굴에는 놀란 기색이 역력했다.

그에 직원이 얼른 고개를 끄덕이며 대답했다.

"네, 그렇습니다. 지금도 제품이 들어가서 안 보이지 않습니까? 하지만 이번에 저 제품이 세 개라는 건 틀림없는 사실입니다. 예."

갈색 머리 남자나 금발 남자가 노린 게 저 제품이었던 모양이다.

낭패한 기색을 보이는 갈색 머리 남자의 얼굴을 조심스레 살피며 직원은 속으로 혀를 끌끌 찼다.

오늘 여기 온 손님의 절반 이상이 저 제품을 노리고 왔을 텐데, 이렇게 설렁설렁, 껄렁껄렁 굴다 쫓겨났으니 어디 물건을 살 수 있겠나 싶던 것이다.

게다가 방금 전 주황색의 제품은 다른 사람이 낙찰받았으니 이제 두 개만 남은 상황이라 경매는 더욱 치열해질지도 몰랐다.

"안 좋은데. 감이 안 좋아."

갈색 머리 남자의 중얼거림에 직원도 속으로 고개를 끄덕였다.

'댁한테는 정말 안 좋을지도.'

그사이 새로 올라온 은색 제품이 잠시 공개되었다가 도로 들어가고, 경매가 시작되었다.

"네, 그럼 오천 골드부터 시작하겠습니다. 오천 골드 안 계십니까?"

경매 시작 선언이 끝나자마자 마법 전광판에 숫자가 떠올랐다.

[만 골드.]

시작하자마자 누군가가 강하게 치고 나왔다.

그러자 경매 진행자가 숫자를 읽기도 전에 새로운 숫자가 곧바로 이어졌다.

[만 오천 골드.]

"만 오천 골드, 만 오천 골드가 나왔습니다! 이야, 이거이거 역시 하이라이트 제품 경매답지 않습니까? 자아, 그럼 만 육천 골드 안 계십니까?"

[이만 골드.]

마법 전광판에 또다시 떠오른 숫자의 모습에 경매 진행자의 얼굴에 '감탄+감격'의 기색이 떠올랐다.

진행 단계를 뛰어넘으며 치솟는 가격을 보니 아까처럼 엄청난 가격이 될 것 같은가 보다.

덕분에 경매 진행자의 목소리도 흥분으로 몇 음이 더 올라갔다.

"자, 이만 골드 나왔습니다! 이만 골드! 그럼 이만 천 골드 안 계십니까?"

[삼만 골드.]

"네, 삼만 골드 나왔습니다! 삼만 골드! 그럼 삼만 천 골드 안 계십니까?"

진행자가 신이 나서 한껏 목청을 높였건만 의외로 이번에는 마법 전광판이 조용했다.

평소 한 호흡 정도 기다렸다가 선언을 시작하는 것과 달리 이번에는 두 호흡이나 기다려 줬는데도 마법 전광판의 숫자는 변할 생각을 안 했다.

"아하하하! 너무 급박하게 전개되다 보니 다들 눈이 좀 어지러우시지요? 여기서 잠시만 숨 좀 돌릴까요? 자, 모두들 아시다시피 이 제품은 매년 나오는 제품이 아닙니다. 몇 년에 하나 나올까 말까 한 이 제품. 오늘처럼 세 제품을 한번에 선보이는 건 제가 경매를 진행하고 처음 있는 일이랍니다."

쓸데없는 말로 시간을 끌어 봐도 여전히 마법 전광판의 숫자는 변하질 않았다.

그에 진행자는 아쉬움에 속으로 혀를 찼지만 사실 이 가격도 상당히 높은 가격이었기에 그에 만족하고 낙찰 선언을 하려고 했다.

"자, 다시 한 번 확인하겠습니다! 삼만 천 골드 안 계십니까? 그럼 삼만 골드로 낙찰되겠습니다! 하나, 두울, 세에… 아, 삼만 삼천 골드! 삼만 삼천 골드가 나왔습니다!"

한데 막 낙찰 선언을 하기 직전 마법 전광판의 숫자가 바뀌었다.

그동안 팍팍 올라가던 금액과는 달리 이번에는 딱 삼천 골드만 올라갔다.

경매 진행자는 반갑다는 듯 외쳤지만 그렇게 외친 그나 지켜보고 있는 사람들이나 아마 이번 금액 아니면 그다음 금액이 마지막일 거라 예상하고 있었다.

아까처럼 금방 바뀐 것이 아니라 마지막에 마지막까지 고심하다가 나온 듯한 금액이었기 때문이다.

다른 사람이 새로운 숫자를 안 부른다면 여기서 낙찰될 것이고, 다른 사람이 숫자를 부른다면 거기서 낙찰될 것이다.

"그럼 삼만 사천 골드 안 계십니까? 삼만 사천 골드!"

경매 진행자가 힘찬 목소리로 외쳤지만 마법 전광판은 조용했다.

정말 이게 마지막이었던 거다.

어쩌면 아직 한 제품이 더 남아 있으니 경쟁자들이 다음 제품을 노리려는 건지도 모른다.

"그럼 삼만 삼천 골드로 낙찰되겠습니다. 하나, 두울, 세에엣! 네, 삼만 삼천 골드로 낙찰되셨습니다."

경매 진행자가 아쉽다는 어조로 길게 끌면서 선언을 내렸다.

"자, 그럼 이제 마지막 제품입니다. 더 이상의 설명은 필요 없으시라 생각됩니다."

새로운 제품이 단상 위로 올라왔다.

이미 벌써 같은 종류의 제품이 두 개나 경매가 진행된 상황이니 경매 진행자는 반복되는 설명 대신 가볍고 산뜻한 어투로 분위기만 띄우려고 했다.

한데 어쩌 경매장 내의 분위기가 다른 때와는 달리 싸늘했다.

그리고 그건 경매장 입구에서 직원들의 삼엄한(?) 감시를 받으며 지켜보고 있던 갈색 머리 남자도 마찬가지였다.

"끄으응, 검은색이라니……."

검은색은 에레츠 대륙 사람들이 가장 기피하는 색이었다. 불길함, 저주, 공포 등등, 안 좋은 모든 이미지를 상징하는 색이라고 여기기 때문이었다.

아주 오래전 사람들은 마신의 수하인 마왕을 비롯한 마족들은 모두 검은색 머리에 검은 눈을 가지고 있다고 생각했다.

고대에 마신을 섬겼던 신전에서 자신들의 상징으로 사용했던 색이 검은색이었는데, 거기에서 파생되고 변질된 생각이었다.

물론 이러한 잘못된 관념은 많은 신전에서 오랜 세월 동안 대대적으로 틀리다고 가르치고 전파했기에 지금은 많이 희석되었지만, 한때는 검은색에 가까울 정도로 짙은 머리색이나 눈을 가지고 있으면 마족의 피를 가지고 있거나 저주를 받은 불길한 존재다 해서 마을에서 쫓겨나기 일쑤였고, 가축도 검은색이나 그에 가까울 정도로 짙은 색을 가진 가축은 버려지기도 했다.

　심지어는 현재 에레츠 대륙을 이등분하고 있다고 해도 과언이 아닌 아카제브 제국의 현 황제도 어렸을 때 어두운 색 머리카락을 가지고 있다는 이유로 제국에 불운을 가지고 온다 하여 제위 계승권을 박탈당하고 유폐되는 등의 어려움을 겪었을 정도니 말이다.

　그렇기에 지금도 여전히 그 영향력이 강하게 작용했다.

　아무리 대단한 제품이라고 해도 검은색이라는 이유만으로 구매욕을 뚝 떨어뜨릴 정도로 말이다.

　"자자, 이곳에 계신 분들은 단순한 미신에 현혹되는 분들이 아닐 거라 생각합니다. 요 근래에는 검은색 제품이 유행하고 있다는 걸 알고 계시지요? 게다가 여러분, 생각해 보십시오. 진주 중에서도 가장 비싼 진주가 바로 흑진주입니다. 다이아몬드 중에서 가장 비싼 다이아몬드가 무엇입니까? 바로 블랙 다이아몬드입니다."

　경매 진행자의 맛깔스러운 멘트에 싸늘한 분위기는 풀렸지만 그래도 그게 한계였다.

　그도 그럴 것이 저 제품의 색은 검은색에 가까운 짙은 색 정도가 아니라 칠흑같이 어두운 검은색이었던 것이다. 어떤 색도 섞이지 않은 온전히 짙은 검은색!

경매 진행자가 경매를 시작하기 전 최대한 분위기를 풀어 보려 했지만, 전같이 구매를 향한 뜨거운 열기는 느껴지질 않았다.

그렇다 해도 이대로 경매를 접을 수는 없는 법.

안 좋은 예감을 느끼면서도 경매 진행자는 경매를 시작할 수밖에 없었다.

"그럼 하이라이트의 마지막 제품 경매를 시작하겠습니다. 이전 제품들과 동일하게 오천 골드부터 시작합니다. 자, 오천 골드 안 계십니까? 오천 골드!"

하지만 역시나… 구매욕으로 인한 열기가 안 느껴진다 싶더니 마법 전광판이 잠잠했다.

잠시 기다려도 마법 전광판에 숫자가 뜨려는 기미가 안 보이자 경매 진행자가 다시금 입을 열었다.

"여러분, 오늘이 지나가면 언제 다시 이런 기회가 돌아올지 모릅니다. 아는 사람만 안다는 전설의 '가디언'이 지금 이 순간 단 하나만이 남아 있습니다."

그러나 그래도 아무도 구매한다고 나서는 사람이 없었다.

'결국 올해도인가.'

작년에도, 재작년에도 이 검은 가디언은 그래서 계속 외면 받아왔었다.

이제는 익숙해졌다면 익숙해진 상황이지만 결국 이 가디언을 팔지 못했구나 싶어 진행자는 왠지 조금 씁쓸해졌다.

이곳에서 경매 진행을 맡은 7년 동안 자신이 팔지 못한 제품은 이 제품이 유일했던 것이다.

올해에도 팔리지 않으면 폐기된다고 하니 결국 이건 자신의 경매 진행 경력에서 최초로 팔지 못한 제품이 될 것이다.

"예, 그럼 신사 숙녀 여러분, 오늘도 저희 경매장을 찾아주셔서 정말 감사드립니다."

속으로 감상에 젖은 상황에서도 진행자가 경매를 마무리하는 멘트를 꺼내 들자 성질 급한 사람들은 벌써 좌석에서 일어나 밀실을 나서기 시작했다.

덕분에 경매장 여기저기가 부산스럽고 어수선해지는 바로 그때, 웅성거림을 뚫고 아주 다급한 목소리가 터져 나왔다.

"귀인! 기다려 주십시오! 귀인! 귀이인~!

거기다 더해 여러 사람이 다급히 뛰어가는 소리까지!

"멈춰주십시오! 자꾸 이러시면 저희도 정말 가만있지 않겠습니다!"

"시끄러! 네놈들 따위가 왜 끼어드는 거야! 야, 이 자식! 당장 나오지 못해!"

이미 많은 사람이 지정 좌석 밖으로 나와 있거나 아니면 나서려고 바깥과의 차단을 풀고 있는 상황이라 이 소동은 적잖은 사람의 이목을 끌었다.

그걸 아는지 모르는지 갈색 머리 남자는 잔뜩 화가 난 표정으로 성큼성큼 걸어가다 막 밀실을 나오는 금발 남자를 발견하고는 그대로 달려들었다.

"너 이 자식!"

"귀인, 멈춰주십시오!"

그를 쫓아가던 직원들이 몸을 날려 막으려 했지만 갈색 머리 남자가 한발 더 빨랐다.

그는 당황한 얼굴로 자신을 바라보는 금발 남자를 향해 다짜고짜 주먹을 뻗었고, 미처 방어를 못한 금발 남자는 그대로 주먹에 얻어맞고 뒤로 날려갔다.

한데 그가 나가떨어진 곳은 하필 바로 옆 좌석 사람들이 뭔 일인가 싶어 걸음을 멈추고 상황을 지켜보고 있던 곳.

덕분에 금발 남자는 그곳 사람들과 서로 뒤엉켜 우르르 쓰러지고 말았다.

우당탕탕!

"앗! 공자님!"

"으앗! 이게 무슨 일⋯⋯!"

"아아악! 귀인, 이게 무슨 짓이십니까?"

"주인님!"

말 그대로 난장판이 벌어졌다.

운 없게도 금발 남자와 뒤엉켜 나뒹굴게 된 이들에게 그들의 일행들이 놀라 다가섰고, 한편으로는 갈색 머리 남자를 쫓아오던 직원들이 안 되겠다 싶어 무력을 쓰려 하자 갈색 머리 남자도 기다렸다는 듯 맞대응을 했다.

그 난리통에 옆 좌석 손님이 더 재수가 없게도 누군가와 세게 부딪치는 바람에 그가 쓰고 있던 가면과 후드가 벗겨지는 상황이 발생했다.

"어엇! 넌?!"

대략 20대 중반으로 보이는 청년의 얼굴이 드러나자 주변에서 구경하고 있던 사람 중 하나가 놀랐는지 경황없이 소리를 냈다.

　아차 하며 곧 입을 다물었지만, 이미 얼굴이 드러난 청년이 그 소리를 들은 후였다.

　"누구냐?! 설마……."

　청년이 당혹한 얼굴로 자신을 알아챈 목소리를 찾으려 두리번거리자 한 인영이 사람들 틈으로 황급히 파고들었다. 마치 '내가 그랬다!'고 외치는 것처럼 말이다.

　"저 자식 잡아!"

　청년의 다급한 외침에 그의 수행원 한 명이 반사적으로 몸을 날렸고, 그러자 몸을 피하고 있던 가면의 남자가 다급하게 외쳤다.

　"막아! 막아!"

　그의 외침에 그의 수행원 한 명이 앞을 가로막았지만, 얼굴이 드러난 청년은 나머지 다른 수행원과 함께 직접 그 뒤를 쫓기 시작했기에 다 막지 못했다.

　"너 이 자식! 내가 널 못 알아볼 거 같아?"

　"어, 어?"

　쫓고 쫓기는 이들이 모두 사람들 사이를 파고드는 바람에 그들에게 부딪치고 넘어지는 사람들이 속출하기 시작했다.

　한쪽에서 그런 난리가 벌어진 사이, 다른 쪽에서는 금발 남자와 갈색 머리 남자의 싸움이 본격적으로 벌어지기 시작했다.

다짜고짜 한 대 얻어맞은 금발 남자가 그냥 참아줄 리 없었던 것이다.

"더 이상 못 참아!"

직원을 상대하고 있느라 미처 금발 남자를 보지 못한 갈색 머리 남자는 자신을 향해 달려드는 그에게 그대로 태클을 당했다.

"누가 할 소리!"

하지만 금발 남자는 척 보기에도 전형적인 사무직 종사자였다.

덕분에 제대로 힘 한번 못 쓰고 덩치 좋은 갈색 머리 남자에게 붙들려 메치기를 당하게 생기자 이를 막기 위해 금발 남자의 수행원들이 뛰어들었다.

상황을 조용하고 신속하게 처리하고 싶었던 매니저는 울상이 되었지만, 그의 심정을 알아주는 이는 아무도 없었다.

오히려 상황은 바람 잘 만난 불처럼 크게 확대되어 갔다.

사람들이 구경할 때 구경하더라도 멀찍이 떨어져 있었음 괜찮았을 텐데, 공간이 좁아서 그런지 재미있어서 그런지 가까이서 구경하다가 하나둘 우연찮게 휘말려 또 다른 싸움으로 번졌던 것이다.

이곳에 온 사람은 모두 VVIP 고객 본인 아니면 그의 대리인.

모두들 자신이 고귀한 존재라고 생각하는 콧대 높고 모가지 뻣뻣한 사람이었으니 아무리 피치 못할 실수라 해도 허허 웃으며 넘어가 줄 사람은 얼마 없었다.

뭐, 본인이 뭘 하기도 전에 옆에 있던 수행원들이 먼저 나서기도 했고 말이다.

그러다 보니 소동은 점점 커져 거기 있던 직원들만으로는 어떻게 손쓸 도리가 없게 되자 매니저는 다급히 지원을 요청했다.

[비상, 비상, 비상~]

그쯤 되자 경매장 측은 손님들을 챙길 여력은 물론이거니와 그들에 대한 통제력도 완전히 상실해 버리고 말았다.

덕분에 어떤 손님들이 얼마나 어디로 흩어졌는지도 알지 못했다.

"이게 무슨 황당한 일이야! 내가 제대로 들은 거야?"

VVIP 귀빈들만을 위한 특별 경매장에서 일어난 사달이니 즉각 상단주에게 보고가 된 건 당연했다.

그리고 그 소식을 들은 상단주는 시퍼런 악귀가 되어 수하들에게 고함을 질러댔다.

"가능한 모든 인원을 다 동원해! 마법사들도 다 동원하고! 절대로 다쳐서 나가는 사람은 없어야 하고, 물품을 챙기지 못하는 사람도 있어서는 안 돼! 백배로 사죄하는 것 잊지 말고! 아니다! 내가 직접 나가서 처리해야겠다!"

부하에게 명을 내리던 상단주가 그것만으로는 안 되겠는지 결국 자리에서 벌떡 일어나 손수 수하들을 이끌고 집무실을 뛰쳐나갔다.

상단주가 나가자마자 마법이 걸린 집무실 문은 자동으로 닫히며 철커덕! 소리와 함께 단단히 잠겼다.

3서클의 강화 마법에 실드 마법까지 걸려 있어 웬만해서는 부술 수 없으며, 주인이 가지고 있는 마법 열쇠가 아닌 다른 물체가 열쇠 구멍에 들어가면 짜릿한 전기 맛을 보여주게끔 되어 있는, 상단주가 많은 돈과 정성을 투자하여 만든 집무실 문이었다.

이 든든한 마법의 문이 있으니 집무실은 어느 누구도 침입하지 못할 철옹성처럼 느껴졌다.

그러나,

퍼억~ 투두두둑!

잠시 후 집무실 문이 아니라 집무실 벽에 금이 가는가 싶더니 조각조각 무너져 내리며 커다란 구멍이 뻥 뚫렸다. 문이 아무리 튼튼해 봐야 벽이 무너지면 소용없다는 것을 단적으로 보여주는 장면이었다. 게다가 집무실과 바로 옆방을 분리하는 벽이 무너진 거였기에 밖에서는 무슨 일이 일어났는지도 모를 터였다.

그렇게 밖에서는 모르게 난 구멍을 통해 흰 가면과 후드를 푹 눌러 쓴 여섯 명의 인물이 조심스레 집무실 안으로 들어섰다.

그들은 들어오자마자 서로 가벼운 눈짓을 주고받더니 곧바로 사방으로 흩어져 상단주의 집무실을 샅샅이 뒤지기 시작했다.

책상 위나 책장, 책장의 책과 그 뒤의 공간, 모든 서랍을 확인하는 건 기본이고, 벽에 걸린 모든 액자의 뒷면과 벽, 장식장에 놓인 장식품도 하나하나 빼놓지 않았다.

거기에 모든 벽과 천장, 바닥도 일일이 두들겨 빈 공간이 있는지를 확인했다.

세심하고 섬세함을 요하는 작업이라 시간이 오래 걸릴 것 같았지만 안에 들어온 사람들은 이런 일을 무척이나 많이 해 본 듯 웬만한 귀족의 집무실만큼이나 넓은 곳을 빠르게 수색해 나가고 있었다.

그렇게 수상한 인물들이 상단주 집무실에 침투해 샅샅이 뒤지고 있는 사이, 또 다른 무리는 지하 쪽으로 이동하고 있었다.

다급한 상황으로 인하여 모두가 자리를 비운 위층과는 달리 지하 일 층으로 내려가자 지상(?)의 다급함에 상관없이 자리를 지키고 있는 사람들이 보였다.

"누구냐!"

그들의 기척을 느꼈는지 지하에 있는 커다란 문을 지키고 있던 두 장한이 허리에 찬 검에 손을 가져가며 외쳤다.

하지만 곧 가면에 후드까지 눌러쓴 사람들이 모습을 드러내자 어깨에서 긴장을 살짝 뺐다.

손님이 길을 잃고 헤매다 여기까지 내려온 거라 생각한 것이었다.

과연 후드를 뒤집어 쓴 사람들은 주변을 두리번거리며 의아한 목소리로 쑥덕거렸다.

"뭐야, 잘못 왔나 본데? 저기가 입구인가?"

"그건 아닌 듯합니다."

"너무 내려온 것 같은데… 아, 저들에게 물어보면 되겠군요. 거기, 여기 밖으로 나가는 입구가 어디에 있지?"

마치 이제야 그들을 발견한 양 가면인 한 명이 입구를 지키고 있던 두 사람에게 천연덕스레 질문을 던졌다.

그러자 기다리고 있었다는 듯 입구를 지키고 있던 두 남자 중 한 명이 앞으로 나서며 정중하게 대답했다.

"이쪽으로는 밖으로 나가는 입구가 없으니 한 층 위로 가셔야 합니다. 그러나 그곳은 복잡한 구조로 되어 있어 귀인들이 직접 찾기 어려우실 테니 그냥 안내인을 기다리시는 게 편하실 겁니다."

그의 정중한 어조에 가면1이 투덜거렸다.

"아니, 누가 안내인이 편하다는 걸 모르는가? 자꾸 기다리라, 기다리라 해놓고 오질 않으니 이리된 거 아닌가? 그런데 우리보고 올라가서 또 기다리라고?"

그 뒤를 이어 옆에 있던 가면2도 불만을 표했다.

"아무리 일이 생겼다지만, 손님을 이렇게 기다리게만 만들고 도울 생각도 안 하다니… 여기도 형편없어졌어."

"그러게 말입니다."

그들의 말에 입구를 지키고 있던 두 남자가 난처한 표정만 보이는데, 그동안 가만히 지켜보고만 있던 가면3이 나섰다.

"아, 그러지 말고 자네 중 한 사람이 안내 좀 해주면 안 되겠는가?"

"예? 저… 죄송하지만 저희도 저희의 임무가 있는지라……."

아무래도 두 문지기는 어떤 일이 있어도 이 앞을 떠날 수 없는 모양이었다.

그러나 가면3은 막무가내였다.

"누가 둘 다 안내하라고 했나? 한 사람만 잠깐 안내 좀 해 주면 되는 것 아닌가? 정 안 되겠으면 계단만 잠깐 올라가서 어디어디로 가면 된다고 방향만 가르쳐 주든지."

"죄송합니다. 저희는 이곳을 지켜야 하는 임무가 있으니 양해해 주시면 안 되겠습니까?"

문지기의 계속된 거절에 가면3이 짜증을 내기 시작했다.

"어허, 거 사람들 참. 그럼 이렇게 곤란한 손님을 그냥 내버려 둬도 된다는 소린가? 이 사람들 좋게 말하니 안 되겠군."

"자네는 너무 사람이 좋아서 탈이야. 저런 놈들에게 그렇게 좋게 해봤자 무슨 소용이 있다고? 잘 보게. 지금 네놈들이 누구 앞에서 이렇게 배짱을 부리는지 아느냐?"

지켜보고 있던 가면1이 혀를 차며 나서서 거만하게 소리치자 두 문지기의 표정이 더더욱 안 좋아졌다.

이곳 손님이면 대단한 집안의 사람일 텐데, 그에 비하면 자신들은 일개 평민 출신의 용병이다.

아무리 '무슨 일이 있더라도 여길 지켜야 한다'는 임무를 가지고 있긴 하지만 저 사람들을 화나게 만들었다간 나중에 곤란해지는 건 자신들이 될 게 뻔했다.

두 문지기는 서로 시선을 주고받더니 결국 앞으로 나섰던 남자가 입을 열었다.

"그럼 제가 위까지 안내해 드리겠습니다. 이쪽으로 오시지요."

한데 이 귀찮은 손님들이 기껏 자기에게 안내를 시켜놓고는 순순히 따라오기는커녕 외려 자신이 지키고 있던 입구에 호기심을 보이는 것이었다.

'아차, 귀한 분들의 요상한 호기심을 잊고 있었군.'

자고로 호기심 없는 사람은 없다.

게다가 돈과 권력이 있는 사람들은 앞에 누가 지키고 있든 그곳의 규칙이 어떻게 되든 상관없이 자신이 원하는 대로 호기심을 풀어야 직성이 풀렸다.

"여기는 뭐 하는 곳이기에 이렇게 문지기까지 세워서 지키고 있는 거지? 문도 제법 튼튼하게 보이고. 뭔가 대단한 거라도 있나?"

가면2가 호기심이 역력한 목소리로 묻자, 남아 있던 문지기가 난처한 기색을 보이면서도 매끄럽게 답변을 내놨다. 이런 귀찮은 손님들이 가끔가다 한 번씩은 있었던 것이다. 그래서 아까 가면인들이 여기에 나타났을 때도 놀라지 않았던 것이고.

"손님, 여긴 중요한 물건을 보관하는 창고라서 문도 튼튼한 거고 저희가 지키고 서 있는 겁니다."

"중요한 물건? 그게 뭔데?"

"아하하, 여기서 중요한 물건이 뭐가 있겠습니까? 뭐… 그런 거지요."

손가락 하나로 사람을 부리는 데 익숙한 사람에게는 알려드릴 수 없다고 뻗대는 것보다는 알아서 추측할 수 있게끔 뉘앙스를 풍기는 게 편했다.

그렇게 하면 어차피 경매에서 다 볼 테니 절반 이상은 호기심을 접고 물러났었다.

"호오, 그래? 그러니 더 궁금하군. 혹 들어가 볼 수 있는가?"

"에구, 귀한 분이 들어갈 곳이 못 됩니다. 지저분하고 냄새도 나거든요."

그래도 호기심을 버리지 못하는 사람들은 지저분하다고 하면 거의 다 물러나고는 했다. 뭐, 물러나지 않으려고 해도 주변 사람들이 못 들어가게 했고 말이다.

'바로 지금 처… 으응?'

지저분하다고 말했는데도 물러나기는커녕 오히려 성큼 다가오는 손님들 때문에 문지기는 낭패감을 감출 수 없었다.

이 사람들에게는 아무래도 기존 방식을 버리고 강경하게 나가야겠다 생각하는데, 아쉽게도 생각뿐이었다.

그가 뭐라고 말을 꺼내기도 전에 갑자기 눈앞이 캄캄해지며 정신이 혼미해졌던 것이다.

스르륵~

그렇지 않아도 가면을 쓴 손님들이 입구로 다가가는 것에 긴장하고 있던 또 다른 문지기는 자신의 동료가 조용히 주저앉는 모습을 보고 번뜩 정신을 차렸다.

하지만 그가 잽싸게 자신의 허리띠에 달린 호각에 손을 가져가려는 찰나, 뒷목이 따끔거리더니 온몸의 힘이 스르륵 빠지는 것이었다.

어느새 다른 가면인이 자신의 뒤에 서 있었다는 것도 모른 채 그는 자신의 동료와 마찬가지로 조용히 세상을 하직했다.

문지기들이 쓰러지고 나자 근처에서 숨죽이고 있던 가면 맨들이 하나둘 모습을 드러냈다.

그들은 팀원이 다 모였는지 눈빛과 손짓으로 확인하고는 문지기들이 가로막고 있던 문을 열고 조용히, 그러나 빠른 동작으로 입구 안쪽으로 사라졌다.

제 20 화

에고, 힘들다

"웃기지 마. 트롤이 더 강해."

"베히모스도 만만치 않거든?"

"트롤이라니까."

"트롤은 단지 재생력 때문에 버티는 거지 힘은 베히모스가 더 세."

빨간 머리 꼬맹이야 원래 잘 흥분하는 녀석이니까 열을 내며 주장하는 모습이 놀랍지 않았지만, 저 잿빛 머리 꼬맹이한테도 저런 모습이 있을 줄은 몰랐다.

빨간 머리 꼬맹이는 트롤 편이고 잿빛 머리 애는 베히모스 편이었는데, 그런 둘의 언쟁을 가만히 지켜보던 예쉬 녀석이 점잖게 나섰다.

"그래 봤자 둘 다 오거에게는 안 될걸?"

"여기서 오거가 왜 나오냐? 중급 몬스터 이야기하고 있는 중이잖아."

이건 빨간 머리 꼬맹이.

"아냐. 오거도 베히모스라면 만만하게 보지 못할걸?"

이건 잿빛 머리 꼬맹이였다.

"흥, 트롤도 큰 놈 세 마리가 모이면 오거쯤은 상대할 수 있어!"

"베히모스는 두 마리 정도면 대등하게 버틸 거다."

"하! 어린 오거한테 말이지?"

"아, 그러고 보니 리자드맨! 리자드맨 정도면 트롤하고 맞상대할 수 있지 않아?"

'남자애들이라 그런가, 몬스터 이야기에 이렇게 흥분할 줄은 몰랐네. 이건 옛날에 한국의 꼬맹이들이 포켓몬스터에 열광하던 바로 그 짝이잖아?'

오늘은 아무래도 무슨 날인 것 같았다.

점심을 먹자마자 옆집 마법사 아저씨가 부산스레 짐을 챙기기 시작하더니 트래버스가 다른 때보다 훨씬 이른 시간에 저녁을 가지고 내려왔던 것이다.

뭐, 트래버스는 우리랑은 상관없다고 안 가르쳐 줬지만.

그 후 저녁을 먹자마자 우르르 몰려온 떡대들에게 짐을 들게 한 마법사가 집(?)을 비우자 예전처럼 우리만의 평화로운(?) 시간이 돌아오게 되었다.

하지만 불안감을 느낀 애들이 우중충한 분위기로 입을 다물고 있자 그런 분위기를 타파할 겸 심심함도 달랠 겸 내가 먼저 몬스터에 대해 물어본 게 일의 발단이었다.

마침 그 전날 트래버스가 몬스터들을 상대로 한 노예 검투 이야기를 해준 덕분에 이야기를 꺼내기도 자연스러웠다.

나도 책에서 오크니 트롤이니 하는 것들이 등장하는 걸 가끔 봤기에 이름은 얼핏 알고 있었고 조금 호기심도 있었다.

그래서 어떤 몬스터가 세냐고 물어봤더니 빨간 머리 애가 신이 나서 말을 꺼내기 시작했고, 그 말을 듣고 있던 잿빛 머리 애가 참견하면서 언쟁이 시작되었다.

예쉬가 리자드맨인지 저자드맨인지 하는 녀석들 이야기를 꺼내 들자 다시금 트롤하고 베히모스하고 리자드맨 서열을 놓고 세 꼬맹이가 열띤 토론을 벌이기 시작했다.

"그러니까 리자드맨은 떼로 다니잖아! 한 마리씩 싸웠을 때로 해야지!"

"하지만 원래 베히모스나 오거는 혼자 다니는 애들이고, 리자드맨은 떼거리로 다니는 애들이잖아. 그런 차이도 생각해야 하는 거 아니야? 지금 애들 잡아다가 일대일로 싸움 붙여놓을 것도 아니고!"

필요할 때 아니면 입을 열지 않는 잿빛 머리 애나 나이에 비해 조숙해 보이는 예쉬가 열정적으로 토론하는 모습이 웃기기도 하고 평소 듣도 보도 못한 이름들이 나와서 처음에는 재미있었다.

하나 도대체 그놈의 서열이 뭔지… 대충 그 급이 그 급이다 하고 넘어가면 될 것 같은데 굳이 서열을 정하겠다고 세 녀석이 비슷비슷한 내용을 되풀이하며 씨름을 해대니 듣고만 있던 난 슬슬 지루해지기 시작했다.

"후아아암!"

결국 지루함을 참지 못한 내가 길게 하품을 하며 무심코 철창 쪽으로 시선을 보내는 순간…….

"허억~!"

난 기겁하며 헛바람을 삼켰다.

세상에나! 언제 어디서 나타났는지 시커먼 후드에다 새하얀 가면을 쓴 사람들이 옹기종기(?) 모여서 안을 들여다보고 있는 것이었다.

순간 귀신인 줄 알고 얼마나 놀랐는지 심장이 멈추는 줄 알았다.

내가 놀라 입을 벌리자 시선이 마주쳤던 가면맨들은 내가 비명이라도 지르는 줄 알았던지 일제히 손가락을 들어 입술에 가져다 댔다.

'쉿.'

물론 정말 소리 내서 말한 건 아니었지만 여러 명이 동시에 그러니 압박감이 장난 아니었다. 내가 반사적으로 벌린 입을 '합!' 하고 다물 정도로 말이다.

하지만 너무 놀란 가슴이 제대로 진정되지 못한 탓인지 갑자기 딸꾹질이 튀어나오기 시작했다.

"히끅~ 히끅~ 히끅~"

덕분에 토론에 열중하고 있던 세 꼬맹이가 이상한 기색을 느끼고 날 돌아봤다.

"뭐냐, 꼬맹이?"

"왜 그래?"

"……?"

세 꼬맹이가 동시에 물었지만—잿빛 머리 애는 눈빛으로 물었다—나는 딸꾹질 때문에 말은 못 하고 대신 손가락으로 철창 밖을 가리켰다.

저들은 조용히 하라고만 했지 가만히 있으라고는 안 했으니까.

"헛!"

"으흑!"

"뭐, 뭐야?"

내 손가락을 따라 시선을 돌린 세 아이도 가면맨(?)들의 모습을 확인하자마자 놀라 저마다 한 소리씩 내뱉었다.

'니들도 놀랐지?'

그런 세 꼬맹이를 향해 가면맨들은 이번에도 일제히 검지를 들어 입술에 가져다 댔다.

"쉬이잇."

이번에는 누군가 소리까지 냈다.

그 덕분인지 세 꼬맹이도 조용히 입을 다물었다.

한데 그 와중에 이 꼬맹이들이 웃기게도 슬그머니 내 곁으로 다가오더니 나를 가운데에 두고 둘러싸는 것이었다.

'헐! 뭐니, 얘들?'

예쉬야 그럴 수 있다손 쳐도 빨간 머리 꼬맹이와 잿빛 머리 꼬맹이까지 나를 보호하려 드는 게 놀라웠다. 그동안 같이 있었다고 정이라도 든 것일까?

그러는 사이, 두 명의 가면맨이 철창문 앞에 쪼그리고 앉아 꼬물락거리더니만 얼마 지나지 않아 덜커덩하는 소리와 함께 철창문에 달린 자물쇠를 해체시켰다.

덜컹~!

자물쇠가 해체되자 문 앞에 있던 한 가면맨이 조급해졌던 모양이다.

그의 급박한 손길에 철창이 요란한 소리를 내며 열리자 주변에 있던 가면맨들이 일제히 날카로운 시선을 보냈지만 문을 연 가면맨은 아랑곳하지 않고 안으로 뛰어들어 왔다.

그리고는 성큼성큼 우리 쪽으로 다가오더니 다짜고짜 예쉬 앞에 털썩 무릎을 꿇었다.

"전하아~!"

'으헥!'

우렁찬 그의 목소리가 이 순간 전혀 반갑질 않았다.

예쉬를 보고 이렇게 감격한 목소리로 외치는 걸 보니 분명 우리를 구조하러 온 사람이었을 텐데 말이다

'저렇게 시끄럽게 굴다가 누군가에게 들키기라도 하면 어쩌려고!'

그건 다른 사람들도 마찬가지였는지 사방에서 비난의 눈초리가 쏟아졌다.

하지만 이번에도 그 가면맨은 주변 분위기가 어떻든 전~ 혀 개의치 않고 자신이 하고 싶은 말만 쏟아내는 것이었다.

"전하, 불충한 신을 벌하여 주십시오! 얼마나 고생이… 컥!"

'굿 잡!'

결국 참다못한 다른 가면맨이 잽싸게 다가와 그의 뒤통수를 수도로 내려쳤다. 기절까지 시켰으면 더 좋았겠지만 아쉽게도 잠깐 휘청거리는 수준이었다.

그러나 분노에 차서 돌아보는 가면맨에게 손으로 목을 쓰윽 그어 보이는 경고는 잊지 않았다.

검지를 입술 앞에 세우는 것 정도로는 성에 안 찼나 보다.

'멋져!'

저 가면맨이 누군진 모르겠지만 정말 마음에 들었다.

그의 경고가 확실히 먹혔는지 무릎 꿇고 있던 가면맨이 입을 다물었고, 그는 내친김에 무릎 꿇고 있던 가면맨을 옆으로 밀쳐 버리고 우리 앞에 척 버티고 섰다.

'얜 또 뭘 하려고?'

자신을 의아한 눈으로 보고 있는 꼬맹이들을 쓰윽 훑어본 그는 품에서 둘둘 말린 종이를 꺼내 들어 안을 살피더니 다짜고짜 쭈욱 찢는 거였다.

아직 마법 스크롤이라는 존재를 모르는 나에게도 그 종이는 뭔가 범상치 않아 보였다. 찢어짐과 동시에 반짝하고 빛을 내는 종이가 평범할 리 없었으니까.

'도대체 뭔 종이인 거지? 저택으로 돌아가면 정체를 알아봐야겠어.'

그사이 범상치 않은 종이를 찢은 가면맨이 좀 더 우리 쪽으로 다가오더니 이번에는 허리춤에서 단검을 꺼내 예쉬의 손을 묶은 천을 잘라냈다.

그의 행동이 얼마나 재빠른지 예쉬가 피하고 자시고 할 틈도 없었다.

"헉!"

예쉬의 손을 묶은 천이 싹둑 잘려 아래로 떨어지는 모습에 나를 비롯한 아이들은 헛바람을 삼켰다.

그도 그럴 것이, 이 천에는 마법이 걸려 있어서 우리가 풀려고 하거나 조금만 자르려고 하면 전기 충격이 오게 되어 있었다. 직접 겪은 건 아니지만 잿빛 머리 애와 빨간 머리 애가 말해준 것이니 확실할 거다.

한데 우리가 기겁한 게 무색하게도 천은 아무 일도 일으키지 않은 채 얌전히(?) 두 동강이 나 아래로 떨어져 내리는 거였다. 허망할 정도로 조용히 말이다.

'에엣, 뭐야? 그냥 잘리잖아? 혹시 저 꼬맹이들 여기 녀석들의 거짓말에 속아 넘어간 거 아니야?'

내가 속으로 허탈해하든 말든 그 가면맨은 다른 애들을 묶고 있던 천도 잘라갔고, 예쉬 때처럼 그 천들도 아무 일 없이 뎅강뎅강 잘려 나갔다.

그러자 곧바로 다른 가면맨들이 다가와 우리를 한 명씩 척척 안아 들고는 철창 밖으로 향했다.

미리 행동의 순서를 다 정해놨는지 이 모든 일이 순식간에 막힘없이 착착착 진행되었다.

무릎을 꿇고 한바탕 신파를 찍으려 하던 가면맨 덕분에 이들의 정체를 짐작한 꼬맹이들은 놀라지도 않고 얌전히 그들의 품에(?) 안겼고, 마지막으로 다른 이들에 비해 약간 왜소한 가면맨이 나에게 손을 뻗어오기에 나도 얌전히 몸을 맡겼다.

내가 익숙하게 나를 안은 가면맨의 어깨에 턱을 가져다 대는 순간, 가면맨이 작게 속삭였다.

"아기씨, 고생 많으셨죠?"

가면맨이 아니라 가면우먼이었다.

"유모, 미쳤지? 여기가 어디라고 와?"

그리웠던 목소리에 콧등이 짠해지는 걸 느끼면서도 나는 짐짓 어이없다는 목소리로 속삭였다.

"아기씨가 계시는데 당연히 제가 와야지요."

"아빠는?"

"많이 걱정하고 계시지요. 여기 직접 오신다는 걸 겨우 말렸다니까요."

철창 밖으로 나가며 유모가 그렇게 속삭이는데, 철창 밖에서 기다리고 있던 또 다른 가면맨이 그런 유모를 보며 검지를 입술에 대보인다.

이 상황에서는 당연한 경고였다.

그나마 목을 그어 보이는 경고를 안 보낸 게 다행이라고 생각하며 나는 얌전히 입을 다물었다.

나를 품에 안은 유모까지 철창 밖으로 나오자 가면맨들이 신속하게 이동하기 시작했다.

나타날 때도 귀신처럼 나타나더니만 발소리가 잘 울리는 복도를 그 많은 사람이 빠르게 뛰어가는데도 스스슷 하는 정도의 바람 소리만 났다.

게다가 얼마나 빨랐는지 복도 끝에 있던 나선형 계단을 오르는 것도 순식간이었다.

나선형 계단 끝에는 누군가 올 때마다 시끄러운 소리를 냈던 그 커다란 나무문이 있었고, 그 너머에는 우리가 있던 곳과 같은 형식의 공간이 존재했다.

다행히 텅 비어 있는 그 공간을 지나 한 층을 더 올라가자 이번에는 짧은 복도 끝에 또 다른 튼튼해 보이는 고동색 문이 나타났다.

가면맨들은 이곳을 그대로 지나쳐 왔는지 머뭇거림 없이 그대로 문을 열고 들어갔는데, 문 안쪽에는 의외로 굉장히 넓은 공간이 기다리고 있었다.

그곳은 단순히 이곳 감시자들을 위한 게 아니라 손님을 상대하기 위한 응접실 같은 공간인지 넓고 환하며, 깨끗하고 우아하게 꾸며져 있었다.

'응? 여기로 와도 되는 거야?'

그 모습을 확인하자 가장 먼저 걱정부터 되었다.

솔직히 나는 우리를 구하러 올 때는—한국식으로 말하자면—경찰 대대 병력이나 특공대들을 이끌고 와서 여기 있는 이들을 모두 제압하고 우리를 당당하게(?) 데리고 나갈 줄 알았다.

영화나 드라마에서 유괴당한 아이를 구출해 데리고 나올 때처럼 말이다.

그러면 입구에서 아버지… 까지는 아니더라도 유모랑 프레스턴 경을 비롯한 많은 이가 기다리고 있다가 우리를 얼싸안고 좀 울어준(?) 다음에 집으로 데리고 갈 거라 생각했건만 현실은 내 예상과 참 많이 달랐다.

'누군지 알아볼 수도 없을 정도로 가면과 후드를 푸욱 눌러쓴 비밀 사교 집단 같은 모습이라니……. 여기는 유괴된 아이를 구출하는 것도 몰래 해야 하는 거냐? 아, 혹시 아버지의 직업 때문에 그런 건가?'

생각해 보니 그게 가장 그럴듯했다.

황제의 자식들이 황궁에서 납치나 당했다는 건 아무래도 아버지나 황궁의 입장에서 볼 때 무척 망신스러운 일일 테니 말이다.

나 같아도 만약 한국에서 대통령의 자녀가 청와대에서 납치되었다는 뉴스를 듣는다면 혀를 끌끌 차며 청와대 경호실은 물론 대통령까지 한심하게 볼 거다. 얼마나 허술하게 경호를 했으면 애를 유괴당하느냐고 하면서 말이다.

'음, 이거 정신 바짝 차려야겠는데? 이 나이에 아버지에게 피해를 줄 수는 없잖아?'

아무래도 내가 집으로 돌아가는 길은 감동으로 눈물을 펑펑 쏟게 만드는 휴먼 가족 드라마 영화가 아니라 스릴과 박진감이 넘치는 스파이 영화가 될 것 같다.

그랬기에 이렇게 화려하고 밝고 커다란 장소를 이용해도 되나 싶었던 것이다. 분위기상 아무래도 남들 눈에 뜨이지 않게 비밀 통로 같은 곳을 이용해야 할 것 같은데 말이다.

사실 난 몰랐지만 가면맨들은 원래 그러려고 했었다.

하지만 우리가 함께 있다는 게 문제였다.

가면맨들만 있었으면 몰라도 우리가 함께 있으니 아무래

도 안전과 정확성을 제일 먼저 생각할 수밖에 없어 이쪽 길을 택했던 것이다.

그렇게 해서 일행이 그 크고 화려한 응접실 안으로 다 들어온 순간, 최악의 타이밍으로 반대편에 있던 문이 벌컥 열리며 일단의 무리가 우르르 들어왔다.

우리가 놀라 당황한 만큼 방문을 열고 들어온 이들도 우리의 모습에 당황해했다.

문을 열고 들어온 이들은 대충 일고여덟 정도 되어 보였는데, 문 뒤에도 얼핏 또 다른 무리가 있는 게 보였다.

일 났다 싶은 심정에 내가 나도 모르게 유모의 목덜미를 껴안은 팔에 힘을 주자 유모가 안심하라는 듯 등을 가볍게 토닥여 줬다.

그사이 막 반대편 문을 열고 들어온 일행 중 한 사람이 슬며시 한 걸음 앞으로 나서며 물어왔다.

"어… 저기… 여, 여긴 어떻게 오셨습니까?"

'으응?'

뭐, 다짜고짜 '침입자다!' 하고 외치며 달려들지 않은 건 반가운 일이었지만 저런 정중한 반응도 당혹스러웠다.

그러나 이런 내 심정과는 달리 우리 쪽 가면맨 중 한 사람이 앞으로 나서며 태연히 응대하는 것이었다.

"난리 통에 안내인이 사라져서 말일세. 사라진 안내인을 찾을 겸 겸사겸사 둘러보다가 왠지 흥미로워 보여 들어와 봤지. 왜, 들어오면 안 되는 곳인가?"

"여긴 안내인 없이 들어오실 수 없는 곳이라서요. 설명해 드리는 이가 아무도 없었는지요?"

'혹시 들어오지 말라고 했는데도 억지로 밀고 들어온 거냐?'고 묻는 듯한 뉘앙스에 앞으로 나선 가면맨이 기분 나쁘다는 어조로 대답했다.

"말해주는 이가 아무도 없으니까 여기까지 온 거지, 설마 누군가 말리는데 그냥 밀고 들어왔겠나?"

가면맨의 말에 상대방이 놀란 표정을 지었다.

"아무도 없었다고요? 정말입니까? 처음부터 이쪽으로 오는데 아무도 없었습니까?"

당혹스러운 남자의 말에 가면맨은 고개를 끄덕였다.

가면을 쓰고 있어 표정은 보이지 않았지만 목소리만은 정말 천연덕스러웠다.

"내가 뭐 하러 거짓말을 하겠나? 아무도 없어서 나도 아무 것도 모른 채 들어오는 바람에 저 밑에까지 갔다 왔는데… 뭐, 구경은 잘했지만."

"알겠습니다. 어쨌든 여기는 외부인이 들어오시면 안 되니 저희가 바깥으로 안내해 드리겠습니다. 아, 그런데… 모두 같은 일행이십니까?"

"아니… 요기 둘만 나와 같은 일행이고 다른 이들은 누구인지 모르네."

가면맨이 어깨를 으쓱하자 또 다른 가면맨이 나섰다.

"아니, 난 이쪽이 나가는 곳인 줄 알고 따라왔지."

"어? 난 사람들이 우르르 가기에 그냥 같이 온 건데?"

마지막으로 나선 이는 우리 꼬맹이들 곁에 붙어 있던 가면맨 중 한 사람이었다.

그는 아예 걸음을 옮겨 새로 나타난 일당 앞에 서며 말을 이었다.

"그런데 말이야, 저기서 경매에는 안 나왔지만 괜찮은 물건들을 발견했다네. 이왕 이렇게 된 거, 저 물건들을 내가 사고 싶은데."

그러면서 가리킨 건 뒤에서 각자의 가면맨에게 안겨 있는 나를 비롯한 우리 꼬맹이들이었다.

'으응? 뭐, 뭐야? 그냥 몰래 들어와서 몰래 나가는 게 아니었어?'

이렇게 대놓고 사 가겠다고 해도 되는 건가 싶어 당혹스러워하는데, 당혹스러워하는 건 나뿐만이 아니었다.

앞에 나서서 가면맨들과 이야기를 주고받던 남자가 마지막 가면맨의 말에 당황해하면서 뒤를 돌아봤던 것이다.

그러자 그의 시선을 받은, 문 안으로 들어온 무리 중 뒤쪽에 서 있던 중년 남자가 앞으로 나섰다. 아무래도 그가 더 윗사람이었나 보다.

"죄송합니다, 고객님. 그건 이미 예약된 물건이라서 어렵겠습니다."

"예약이라……. 그런가?"

"예."

왠지 수긍할 것 같은 분위기라 그런지 중년 남자가 안도한 눈빛으로, 그러나 정말 죄송스럽다는 표정으로 대답했다.

하나 중년 남자의 안도는 일렀다.

"그 예약이라는 거, 취소하게."

"예?"

너무나 당당하게 나온 가면맨의 말에 중년 남자가 고개를 번뜩 들었다.

"그, 그게 무슨 말씀이신지……."

"못 들었나? 그 예약이라는 거 취소하라고. 이건 내가 가지고 가야겠어."

"그러실 수는 없습니다. 만약 같은 종류의 물건을 원하신다면 예약을 해주십시오. 그러면 후에 물건이 확보되는 즉시 제일 먼저 제공해 드리겠습니다."

중년남자가 딱딱한 어조로 단호하게 나왔지만, 가면맨은 노골적으로 비웃음을—물론 난 안 보였지만 그랬을 것 같다—지어 보였다.

"말이 많군. 난 지금, 즉시, 가지고 간다고 했어."

딱딱 끊어지는 어조는 절대로 물러나지 않겠다고 선언하는 것 같았다.

그래 봤자 중년인도 물러나지 않았지만 말이다.

"죄송하지만 저희도 어쩔 수 없습니다. 이곳의 규칙을 잊으신 건 아니시겠지요? 부디 저희가 귀인께 무례를 저지르지 않도록 해주시길 바랍니다."

정중하지만 명백히 협박하는 말.

하지만 가면맨에게는 효과가 없었다.

"무례?"

'하~' 하고 코웃음을 한 번 쳐준 가면맨은 건들거리는 걸음으로 중년 남자 코앞에까지 다가가더니 그를 내리깔아 보며—가면맨의 키가 더 컸다—검지로 그의 턱을 들어 올렸다. 당하는 입장을 되게 기분 나쁘게 만드는 포즈였다.

"지금 감히 누구 앞에서 그따위 망발을 내뱉는 건가?"

그와 동시에 다른 쪽 손으로 중년 남자의 입과 턱을 부서 뜨리려는 듯 꽈악 잡아 쥐었다.

"끄어어어!"

엄청 고통스러운지 가면맨에게 붙잡힌 중년 남자의 입에서 괴로운 신음이 흘러나오자 제일 먼저 가면맨과 대화했던 남자가 다시 나섰다.

"그만하십시오! 아무리 귀인이라도 여기서 이러고도 무사하실 것 같습니까?"

"응, 난 이러고도 멀쩡할 것 같은데?"

그래 봤자 그의 협박도 가면맨에게 먹히지 않았지만 말이다.

가면맨이 얼마나 힘을 줬는지 이제는 몸을 뒤로 젖히다 못해 넘어갈 것 같은 폼으로 신음을 흘리는 중년 남자의 모습에 그는 정말 안 되겠다 싶었던지 허리에 차고 있던 검을 빼들었다.

"이건 단순한 경고가 아닙니다. 당장 그 손 떼지 않으시면 저희도 가만있지 않겠습니다."

"킥, 오냐오냐하니 아주 귀엽게 노는구나. 네까짓 것들이 가만있지 않으면 어쩔 건데?"

완전 안하무인격으로 나오는 가면맨의 태도에 분위기는 점점 험악해져 갔다.

이대로 있다간 뭔가 터져도 크게 터질 것 같아 괜히 지켜보고 있던 나만 속이 타들어갔다.

'저 사람이 미쳤나? 왜 저래? 좋게좋게 나가도 해결될까 말까 한데……'

생각 같아서는 당장에 저 가면맨의 멱살을 잡고 지금 뭐하는 거냐고 한마디 해주고 싶었다.

아무래도 저 가면맨, 아까 철창 안에서 상황 파악 못하고 예쉬 앞에 무릎 꿇던 그 가면맨인 거 같다.

그때처럼 저 사람 뒤통수를 후려갈길 우리 편 사람 없나 싶어 주변을 두리번거리는데, 어째 속이 타는 나와는 달리 우리 쪽 가면맨들은 태평한 기색으로 상황을 구경만 하고 있는 거였다.

뭐, 완전히 긴장을 놓고 있는 건 아니지만 날카롭게 곤두선 분위기도 아니었다.

'으음? 뭐야? 뭐지? 혹시……?'

같은 편의 사람이 막 나가는데도 제지할 생각도 안 하고 있는 거 보면 저 가면맨, 지금 일부러 저러는 건가 보다.

'조용히 나가기는 글렀으니 혼란스럽게 만들기 계획으로 변경한 건가?'

내가 혼자 상황을 추측해 보고 있는 사이, 우리 팀 가면맨은 여전히 막가파로 나가고 있었다.

가면맨의 엄포에 중년 남자의 수하가 이를 악물고 덤비려 했지만, 중년 남자가 필사적인 손짓으로 그를 만류했다.

"그러게 좋게 말할 때 들으면 당신도 좋고 우리도 좋잖아?

꼭 이렇게 혼이 나야 정신을 차리나?"

가면맨이 그렇게 빈정거리며 가볍게 손을 털 듯 중년 남자를 놓아주자 중년 남자는 그대로 바닥에 나동그라졌다.

콰당~!

엄청난 소리.

왠지 저 가면맨, 그냥 놓기만 한 게 아니라 일부러 강하게 민 것 같다.

충격이 심했는지 중년 남자는 제대로 일어나지도 못하고 꿈틀거렸고 대신 그의 수하들이 얼른 그에게 다가가 부축해 일으켰다.

'어째… 악당이 저쪽이 아니라 이쪽인 것 같아.'

그런 그를 힐끔 쳐다본 가면맨은 이쯤 했으면 됐다 싶었는지 몸을 돌리며 툭 내뱉었다.

"그럼 얼마면 되는 거지?"

그런데 그때 생각지도 못한 제3의 인물이 끼어들었다.

"오백만 골드."

그 목소리에 가면맨은 천천히 그쪽으로 몸을 돌리더니 신중한 음성으로 되물었다.

"뭐가 말이지?"

그런데 뜬금없이 끼어든 이의 성깔도 가면맨 못지않았다. 즉, 상대방을 되게 짜증 나게 만드는 성격이었다.

"방금 전 자신의 입으로 한 말도 기억 못하다니… 그렇게 머리가 나쁠 줄이야. 쯧쯧, 주인이 꽤나 한심해하겠군."

그 성깔 있는 남자를 비롯하여 새로이 문 안으로 등장한 사람은 총 아홉 명.

아까부터 문밖에서 조용히 안쪽 상황을 지켜보고 있던 이들이었다.

한데 그들도 우리를 구하러 온 이들과 똑같이 하얀 가면에 후드가 달린 풍성한 로브 차림을 하고 있었다.

만약 가면 아래로 드러난 피부가 하나같이 선탠이라도 한 듯 짙게 그을려 있지 않았다면 우리 쪽 가면맨들하고 구분하기 어려웠을 것 같다.

그 짙게 그을린 피부를 보자 나는 왠지 모르게 트레버스가 이야기해 준 이웃 나라 사람들이 떠올랐다.

"뭐… 그 말을 부정할 수 없다는 게 심히 슬프군. 그래, 머리 나쁜 나를 위해 좀 더 자세한 설명을 부탁해도 될까? 뭐가 오백만 골드라는 거지? 그리고 그걸 왜 당신이 나한테 말하는 건가?"

가면맨의 질문에 갑자기 끼어든 선탠 가면맨이 뚜렷한 입술 선을 움직여 씨익 웃더니 선선히 대답해 줬다.

"귀찮지만 우리도 한발 걸치고 있는 입장이니 말해주지. 저 '물건'들을 사겠다고 미리 계약한 게 바로 우리거든. 계약금은 오만 골드. 한데 그쪽이 일방적으로 계약을 깨려고 하니까 오백만 골드를 내놔야 한다는 거지. 위약금은 계약금의 백 배인 건 알겠지?"

'오만 골드……'

1실링을 500원으로 생각한다면, 1골드는 125만 원이다. 그렇다는 건 오만 골드는 한국 돈으로 하자면 625억이라는 소린데, 원금도 아니고 계약금이 625억이라니 말도 안 된다.

우리 네 명을 다 데려간다는 걸로 계산하면 한 사람당 계약금이 156억 2천 5백만 원.

여기도 계약금이 원금의 1/10인지 모르겠지만, 만약 그렇다면 우리 한 사람당 몸값이 천억이 넘는다는 거다.

이 가격을 누가 믿겠는가? 우리가 이 세상에 단 하나뿐인 희귀한 존재도 아닌데 말이다.

우리 팀 대표 가면맨도 이 비슷한 계산을 했는지 어이없는 기색이 다분한 비웃음을 흘렸다.

"말이 되는 소리를 해야 믿어주는 척이라도 하지."

그러자 상대편의 선탠 가면맨이 더 진한 미소를 지어 보이며 입을 열었다.

"머리가 정말 나쁘군. 그쪽이 내 말을 믿든 말든 상관없이 오백만 골드를 내놔야 저 물건들을 양보하겠다는 소리다. 그렇게 이해가 안 가나?"

"하~ 그리고 보니 내가 정말 머리가 나쁜 것 같군. 지금 네놈의 말이 왠지 죽어도 못 내놓겠다고 뻗대는 걸로 이해가 되거든?"

속이 빡빡 긁히도록 비꼬는 선탠 가면맨도 대단했지만, 그걸 태연히 맞받아치는 우리 쪽 대표 가면맨도 대단해 보였다.

선탠 가면맨도 동감이었는지 짝짝짝 하고 박수를 쳤다.

"오~! 이제야 제대로 머리가 돌아가는 모양인데? 그럼 이어지는 내 말도 뭔지 알겠지? 죽기 싫으면 얌전히 '물건들'을 내놓으실까?"

선탠 가면맨의 말에 우리 쪽 가면맨 대표가 '푸핫!' 하고 웃음을 터뜨렸다.

"이런, 보기보다 상냥한 마음씨를 가지고 있군. 내가 할 말은 '너넨 다 죽었어!' 인데."

우리 팀 대표 가면맨이 '내가' 라고 말할 때 이미 그의 손은 허리에 찬 검에 닿아 있었고, '인데' 라고 말할 때는 검을 뽑은 채 선탠 가면맨에게 달려들고 있었다.

콰앙~!

내가 보기에는 기습이건만 선탠 가면맨에게는 그게 아니었던 모양이다. 우리 팀 대표 가면맨이 달려들자 별로 당황한 기색도 없이 자신도 허리에 찬 검을 뽑아 가뿐하게 막아냈으니 말이다.

"하이고, 한 칼 좀 하시는 모양이야?"

기습에 실패한 우리 팀 가면맨이 훌쩍 뒤로 몸을 날려 바닥에 내려선 후 선탠 가면맨을 향해 이죽거리자 선탠 가면맨도 지지 않고 비웃음을 날렸다.

"그깟 솜방망이 같은 일격이 뭐가 대단하다고? 아아, 여기선 그 정도 가지고 '좀 한다' 고 하는가 보군?"

"이거 참… 오랜만에 뚜껑 좀 열어야지, 가만있어선 안 되겠군!"

우리 팀 대표 가면맨이 목을 좌우로 꺾으며 껄렁하게 말하자 선탠 가면맨이 다시금 노골적으로 피식~ 하고 비웃음을 보였다.

그 순간, 그가 선탠 가면맨을 향해 다시 달려들었다.

콰앙~!

그리고 그걸 시작으로 둘은 본격적으로 충돌하기 시작했다.

콰앙~! 콰앙~!

그런데 검과 검이 부딪치고 있건만, 어째 영화에서 많이 듣던 '챙', '챙' 하는 소리가 아니라 돌덩어리끼리 충돌하는 듯한 소리가 났다.

'철로 된 검이 아니라 돌로 된 몽둥이를 들고 있나? 어떻게 저런 소리가 나는 거지?'

주변에 있던 사람들도 대표들이 충돌하자 각자의 무기를 꺼내 들고 경계 태세를 취했지만, 상대방에게 덤비는 대신 싸움에 휘말리지 않게 뒤로 물러나기 바빴다.

응접실이 넓긴 하지만 집단전을 벌이기에는 여의치 않았던 탓이다.

"두, 두 분, 여기서 이러시면 안 됩… 으헉!"

유일하게 우리 팀 대표 가면맨에게 신 나게 괴롭힘을 당했던 중년 남자가 싸움을 말리려고 했지만, 그는 말이 채 끝나기도 전에 자신 쪽을 향해 날아오는 검을 피하려 몸을 굴려야 했다.

그 후에는 그도 얼른 두 사람을 피해 벽 쪽으로 바싹 붙었다. 역시 그도 목숨은 소중한가 보다.

콰앙~! 쾅~!

'이거… 진짜 검끼리 계속 부딪치는 거 맞지?'

내 눈앞에서 벌어지고 있는 일이었지만 우습게도 나는 그들이 어떻게 싸우는지 볼 수 없었다.

이게 영화처럼 친절하게 느린 장면으로 여러 각도에 걸쳐 세세하게 보여주는 게 아니었기에 내 눈에는 그냥 순식간에 시커먼 그림자가 휙휙 지나가는 것으로만 보였던 것이다.

그만큼 그 둘의 움직임은 빨랐다.

중간중간 커다란 폭음이 들리지 않았더라면 난 검이 부딪쳤다는 것도 몰랐을 것이다.

그렇게 보이지 않는(?) 싸움을 보려고 애쓰는 걸 포기하고 시선을 돌린 내 눈에 우리 쪽 가면맨 한 사람이 벽에 바짝 붙어 있는 중년 남자에게로 슬쩍 다다가는 모습이 보였다.

"어이, 자네."

"네, 넷?"

초조한 얼굴로 정신없이 두 사람의 대결을 지켜보고 있던 중년 남자는 갑작스러운 부름에 깜짝 놀라며 돌아봤다.

그렇게 멍청하고 얼빠진 남자는 아닌 것 같은데, 아무래도 우리 팀 대표 가면맨한테 괴롭힘을 당한 데미지가 컸던 모양이다.

뭐, 그러든 말든 우리 팀의 또 다른 가면맨은 자신의 용건을 꺼내 들었다.

"저 대결도 볼만하지만 우리는 이제 슬슬 가봐야 해서 말이지. 시간도 너무 늦었고."

"아, 아, 그, 그렇죠. 그러시겠지요."

가면맨의 말에 반사적으로 고개를 끄덕이던 중년 남자가 서서히 이성을 찾았던지 당혹스러운 기색을 보였다.

"아, 그런데……"

그가 난감한 기색으로 문 앞에서 치고 박고 있는 두 사람은 물론, 그 너머 문 바로 앞에서 진을 치고 있는 상대편 선탠 가면맨들을 확인하고는 다시 자신에게 다가온 가면맨에게로 시선을 돌렸다.

"저기……."

그런 그에게 상큼한 미소를 날리는 우리 쪽 가면맨.

"오호, 눈치가 빠른 친구로군. 역시 이름 높은 상회 사람다우이. 저 사람들을 얼른 치워줘야 우리가 나갈 수 있지 않겠는가? 아니면 혹 다른 통로라도 있으면 안내 좀 해주게."

"예? 아… 그……."

안절부절못하는 표정으로 버벅거리는 중년 남자에게 가면맨은 무척이나 너그럽게 말을 덧붙였다.

"뭐… 상황이 상황이다 보니 하인용 통로라도 뭐라 하지 않겠네. 아무래도… 우리가 좀 바빠서……."

"아, 그, 그게……."

하지만 너그러운 가면맨의 말에도 불구하고 중년 남자는 암담한 표정으로 머뭇거리기만 할 뿐이었다.

그러니 당연하게도 가면맨의 재촉이 다시금 날아들었다.

"왜 그러고 있지? 지금 내가 안내하라고 하고 있지 않은가?"

"저어… 정말 죄송합니다만, 외부로 연결된 하인용 통로의 입구도 이 방의 바깥에 있습니다. 그러니까… 이 방을 나가시려면 저기……."

그러면서 중년 남자가 다시 문 쪽을 바라봤기에 그가 말을 잇지 않아도 뒷말을 알아들을 수 있었다.

"흐음."

가면맨이 한숨 비슷한 소리를 흘리자 중년 남자가 얼른 자세를 바로 하고 고개를 숙였다.

　"죄송합니다, 고객님. 이왕 많이 기다려 주신 거 조금만 더 기다려 주시지 않겠습니까? 곧 저희 측 사람들이 달려올 테니 그때까지만 잠시 기다려 주시면……."

　"그 '잠시' 가 정확히 얼마나 걸리는 '잠시' 이지?"

　그걸 정확히 알고 있을 리가 있나. 중년 남자가 그걸 알고 있었다면 저리 안절부절못하고 있지도 않았을 거다.

　때문에 중년 남자는 이번에도 난감한 표정으로 말끝을 흐릴 수밖에 없었다.

　"그게… 죄송하지만 저도 정확히는 잘……."

　"흠, 난감한데……."

　"송구합니다. 뭐라 드릴 말씀이 없습니다."

　물론 난동을 피운 건 순전히 딴 사람들이지만, 그로 인해 다른 사람들에게 피해가 가는 걸 막을 의무는 이 상단 사람들에게 있었으니 죄송해해야 하는 건 당연했다.

　"솔직히… 지금도 좀 늦은 편일세. 우리는 한시바삐 돌아가야 해."

　"최대한 노력은 해보겠습니다."

　"뭘 어떻게? 자네에게는 지금 이 상황을 해결할 어떤 능력도 없지 않은가? 단지 두 손 놓고 다른 사람들을 기다리는 수밖에."

　"송구합니다만, 그렇습니다."

　가면맨이 손을 들어 턱에 가져다 대며 무지무지 난감하다는 기색을 팍팍 풍겨댔다.

"하아, 자네도 어쩔 수 없겠지만, 그렇다고 우리 쪽도 손 놓고 무작정 기다릴 수 없는 사정이 있거든. 그래서 말인데, 저쪽 사람들이 누군가?"

"예? 고객님, 죄송하오나……."

고개를 숙이고 있던 중년 남자가 퍼뜩 고개를 들더니 단호한 표정으로 뭐라 말을 하려고 했다.

하나 그가 채 말을 잇기도 전에 가면맨이 손을 들어 그의 말을 막았다.

"아니, 아니, 내가 말을 잘못했군. 내가 여기 규칙을 모르는 것도 아니고. 내 말의 요지는 이걸세. 저쪽 사람들이 피해를 좀 입더라도 자네 상회는 그에 대한 책임 정도는 질 수 있을 테지?"

"예? 그, 그게 무슨 말씀이신지……. 헉! 서, 설마……."

처음에는 어리둥절해하던 중년 남자가 뭔 생각이 들었는지 당혹한 표정을 지었다.

"우리 입장상 저쪽과는 적대할 수 없네."

그러면서 가면맨이 턱짓으로 가리킨 건 뒤로 튕겨져 나온 우리 팀 대표 가면맨이었다.

나가떨어지는 대신 뒤로 텀블링을 한 후 제대로 착지했지만 그가 입고 있던 로브의 앞자락이 길게 대각선으로 갈라져 나풀거렸다.

피하는 게 조금이라도 늦었다면 로브의 앞자락 대신 가슴 팍이 저 꼴이 났을 거다.

그에 반해 저쪽 선탠 가면맨은 후드가 벗겨지고 소매가 약간 찢어진 거 외에는 대체로 멀쩡한 모습이었다.

아무래도 우리 팀 대표 가면맨이 한 수 처지는 모양이다.

'아우, 저 사람은 실수도 안 하나? 왜 저리 멀쩡해 보여?'

그 모습에 괜히 안타까웠던 난 속으로 투덜거렸지만 중년 남자와 이야기하는 가면맨은 아무렇지도 않은 어조였다.

"뭐… 본인 능력이야 어쨌든 그가 모시고 있는 분이 절대 무시할 수 없는 분이라……"

"그러십니까?"

가면맨의 말에 중년 남자가 조심스레 고개를 끄덕였다.

"하지만 저들은 아니야. 능력이 어떻고 신분이 어떻더라도 딴 나라 사람이니 내가 모르는 척해도 상관없을 것 같거든. 내가 이렇게 말하는 의도를 알겠지?"

난 모르겠지만 중년 남자는 알아들은 모양이다.

그는 심각한 표정으로 잠시 생각에 잠겨 있다가 힐끗 시선을 돌려 문 쪽을 보더니 가볍게 고개를 끄덕였다.

"제가 알기도 전에 일어난 일을 어찌해 볼 수 있겠습니까? 그냥 나중에 고객님께 정중하게 사과를 드리면서 마음이 풀리시게끔 성의를 보이는 수밖에요."

가면맨이 기다리던 답변이었는지 그가 흡족하게 고개를 끄덕였다.

"마음에 드는군."

그러면서 그는 품에서 무언가를 꺼냄과 동시에 다른 쪽 손을 들어 올려 까딱거렸다. 그 신호에 뒤에 있던 또 다른 가면맨 둘이 조심스럽게 움직이는 거였다.

'도대체 뭘 하려는 걸까?'

그때, 또다시 우리 팀 대표 가면맨이 튕겨져 나왔다.

이번에는 데미지가 상당했는지 텀블링을 두 번이나 해 몸의 충격을 완화시켰어도 착지한 폼이 매우 불안정해 보였다.

한데 그는 그것도 개의치 않는 듯 다시 막 상대편에게 달려들려고 하는 것이었다.

그런데 이때, 슬며시 그의 뒤로 이동해 있던 두 가면맨이 몸을 날려 그가 미처 선탠 가면맨에게 달려들기 전에 그를 붙들고 늘어졌다.

그리고 그때만 기다리고 있던, 중년 남자와 대화를 끝낸 가면맨이 무언가를 좌악 찢었다.

슈아악~! 콰아앙~!

'뭐, 뭐지?'

그 모든 일은 정말 순식간에 이루어졌다.

내가 무슨 일이 일어난다는 걸 제대로 인식하기도 전에 모든 일이 이미 끝나 있었으니 말이다.

이게 바로 거북이가 지나간 걸 보고 '방금 뭐가 지나갔지?' 라고 중얼거리는 달팽이의 심정일 거다.

하지만 그 순식간의 결과는 대단했다.

아무도 나가지 못하게 하려는 듯 문 앞에 모여 있던 선탠 가면맨들이 몽땅 문 밖의 복도로 튕겨져 나가떨어진 것이었다.

그것도 우리 팀 가면맨보다 한 수 위의 실력을 보여주던 선탠 가면맨 대표까지 말이다.

그와 함께 그들이 가로막고 있던 문과 문 양옆의 벽까지도 시원스레 뻥 뚫려 버렸다.

"이런, 기대한 것보다 별로인걸. 하지만 뭐… 됐어. 길이 뚫렸으니 우리는 이만 가도록 하지. 뒤를 부탁하네."

깨끗하게 정리된 모습을 만족스레 돌아보던 가면맨은 옆에서 얼어붙어 있는 중년 남자에게 일방적으로 통보하고는 척척 발걸음을 옮겼다.

그러자 기다렸다는 듯이 우리 팀 가면맨 몇몇이 그 뒤를 따르는 거였다.

'드디어 해결인가?'

이곳 관리자들도 가만있고 다른 방해물인 선탠 가면맨들도 모두 쓰러져 일어나지 못하고 있으니 더 이상의 방해물은 없어 보였다.

선탠 가면맨 대표에게 변명의 여지없이 깨진 우리 팀 대표 가면맨도 그렇게 생각했는지 부상이 큰 것 같은 몸을 다른 가면맨의 부축을 받아 일으켜 세우며 여전히 얼어붙어 있는 중년 남자에게 말을 건넸다.

"우리도 가겠다. 물건값은 일단 달아두도록. 나중에 와서 정산하겠다."

그러자 중년 남자가 겨우 정신을 차리고는 고개를 끄덕였다.

"알겠습니다. 하지만 약간의 프리미엄이 붙을 거라는 건 염두에 두셨으면 합니다."

"감수하도록 하지."

'아니, 누군지 알고 외상으로 달아주는 거야? 나중에 떼먹

으면 어쩌려고?'

우리 팀 대표 가면맨이야 그렇다 치고 저 중년 남자는 뭘 믿고 외상으로 달아준다는 건지 나는 황당하기만 했다.

그렇게 나는 의아했지만 나름 훈훈하고(?) 매끄럽게 사태가 해결되는가 싶었는데…….

"호오, 이건 또 뭘까나?"

모습을 보이기 전에 목소리부터 들렸다.

그럭저럭 유창하기는 하지만 약간 어색한 발음이 꼭 외국인이 우리나라 말을 하는 것 같았다. 아까 그 선탠 가면맨 대표는 그런 것 없이 정말 자연스러웠는데 말이다.

그 목소리에 나는 단순하게 '또 누가 나타난 거야?' 하며 속으로 투덜댔는데, 내 주위에 있던 사람들은 아니었다.

우리 팀 대표 가면맨이 선탠 가면맨 대표에게 형편없이 질 때도 태연했던 이들이 움찔거리더니 긴장된 기색을 보였던 것이다.

'뭐, 뭐야? 이번엔 왜?'

거기다 단순히 긴장하기만 한 게 아니라 제일 먼저 앞장서서 밖으로 나갔던 일행은 기껏 집어넣었던 무기들을 일제히 꺼내 들더니 조심스레 뒷걸음질 쳐서 다시 응접실 안으로 들어오기까지 했다.

'아니, 뭔데 이래?'

너무나 긴장하는 그들의 모습에 난 적들이 떼거지로 우르르 몰려오기라도 한 줄 알았다.

한데 잠시 후 마치 산책이라도 나온 양 느긋하게 저벅저벅 걸어서 나타난 사람들은 달랑 세 명인 거다.

'뭐시여? 지금 딸랑 세 명 가지고 이렇게 전원 긴장 상태인 거여?'

맨 앞에 서 있는 남자는 다른 사람들과는 달리 단순한 셔츠에 바지 차림을 하고 있었다. 뒤에 두 가면맨을 거느리고 나타난 걸 보니 그가 대장인 듯했다.

게다가 그 세 사람의 피부가 똑같이 초콜릿색인 걸 보니 선탠 가면맨들처럼 옆 나라 사람인 모양이었다.

대충 30대 중반쯤으로 보이는 남자는 복도 여기저기에 널브러져 있는 선탠 가면맨들을 봤을 게 분명한데도 아무 일 없는 것마냥 느긋한 표정으로 주변을 쓰윽 둘러보기만 했다. 우리가 있는 응접실 안까지 말이다.

그의 느긋한 태도와는 달리 그의 등장으로 우리 팀 주변의 분위기는 무겁게 가라앉았다.

"시, 실라크 님……."

선탠 가면맨 대표가 힘겹고도 처절한 목소리로 그를 불렀지만, 실라크라고 불린 사람은 듣는 둥 마는 둥 돌아보지도 않았다.

대신 그렇지 않아도 온 신경을 곤두세운 채 그들을 주시하고 있던 우리 쪽 사람들이 움찔거리며 놀라워했다.

"실라크? 실라크라면… 혹시 당신이 드미트리국의 전사 실라크란 말이오?"

뭔가 아주 대단한 사람인 모양이다.

그런데 이 아주 대단한 사람은 우리 팀 가면맨들이 놀라거나 말거나, 묻거나 말거나 그냥 다 무시한 채 그냥 자기 할 말만 하는 것이었다.

한데 그런 모습이 오히려 더 '나 실라크요'라고 알려주는 듯했다.

"저거, 우리 물건 같은데?"

그가 손을 들어 가리킨 건 역시나 가면맨들에게 안겨 있는 나를 비롯한 꼬맹이들이었다.

"그런 것 같습니다. 어린 조인족 둘에 수인족 하나니까요."

그의 질문에 대답한 건 그의 뒤를 따라온 선탠 가면맨1이었다.

"조인족은 어떤 건지 확실히 알겠는데, 수인족은 어느 쪽인 거지? 수인족은 보통 때는 사람 같아서 헷갈리는군."

머리까지 긁적이며 말하는 폼이 참 수더분해 보였지만, 20여 명의 가면맨이 보내는 긴장과 경계의 시선 앞에서도 저리 태평할 수 있는 사람이 과연 몇이나 될까?

'저것만 봐도 절대 평범한 사람이 아니라는 걸 알 수 있겠다.'

"저 사내에게 물어보면 되겠군요."

선탠 가면맨1이 가리킨 건 중년 남자였다.

덕분에 그 둘의 시선을 받게 된 중년 남자가 움찔하며 뭐라 입을 열려고 했지만, 그가 채 말을 꺼내기도 전에 실라크가 킥 하고 웃으며 고개를 돌렸다.

"귀찮게 뭐 하러 물어? 그냥 다 가지고 가면 될걸."

"그러면 지출이 늘어납니다만?"

선탠 가면맨1의 말에도 실라크는 별것 아니라는 듯 어깨를 으쓱해 보일 뿐이었다.

"설마 내 수하들이 이 꼴이 되도록 가만히 있었는데 상단 측에서 보상을 해주지는 못할망정 물건 값을 받으려 할까? 뭐, 그렇다 해도 내가 지불하는 것도 아니니 상관없어."

그의 말에 상단 측 중년 남자는 하얗게 질려 움츠러들었고 옆의 선탠 가면맨1은 고개를 끄덕였다.

"그도 그렇군요."

"그럼 가지고 갈까?"

마치 자기 물건을 가지고 가는 양 가볍게 툭 던진 그의 말에 날 안은 유모의 팔이 움찔거렸다.

그런데 의외로 실라크에게 이의를 제기한 건 옆의 선탠 가면맨1이었다.

"문제가 있습니다."

"뭔데?"

"물건은 네 개인데 물건을 들 사람이 한 명입니다."

자신도 있으면서 뻔뻔하게 한 명이란다.

실라크라도 어이없긴 마찬가지였는지 기가 막힌 표정으로 그 말을 한 선탠 가면맨1에게 물었다.

"너?"

"전 실라크 님을 보좌해야죠."

'아놔, 진짜 저 사람 얼굴 좀 보고 싶네.'

그런데 그 말을 들은 실라크가 맞다는 듯 고개를 끄덕였다.

"그렇군. 그럼… 사람이 없나?"

그제야 복도에 널브러져 있다가 겨우 몸을 일으켜 세우는 선탠 가면맨들을 돌아보는 실라크였다.

그의 시선에 선탠 가면맨들이 얼른 몸을 곧추세우려고 했지만 제대로 몸을 세우는 사람은 세 명 정도였다.

하지만 그것만으로도 만족스럽다는 듯 선탠 가면맨1이 고개를 끄덕였다.

"뭐, 셋은 늘어났군요. 이 정도면 충분하겠습니다."

"잘됐군. 가지고 와라."

내 생각인데, 저 말은 그의 부하에게만 한 것이 아니라 방 안에 있는 모든 이가 다 들으라고 한 소리 같았다.

아마 지금까지 한 대화도 모두 그런 의미가 아니었을까?

그렇지 않았으면 자기네 모국어 놔두고 일부러 외국어로 자신의 부하와 대화를 나눴겠는가. 비록 약간 어색함만 느껴질 정도로 그 외국어가 유창하더라도 말이다.

'그건 즉 우리가 데리고 갈 테니 순순히 내놔라 이 말이렸다?'

하지만 그 말에 순순히 물러날 거였으면 구출팀이 여기까지 오지도 않았을 터.

당연하게도 모든 가면맨이 꺼내 든 무기를 그들에게 겨누며 우리 앞을 가로막았다.

"흥, 드미트리 놈 따위에게 넘겨줄 줄 아느냐?"

"절대 네놈 따위에게는 넘겨주지 않겠다!"

"그대가 전사 실라크라고 해도 쉽지는 않을 것이다!"

아무래도 드미트리라는 나라하고 내가 사는 나라는 한국과 일본처럼 앙숙인 모양이다.

물론 이들의 입장에선 나를 비롯한 꼬맹이들을 곱게 넘겨 줄 순 없겠지만, 넘겨주지 않겠다고 하는 말에 이를 악문 듯한 결의가 느껴진다고나 할까? 마치 한일전 경기를 할 때 그에 임하는 선수들이나 지켜보는 우리 국민들처럼 말이다.

실라크는 우리 팀 가면맨들이 이렇게 나올 줄 알았던 모양이다.

"그래, 그래, 아카제브 놈들이 그렇지 뭐. 허약한 주제에 입만 살아서 나불나불. 거, 입을 나불대는 것만큼 실력이라도 있으면 나도 오랜만에 몸 좀 풀어볼 수 있을 텐데……."

"뭘 새삼스레 그러십… 큭!"

이죽거리는 실라크의 말을 냉큼 받으려던 선탠 가면맨1은 말을 끝마치지도 못하고 신음 소리와 함께 복도 저쪽 멀리 튕겨 나갔다.

아무래도 방금 전 갑자기 번쩍한 빛이 그 원인이 아닐까?

그게 신호인 양 우리 팀 가면맨들이 일제히 입구를 향해 달려들었다.

실라크는 선탠 가면맨1처럼 튕겨 나갈 정도는 아니었지만, 뒤로 제법 밀려나 있어서 입구를 가로막고 있는 존재는 아무도 없었던 것이다.

게다가 곧바로 자세를 바로 하는 그에게 우리 팀 가면맨 몇몇이 달려들었기에 크게 넓어진 입구를 빠져나가는 우리 팀 가면맨들을 막아서지는 못했다.

그렇게 해서 우리 팀 가면맨들이 무사히 입구를 빠져나가 복도를 달려가기 시작하는 그때.

콰앙!

복도 전체를 울리는 커다란 굉음이 다시 한 번 터지는 것이었다.

깜짝 놀라며 유모의 어깨 너머로 시선을 들어보니 빠른 속도로 달리고 있는 우리 팀 가면맨들 뒤로 뿌연 먼지가 짙은 안개처럼 복도를 콰악 메운 채 퍼져 나가는 모습이 보였다.

'무슨 먼지가 저렇게… 어? 혹시?'

먼지 날리는 모습을 보아하니 작정하고 복도의 천정과 벽을 무너뜨려 통로를 막기라도 한 모양이다. 아무도 쫓아오지 못하게 말이다.

'어? 잠깐. 그럼 아까 실라크에게 달려들던 우리 팀 가면맨들은?'

설마설마 싶지만 부디 그들을 희생시킨 건 아니길 바랄 뿐이다.

'도대체 그 실라크인지 뭔지 하는 사람이 뭐길래 이렇게까지 하는 거지? 다섯 명 정도 되던데, 그 정도 사람들이 남아서 막는 걸로는 부족했던 거야?'

왠지 단순하게 생각했던 집으로 돌아가는 과정의 스케일이 점점 커지는 것 같다.

물론 이런 일이 있을지도 모른다고 예상은 했지만 역시 머리로만 생각하는 것과 직접 보는 것은 차원이 달랐다.

특히나 내 예상 속에서 피를 흘리며 나가떨어지는 건 저악의 무리였지, 설마 구출팀 사람들이 몸을 던져 가며 길을 뚫게 될 줄은 몰랐다.

더욱더 우울한 건 이 상황에서 내가 할 수 있는 건 아무것도 없다는 거였다. 그냥 얌전히 입 다물고 유모 품에 안겨 있는 게 최선이었으니까.

그나마 저렇게 통로가 막혀 그 실라크인지 뭔지 하는 놈은 더 이상 우리를 쫓아오지 못할 테니 이제는 좀 안심해도 좋을 것 같았다.

하지만.

샤악~!

'샤악?'

마치 진검으로 종이를 베어내는 것 같은 소리였다.

그런데 이 소리가 무너진 복도 쪽에서 들리니 되게 이상하게 느껴졌다.

건물 잔해 더미와 종이 베는 듯한 소리라니, 너무 어색한 조합이지 않는가 말이다.

그런 소리가 나에게까지 또렷하게 들리는 것도 의아했지만 그 의아함을 고심할 여유 같은 건 없었다.

츄츄츄!

콰르르르르!

그 뒤를 이어 들려오는 요상한 소리에 두 눈에 힘을 줘 그쪽을 바라본 순간, 나는 나도 모르게 눈을 휘둥그레 떴다.

그건 정말 예쁜 연두색 빛이었다.

영화 스타워즈에 나오는 광선검처럼 밝은 빛의 길쭉한 막대기가 무너져 쌓인 건물 잔해 더미 사이에서 불쑥 튀어나오더니 마치 물속을 헤엄쳐 다니는 물고기처럼 너무나 손쉽게 건물 잔해 더미 사이를 헤집고 다녔다.

더 놀라운 건 그 연두색 빛의 움직임에 따라서 건물 잔해가 마치 백 년 동안 썩은 나무 기둥처럼 힘없이 파스스 부스러지는 모습이었다.

이러다간 금방이라도 복도에 길이 뚫릴 것 같아 나는 다급히 유모를 불렀다.

"유모! 저, 저기……!"

내가 제대로 설명하기도 전에 유모와 옆에 있던 사람이 힐끗 뒤를 돌아보더니 낮은 목소리로 외쳤다.

"서둘러!"

나에게는 무지 놀라운 광경이었건만 이들에게는 예상 범위 내의 일이었던지 놀란 기색 없이 속력만 높일 뿐이었다.

덕분에 기겁한 나만 뻘쭘해졌다.

'뭐, 뭐냐. 저게 상식적으로 가능한 일인 거냐?'

하기야 종이 한 장 찢는 게 수류탄 하나 던지는 것과 맞먹으니 거기에 레이저 광선검까지 있다 해도 이상한 일은 아니었다.

'혹시… 저게 그 실라크인지 실크인지 하는 그 남자가 그러는 건가?'

아무래도 그 남자는 종이 수류탄 대신 레이저 광선검을 가지고 있는 모양이다.

'이거 아무래도 곧 쫓아오겠는데? 그래서 우리 일행이 쉬지 않고 달린 거였나?'

그래도 다행히 그즈음에는 우리 일행도 복도 끝에 있는 계단에 도착해 있었다.

"어서!"

아무래도 내 옆에서 달리던 가면맨이 이 일행의 대장인 듯 그가 다시 한 번 일행을 재촉했다.

나도 속으로 일행을 열심히 응원하며 부디 이대로 우리가 위층으로 올라갈 때까지 실라크 녀석이 안 타나나길, 그래서 이대로 영영 헤어지길 간절히 바랐다.

그러나,

'컥!'

난 복도의 모습이 시야에서 사라지기 직전 그 남자가 먼지 사이로 모습을 드러내는 걸 분명히 봤다. 아름다운 연두색 빛 광선검을 들고 오롯이 서 있는 모습을 말이다.

그러나 우리 일행도 빨랐다.

순식간에 한 층의 계단을 다 올라가서 그 뒤에 있는 아주 육중하고 튼튼해 보이는 문을 열고 들어가 재빨리 문을 닫아 걸었으니 말이다.

'하아, 다행…… 이제는 좀 안심해도 되지 않을까나?'

무너진 복도는 어떻게 뚫었다 해도 이번에 우리가 막아놓은 문은 쉽게 뚫기 힘들 것 같았다.

아마 일행도 그렇게 생각해서인지 열심히 달려오던 걸음을 늦추고 거칠어진 호흡을 가다듬었다.

우리가 들어선 문 안쪽에는 넓은 홀이 있었는데, 홀 건너 편에는 위로 올라가는 또 다른 계단이 보였다.

천장 여기저기에 매달린 커다란 등으로 인하여 홀 안은 환했지만, 밖을 볼 수 있는 창문이 보이지 않는 걸 보니 아무래도 여기도 지하인 것 같았다.

'헐, 몇 층을 올라왔는데 아직도 지하인 거냐? 그럼 나는 도대체 지하 몇 층에 있었던 거지?'

다행히 홀의 깨끗한 모습이나 건너편에 있는 계단이 우아한 형태의 대리석 계단인 걸 볼 때 이 위층은 진짜(?) 지상일 것 같았다.

일행은 잠시 숨을 고르자마자 그 우아한 곡선을 그리는 계단을 향해 이동하기 시작했다.

이제는 저 계단만 올라가면 이 건물을 빠져나갈 수 있을 거라는 희망이 생기기 시작하는 그때,

콰과과광!

아주 끈질기기가 바퀴벌레 못지않은 분께서 또 따라붙으셨다.

그 육중하고 튼튼해 보이던 문이 얇은 합판인 양 우습게 산산조각이 나며 그 사이로 별로 보고 싶지 않았던 얼굴이 나타났다.

우리가 계단을 오르기 전에 복도 저 너머에 있었는데 벌써 그 먼 거리를 쫓아오다니…….

'쟤는 바퀴벌레와 우사인 볼트가 합성된 존재인 거냐?'

기겁한 나와는 달리 일행은 큰 소리가 날 때부터 이미 달리고 있었고, 일행 중 또 몇몇이 뒤로 빠져나가 그의 앞을 가로막았다.

하지만 그렇게 애를 쓴 게 무색하게 우리 일행은 계단 위

로 올라갈 수 없었다.

퍼억~!

휘익~!

쿠당탕!

일행이 막 계단 위를 올라가려는 찰나, 우리 머리 위로 시커먼 그림자가 날아와 계단 중간쯤에 떨어졌던 것이다.

"끄으윽……."

뒤로 빠져 그의 앞을 가로막았던 우리 팀 가면맨 중 한 사람이었다.

한데 이게 웬 인연인지.

계단 위로 떨어지는 바람에 가면이 벗겨져 그의 얼굴을 볼 수 있었는데, 놀랍게도 그는 내 저택 경호원 중 한 사람인 한센이었던 것이다.

"헛!"

유모도 왔으니 저택 경호원들도 같이 왔다 해도 이상한 건 아니지만 아는 얼굴이 적에게 한 방 맞아 내 눈 앞에서 쓰려져 있는 모습은 또 다른 충격으로 다가왔다.

통증이 심한지 몸을 일으키지도 못하고 꿈틀거리는 그를 당장에라도 돕고 싶었지만 일행은 매정하게도 그를 그대로 두고 움직였고, 나도 그냥 유모에게 매달린 팔에 꾸욱 힘을 더했을 뿐이었다.

지금 내가 한센을 돕겠다고 고집을 부려봤자 도움은커녕 이 상황에서는 방해만 될 뿐이라는 걸 잘 알고 있었기 때문이었다.

그러나 우리 일행이 몇 계단 오르지 않아,

휘이익~!

쿠당탕~!

또 다른 우리팀 가면맨이 날아와 떨어지는 바람에 일행은 다시 걸음을 멈출 수밖에 없었다.

"젠장……."

그리고 어느새 달려왔는지 계단 바로 아래에 떡억 버티고 선 실라크의 모습을 보며 유모가 씹어 내뱉듯 중얼거렸다.

평소 나에게는 절대 사용하지 못하게 하는 험악한 말을 내뱉는 유모를 보면서도 나는 웃지 못했다.

일행이 걸음을 완전히 멈추고 자신을 돌아보는 것에 만족한 듯 실라크 녀석이 천천히 입을 열었다.

"내가 제일 싫어하는 놀이가 뭔지 알아? 바로 술래잡기 놀이야."

한 손에 든 검은 아래로 늘어뜨리고 다른 손은 허리에 척 얹은 껄렁한 자세로 투덜거리듯 말하는 실라크였지만 어느 누구도 그를 가볍게 보지 못했다.

"그러니 적당히 하는 게 어때? 더 놀려고 하면 내가 열 받아서 곱게 죽여주지 않을지도 몰라."

'지금 저게… 죽이기는 죽인다는 소리지?'

실라크는 척 보기에도 1m는 가뿐히 넘어 보이는 검을 한 손으로 가볍게 흔들어 보이며 말을 이었다.

"알아들었으면 이제 얌전히 물건을 넘기지?"

한데 그 자식이 그렇게 말하는 와중 갑자기 손목을 튕겨 검을 위로 치켜 올리는 것이었다.

그러자 검끝에 내 주먹만 한 연두색의 구가 맺히더니 쏜살같이 우리 쪽을 향해 쏘아졌다.

쾅!

그 빛의 구가 유모 옆에 있던 가면맨과 충돌하여 그를 뒤로 날려 보낸 건 순식간의 일이었다.

'헉!'

그 모습에 기겁한 나와는 달리 어째 실라크는 의외라는 표정이었다.

"호, 그걸 막아내네? 뭐, 한 가락 재주는 있다 이거지?"

피식 한번 웃어 보인 실라크는 가볍게 발돋움을 해서 뒤로 폴짝 물러나며 손에 든 검을 들어 횡으로 한 번 그었다.

별것 아닌 간단한 동작처럼 보였지만 그 결과는 별거였다.

쾅과과광~!

과연 그는 엄청, 정말 엄청 대단한 실력자였다.

그가 태평하게 입을 여는 그 틈에 우리 팀 가면맨 셋이 그에게 검을 빼 들고 달려들었는데, 그걸 방금 전 그—검을 횡으로 긋는 단순한—동작 하나로 모조리 막아낸 걸로도 모자라 그들을 사방으로 튕겨내기까지 한 거였다.

하지만 우리 팀 가면맨들도 대단했다.

그 정도쯤은 이미 예상했다는 듯 가면맨 셋이 튕겨 나가며 그의 시야를 가리는 틈을 타 또 다른 가면맨 셋이 달려들었던 것이다.

그와 함께 꼬맹이들을 안은 이들은 다시 계단을 뛰어오르기 시작했다.

이번에 계단을 오르는 이들은 우리 꼬맹이들을 안은 이들 외에는 단 몇몇뿐, 나머지는 다들 계단 아래에서 무기를 빼들고 실라크의 앞을 막아섰다.

그렇게 우리 팀 가면맨들이 결연하게 나섰으면 인간적으로 그에 맞는 결연한 응대를 해줘야 하는 것 아닌가?

한데 이 실라크 녀석은 우리 팀 가면맨들의 결연한 행동이 무색하게시리 그 모습에 '큭' 하고 비웃음을 한 번 흘리더니만 휙! 하고 사라져 버렸다.

"큭!"

그리고.

내가 사라진 그의 모습을 찾으려 고개를 뒤로 돌리자마자 빠른 속도로 계단을 뛰어 올라가던 유모가 갑자기 신음성을 터뜨리며 몸을 옆으로 날렸다.

"캑!"

너무 갑작스럽고 급격한 방향 전환이라 나는 하마터면 유모 품에서 떨어질 뻔했다.

하지만 난 유모에게 갑자기 왜 이러냐고 물어볼 수 없었다.

유모는 지금 막 자신의 코앞에 나타나 손을 뻗는 남자를 피하려 했던 것이다.

"흥!"

유모가 간신히 그의 손길을 피해내자 녀석은 가벼운 비웃음과 함께 유모가 피한 쪽으로 한 걸음 내디디며 검을 뻗었다.

챙강~!

그걸 근처에 있던 가면맨이 끼어들어 자신의 검으로 쳐냈지만, 그 대가로 그 가면맨은 실라크의 주먹에 명치를 얻어맞고 계단 밑으로 나가떨어져야 했다.

쿠당탕~!

게다가 그 가면맨이 애쓴 보람도 없게 실라크 녀석이 또한 번 걸음을 내딛자 어느새 그는 유모의 바로 뒤에까지 도달해 있었다.

그러자 유모가 안 되겠다 싶었나 보다.

"받아!"

'뭐? 헉!'

경황이 없는 사이 난 유모의 손길에 의해 그대로 옆으로 던져졌다.

그리고 유모는 그대로 실라크 앞을 가로막았다.

하지만 실라크 녀석은 유모의 생각을 이미 알아챘던가 보다.

빙글~

부드럽게 한 바퀴 돌며 옆으로 이동하는 것만으로 유모를 뒤로 흘려내더니 동시에 나를 받으려고 두 팔을 뻗어낸 가면맨을 향해 검을 휘둘렀다.

쾅!

나를 받으려던 중이었기에 제대로 방어도 할 수 없었던 가면맨은 실라크의 검을 그대로 얻어맞고 튕겨 나갔고, 덕분에 나 또한 그대로 바닥으로 떨어졌다.

가장 가까이 있던 잿빛 머리 꼬맹이를 안고 있던 가면맨이 다급히 나를 잡으려고 손을 뻗었지만 안타깝게도 한 뼘 징도의 거리가 모자랐다.

결국 내가 그대로 땅에 떨어져 나뒹굴게 될 것 같은 바로 그 순간,

터억!

아주 고맙게도 누군가 나를 잡아채 줬다.

내 몸이 바닥에 닿을 찰나였기에 놀란 심장이 몸 밖으로 튀어나올 것처럼 날뛰었지만, 고개를 돌려 날 잡아준 사람을 확인하는 순간 딱 정지해 버렸다.

재수가 없어도 이렇게 없을 수가 있는 건지 하필 날 잡아채 들어 올린 인간이 바로 실라크였던 것이다.

덕분에 나는 날개 한 짝이 잡힌 채로 허공에 들렸지만 아픈 것도 모르고 얼어붙었다.

그런 날 정신 차리게 만든 건 다급함과 안타까움이 절절하게 밴 유모의 목소리.

"안 돼~!"

날 생각하는 유모의 마음을 알 수 있어서 기분은 좋았지만, 때가 좋지 못하다는 점이 참 안타까웠다.

유모도 그렇게 어리석은 사람이 아닌데, 놀라고 다급한 마음에 자신도 모르게 불쑥 외쳤나 보다.

"흠?"

날 잡은 것이 만족스러워 씨익 웃던 실라크 녀석의 얼굴이 천천히 유모를 비롯하여 굳어 있는 주변 가면맨들에게로 돌아갔다.

가면과 후드 때문에 안 보였지만, 아마 저 사람들 지금 되

게 난감하거나 낭패 어린 표정일 거다.

"너… 보통 노예가 아닌가 보지? 뭐가 특별한 걸까나?"

마치 정지 버튼이라도 누른 양 모든 행동을 멈추고 이쪽을 주시하는 우리 편 가면맨들을 한번 둘러본 실라크가 자신의 손에 짐짝처럼 대롱대롱 들려 있는 나를 향해 물었다.

그런 놈에게 멋들어지게(?) '이 세상에 단 하나뿐인 소중한 존재?' 등등의 당당한 대꾸를 날려줬으면 좋았겠지만 창피하게도 얼어붙은 입이 떨어지질 않았다.

"흐음, 아무래도 내가 대단한 패를 잡은 것 같은데?"

기분 나쁘게 히죽 웃던 녀석은 갑자기 다른 손에 들고 있던 검을 내 목에다 들이댔다.

아무래도 이 자식은 '어린아이와 여자는 보호해야 한다'는 개념을 눈곱만큼도 가지고 있지 않은 듯했다.

"그러면 우리 쪽 물건들을 돌려주실까?"

어떻게 이렇게 어린아이의 목에 검을 들이밀며 협박을 할 수 있을까?

그의 협박에 우리 팀 가면맨들이 동요를 보였지만, 그렇다고 순순히 애들을 건네줄 수는 없는 일이라 머뭇거리자 이 시키가 내 목에 대고 있던 검에 힘을 줬다.

한데 이 자식 진짜, 지이인짜 나쁜 놈이었다.

사람들을 좀 더 강하게 압박하려고 내가 목에 상처가 나는 걸 확실히 느낄 수 있도록 아주 천천히 쓰으윽 그었던 것이다.

차가운 검날이 피부 위를 쓰윽 지나가는 느낌은 온몸의 털이 쭈뼛 설 정도로 소름 끼쳤다. 지금 당장 죽지 않을 거라는 걸 분명히 알고 있는데도 말이다.

그러고 난 후에야 검에 베인 자리가 쓰라리기 시작했다. 아마 피도 좀 났을 것 같다.

그런데 아이러니하게도 녀석의 그런 행동이 외려 얼어붙어 있던 날 정신 차리게 만들었다.

"그만둬!"

물론 실라크의 의도대로 유모를 비롯한 우리 팀 가면맨들은 압박을 많이 받은 듯했지만 말이다.

"거래를 합시다. 당신들이 낸 돈의 두 배를 지불하겠소."

우리 팀 가면맨 중 한 사람이 나서서 말했지만 실라크는 입만 비죽였다.

"이제 와서? 난 이미 열 받을 대로 다 받아버렸는데?"

"그래도 이성적으로 생각하는 게 좋을 거요. 당신이 이대로 물건을 고집한다고 한들 국경을 편안하게 넘을 수 있을 것 같소?"

우리 팀 가면맨의 협박성 멘트에 실라크가 상큼하게 씨익 웃어 보였다.

"넘을 수 있을걸? 우리에게는 인질이 있으니까."

그러면서 이 자식이 다시금 내 목을 검날로 그었는데 이번에는 아까처럼 천천히 쓰으으윽 벤 건 아니지만 나도 모르게 흠칫할 정도로 아팠다.

게다가 뭔가 따뜻한 게 주르륵 흘러내리는 것까지 느껴지는 걸 보니 피가 많이 난 게 분명했다.

"대단한 꼬맹인데? 아프지 않은가 봐?"

이 시키, 아무래도 사이코패스인 게 분명했다.

무지 재미있다는 어조로 나에게 말을 건넨 녀석은 우리 팀 가면맨을 돌아보며 물었다.

"어때? 이 대단한 꼬맹이가 언제 비명을 지를지 내기라도 할래?"

"세 배를 내겠소."

한층 낮아진 딱딱한 어조로 우리 팀 가면맨이 제안했지만 실라크는 히죽히죽 웃으며 거절했다.

"돈은 우리도 많거든? 자, 어쩔 거지? 다시 한 번 목에 빨간 줄을 그어줘야 하나?"

그러면서 그 자식이 다시 한 번 내 목에 검을 가져다 대자 안 되겠다 싶었는지 빨간 머리 꼬맹이를 안고 있던 우리 팀 가면맨이 나섰다.

"좋소. 돌려 드리겠소. 어떻게, 여기다 내려놓으면 되는 것이오?"

'아우, 이런 시베리아⋯⋯.'

내가 뭔가 잘못한 건 아니지만 나 때문에 이런 상황이 된 건 분명했기에 속이 부글부글 끓었다.

사정을 이해했는지 가만히 있는 빨간 머리 꼬맹이의 체념 어린 표정 때문에 더욱더.

빨간 머리 꼬맹이를 안고 있던 가면맨의 말에 실라크 녀석이 힐끗 주변을 둘러봤다.

기실 녀석이 꼬맹이들을 넘기라고 해봤자 녀석의 주변에는 부하인 선탠 가면맨들이 한 명도 없는 상황.

녀석이 아무리 날고 기는 실력자라고 해도 혼자서 나를 비롯한 꼬맹이들을 다 데리고 가기는 쉽지 않을 터였다.

아마 우리 팀 가면맨들도 그걸 아니까 일단 꼬맹이들을 넘긴다고 해놓고 나중에 틈을 노리려고 한 건 아닐까?

지금 현재 실라크가 나를 잡고 서 있는 곳은 계단의 맨 아래로, 다른 가면맨들도 실라크 놈에게 잡힌 나 때문에 계단 아랫부분 주위에 자리한 상태였다.

가장 많이 올라가 있는 예쉬를 안은 가면맨도 계단의 중간부분, 그러니까 계단을 180도 꺾느라 만들어 놓은 넓은 층에 서 있었다.

그런 우리 팀 가면맨들이 서 있는 자리와 수많은 굵은 기둥이 불규칙한 패턴으로 자리를 잡은 채 높은 천장을 떠받치고 있는 독특한 홀을 한 바퀴 휘둘러본 실라크는 자신이 서 있는 자리에서 몇 걸음 뒤로 물러나며 입을 열었다.

"이쪽에다 내려놓으실까?"

그가 턱짓으로 가리킨 곳은 자신과 계단 사이의 공간.

빨간 머리 꼬맹이를 안고 있던 가면맨이 실라크가 턱짓으로 가리킨 곳에 천천히 아이를 내려놓는데, 실라크 녀석이 갑자기 위를 바라보며 목소리를 높이는 것이었다.

"거기!"

'어라라? 트래버스?'

그의 시선을 따라 고개를 드니 우연인지 운명인지 계단 상층부에서 빠끔히 고개를 내밀고 아래 상황을 살피고 있다가 실라크에게 들킨 사람들은 바로 트래버스와 그의 파트너인 대머리 남자였다.

뭐, 그들도 이곳 근로자들이니 여기에 나타날 수도 있는 거긴 하지만 이 상황에서 만나게 되니 되게 이상했다.

"거기 바로 네놈들 말이다. 대머리 놈!"

그렇다고 우리가 아는 체도 못하고 가만히 있는 사이, 갑자기 실라크에게 지적당해 놀라서 굳었던 그들은 다시 한 번 실라크에게 불리자 주춤거리며 계단 중간 부분까지 내려와 완전히 모습을 드러냈다.

"여기 사람인가?"

"예에? 아, 예에."

그들의 어눌한 대답이 마음에 들지 않는지 실라크의 눈살이 찌푸려졌지만 지금은 마땅한 다른 사람이 없었기에 그들에게 지시를 내렸다.

"그럼 저 물건을 가져오도록."

실라크 녀석이 가리킨 건 바닥에 가만히 서 있는 빨간 머리 꼬맹이.

한데 트래버스와 대머리 남자는 머뭇거리기만 할 뿐 선뜻 움직이려 하질 않는 거였다.

"어… 저기……."

"왜 가만히 있지? 당장 움직이지 못해?"

내가 봐도 답답할 정도이니 실라크 녀석은 오죽 짜증이 났겠는가?

그렇지 않아도 우리 팀 가면맨들을 상대하느라 신경이 곤두서 있던 탓인지 당장에 녀석의 목소리에는 날이 섰고 눈빛이 날카로워졌다.

검까지 들어 올리는 폼이 즉시 달려오지 않으면 광선검의 빛이라도 날려 버릴 태세였다.

그러자 그나마 트래버스보다는 눈치가 빨랐던지 대머리 남자가 황급히 계단을 내려와 그의 앞에 허리를 숙여보였다.

"죄송합니다, 나리. 하지만 저희는 말단이라서 손님을 직접 접대할 수 없는 위치라……."

아쉽게도 실라크의 마음을 누그러뜨리지는 못했지만 말이다.

"시끄럽다. 그냥 하라면 해! 아니면, 그냥 죽든지."

실라크 녀석이 검으로 두 사람을 번갈아 가리키기까지 하자 하는 수 없다 생각했던지 그때까지도 엉거주춤 계단 중간에 서 있던 트래버스도 계단을 내려와 대머리 남자 옆에 섰다.

"저어… 그럼 저희가 무얼 하면 됩니까?"

"두 명이니 잘됐군. 각자 물건을 들고 날 따라오너라. 일단은 저것부터."

"어… 그럼 나리께서 들고 계신 물건은……?"

실라크가 가리킨 빨간 머리 꼬맹이와 여전히 허공에 대롱대롱 매달려 있는 날 번갈아 바라보며 트래버스가 조심스레 물었지만 실라크가 중간에 말을 끊었다.

"이건 내가 가지고 갈 테니 넌 저거나 들어."

"아, 예."

트래버스가 대머리 남자보다 먼저 대답하며 커다란 덩치에 안 맞게 조심스러운 태도로 빨간 머리 꼬맹이를 안아 올렸다.

"이쪽으로 오도록."

"예, 예."

트래버스가 빨간 머리 꼬맹이를 안아 올리는 걸 확인한 실라크는 자신의 옆 자리를 턱짓으로 가리켰고, 트래버스는 굽실거리며 순순히 그의 옆으로 다가갔다.

"좋아, 그럼 다른 물건도 건네주실까?"

그러자 실라크가 이번에는 잿빛 머리 꼬맹이를 안고 있는 가면맨을 돌아봤다.

트래버스와 키 큰 대머리 남자의 등장으로 시선이 그쪽으로 쏠린 사이 우리 팀 가면맨들 사이에서 뭔가 이야기가 오갔는지 그 가면맨은 순순히 앞으로 나섰다.

그가 막 실라크가 턱짓으로 가리킨 장소에 잿빛 머리 꼬맹이를 내려놓으려 할 즈음이었다.

실라크의 뒤편에서 적당한 자리를 잡으려는 듯 슬금슬금 움직이고 있던 트래버스가 갑자기 냅다 뒤로 달아나기 시작한 것이었다.

"뭣!"

너무나 뜻밖의 인물이 만들어낸 돌발 상황이라 그런지 실라크는 트래버스가 근처에 있는 굵은 기둥 옆을 지나칠 때까지도 벙쪄 바라보고만 있었다.

"감히~!"

하찮게 생각하고 있던 자에게 허를 찔렸기 때문에 더욱더 분노가 컸던 모양이다.

내가 흠칫 놀랄 정도로 살벌한 기세를 뿜어내며 그는 잿빛 머리 꼬맹이는 잊어버린 채 한 손에는 검을, 그리고 다른 한 손에는 내 날개를 틀어쥔 채로 트래버스를 향해 몸을 날렸다.

우리 팀 가면맨들도 순식간에 따라잡을 정도로 대단한 능력자인 그는 단 두어 번의 도약으로 기껏 트래버스가 벌려 놓은 거리를 절반 넘게 따라잡았다.

"탓!"

그러면서 빛무리가 어려 있는 검을 트래버스를 향해 휘두르는 것이었다.

그러자 검에 어린 빛이 쭈우욱 길어지더니 트래버스의 등을 마치 식칼로 늙은 호박 가르듯 그대로 갈라 버렸다.

"으헉!"

얼마나 깊게 갈랐는지 그의 등이 셔츠와 함께 대각선으로 좌악 벌어지며 시뻘건 근육은 물론이거니와 허연 뼈가 모습을 드러냈는데 그게 척추와 갈비뼈라는 걸 알아볼 수 있을 정도였다.

그리고 이어서 피가 쏟아지기 시작했다. 이건 그냥 주르륵 흐르는 정도가 아니라 마치 대야에 가득 담긴 물을 흘려버리는 것처럼 쏟아졌다.

너무 많은 양이 장난 아니게 흘러나오자 오히려 오래된 공포영화의 특수효과인 양 현실감 없게 느껴질 정도였다.

비릿한 혈향만 아니었으면 정말 그렇게 여겼을지도 모른다.

한데 놀라운 일은 그다음부터였다.

그 정도로 엄청난 상처라면 지금 당장 쓰러져 일어나지도 못하고 병원 응급실에 실려가 수술을 받아도 살까 말까 할 텐데, 그 상처를 입은 채로 트래버스가 계속 멀쩡하게 달리고 있는 것이다.

게다가 피로 뒤덮이다시피 한 트래버스의 등에 갑자기 은은한 붉은빛이 어리더니 마치 되감기라도 한 것처럼 쩍 벌어졌던 상처가 서서히 오그라들며 뼈가 가려지고 근육이 맞물렸다. 그쯤 되자 나는 내가 오늘 충격을 너무 많이 받아서 헛것을 보는 줄 알았다.

그래서 트래버스의 덩치가 눈에 확연히 보일 정도로 부풀어 올라 1.5배 정도 커진 것도, 그의 달려가는 속도가 엄청 빨라진 것도 그냥 내가 헛것을 보고 있는 걸로 치부해 버렸다.

물론 실라크는 그렇지 않았지만 말이다.

"버서커!"

버서커가 뭔지 모르겠지만 어쨌든 트래버스는 빨간 머리 꼬맹이를 구하려고 죽자 사자 달리고 있는 게 분명했다. 이 무서운 실라크나 이곳 조직을 배신하면서까지 말이다.

'그렇다면 나도……'

실라크의 손에 들려가는 중임에도 불구하고 그가 뭔 수를 썼는지 나는 심하게 흔들리지 않았다.

덕분에 트래버스의 모습도 제대로 볼 수 있었고—물론 제정신이 아니어서 헛것을 본다고 생각했지만—시선을 뒤로 돌려 우리 팀 가면맨들이 다급하게 실라크를 쫓아오고 있는 것도 확인할 수 있었다.

'좋아.'

속으로 고개를 끄덕인 나는 우리 팀 가면맨 중 유모의 모습을 확인하며 두 손바닥을 마주 대고 중얼거렸다.

"블링크."

내 중얼거림이 끝나자마자 시야가 흐려지며 머리에 가벼운 어지럼증이 엄습했다.

하지만 그 순간이 지나고 몇 번 눈을 깜빡거리자 다시 회복된 내 시야 안에는 놀라움 때문에 커다래진 눈을 한 유모가 보였다.

"아, 아, 아……."

얼마나 놀랐는지 말까지 더듬는다.

그 와중에도 날 제대로 캐치하여 안아 든 유모에게 나는 웃어줄 틈도 없이 외쳤다.

"뛰어!"

내가 말하지 않아도 이미 유모를 비롯한 가면맨들은 분노에 찬 실라크가 이쪽으로 몸을 돌리고 있는 걸 봤을 것이다.

"이, 이, 이이이~ 이것들이 감히이~! 모조리 죽여 버리겠다~!"

실라크의 고함 소리에 그가 당장에 몸을 돌려 쫓아올 줄 알았는데 외려 그는 제자리에 멈춰서더니 검을 양손으로 틀어쥐는 거다.

"위험!"

뭔가 불안한 느낌에 외치자 그렇지 않아도 뒤쪽에 신경을 쓰고 있던 이들이 뒤를 돌아보는 순간, 실라크 녀석이 크게 검을 횡으로 휘둘렀다.

그러자 지금까지 보아오던 빛줄기가 아닌, 그보다 훨씬 더

선명하고 훨씬 더 굵은 커다란 초승달 모양의 빛 덩어리가 날아왔다.

"엎드려!"

같이 달리고 있던 가면맨의 외침에 우리 쪽 일행이 다급히 몸을 바닥으로 던졌지만, 실라크와의 거리가 너무 가까웠던 터라 미처 다 피하지 못할 것 같았다.

그러자 웃기게도 몇몇 가면맨이 당연하다는 듯 유모와 내 위로 자신들의 몸을 던지는 것이었다.

'에휴⋯⋯.'

뭐, 모든 사람에게서 귀애를 받고 보호를 받는 건 좋지만 날 보호하던 사람들이 또 한센 꼴 나는 건 다시는 보고 싶지 않았다.

그래서 나는 유모에게 덮쳐지는(?) 와중에도 용케 유모의 목 뒤로 두 손바닥을 마주 대며 외쳤다.

"오중 실드!"

많이 흔들렸던 터라 제대로 안 될까 걱정했는데, 다행히도 손바닥이 제대로 마주 대어졌나 보다.

창, 창, 창, 차아앙~!

유모와 우리를 덮치는 가면맨들 뒤로 희미한 초록색 빛을 띠는 커다란 실드가 5겹으로 착착착 형성되어 실라크의 빛 덩어리를 막아섰다.

파칭, 파칭, 파치치칭~

뭐, 막아서자마자 그대로 깨져 나갔지만 말이다.

하지만 부서져 나가면서도 빛 덩어리를 난 몇 초나마 저지하여 그 빛 덩어리가 우리 일행에게 들이닥쳤을 때에는 우리 일행도 거의 다 바닥과 조우하고 있었다.

덕분에 정말 아슬아슬했지만 그래도 일행의 머리 위로 그 빛 덩어리를 무사히 지나쳐 보낼 수 있었다.

그리고 얼마 지나지 않아,

쿠과과과과과앙!

난 우리가 있는 층 전체가 무너지는 줄 알았다.

유모가 반사적으로 품에 꼬옥 끌어안는 틈새로 빠끔히 고개를 들자, 세상에나~

뿌옇게 피어오르는 먼지구름 사이로 보이는 모습은 통째로 무너진 건물 저리 가라 할 정도로 장난 아닌 모습이었다.

아까 우리 팀 가면맨이 복도 천장을 부순 건 지금 모습에 비하자니 별거 아닌 것처럼 느껴질 정도였다.

우리 앞쪽에 있던 십여 개의 굵은 기둥은 모두 두 동강이 난 채 쓰러져 있고, 그 주변에서는 온전한 기둥을 찾아볼 수가 없었다.

이 기둥들은 통 대리석으로 보이는 데다 건장한 성인 남자 둘이서 겨우 껴안을 수 있을까 말까 할 정도의 굵기였는데 말이다.

완전 폐허가 된 광경을 보고 있자니 조금이라도 늦어 아까의 그 빛 덩어리에 스치기라도 했으면 어땠을까 싶어 소름이 오싹 돋았다.

'실드를 형성할 줄 알아서 정말 다행이었지. 돌아가면 이거 만들어준 할아버지께 감사의 선물이라도 보내야겠다.'

"참 내… 기가 막혀서 다 부숴 버리고 싶군. 내 평생 별것도 아닌 것들에게 뒤통수를 맞아볼 줄이야. 그것도 몇 번이나……."

수많은 기둥을 박살 낸 여파로 회색빛 먼지를 잔뜩 뒤집어쓴 실라크가 뚜벅뚜벅 걸어오며 짜증스럽다는 듯 내뱉었다.

이제 겨우 주춤주춤 몸을 일으키는 우리 일행을 바라보는 두 눈에는 오싹할 만큼의 살기가 넘실거리고 있었고 이마에는 핏대가 몇 개나 서 있었다.

"이젠 곱게 죽을 생각을 버리는 게 좋을 거야. 특히 너……."

그러면서 가리키는 건 유모의 품에 포옥~ 싸여 있던 나였다.

"넌 내가 특별히 책임져 주겠어."

이를 빠득빠득 갈면서 내뱉는 폼이 누가 보면 내가 돈 떼먹고 도망간 사람인 줄 알겠다.

'이런… 외려 화만 잔뜩 돋운 꼴이 되었잖아?'

이거 마지막의 마지막에 히든카드처럼 나섰다고 생각했는데, 오히려 대책 없이 일만 키워놓은 건 아닌가 모르겠다.

하지만 내가 뭘 어쩌기도 전에 우리 팀 가면맨들은 아주 호기롭게 내 앞을 가로막았다.

"당신이 아무리 상급 익스퍼트의 검사라 해도 마음대로는 안 될 것이오!"

한 가면맨이 용기 있게 외쳤지만 실라크에게는 요만큼의 영향도 끼치지 못했다.

"지금까지 도망만 다닌 주제에. 닥치고 죽지?"

살벌한 말을 상큼하게 날리며 그대로 가면맨에게 빛으로

둘러싸인 검을 휘두른 것이었다.

아까 그 빛 덩어리만큼이나 진하고 굵은 빛의 선이었기에 가면맨은 감히 맞설 생각을 못하고 황급히 몸을 날려 검을 피했다.

하지만 정말 안타깝게도 실라크 녀석이 가면맨보다 한 수 위였다.

그는 미리 알고 있었던 듯 검의 방향을 바꿔 가면맨이 몸을 던지는 바로 그곳으로 빛줄기가 향하게 했던 것이다.

이대로는 가면맨이 착지함과 동시에 빛줄기가 그의 몸에 직격할 것 같은 바로 그때였다.

후화아악~!

갑자기 어디선가 강한 바람이 불어와 가면맨과 빛줄기를 덮쳤다.

이 바람이 얼마나 교묘(?)했던지 가면맨과 빛줄기 사이를 휘몰아치며 빠져나가 둘이 움직이는 방향을 서로의 반대 방향으로 살짝 틀어버렸다.

덕분에 가면맨과 빛줄기가 바닥에 도착(?)했을 때에는 제법 거리가 벌어져 있었다.

콰아앙~!

그로 인해 빛줄기가 바닥과 부딪혀 폭발했을 때 가면맨은 비록 그 여파에 휘말려 날려가긴 했어도 바닥을 몇 바퀴 구른 후 무사히 다시 일어날 수 있었다.

"누구냐?"

또다시 자신의 일에 방해가 들어오자 실라크가 있는 살기,

없는 살기 다 드러내며 외쳤다.

"글쎄, 그냥 지나가던 사람?"

그 지나가던 사람은 저~ 쪽에 있던 계단 위에 떡하니 서 있었다.

거기서 지나가다가 이쪽 일을 간섭하다니, 오지랖이 넓어도 너무 넓은 사람이다.

갑자기 나타난 그 남자는 우리 팀 가면맨들처럼 가면에 후드가 달린 풍성한 로브 차림이었다. 후드는 쓰고 있지 않아 그의 진한 금발이 드러나 있었다.

그 진한 금발의 가면 남자는 여유 있는 태도로 실라크를 똑바로 바라보며 천천히 계단을 내려오고 있었는데, 그의 오른손은 아래로 내려가 있었지만 왼손은 살짝 젖혀진 로브 자락 사이로 드러난 검집을 쥐고 있었다.

즉, 여차하면 검을 빼 들 태세를 취하고 있었던 것.

그 모습에 실라크가 이를 빠드득 갈았다.

"그래, 오늘 아주 날을 잡자!"

아무래도 실라크는 트래버스와 나에게 한 방씩 먹은 것에 대한 충격이 너무 컸나 보다. 이성을 찾기 힘들 정도로 말이다.

처음 우리와 조우했을 때 자신의 수하들이 쓰러져 있어도, 그 후에 우리 일행이 도망갈 시간을 버느라 복도 천장을 무너뜨려 길을 막았을 때도, 계단 위에서 우리 팀 가면맨들이 그를 막아섰을 때도 여유를 잃지 않던 사람이 지금은 '여유? 그게 뭐야?' 라고 외치는 것처럼 다짜고짜 검을 빼 들고 몸을 날렸던 것이다.

'헉!'

그리고 내가 채 눈을 두 번 깜빡이기도 전에.

꽈과광~!

또다시 커다란 폭음이 우리가 있는 층을 통째로 뒤흔들었다.

'뭐, 뭔 일이 있었던 겨?'

사방을 울린 폭음 탓에 또다시 자욱하게 일어난 흙먼지가 천천히 가라앉기 시작하자 천만다행히도 그 진한 금발의 가면맨이 멀쩡하게 서 있는 모습이 보였다.

안타까운 건 실라크도 멀쩡해 보였다는 거지만 말이다.

도대체 어떻게 한 건지 실라크는 계단과 얼마 떨어지지 않은 곳에서 계단을 등지고 서 있고, 새로이 나타난 진한 금발의 가면맨은 우리가 있는 곳 가까이에서 우리를 등지고 서 있었다.

즉, 둘의 위치가 완전히 정반대가 되어 있었던 것.

한데 어째 먼저 달려들었던 실라크의 표정이 별로 좋지 못했다.

그는 심각하게 굳은 얼굴로 금발의 가면맨을 노려보며 얼굴만큼이나 굳은 어조로 물었다.

"누구냐, 넌?"

그에 반해 진한 금발의 가면맨은 여전히 태평한 어조였다.

"말했잖아. 그냥 지나가던 사람이라고."

그의 가벼운 태도에 실라크가 바득 이를 갈았다.

한데 이상하게도 실라크는 상당히 열 받은 표정임에도 불구하고 또다시 덤비려고는 하지 않는 것이었다.

'아, 이 금발의 가면맨도 실력이 뛰어난 거로군.'

우리 팀 가면맨들을 우습게 상대하는 실라크가 저렇게 드러내 놓고 경계할 정도라니, 금발의 가면맨이 실라크 못지않은 실력자임에 틀림없었다.

거기까지 생각이 미치자 나는 이제 살았다 싶어 절로 입꼬리가 말려 올라가고 어깨에서 힘이 빠졌다.

한데 이게 웬일?

"과연 전사 실라크, 그 이름값을 톡톡히 하는군. 사정만 나쁘지 않았다면 진짜 한판 붙어봤을 텐데, 정말 아쉬워……."

태평한 어조로 그렇게 말한 우리 팀의 새로운 히어로—라고 생각했던 사람이—가 손에 들고 있던 검을 집어넣는 게 아닌가?

'뭐, 뭐야? 아니, 이제 더 안 싸워? 쟤 아직 멀쩡한데?'

우리가 엄청 위험한 타이밍에 짠 하고 나타나 실라크를 막아주기에 우리 팀의 구원자라고 생각했건만, 이게 무슨 황당시추에이션이란 말인가.

정말 저 사람은 그냥 지나가다 재미있어 보여 한번 들여다봤을 뿐이고, 한번 참견해 봤으니 이제 제 갈 길 가려는 건가?

하지만 더 의외인 건 실라크 녀석도 검을 아래로 내린 것이다. 마치 더 이상 싸울 의사가 없다는 듯.

"젠장."

뭣 때문인지는 몰라도 소태라도 씹은 양 인상을 구긴 그가 엉망이 된 머리를 한 손으로 마구 뒤섞더니만 결국 긴 한숨을 내쉬고는 검을 아예 집어넣었다.

'이, 이게 무슨 상황일까나.'

영문을 몰라 조심스레 눈동자를 돌리니 어째 내 일행은 다들 이러는 게 당연하다는 분위기다.

'어… 저기… 혹시… 이거 나만 상황 파악을 못하고 있는 거?'

스스로 눈치가 그렇게 없는 편은 아니라고 생각했건만 아무래도 그게 아니었던 모양이다.

"당장 달려와! 돌아간다!"

내가 그러거나 말거나 검을 회수한 실라크가 지하로 내려가는 쪽을 바라보며 신경질적인 어조로 외치자 마치 기다렸다는 듯 다다다 하는 소리가 들려왔다.

자연스레 그쪽으로 시선을 돌리자 보이는 건 선탠 가면맨들.

'엇? 저 사람들이 와 있었어? 언제? 어떻게?'

하기야 복도가 막혔다 해도 실라크가 뚫고 나온 틈이 있었을 테니 여유만 있었다면 얼마든지 나올 수 있었을 거다.

그렇게 따지면 진즉에 선탠 가면맨들이 달려와 실라크를 돕지 않은 게 오히려 이상한 일이었지만, 나는 곧 선탠 가면맨들이 달려오지 못한 이유를 알 수 있었다.

선탠 가면맨들 뒤를 이어 그동안 하나둘 떨어져 나갔던 우리 팀 가면맨들의 모습이 보였던 것이다.

아마 저쪽에서 두 팀(?)이 서로 대치하고 있었던 모양이다.

그래도 다행히 피 튀는 패싸움을 하지는 않았는지 두 팀다—눈으로 보기에는—멀쩡하게 달려오고 있었다.

먼저 다가온 선탠 가면맨들이 실라크의 뒤에 도열하고 서

자 실라크가 금발의 가면맨을 매섭게 한 번 더 노려보더니 몸을 휙 돌려 계단을 올라가기 시작했다.

"어… 음… 안내인이 없으면 밖으로 나가기 힘들 텐데……."

그 모습을 바라보며 어느새 빨간 머리 꼬맹이를 끌어안고 내 곁으로 다가온 트래버스가 걱정스러운 어조로 중얼거렸지만, 우리 쪽 가면맨들은 아무도 신경 쓰지 않았다.

그러고 보니 트래버스는 원래의 멀쩡한 모습으로 돌아와 있었다.

그의 상의가 피투성이가 된 채 너덜너덜하지 않았더라면 아까의 모습은 내가 정말 환각을 봤던 거라고 여길 정도로 멀쩡한 모습이었다.

"그럼 우리는 자네가 안내해 주면 되겠군."

그런 트래버스에게 말을 건 건 마지막에 나타난 금발의 가면맨.

그가 우리와 함께 있는 게 당연하다는 분위기인 거 보면 그 또한 처음부터 우리 팀의 일원이었던 모양이다.

"그건 그렇고, 여긴 어떻게 오신 겁니까? 이 작전에 참여하신다는 이야기는 못 들었는데……."

과연, 우리 팀 가면맨이 그에게 친근하게 말을 걸었다.

"그 이야기는 나중에. 일단 여기를 나가지."

그러면서 금발의 가면맨이 어정쩡하게 서 있는 트래버스를 바라보자 자연히 모든 이의 시선이 트래버스에게 향했고, 모든 이의 시선을 받은 그가 머쓱한 표정을 지어 보였다.

"어… 저… 제가 여기서 직급이 낮아서… 손님들이 다니시는 통로는 모르고… 저 같은 사람들이 다니는 통로만 압니다만……."

"딱 좋군. 그리로 안내하게."

"네, 네. 저어… 입구는 여기에 없고 이 아래층이나 위층에 있는데 어디로 모실까요?"

트래버스가 주저하며 하는 말에 금발의 가면맨이 실라크가 사라진 계단을 한 번 힐끗 보더니 단호하게 아래층을 선택했다.

트래버스가 알고 있는 길은 허드렛일을 하는 사람들이 사용하는 비좁고 어둑어둑하며 지저분한 길이었지만, 오히려 그런 길이었기에 우리 일행은 다른 사람들의 눈에 뜨이지 않고 밖으로 나올 수 있었다.

트래버스의 설명에 의하면 오늘처럼 손님들이 오는 날에는 손님을 담당하는 인원을 제외한 나머지 허드렛일을 하는 사람들은 모조리 출입을 금지당한다고 한다.

특히나 오늘은 큰일까지 터져 버렸으니 이쪽 길을 사용하는 이들은 자신들에게 불똥이 튈세라 더더욱 거처에서 숨죽이고 있을 것이고, 손님들이야 당연히 이런 곳이 있는 줄 모를 테니 오늘 같은 날에 남의 눈을 피하기에는 최적의 장소였다.

원래 트래버스와 그의 파트너에게도 자신의 거처에서 대기하고 있으라는 명령이 떨어졌는데, 트래버스가 우리가 걱정이 되어 몰래 나와본 거라고 했다. 그의 파트너는 트래버스를 말리기 위해 나온 것이고 말이다.

오랫동안 같이 지내온 자기가 장담하건대, 성격이 좀 까칠해서 그렇지 정말 나쁜 녀석은 아니고 의리도 있다고 트래버스가 변명을 했지만, 그 의리 있는 녀석은 진즉에 어디로 갔는지 사라져 보이지도 않았다.

비좁고 어두운 그 길은 꼬불꼬불 길기도 참 길었지만, 일행들은 불평 한마디 않고 묵묵히 걸어간 끝에 드디어 튼튼해 보이는 작은 나무문을 발견할 수 있었다.

맨 앞에서 길을 안내하던 트래버스가 그 문을 조심스레 열자 좁은 통로 안으로 시원하고 맑고 깨끗한 바깥 공기가 한가득 밀려 들어왔다.

'하아아~ 이게 얼마 만에 맡아보는 바깥공기냐?'

이 바깥 공기를 맡기 위한 여정이 참으로 길고도 험난했다.

그런데 이게 집으로 향하는 첫 고비였으니, 집에 도착하기까지는 과연 얼마나 많은 고비가 남았을지 걱정이다.

'그래도 뭐, 지금은 한 고비를 무사히 넘겼다는 것에 만족… 으으음…….'

한 고비 넘긴 거에 우선 만족하자 마음먹으려는 순간, 어째 긴장을 너무 풀어버렸던가? 나는 채 마음을 다 먹기도(?) 전에 스르르 잠이 들고 말았다.

자신의 품속에서 마법으로 깊이 잠든 작은 아이를 내려다보며 딜란은 길게 한숨을 내쉬었다.

'정말 무사해서 다행이에요, 아기씨.'

오늘 하루, 다행이라고 얼마나 되뇌었는지 모른다.

이곳에 무사히 있었던 것도, 그리고 아까의 위험천만한 상황에서도 말이다.

힐끗 보니 목에 말라붙은 핏자국이 선명했다.

지금은 급해서 못 하지만 안전한 곳에 도착하면 제일 먼저 이 상처를 치료하고 자국을 없애야겠다고 결심하며 딜란은 다시금 안도의 한숨을 내쉬었다.

아까의 일을 생각하면… 자신의 수명이 절반은 단축된 느낌이었다.

뭐, 여기 오기 전에 이미 10년은 단축되었지만 말이다.

딜란은 자신의 품에 안은 아이를 다시 추슬러 안고 일행의 뒤를 따라 달리며 아이가 사라졌던 날을 떠올렸다.

5황자를 배웅하려고 그와 함께 마차를 타고 나간 아사가 늦게까지 돌아오지 않았지만, 북궁에서는 크게 걱정하지 않았다.

5황자를 배웅하고 갔다가 혼자 숲에서 놀다(?) 들어오는 경우도 종종 있었고, 그런 아사에게는 항상 기사와 시녀가 붙어 있었으니 말이다.

그랬기에 아사의 유모 딜란도 '또 어디서 노시느라 시간 가는 줄 모르시는 거냐'고 푸념하며 주머니에서 마법 아이템을 꺼내 들었다.

그 마법 아이템은 아사의 몸에 붙어 있는 추적기의 위치를 확인할 수 있는 물품으로, 숲 여기저기를 대중없이 돌아다니며 노는 아사 덕분에 딜란은 그 마법 아이템을 항상 지니고 다니며 수시로 확인하는 습관이 있었다.

아사가 돌아오면 한마디 해야겠다고 결심하며 습관대로 마법 아이템을 작동시켰는데, 이상하게도 마법 아이템의 창에 아무런 표식이 뜨질 않는 거였다.

'음? 무슨 일이지?'

한참을 기다려도 표식이 뜨지 않아 다시 한 번 마법 아이템을 껐다가 켰음에도 불구하고 여전히 마법 아이템의 창에는 아무것도 뜨질 않았다.

그때까지만 해도 딜란은 아사가 사라졌으리라고는 꿈에도 생각지 못한 채, 외려 자신이 휴대하고 다니는 마법 아이템이 망가진 걸로 오해하고는 다른 마법 아이템을 찾았다.

아사의 추적기를 탐지하는 마법 아이템은 딜란이 가지고 다니는 휴대용 말고도 마법 시스템 관리실에 고정 설치된 게 또 있었던 것이다.

한데 그것마저도 아사의 위치를 찾아내지 못하자 그제야 딜란은 뭔가가 잘못되었다는 걸 깨달을 수 있었다.

"프, 프레스턴 경을 불러라! 어서! 아, 아니. 내가 직접 간다. 지금 즉시 북궁 전체에 비상을 걸어!"

문을 박차고 뛰쳐나오며 딜란이 외치자 사람들은 어안이 벙벙해하면서도 새파랗게 질린 그녀의 얼굴에 황급히 움직이기 시작했다.

북궁에 거하는 모든 이가 비상 종소리에 있던 곳에서 뛰쳐나와 집결하는 사이, 딜란에게 잡혀 마법 시스템 관리실로 달려온 프레스턴 경은 마법 시스템을 조작하고 있던 당직 마법사를 바라봤다.

"어떻게 됐습니까?"

그러자 마법사는 난감한 표정으로 고개를 저어보였다.

"틀렸습니다. 추적기가 하나도 작동하질 않습니다."

"확실한 겁니까?"

"이미 몇 번이나 해봤습니다. 혹시 모르니 제가 직접 마법진을 그려 한 번 더 추적해 보겠습니다만, 아무래도 누군가가 추적기를 제거했다고 봐야 할 듯합니다."

"수고 좀 해주십시오. 저는 일단 수색조를 짜서 숲에 투입시키도록 하겠습니다."

"부탁드리겠습니다, 프레스턴 경. 부디 꼭 아기씨를 찾아주십시오."

"최선을 다하겠습니다."

자신에게 간절하게 부탁하는 딜란과 마법사에게 꾸벅 고개를 숙여 보인 프레스턴 경이 빠른 걸음으로 밖으로 나가자 마법사는 마법진을 그리기 시작했다.

하지만 결국 어떤 방법으로든 아사는 찾을 수가 없었고, 이 일은 즉각 황제에게 보고되었다.

그리고 그 소식을 들은 황제는 남은 일정은 모두 뒤로한 채 북궁으로 달려왔다.

"아이가… 사라졌다고?"

필립의 말을 듣는 이들은 순간 등줄기가 서늘해지는 기분이었다. 마치 터지기 일보 직전인 시한폭탄을 앞에 두고 있는 심정이 이러할까?

기실, 필립 주변에 서 있는 이들은 자신이 두려워할 이유가 없음에도 불구하고 손에 땀이 차는 걸 느끼고 있었다.

이와는 반대로 북궁의 시녀들과 기사, 병사들은 새파랗게 질린 얼굴이었지만, 공포보다는 초조함과 당혹감이 더 커 보였다.

그리고 그건 필립의 바로 앞에서 그를 상대하고 있는 두 남녀도 마찬가지였다.

딜란은 붉어진 눈시울을 한 채 보고하고 있었다.

"5황자의 배웅을 하러 나간 뒤 소식이 끊겼습니다. 거기다 마법 추적기까지 모조리 작동을 하지 않고 있습니다."

"애한테 붙여놓은 추적기가 몇 개인데, 그게 모두 작동을 하지 않는다는 건가?"

아사는 모르겠지만 북궁에서는 아이가 외출할 때 최소한 세 개 이상의 추적기를 붙여놓는다. 아이의 액세서리나 옷에 달린 커다란 보석의 절반 이상이 추적기라고 보면 될 거다.

이번에도 팔찌와 목걸이에 하나씩, 옷에 하나, 허리띠에 하나, 신발에 하나 해서 도합 다섯 개나 붙여서 내보냈건만, 하나도 작동을 하지 않는 것이었다. 마치 누군가가 고의적으로 그 모든 것을 지워 버린 것처럼 말이다.

"누군가가 손 좀 썼나 본데? 기다려 봐. 내가 직접 해보지."

황제와 함께 허겁지겁 달려왔던 나이젤이 팔을 걷어붙이고 나서자 한쪽에서 죽상을 하고 있던 북궁 마법사가 반색을 하며 그를 맞이했다.

"부탁드리겠습니다."

"수색조는?"

그 모습을 힐끔 본 필립은 곧바로 고개를 프레스턴 경 쪽으로 돌렸다.

"지금 모든 병사를 풀어 숲을 샅샅이 뒤지게 하고 있습니다만, 아직까지는 별다른 소식이 없습니다."

그도 그럴 것이, 이제 수색조를 짜서 숲으로 보낸 지 한 시간이 조금 넘어간다.

비록 북궁 소속의 모든 병사에다 수색견까지 동원해서 보냈지만, 그 넓은 숲을 벌써 다 훑어보는 건 무리였다.

하지만 그럼에도 불구하고 정말 죄송해서 몸 둘 바를 몰라 하는 프레스턴 경이었다.

정작 필립은 별 감흥 없는 듯 시선을 돌려 나이젤을 바라봤지만.

"어떻게 됐어?"

그러자 아직 준비가 끝나지 못해 마법 시전은 시작도 못한 나이젤은 돌아보지도 않은 채 타박을 했다.

"이제 겨우 마법진을 다 그렸거든? 마법이 뭐 휘리릭~ 뚝딱~! 하고 순식간에 되는 건 줄 알아? 좀 기다려! 자네, 거기 마법석은 설치 다 했나?"

"옙. 여기는 끝냈습니다."

"좋아. 누군지 모르는 그놈, 어디 한번 해보자고!"

자신이 직접 만들어서 붙여놨던 마법 아이템을 무용지물

로 만든 누군가에 대한 호승심인지 아이를 숨긴(?) 놈에 대한 분노인지, 나이젤은 소매를 걷어붙이며 의욕을 불태웠다.

6서클의 고위 마법사가 의욕을 불태우자 사람은 기대감을 가졌다.

제국 안을 다 뒤져 봐도 그 정도의 고위 마법사는 십여 명 정도였고, 전 세계를 다 뒤져도 채 30명이 고작인 엄청난 실력자였던 것이다.

그래서 그런지 다시 프레스턴 경을 돌아보는 황제의 기분도 조금은 풀린 듯 느껴졌다.

"한데 어떻게 애가 사라질 수 있었던 거지?"

황제의 질문에 프레스턴 경은 꿀꺽 마른침을 삼켰다.

"아무래도… 불온한 무리들이 아기씨를 강제로 모셔 간 걸로 보입니다. 아기씨 곁에는 기사와 시녀가 함께 있었는데, 그들의 행방도 묘연한데다 추적기까지 모조리 무용지물이 되었다는 건 누군가가 일부러 이런 상황을 만들어냈다고 밖에 생각할 수 없습니다."

"…여기까지 몰래 들어와서 애를 데려갔다?"

싸늘한 눈초리가 자신에게로 향하자 프레스턴 경이 또다시 면목 없다는 듯 허리를 숙여 보였다. 북궁은 물론 북궁의 숲에 대한 경비 총책임자가 바로 그였던 것이다.

메일매일 자신의 기분에 따라 사방으로 돌아다니는 아이를 납치해 가려면 최소한 며칠은 숲에서 아이가 움직이는 패턴을 지켜보고 준비했다는 소리인데, 지금까지 그런 걸 전혀 모르고 있었으니 직무 태만이라고밖에 할 수 없었다.

비록 그 숲이 엄청나게 넓고 커서 숲 전체를 24시간 내내 철벽감시를 하는 건 불가능 하다고 해도 말이다.

"5황자와 같이 사라졌다고?"

필립이 카버 시종장에게 묻자 그가 즉각 대답했다.

"예, 그래서 황궁 전체에 대한 수색을 지시해 놨습니다. 더불어 황후궁과 황태자궁, 그리고 차이슨 공작가와 그 주변에 대한 감시를 한 단계 더 강화하라고 지시해 뒀습니다."

황궁 내에서 이렇게 대담하게 황족에게, 특히나 5황자에게 위해를 가할 수 있는 곳이라면 단 한 군데였다.

그동안 황태자가 5황자를 심하게 괴롭혀 왔다는 건 모르는 사람이 없을 정도였다. 그리고 그 뒤에 누가 있어서 황태자가 그러고도 떳떳하게 다닐 수 있는지도.

'거기에 왜 아사까지?' 라는 의문은 없었다.

이곳에 있는 모든 이는 바로 몇 달 전, 황태자가 북궁의 숲에서 일으킨 사건을 알고 있었으니 말이다.

그래서 대신 '그 형편없는 황태자가 결국 최악의 일까지 저질렀구나' 라고 생각하고 있었다.

"단순히 감시만 강화하는 걸로는 부족해. 나이젤, 아직도 안 끝났나? 충분히 기다려 준 것 같은데?"

방해하지 않으려고 시선도 주지 않고 기다리고 있었건만, 한참이 지나도 나이젤 쪽은 조용하기만 했다. 아까 그 의욕에 불타 있던 나이젤은 어디로 사라지기라도 한 것처럼 말이다.

기다리다 못한 필립이 나이젤을 재촉하며 고개를 돌렸더니, 그곳에는 믿을 수 없다는 표정을 하고 있는 나이젤이 서 있었다.

"뭐냐, 그 표정은?"

"탐지 마법이… 찾아내질 못하고 있어."

"뭐?"

필립의 눈썹이 꿈틀거리자 나이젤이 당황한 표정으로 말을 이었다.

"아무래도… 이 자식들이 단단히 대비하고 있었던 모양이야. 내가 직접 탐지 마법을 펼쳤는데… 걸리는 게 없어. 뭐야, 이 자식들… 도대체 뭘 하려는 거지?"

그런데 바로 그때였다.

기사 한 명이 다급하게 들어와 프레스턴 경에게 뭐라뭐라 속닥거리는 것이었다. 거기다 그 보고를 듣고 있던 프레스턴 경의 표정이 심각하게 굳어졌다.

"뭐냐?"

더욱 불편해진 심기를 숨기지 않으며 필립이 묻자 프레스턴 경이 황망함을 감추지 못한 채 떨리는 목소리로 입을 열었다.

"폐, 폐하… 지금 숲에서… 아기씨와 5황자를 호위했던 기사들과 시종, 시녀들의 시신을 발견했다 합니다."

"뭐?"

잘못 들었다는 양 되묻는 필립에게 프레스턴 경의 고개가 더욱 숙여졌다.

"아기씨와 5황자를 호위했던 기사들과 시종, 시녀들이 시체로……"

콰과광!

프레스턴 경이 채 말을 끝내기도 전에 커다란 충격음이 터져 나왔다.

범인은 바로 황제였다.

프레스턴 경의 보고를 듣자마자 그의 몸에서 강력한 기운이 터져 나와 주변을 휩쓸었던 것이다.

웬만한 장식품들은 그 기운에 휩쓸려 날아갔고 주변 사람들조차 그 기운을 견디지 못해 엎드리거나 기둥 따위를 부여잡기 급급했다.

그리고 프레스턴 경은 있던 그 자리에서 납작 개구리가 되어 있었다.

필립의 기운이 그를 내리찍은 것이다. 얼마나 강력한 힘으로 내리찍었는지 프레스턴 경 아래 바닥에 금이 쩍쩍 가 있었다. 대리석을 깔아 만든 바닥이 말이다.

하지만 필립이 폭발할 만도 했다.

그동안 모든 사람이 아사의 실종에 신경이 곤두서 있기는 했지만, 이게 황태자의 못된 장난질(?)일 거라 생각해 최악의 일은 염두에 두고 있질 않았다.

그냥 5황자와 함께 어딘가 갇혀 있을 거라고, 또한 그들과 함께 있던 기사들과 시종, 시녀들은 그들을 돕지 못하게끔 어떤 제재가 가해져 있을 거라 여겼던 것이다.

한데 그 기사들과 시종, 시녀들이 죽었다니, 그렇다는 건 이게 그냥 단순한 황태자의 못된 장난질 레벨이 아니라는 뜻이었다.

"진정해! 여기 있는 사람을 다 죽일 셈이냐?"

대단한 마법사인 나이젤은 마법으로 실드를 치면서 외쳤다.

하지만 덕분에 그는 적자색으로 변한 필립의 눈과 정통으로 마주쳐야만 했다.

"아이를 찾지도 못하면서 말이 많군."

한 톤 더 낮아져 음산하게까지 느껴지는 필립의 목소리에 나이젤은 마른침을 한 번 삼키고 필사적으로 외쳤다.

"미안한데 한 번만 더 기다려 봐라. 지금은 탐지 마법의 범위를 황궁 내로 좁혀놔서 못 찾는 걸 수도 있어. 범위를 최대한 넓혀서 한 번만 더 해보마!"

"못 찾으면?"

"어, 어떻게 해서든 기필코 찾아내마! 내 이름을 걸고 맹세하겠어!"

나이젤이 자신의 이름까지 걸면서 절절하게 외치자 필립이 여전히 음산한 목소리로 입을 열었다.

"단 한 번의 기회를 주지. 이게 마지막 기회가 되지 않으려면 반드시 성공해야 할 거다."

마지막 기회라니, 이번에 성공 못 하면 다시는 마법을 사용할 수 없게 만든다는 것일까, 아니면 어떤 기회도 가질 수 없게 세상에서 사라지게 만든다는 것일까?

어느 쪽이든 무서운 협박이었기에 나이젤은 허옇게 질린 얼굴로 열심히 고개를 끄덕였다.

그가 이번에는 탁자 위가 아닌, 바닥에 전과는 비할 수 없이 크고 복잡한 마법진을 고심고심하며 그리고 있는 걸 필립은 얼마 떨어지지 않은 곳에서 지켜보고 있었다.

그냥 덤덤한 표정인 것 같았지만, 그의 손은 계속 천천히 쥐었다 펴지고 있었다.

주먹이 꽉 쥐어질 때마다 손의 힘줄이 툭툭 불거지는 것이, 그가 얼마나 강한 힘으로 주먹을 쥐는지 알 수 있을 정도였다.

"무슨 생각인 걸까… 갑자기 미치기라도 했나? 세상 사는 게 너무 힘들어 죽고 싶어졌나 보지?"

방금 전까지는 방을 날려 버릴 정도로 폭발한데다 나이젤까지 무섭게 협박하던 필립이 피식 웃으며 중얼거리자 주변 사람들이 다시 한 번 마른침을 삼켰다.

특정 물건이 어디 있는지 찾는 탐지 마법은 2클래스의 마법이다. 가장 간단하고 기본적인 마법이 말이다.

그러나 그 특정 물건을 누구도 찾지 못하게 숨겨두고 싶어하는 사람이 있게 마련이라, 탐지 마법이 만들어진 뒤 얼마되지 않아 탐지 마법을 방어하는 방법이 생겨났다.

그러자 그 방법을 무용지물로 만드는 탐지 마법이 또 개발되었고, 그것을 방어하는 방법이 연구되어 이제는 탐지 마법을 성공하느냐, 아니면 방어하는 것이 성공하느냐가 그 마법사의 실력을 증명하는 것이 되어버렸다.

이번에 미친 짓을 저지른 놈은 만에 하나라는 생각에 나이젤에 대한 대비도 하고 있었나 보다.

해서 나이젤도 그것까지 계산하여 자신의 모든 능력을 다 쏟아부으며 애를 썼는데, 그렇게 해서 성공했으면 정말 좋았으런만……

"찾았나?"

"그, 그게…….'

"찾.았.냐.고?"

허옇게 질린 나이젤에게 한 자 한 자 끊어가며 묻는 필립의 모습은 마치 저승사자 같았다.

"저, 저기… 아직 잡히는 게 없어서…….'

"그러니까… 못 찾았다는 건가?"

"모, 못 찾았다는 건 아니고… 단지 시간이 좀 더 걸린다 이거지."

"시간은 충분히 준 것 같은데? 얼마나 더 기다리라고?"

"그, 그게… 최소한 하루나 이틀 정도…….'

아무래도 이 죽고 싶어 환장한 자식들의 준비가 나이젤보다 한 수 위였던 모양이다.

탐지 마법의 범위를 전국으로 확대했음에도 불구하고 걸리는 게 없었다. 설마 단 몇 시간 만에 애를 국외로 빼돌렸을 리는 만무할 테고 말이다.

"차이슨 공작의 능력이 너보다 한 수 위였나 보지?"

"아, 아무래도…….'

조금이라도 더 기다려 줄 마음이 전혀 없어 보이는 필립의 모습에 나이젤은 이제 모든 게 끝났다 싶었는지 만사 다 포기한 모습으로 한숨을 푹 내쉬었다.

"빌어먹을 차이슨 공작."

그런데 그때였다.

뜻밖에도 나이젤에게 하늘에서 동아줄이 내려왔다.

"하지만 난 그 사람보다 몇 수 위라오."

언제부터 있었는지 방 한쪽 구석에 허연 수염만은 탐스럽게 기른 대머리 영감님이 서 있었다.

"스승님? 도대체 언제 오신 겁니까?"

"네 녀석이 저 마법진을 마무리할 즈음에 왔다."

"아니, 왔으면 진즉에 저 좀 도와주시지 제가 실패하는 걸 그냥 지켜만 보고 계셨습니까?"

제자에게 원망에 가득 찬 눈초리를 받으면서도 눈 하나 깜짝 안 하는 남자는 나이젤의 스승이자 황실 마법단의 수장인 타우젠드 백작이었다.

배가 뽈록 나온 통통한 체격의 인심 좋은 할아버지처럼 생긴 영감님은 피식 웃으며 대꾸했다.

"네 녀석이 그리는 마법진이 재미있어서 지켜봤다. 아주 열심히 머리를 굴렸더구만?"

"그럼, 목숨이 달렸는데 안 그러게 생겼습니까?"

방금 전까지만 해도 사형수 같은 표정이었던 나이젤은 스승의 등장에 이제 살았다 싶었던지 화색이 돌았다.

그사이 필립은 아무래도 다친 듯 뒤로 물러난 자리에서 힘겹게 서 있는 프레스턴 경 대신 그의 부관에게 보고를 받고 있었다.

"숲에서 기사들의 시신을 발견하자마자 타우젠드 백작을 호출했다고 합니다."

같이 듣고 있던 프레스턴 경은 정말 탁월한 지시를 내린 그 기사를 승진 후보 1위로 결정지었다.

그 보고를 들은 필립은 타우젠드 백작을 바라봤다.

"그럼, 백작께선 아이를 찾을 수 있다는 것이오?"

이 에레츠 대륙 전체에서 단 세 명밖에 없다는 8클래스 마법사인 타우젠드 백작이었기에 아무리 아카제브 제국의 황제인 필립이라도 함부로 대할 수 없었다. 타우젠드 백작은 비록 백작이라도 황제를 편히 대할 수 있었고 말이다.

"찾을 수 있는 게 아니라, 벌써 찾아냈다오."

어깨를 으쓱하며 아무렇지도 않게 대답하는 타우젠드 백작의 말에 방에 있던 모든 사람의 눈이 놀라움으로 커졌다.

"차, 찾았다는 말씀이십니까? 어떻게요? 탐지 마법이 먹힌 겁니까?"

나이젤의 놀람에 가득 찬 질문에 타우젠드 백작은 싱글싱글 웃으며 대답했다.

"물론 내가 직접 탐지 마법을 사용했어도 찾았겠지만, 이번에는 다른 방법을 썼다."

그리고는 타우젠드 백작은 필립을 바라봤다.

"아주 똘똘한 딸내미를 두셨소, 황제. 그거 아시오? 이번에 내가 이렇게 쉽게 당신의 딸을 찾을 수 있었던 것은 온전히 당신 딸내미 덕이라오."

덕분에 목숨도 여럿 살렸고.

타우젠드 백작은 뒷말은 생략한 채로 손바닥만 한 크기의 마법 아이템을 꺼내 들었다.

"위치는 내가 알려줄 테니, 어서 그 어린 아가씨나 찾으러 가도록 하시오."

그렇게 해서 무사히 아이가 있는 곳을 찾을 수 있었던 것
이다.

딜란은 품에 안긴 온기에 다시 한 번 안도의 한숨을 쉬며
어금니를 꽉 깨물었다.

'이런 일은 다신 없을 거예요. 다시는…….'

제 21 화

돈이 필요해!

"…아기씨……."

어째 옆집에서 틀어놓은 TV 소리가 벽 너머로 들리는 것처럼 감이 먼, 그러나 그리운 목소리가 들렸다.

"우웅……."

정신이 서서히 깨어났음에도 불구하고 나는 왠지 다시 한 번 더 목소리를 듣고 싶은 심정에 괜히 잠투정을 하며 얼굴을 비비적거렸다.

그러자 이게 웬일?

"아기씨? 이제 일어나세요."

기다렸다는 듯 다시금 들리는 조용하고 부드러운 목소리.

오늘따라 마지막에 기분 좋은 꿈을 꾸는구나 싶은 순간,

손에서 느껴지는 시원한 촉감에 나는 두 눈을 번쩍 떴다.

"으~!"

그러자마자 제일 먼저 날 반긴 건 밝은 햇빛이었다.

오랫동안 빛을 보지 못한 눈에 부담이 되었던 것인지 나는 눈을 뜨자마자 느껴지는 통증에 반사적으로 인상을 찡그리며 눈을 감았다.

"이런, 괜찮으세요?"

그에 황급히 내 머리 위로 그늘이 지며 염려 섞인 목소리가 들려왔다.

"아니……."

평소처럼 '안 괜찮다'고 당당히 대답하려 입을 열었는데, 어째 목이 잔뜩 잠겨 쉿소리가 나오는 것이다.

게다가 아까는 눈부심에 미처 인식을 못했는데, 마치 감기기운이라도 있는 듯 머리가 지끈지끈거리고 몸이 축축 늘어지는 것이 몸 상태도 좋지 못했다.

"끄으응……."

덕분에 나도 모르게 이마를 짚으며 끙끙 앓는 소리를 내는데 커다란 손이 내 등을 받쳐 조심스레 상체를 일으켜 주었다.

"자자, 천천히 일어나 앉아보세요. 머리가 많이 아프세요?"

등을 받쳐 주지 않으면 다시 드러누울 것만 같았다.

그나마 물수건으로 얼굴과 손을 닦아주자 그 시원함에 두통이 좀 나아져 겨우 눈을 뜰 수 있었다.

그래도 신음은 또 튀어나왔지만 말이다.

"끄으응……."

"자, 이것 좀 드셔보세요. 그럼 좀 나아질 거예요."

그런 내게 찰랑거리는 액체가 담긴 나무 컵이 내밀어졌다.

거의 반투명한 초록색인데다 청량한 솔향기 비슷한 내음이 맡아져 나는 식힌 허브차 정도로 생각하고 냉큼 받아 마셨다. 그렇지 않아도 입안이 바짝 메말라 버석거렸던 것이다.

한데,

"어라?"

한 모금 마시자 입안에서부터 청량한 기운을 화악 퍼뜨리던 그 액체는 목으로 넘어가 내 위에 닿기도 전에 액체 전체가 청량한 기운으로 변해 온몸으로 퍼져 나가는 느낌이었다.

게다가 기운이 몸 구석구석으로 퍼지자 지끈거렸던 두통이 가라앉는 것은 물론, 손가락 하나 까딱하기 싫을 정도로 최악이었던 컨디션도 몇 단계씩이나 회복되는 것이었다.

"뭐, 뭐야, 이거?"

한 모금만으로도 순식간에 효력을 느끼니, 그 능력에 나는 절로 눈을 휘둥그레 떴다.

뭔가 청량한 기운이 돌기에 '보약재라도 같이 넣어 끓였나 보다' 라는 생각은 했는데, 효능이 너무 놀랍다. 백 년 묵은 산삼이라도 넣었나?

"회복 포션이라는 거예요. 자자, 여기 있는 거 다 드세요."

나무 컵을 살짝 미는 손길에 나는 두말 않고 컵을 기울였다.

꼴깍꼴깍.

컵이 그다지 크지 않았기에 내가 네다섯 모금 마시자 바닥이 났다.

하지만 그것만으로도 나는 생에 처음으로 순식간에 띵 했던 정신이 맑아지고 어두침침하던 눈이 트이며 힘없이 축 늘어졌던 팔과 다리가 생생해지는 신기한 경험을 할 수 있었다.

"오올~"

나무 컵을 앞에 있는 사람에게 건네주고 팔팔해진 손을 쥐었다 펴며 신기해하자 안도감과 웃음기가 어린 목소리가 들려왔다.

"이제 괜찮아지셨지요?"

고개를 번쩍 드니 유모가 그녀 특유의 부드러운 미소를 지으며 나를 바라보고 있었다.

"유모?"

"네, 아기씨."

변함없이 다정한 빛을 품고 있는 눈이 부드럽게 휘어졌다.

그러나 난 평소처럼 유모에게 마주 미소를 되돌리는 대신 눈을 몇 번 깜빡거리다 인상을 찡그리며 주변을 둘러보고는 다시 유모를 바라봤다.

"…유… 모?"

"네."

살짝 인상을 찡그린 채 재차 묻는 내 질문에도 유모의 표정은 조금도 변함이 없었다.

"어제 일, 기억 안 나세요?"

그렇지 않아도 어제 뭔 일이 있어서 내가 지금 밖에서 자다 깼고, 유모가 저런 옷을 입고 있는 건가 싶어 열심히 기억을 더듬고 있던 차였다.

일단 우리가 있는 곳은 단순히 가까운 야외가 아니라 아주 먼 야외로 온 모양이었다.

인공적인 손길이 전혀 닿지 않은 천연적으로 형성된 것이 분명한 어느 숲 속의 공터였으니 말이다.

게다가 유모는 저택에서 항상 입고 있던 우아하지만 단정한 느낌의 드레스 대신 편안해 보이는 셔츠와 가죽 바지, 가죽 부츠 차림이었다.

그것만으로도 놀라운데 거기에 더해 그녀는 흉갑에다 팔뚝 보호대까지 착용하고 있었다.

'뜬금없이 갑자기 웬 여전사 패션? 어… 잠깐, 그러고 보니 유모는 어제 다른 옷을 입고 있었잖아?'

물론 그 옷도 드레스는 아니었다.

그걸 시작으로 우후죽순으로 솟아나는 어제의 기억들을 더듬어보던 난 얼마 지나지 않아 화들짝 놀라며 헛바람을 들이켰다.

"헛! 자, 잠깐. 뭐야, 왜 여기서 이러고 있어? 빨리 안전한 곳으로 가야 하는 거 아니야?"

한데 다급한 내 마음은 모르는 척 유모는 웃기만 했다.

"괜찮아요, 아기씨. 여기는 안전한 곳이랍니다."

"하아~?"

뭘 믿고 그럴 수 있냐고 묻고 싶었지만 문득 유모의 너무나 태평해 보이는 모습에 나는 멈칫거렸다.

'태평해?'

이건 단순히 어른이 아이를 안심시키려고 대범한 모습을 유지하고 있는 게 아니었다.

아무리 겉으로는 태연한 척해도 주변 분위기라는 게 있으니 말이다.

한데 유모뿐만이 아니라 공터 여기저기에 있는 이들 모두가 편히 쉬고 있는 분위기였다.

그 모습에 나는 천천히 고개를 끄덕였다.

"그렇군. 여기는 정말 멀리 떨어진 곳이구나."

우리 팀 사람들이 맘 편히 휴식을 취할 수 있을 정도로 안전한 곳 말이다.

내 말에 유모가 방긋 웃었다.

"네, 그러니 그 나쁜 놈들은 걱정 안 하셔도 돼요. 또 여기서 조금 쉬다가 곧 저택으로 돌아갈 거니까 금방 폐하도 뵐 수 있을 거구요."

"하아, 그렇구나."

내 추측을 확인해 주는 유모의 말에 안도의 한숨이 흘러나오며 어깨에서 힘이 빠졌다.

상황이 상황이다 보니 별로 도움이 못 되었던 나였지만 절로 긴장이 되었던 것이다. 아니, 할 수 있는 게 별로 없다 보니 더욱더 긴장됐다.

그 긴장을 털어버려 몸이 한결 편해지자 나는 덩달아 가벼운 기분으로 유모를 바라보는데, 어째 유모가 방금 전과는 달리 묘한 시선으로 날 바라보고 있는 거였다.

"뭐, 뭐야? 왜 그런 시선으로 보는 건데?"

슬픔과 안타까움과 미안함 등등이 섞인 뭔가 마음을 오글거리게 만드는 시선에 내가 반사적으로 경계를 하며 묻자 다짜고짜 유모가 팔을 뻗어 날 폭 안았다.

"아기씨… 무사하셔서 정말 다행이에요, 정말정말 다행이에요."

물기 어린 목소리와 그녀에게서 느껴지는 따스한 온기에 나는 머쓱하게 웃을 수밖에 없었다.

"빨리 와줘서 고마워. 그곳 음식은 진〜짜 맛없더라고."

"더 빨리 가려고 했는데 늦어서 죄송해요. 아니, 이런 일을 겪게 해드려 정말정말 죄송해요."

말하다 보니 감정이 북받치는지 유모의 목소리가 이제는 가늘게 떨렸다.

"나 원 참, 유모는 평생 안 우는 줄 알았더니만……."

유모가 이렇게 애처로운 목소리를 낼 수도 있다는 게 신기하기도 하고, 나 때문에 이렇게 되었다는 게 기분 좋기도 하고 쑥스럽기도 하고… 하여간 복잡했다.

하지만 한 가지 확실했던 건,

"왜 유모가 미안해해? 유모가 한 일도 아닌데 뭐. 정작 미안해할 사람은 따로 있는 거잖아?"

"그래도요. 그래도요, 아기씨. 아기씨를 지켜드렸어야 하는데……. 얼마나 놀라셨을까. 많이 무서우셨지요? 잠은 제대로 주무셨나요? 식사는요?"

"음? 에… 잘 먹고 잘 잤어. 묶여 있어서 좀 불편하고 뛰어다니지 못해 좀 갑갑했던 거 빼고. 아, 목욕도 못 했……."

거기까지 생각하던 나는 황급히 몸부림쳐서 유모의 품에서 빠져나왔다.

내 갑작스러운 반응에 유모가 놀란 얼굴을 했다.

"왜, 왜 그러세요, 아기씨? 어디 불편하시기라도 한 건……? 혹시 다치셨어요?"

"휘이~! 저리 떨어져, 유모! 아오~ 창피해. 그러고 보니 나 거기 간 뒤로 한 번도 목욕한 적이 없단 말이야. 어제 나 안고 다닐 때 혹시 내 몸에서 냄새 안 났어?"

얼굴과 손발이야 아침마다 트래버스가 닦아주기는 했지만, 목욕은커녕 머리도 못 감고 지냈었다.

"머리에 기름도 많이 꼈지? 아오, 집에 도착할 때까지 망토를 뒤집어쓰고 있어야겠다. 망토 어딨어, 망토?"

부산을 떨며 주변을 둘러보는 날 벙찐 얼굴로 바라보던 유모가 곧 '풋~' 하고 웃음을 터뜨렸다.

"호호호, 그게 걱정이셨던 거예요? 걱정 마세요. 제가 아기씨 주무실 때 다 씻겨 드렸어요."

"뭐? 말도 안 돼. 여기가 여관도 아니고, 야외에서 유모가 남세스럽게 잘도 내 옷을 벗겼겠다."

평소 나같이 대단한 사람은 함부로 속살을 보여주는 게 아니라면서 저택 안을 맨발로 돌아다니는 것도 질색하는 주제에 말이다.

"당연히 안 벗겼지요. 제가 감히 어디서 아기씨 피부를 드러내겠어요? 마법을 사용했지요. 몸이 좀 상쾌하지 않으세요?"

"글쎄……."

머리를 매일 감다가 하루 안 감으면 머리가 가렵고 찝찝해서 못 견디지만, 그 순간이 넘어가 익숙해지면 가렵지도 않고 찝찝함도 안 느껴서 특별히 상쾌해졌다는 걸 모르겠다.

뭐, 공기야 정말 상쾌하긴 했지만 말이다.

내가 별로 못 믿겠다는 표정으로 드디어 찾은 망토를 뒤집어쓰자 유모가 말을 돌리려는 건지 갑자기 생각났다는 듯 물어왔다.

"아기씨, 그리고 보니 여쭤보고 싶은 게 있는데요."

"음? 뭔데?"

내가 뭘 안다고, 나에게 물어볼 게 있다는 게 더 신기하다.

"어제… 저랑 같이 건물을 빠져나오다가… 왜… 그… 나쁜… 사람에게 잠깐 잡히신 적 있잖아요."

"있지. 실라크라고 했던가? 그 나쁜 시키."

나에게는 워낙 큰 사건이었던 터라 쉽게 떠올릴 수 있었다.

"그런 단어는 쓰지 마시라니까요! 아참, 그게 아니고, 그… 악당한테서 아기씨 스스로 빠져나오셨잖아요. 그때 사용한 마법아이템, 타우젠드 백작님이 만들어주신 건가요?"

"타우젠드 백작?"

"왜… 재상님 스승님이요. 아기씨가 나이젤 아저씨라고 부르시는 분의 스승님."

"아아, 그 대머리에 수염만 풍성하던 할아버지? 대단한 마법사라고 하던……."

"예, 바로 그분이요. 그분이 아기씨 추적 장치 말고도 또 다른 것도 만들어주신 거예요?"

"응. 그 할아버지가 아빠한테 말했나 보네? 맞아. 할아버지가 만들어준 거야. 역시 난 선견지명이 있지 않아? 혹시나 하고 만들어둔 건데 이렇게 일찍 써먹을 줄이야."

아버지한테 어떻게 비밀로 하고 만들 수 있을까 하는 게 제일 고민이었는데, 정말 운이 좋게도 나랑 죽이 척척 맞는 할아버지를 만난 덕분에 해결할 수 있었다.

만약 그 할아버지가 아니라 나이젤 아저씨였다면 턱도 없었을 거다.

아버지가 황제라는 걸 안 뒤로 나는 언젠가 나에게 위험이 생길지도 모른다고 생각했다.

특히나 황태자라는 녀석을 만난 뒤로는 '생길지도 모른다'가 '생길 것이다'라는 확신으로 바뀌었고 말이다.

그런데 그 위험은 언제 어느 때 나타날지 모르고, 그 당시 나에게 힘이 있을지도 없을지도 모르니 기회가 생기자마자 즉시 만들어두었던 것이다.

그렇다고 대단한 걸 바란 건 아니었다.

단지 언제 어디서든, 어떤 상황이든 아버지에게 내가 어디 있는지 알려줄 수 있도록 하는 것과 위급한 상황에 잠깐 내 몸을 보호할 수 있는 능력.

내가 원하는 건 딱 그 두 가지였지만, 거기에 부가적으로 붙는 조건이 좀 많아서 그 할아버지가 되게 어렵다고 하긴 했다.

'그 할아버지가 어려운 문제에 도전하는 걸 좋아해서 다행이었지. 뭐, 아직은 '우리나라 안'이라는 제한이 걸려 있지만, 그거라도 어디야?'

팔짱을 척~ 끼고 의기양양하게 웃자 유모가 짐짓 엄한 표정을 지었다.

"아무리 그래도 그렇지요. 아니, 어떻게 손바닥 안에 넣을 생각을 하셨어요?"

내가 원한 부가적 조건 중 하나가 그거였다.

내가 착용한 걸 아무도 몰라서 언제 어느 때고 빼앗기지 않게 해달라는 것.

그 이야길 들은 마법사 할아버지는 한참을 고민하다 이렇게 물었었다.

'그럼 몸속에 넣을래? 그게 가장 확실하게 안 들키고 항상 착용할 수 있을 것 같은데.'

난 무지 좋다고 즉각 찬성했고 말이다.

"왜? 가장 확실하잖아. 거기에 마법 물품이 있을 줄 누가 짐작이나 하겠어? 그래서 이번에도 다른 건 다 빼앗겼어도 그건 안 빼앗겼잖아. 캬캬캬! 정말 탁월한 선택이었지."

"세상에나, 안 무서우셨어요? 백작님도 그렇지, 어떻게 황족의 몸에 손을 대실 생각을 하셨을까? 폐하께서 얼마나 놀라셨는지 아세요?"

"효과는 좋았잖아. 거기다 안 아프게 해줬는걸, 뭐."

"그래도 피가 나셨을 거 아니에요?"

"피? 뭐… 아주 쬐~ 끔. 저번에 팔꿈치 까졌을 때 난 정도?"

필요하면 뼈도 깎고 보형물도 집어넣는 세상에서 살다 와서 그런지 나는 부작용만 별로 없다면야 자그마한 금속 덩어리 정도는 얼마든지 몸속에 넣을 수 있었다.

하물며 그게 히든카드인데, 넣을 수 있는 대로 다 넣어야지.

"혹시… 아기씨 위치 추적기하고 그때 사용한 거… 블링크 맞죠? 거기다 실드도 있던데. 그거 말고 또 다른 것도 있으세요? 솔직히 말씀해 보세요. 몇 개를 넣으신 거예요?"

"비밀이야, 비밀. 알려고 하지 마. 비밀 무기는 비밀이라야 의미가 있는 거라고. 그렇지 않아도 유모는 내 비밀을 너무 많이 알고 있어."

사실은 그게 다였다.

내가 아직 어려서 손바닥에 넣을 수 있는 크기가 작아 세 개가 최대였던 것이다.

그래서 내 덩치가(?) 더 커지면 업그레이드된 걸로 바꾸기로 이미 마법사 할아버지랑 이야기가 되어 있다.

내가 씨익 웃으며 고개를 젓자 유모가 '에휴~' 하고 한숨을 내쉬더니 말했다.

"이번이 처음이자 마지막일 거예요. 폐하께서 아기씨 몸에 상처 나는 걸 두고 보실 거 같으세요? 혹시 뭔가 또 생각한 게 있으셔도 다음에는 불가능할 테니 포기하시는 게 나을 거예요."

'캬캬~ 그건 두고 봐야지.'

하지만 그 말을 입 밖으로 꺼내는 대신 난 화제를 돌릴 겸 아까부터 궁금했던 질문을 꺼냈다.

"그건 그렇고, 나랑 같이 있던 애들은?"

"아기씨보다 먼저 일어나서 지금은 식사를 하고 있답니다. 아, 그러고 보니 속은 어떠세요? 울렁거리거나 메스껍거나 그런 건 없으시고요?"

애들 이야기를 하다 말고 갑자기 웬 내 속 이야긴가 싶었지만 나는 착실히 대답했다.

"응? 아니 뭐… 그런 건 없는데?"

아까 머리가 아팠을 때 좀 느글거리는 것 같기도 했지만 두통이 심해서 신경 쓰지 못했다.

게다가 그 후 유모가 준 신기한 물약 '회복 포션' 덕분에 몸에 있는 이상 증상이란 증상은 모조리 해결되었고 말이다.

지금 다시금 내 몸 상태를 점검해 봐도 팔팔하기만 하고 불편한 데는 없었다.

아니, 오히려…….

"음, 그냥… 배가 고픈데?"

엄청 밝은 햇빛을 보자면 평소 아침 먹던 시간보다 늦은 시간인 게 분명했다.

"호호호, 알겠습니다. 잠시만 기다리세요. 수프를 좀 가져다 드릴게요. 그런데 맛은… 저택에서 먹던 것보다는 좀 덜할 거예요."

그렇게 말한 유모는 잠시 머뭇거리다가 미안한 표정으로 덧붙였다.

"죄송해요. 맛있는 걸 드려야 하는데……."

그녀의 표정에 나는 나도 모르게 풀썩 웃어버렸다.

트래버스의 노력으로 음식이 점점 나아졌다고는 하지만 그래도 저택에서 먹던 것보다 훨씬 못한 걸 먹고 지냈는데 이제 와서 뭔들 못 먹을까 싶었던 것이다.

게다가 솔직히 전생에서는 곰팡이가 핀데다 말라서 딱딱해지기까지 한 식빵을 곰팡이가 핀 부분만 뜯어내고 우적우적 먹었던 기억도 있다.

아직 집에 완전히 도착한 것도 아니고 숲 속에서 잠시 쉬고 있는 참인데, 식사를 대령해 주는 것만으로도 고마운 일이지.

"괜찮아, 괜찮아. 뭘 그런 걸 가지고. 내가 언제 음식 투정하는 거 봤어?"

유모가 너무 미안해하자 나는 괜히 더 잘난 척 양손을 허리에 올리고 '나 이런 사람이야~'라는 표정으로 어깨를 폈다.

"맛있는 건 집에 가서 얼마든지 먹을 수 있는걸."

그러자 유모도 안색을 풀고 그녀 특유의 부드러운 미소를 지어 보였다.

"그러세요. 저택에 도착하면 제가 따악 한 번만 파이 다섯 조각 먹는 거 그냥 눈감아 드릴게요."

"쳇, 겨우 딱 한 번? 최소한 다섯 번은 봐줘야지."

"안 돼요. 딱 한 번이에요."

"너무한 거 아니야?"

내가 입술을 삐죽 내밀고 투덜거렸지만 유모는 끝까지 '딱 한 번'을 고수했다.

"참, 여기 도착하자마자 폐하께 연락드렸답니다. 아기씨께서 깨어나시면 보고 싶다고 하셨으니 어쩌면 잠시 후에 폐하의 얼굴을 뵐 수 있을 거예요."

"응? 아빠? 아빠도 여기 오는 거야?"

설마 하는 생각으로 유모를 보자 유모가 빙그레 웃으며 고개를 저어 보였다.

"아니요. 직접 오시지는 못하지만, 대신 마법 통신구를 이용해서 폐하를 뵐 수 있을 거예요."

하기야 황제였으니 아무 때나 궁 밖으로 나오는 건 어려울 거다.

그런 아빠를 볼 수 있다니, 마법 통신구라는 게 마법으로 만든 전화기인가?

'아냐. 얼굴을 본다고 했으니 화상 통화쯤 되겠군.'

마법이라고 하면 허공에서 불덩어리가 생기게 하거나 바람 좀 불게 하는 게 전부인 줄 알았는데, 전생의 과학 기술 못지않게 정말 많은 곳에서 다양하게 사용되고 있었다.

'이번에 돌아가면 나도 한번 마법을 배워봐? 어차피 글은 알고 있으니 말 못 타게 하는 대신 마법을 배워본다고 해봐야겠어. 설마 그것도 움직이면서 하는 건 아닐 테니까.'

내가 그렇게 마법에 뜻을 세우고(?) 있을 때 유모가 아차 하는 표정으로 입을 열었다.

"어머, 내 정신 좀 봐. 수프를 가져다드린다는 게……. 얼른 다녀올게요."

그런 유모의 말에 나도 깜빡 잊고 있던 게 생각나 유모를 불렀다.

"아, 유모, 그러면 난 애들하고 있을 테니 그쪽으로 가져다줘. 애들도 식사하고 있다고 했지?"

걔들도 식사를 하고 있다니 얼굴도 볼 겸, 겸사겸사 같이 먹는 게 좋을 것 같았다.

"그러실래요? 다른 분들은 저쪽에 계시니까 그쪽으로 가계세요. 거기로 가져다드릴게요."

"응, 응."

유모에게 대답하자마자 나는 그녀가 가리킨 쪽으로 달려갔다.

도도도도!

"아기씨, 뛰지는 마시구요! 그러다 넘어지면 다치세요!"

그러자마자 즉각적으로 유모의 잔소리가 날아왔지만 개의치 않았다.

"괜찮아, 괜찮아."

두다다다!

평온한 분위기를 뚫고(?) 갑자기 쪼그만 물체가 달려가니 모든 이의 시선이 쏠렸지만, 그와 동시에 나 또한 내 쪽으로 시선을 돌리는 꼬맹이들을 발견했기에 걸음을 멈추지 않았다.

아니, 오히려 달려가는 와중에 두 팔을 벌리며 외치기까지 했다.

"여어어~!"

"여어~!"

"이제 일어났어?"

"……."

빨간 머리 꼬맹이와 예쉬는 그래도 한마디씩은 던졌고, 잿빛 머리 꼬맹이 녀석은 고개만 까딱해 보였다.

얘들도 나처럼 푸욱 자고 일어났는지 머리는 까치집이지만 안색은 좋아 보였다.

'나만 잠든 게 아니었구나.'

아까 유모에 의해 잠에서 깬 뒤 나 혼자 잠든 줄 알고 스스로가 살짝 어이없었는데—긴장된 상황에 잠이 들었으니—이제 보니 나만 잠든 게 아니었나 보다.

얘들의 체력과 불안해할 심정을 염려하여 마법으로 잠재웠다는 걸 모르는 난 내심 안도하며 편히 웃을 수 있었다.

"다들 일찍 일어났네?"

그들 앞에 도착해서 바라보니 얘들은 벌써 수프와 빵을 절반 넘게 먹고 있었다.

"네가 늦은 거라고. 하기야 어린애는 많이 자야 키가 쑥쑥 크지."

켈켈거리며 웃는 빨간 머리 꼬맹이를 한 번 째려봐 주고는 나는 예쉬에게 다가가 그의 손에 들린 빵을 뺏어 먹었다.

"아~ 배고파. 물 없어, 물?"

그러자 잿빛 머리 꼬맹이가 조용히 자신 옆에 있는 컵을 내밀었다.

"아니, 너한테는 식사도 안 주냐?"

내가 너무 빵을 맛있게 먹는지 빨간 머리 꼬맹이가 자신의 빵을 반으로 쪼개 건네주며 물었다.

거절할 내가 아니기에 기꺼이 빵을 받아 드는데, 그 와중에 나는 애들 너머 좀 떨어진 곳에 혼자 쭈그리고 앉아 있는 인물을 발견했다.

"어라? 어라라라?"

정말 의외의 인물이라 나는 빨간 머리 꼬맹이에게서 받은 빵을 입에 물며 그쪽으로 걸어갔다.

그러자 처량하게도 잔뜩 주눅이 든 표정으로 혼자 앉아 있던 인물이 얼굴 가득 반가운 기색을 띠며 자리에서 벌떡 일어났다.

"일어났구나. 몸은 좀 괜찮니… 요?"

'으응?'

이 괴상한 어법은 뭐냐 싶어 바라보는데 그가 반들반들한 머리를 긁적이며 어색하게 웃어 보였다.

"아하하, 아니, 그, 그게……."

뭐, 그거야 어쨌든 이 사람도 여기서 다시 보니 반가웠다.

만나게 된 연유는 안 좋았지만, 이후 우리에게—특히 나에게—잘해주려고 애썼고, 어제 우리가 위험할 때 자신의 몸을 던져 우리를 도와주지 않았던가.

하지만 그렇다 해도 거기서 빠이빠이할 줄 알았지 여기까지 같이 올 줄은 몰랐다.

"트래버스 아저씨야말로 괜찮아? 어제 피 많이 나던데."

혼자 청승 떨며 앉아 있는 것치고는 옷도 어제의 그 찢어진 셔츠 대신 새 옷을 입고 있고, 혈색도 나쁘지 않아 보였다.

"그러엄… 요. 하하하~ 내가 이래 봬도 튼튼한 사람이라 그 정도는 까딱없어… 요."

손사래를 치며 대답하는 와중, 어째 트래버스의 눈동자가 내가 아닌 내 주변을 쉴 새 없이 왔다 갔다 하고 있었다.

트래버스의 시선을 따라 휙 고개를 돌리니 이쪽을 보고 있던 사람들의 고개와 시선들이 잽싸게 돌아간다.

그리고 그건 나도 모르는 사이 어느새 내 뒤로 따라붙은 사람도 마찬가지였다.

"한센?"

내 뒤에서 트래버스는 본 적도 없다는 듯 허공을 바라보며 딴청을 부리는 사람은 어제 내 눈 앞에서 실라크에게 한 대 맞고 계단 위로 나가떨어져 일어나지도 못했던 바로 그 한센이었다.

그때 상황이 상황이라 도와주지 못해 걱정했는데 멀쩡해 보이는 걸 보니 다행히 나중에 구조를 받은 모양이었다.

내 부름에 반사적으로 날 돌아보던 그가 평소의 어수룩한 표정을 지으며 헤헤 웃었다.

"아하하, 아기씨."

"멀쩡하네? 아까… 가 아니라… 어젯밤인가? 계단 위로 나가떨어져 꼼짝도 못하더니."

내가 그의 아래위를 훑어보며 묻자 그가 얼른 팔을 들어 알통을 만들어 보였다.

"에이, 제가 누군데 그 정도 가지고 어떻게 되겠습니까? 그때는 좀 놀라서 그랬던 거지요. 이거 보세요. 얼마나 튼튼합니까?"

그때 딱 한 대에 나가떨어졌던 주제에 말은 잘한다.

하기야 실라크가 무지 많이 강하긴 했다.

그렇게 따지자면 그런 남자에게 얻어맞고 나가떨어졌는데 벌써 이렇게 쌩쌩하게 돌아다니는 한센도 튼튼한 거라고 할 수 있는 건가?

"그래? 하긴 그 정도에 아파서 골골대는 약골이었으면 아방카 앞에 얼씬도 못하게 했을 거야."

"허엇, 그럼요, 그럼요. 저는 그렇게 약한 놈이 아닙니다."

언제나 그렇듯이 한센은 아방카를 들먹이자 내 앞에서 과장스럽게 설설 기는 시늉을 했다.

그래 봤자 나는 트래버스가 갑자기 요상한 어법을 사용하는 게 한센 때문이라는 걸 눈치챘는데 말이다. 얼마나 무섭게 굴었으면 저 험상궂은 얼굴에 큰 덩치의 남자가 움찔거리겠는가.

뭐, 한센 혼자만 트래버스에게 무섭게 군 건 아니겠지만 말이다.

하지만 나는 모른 체하고 한센과 트래버스를 인사시켰다.

"자자, 둘 다 처음 보지? 아니, 얼굴은 이미 봤을라나? 어쨌든 서로 인사해. 이쪽은 트래버스 아저씨. 우리를 돌봐주고 나 때문에 고생도 많이 한 아저씨야."

"아, 예에……"

내 눈빛 때문에 엉거주춤 고개를 까딱거렸지만 트래버스를 바라보는 한센의 시선은 날카롭기만 했다. 내가 볼 때면 얼른 딴청을 부렸지만 말이다.

"그리고 아저씨, 이쪽은 한센이라고, 우리 집에서 같이 지내는 총각."

"초, 총각……"

내 말에 한센이 괴상한 표정을 지었지만 난 아랑곳하지 않았다.

'그럼 네가 총각이지 유부남이냐?'

"아… 저… 예, 옙. 바, 반갑습니다."

한센이 슬쩍 고개만 까딱거리는 것에 비해 트래버스는 내 소개에 어찌할 바를 모르고 망설이다 한센의 눈초리를 받고는 황급히 허리를 숙였다.

'도대체 뭐라고 했기에 이 정도야?'

그 모습에 뭐라고 한마디 할까 했지만 섣부르게 나섰다가 오히려 분위기만 냉랭해질까 싶어 일단 그냥 놔뒀다.

보아하니 트래버스는 우리 쪽 일행이 된 것 같은데, 그럼 성급하게 굴 필요 없이 나중에 차차 지내는 상황을 보아가며 참견을 하는 게 더 낫겠다 싶었던 것이다. 내가 나서기 전에 알아서 해결되면 더 좋고.

게다가 지금은 그것보다도 더 중요한 일이 있었다.

"아기씨, 이것 좀 드세요."

음식을 챙기러 갔던 유모가 어느새 뭔가 푸짐하게 올려놓은 쟁반을 들고 다가온 것이다.

꼬르르륵.

방금 예쉬의 빵 한 조각과 빨간 머리 꼬맹이의 빵 한 조각을 먹었으면서도 음식 쟁반을 보자마자 내 배가 아우성을 쳤다.

유모는 쟁반을 내려놓자마자 제일 먼저 스프를 앞으로 내밀었다.

"많이 배고프셨죠? 여기 스푼."

"아, 나도! 나도 빵 한 개 더."

유모에게 나무로 된 투박한 숟가락을 받아 들고 있는데, 이쪽을 보고 있었는지 빨간 머리 꼬맹이가 다가왔다.

"네네, 그렇지 않아도 부족할까 봐 많이 가지고 왔어요. 이리 와서 같이 먹어요."

어쩐지 평소 나에게 주는 식사량에 비해 엄청 많다 했다.

빨간 머리 꼬맹이뿐만이 아니라 그 뒤로 슬그머니 잿빛 머리 꼬맹이도 다가오는 걸 보니 다들 식사량이 모자랐나 보다.

'뭐, 뭐야? 얘네한테 쪼금밖에 안 줬어?'

그 뒤로 예쉬도 슬그머니 따라왔지만, 걔는 먹으려는 게 아니라 그냥 애들이 여기로 모이니까 덩달아 온 거 같고.

유모가 건네준 숟가락으로 막 수프를 뜨려던 나는 왠지 뺨이 따끔따끔한 느낌에 고개를 들었다.

"응?"

시선을 돌리니 약간 떨어진 곳에 다시 처량 맞게 쭈그리고 앉은 트래버스가 보인다.

홀로 처량 맞게 쭈그리고 앉은 상황에서도 왠지 흐뭇한 시선으로 날 바라보고 있는 모습에 '팔불출'이라는 말이 절로 떠올랐다.

'아, 근데… 저 모습을 아버지가 보면 가만 안 둘 것 같은데…….'

아버지도 트래버스 못지않게 팔불출 오라를 풍기는 사람이라 자기와 비스무리한(?) 시선을 나에게 보내는 사람이 있으면 가만 안 둘 것 같았다.

'음, 아무래도 트래버스를 아버지 눈에 안 띄게 해야겠어.'

나는 트래버스를 여기서 본 기념으로 그가 따로 갈 곳이 없다면 내 저택의 일꾼(?)으로 그를 고용하게 할 생각이었다.

우리가 갇혀 있던 곳에서 그에게 배려를 제일 많이 받은 사람이 바로 나였으니 여기서 누군가가 그를 돕는다면 그건 나여야 할 것이다.

그리고 지금은 이것부터.

"트래버스 아저씨, 아침은?"

내 말이 뭐가 그리 대단한 말이라고 주변 사람들 눈이 휘둥그레졌다.

그리고 마치 당연한 순서인 양 트래버스를 향한 날카로운 시선들.

"으응? 아침? 머, 먹었지… 요. 암요, 먹고말고요."

그 시선들을 감당하지 못한 트래버스는 얼굴이 허옇게 질려 재빨리 입을 열었다.

반사적으로 반말을 쓰다가 한층 더 날카로워진 시선 때문에 얼른 말투를 고치는 모습이 안쓰럽기까지 했다.

덕분에 정말 먹어서 먹었다고 한 게 아니라 안 먹었는데도 매서운 시선들 때문에 먹었다고 둘러대는 건 아닌지 의심스러웠다.

"진짜? 진짜 먹은 거야?"

"으… 아니, 예, 예. 먹었습니다. 네, 네, 먹었지요."

"언제?"

"예? 아니, 그, 그게 그러니까… 아까 전에, 네네, 그러니까 저 꼬맹이… 님들 드시기 전에 먹었습지요. 네, 네."

"크크크~ 꼬맹이님들이래~ 꼬맹이님들~"

당황해서 자꾸 꼬이는 트래버스의 말투가 재미있는지 빨간 머리 꼬맹이가 웃어대자 트래버스가 전처럼 뭐라 하지도 못하고 '끄응~'하고 한숨만 내쉰다.

그 모습을 보자니 내가 지금 계속 말을 거는 게 오히려 그를 괴롭히는 것 같아 나는 더 묻는 대신 앞에 놓인 쟁반에서 빵 두 개를 집어 들어 그에게 다가갔다.

"그럼 이거. 혹시 배 안 부르면 지금 먹고 배부르면 나중에 먹고."

그의 투박하고 커다란 손에 빵을 쥐어주자 트래버스가 눈물까지 글썽이며 나를 바라본다.

뭘 대단한 걸 해줬다고 감격까지 하는 그의 모습에 괜히 내가 부담스러워 나는 몸을 돌려 내 자리로 돌아갔다.

뭐, 조금 더 머뭇거리다간 유모가 달려와 날 데리고 갈 낌새를 보이기도 했고 말이다.

"어이고, 마음이 여리긴. 그렇게 마음이 여려서 어쩌냐?"

내가 자리로 돌아와 앉자 옆에 있던 빨간 머리 꼬맹이가 혀를 끌끌 차며 말했다.

그런데 웃기게도 잿빛 머리 꼬맹이가 극히 동감한다는 듯 고개를 끄덕이는 거다.

"그런 마음으로는 앞으로 살아남기 힘들다. 그렇지 않아도 몸도 부실하면서……."

'나 원, 이 꼬맹이들이 지금 누구한테 뭐라는 겨?'

그런데 옆에 있던 예쉬 녀석은 한술 더 떴다.

"아직 어려서 그래, 어려서. 좀 더 크면 나아질 거야."

"헐……."

이건 뭐, 뭐라고 할 말이 없다.

내가 그렇게 어이없어 할 말을 잃고 있는데, 주변 사람들이 저마다 몸을 돌리고 어깨들을 떨어대는 거였다.

유모를 힐끔 보니 최대한 숨기려 하고 있지만 입꼬리가 부들부들 떨리고 있었다.

'그래, 그래, 나도 기가 막혀 웃음이 나오는데 저 사람들 보기에 얼마나 웃기겠냐.'

뭐, 내 웃음이랑 그 웃음은 다른 거겠지만 말이다.

어른의 마음으로 너그러이 이해를 해주고는 싶지만 유모까지 웃어대니 절로 불퉁해졌다.

그런 내 표정에 유모는 얼른 헛기침을 하고 감정을 수습한 뒤 빨간 머리 꼬맹이와 잿빛 머리 꼬맹이에게 빵을 건넸다.

"자, 더 먹을래요?"

빨간 머리 꼬맹이는 유모가 넘겨주는 빵을 기꺼이 받아 한입 뜯으면서도 아쉬운 표정을 지었다.

"저기, 고기는 없을까? 이거로는 영 헛헛해서……."

"수프에 고기가 들었는데, 그럼 수프를 더 가져다줄까요? 다른 고기 요리는 미처 준비를 못한 모양이던데……."

빨간 머리 꼬맹이의 말에 유모가 당황한 표정으로 말끝을 흐리자 빨간 머리 꼬맹이가 아쉽다는 듯 입맛을 쩝쩝 다셨다.

"인간들은 이런 데서는 동물을 사냥해 와서 통째로 굽거나 그러지 않나? 숲에 들어오는 인간들은 그러는 것 같던데……."

잿빛 머리 꼬맹이도 고기가 아쉬웠는지 한마디 거든다. 그만큼 고기가 먹고 싶었던 모양이다.

하기야 갇혀 있을 때는 고기를 보기가 힘들었으니 말이다.

기껏해야 수프나 스튜에 쪼~ 금 들어가 있거나, 트래버스가 큰맘 먹고 사온 고기 파이에 조금 들어가 있는 게 다였으니.

'아니, 고기 구경도 못할 상황에 그 정도나마 맛을 볼 수 있었으면 그래도 트래버스한테 고마워해야 하는 거잖아?'

물론 그런 곳에서 일했다는 것만으로도 좋게 보기는 힘들지만, 그래도 사람이 어디서든 도움을 받았으면 고마워하고 갚을 줄 아는 것이 인지상정이 아니겠는가.

'그런데 왜 나만 마음이 여리다는 소리를 들어야 하는 거냐고! 쟤네들이 나이에 안 맞게 너무 냉정한 거잖아? 내가 정상인 거지.'

나는 그렇게 혼자 속으로 투덜거리면서도 눈으로는 유모를 바라봤다.

솔직히 나도 기름이 자르르 흐르는 통구이 고기가 먹고 싶었던 것이다.

내 시선까지 받게 되자 유모가 당황한 얼굴로 다른 사람들과 시선을 교환했다. 지금 어디 남는(?) 고기라도 없는지 확인하는 눈치였다.

"아하하, 여기에 먼저 온 사람들이 식량을 충분히 준비해 온 터라 따로 사냥을 하지 않았어요. 아, 저기… 육포가 있는데 그거라도 좀 가져올까요?"

유모의 당황한 심정을 알아챘는지 예쉬의 뒤를 따라온 남정네 중 한 명이 대신 나섰다.

"그럼 그거라도~"

"나도."

"아, 나도 먹을래!"

빨간 머리 꼬맹이와 잿빛 머리 꼬맹이의 뒤를 이어 나도 팔을 번쩍 들며 외치자 즉각 유모의 엄한 시선이 날아왔지만 난 꿋꿋하게 버텼다.

이럴 때 아니면 언제 육포의 맛을 보겠는가? 분명 저택으로 돌아가면 그런 음식은 구경도 못해볼 게 뻔한데.

"네네, 알겠습니다. 얼른 가지고 올 테니 기다리세요."

유모 대신 나섰던 남자가 저쪽으로 사라질 때까지도 유모의 엄한 시선이 이어졌지만, 나 또한 끝까지 초롱초롱한 눈빛(?)으로 유모를 빤히 바라보자 결국 유모가 물러섰다.

그래도 한숨과 함께 몇 마디 하는 건 잊지 않았지만 말이다.

"그냥 조금만 먹어보시는 거예요? 너무 많이 드시면 탈이 날 수도 있어요. 여기서 조금 쉬다가 한 번 더 이동하면 그때 도시에 들어가게 되니까 거기서 맛있는 거 많이 챙겨 드릴게요."

"알았어, 알았어. 근데 우리는 언제 이동하는 거야?"

"회복 포션 때문에 몸이 나아지셨다 해도 지금 즉시 이동하는 건 무리예요. 그러니 식사 다 하시고 두어 시간 정도 쉬셨다가 그 뒤에 이동할 거예요."

"응? 두어 시간 뒤에나? 그럼 그때는 점심때인데? 점심 먹고 이동하게?"

지금이 늦은 아침이니까 대략 10시~11시 사이일 거다.

그러면 2시간 후라면 12시가 넘은 시간일 텐데, 딱 점심때가 아닌가 말이다.

"호호호~ 아니요. 점심은… 아, 그냥 나중에 보시면 알아요."

당연한 내 의문에 유모는 뭔가를 설명하려다가 문득 장난기가 치미는지 생글생글 웃으며 설명을 얼버무렸다.

그에 내가 볼을 부풀렸지만, 유모는 그래도 계속 나중에 보면 알 거라고 하면서 끝까지 말해주지 않았다.

나도 고집 부릴 때는 한 고집 하지만, 유모도 한번 입을 다물면 웬만해선 열리지 않았기에 결국 아쉽지만 이번에는 내가 포기하는 수밖에 없었다.

게다가 나중에 보면 안다고 하지 않는가.

나중에 봐도 모르면 그땐 가만 안 있을 거라 다짐하면서 나는 불퉁한 기분으로 그제야 수프를 떠먹기 시작했다.

"음, 그래도 수프는 맛있네. 쩝."

조금 식기는 했어도 말이다.

그렇게 수프와 빵을 번갈아가며 대여섯 번쯤 먹었을까?

육포를 가지러 갔던 남정네가 커다란 쟁반을 가지고 돌아왔다.

"자아, 육포를 가지고 왔습니다."

그런데 그의 뒤로 갈색의 마법사 로브를 입고 있는 또 다른 남자가 따라오더니 유모에게 다가가 뭐라 뭐라 속삭이는 것이다.

그에 유모는 고개를 끄덕끄덕하며 듣고 있다가 슬며시 나에게로 시선을 돌렸다.

'응?'

아무래도 저 마법사가 나에게 용무가 있나 보다.

"아기씨, 잠시만요."

과연 마법사가 뒤로 물러나자 유모가 나에게 다가왔다.

"왜?"

"잠시만 이쪽으로……."

내 질문을 부드러운 미소로 회피하면서 유모는 내 손에 들려 있던 스푼과 그릇은 제대로 가져가 내려놓고는 날 안아 들었다.

'나 원, 이럴 때마다 내 몸이 작은 게 한스럽다니까.'

속으로는 투덜거렸어도 유모가 이렇게 나올 때는 그만한 이유가 있다는 걸 알기에 난 잠자코 유모의 품에 안겼다.

의문 어린 시선으로 바라보는 꼬맹이들에게 한 손을 흔들어주는 여유를 보이며 말이다.

"내 건 남겨놔. 다 먹으면 안 돼?"

특히나 방금 도착한 육포가 제법 입맛에 맞는지 양손 가득 육포를 덥석 쥐는 빨간 머리 꼬맹이를 향해 외치자 빨간 머리 꼬맹이가 코웃음을 쳤다.

"흥, 다 먹을 때까지 안 오면 끝이지, 뭐."

"아하하, 육포는 많으니까 부족하면 얼마든지 더 가지고 오겠습니다."

육포를 가지고 온 남정네가 얼른 나서자 그제야 나는 안심하고 유모의 목에 팔을 둘렀다.

그렇게 해서 꼬맹이들과 어느 정도 멀어지자 유모가 내 귓가에 대고 작게 속삭였다.

"폐하께서 곧 연락하신다고 기다리래요."

"아빠가? 헤에~ 그럼 기다릴 땐 기다리더라도 육포 먹으면서 기다리면 안 돼?"

아버지를 만나러 가는데 예쉬를 거론해야 하는 건 아닌가하는 생각도 잠깐 들었지만 말하지는 않았다.

일단 여전히 아버지는 나만의 아버지였으면 좋겠다는 생각도 있었고, 설사 내가 그런 치사하고 못된 마음을 가지고있든 아니든 아버지가 생각이 있었으면 예쉬를 같이 불렀을테니 말이다.

'부자 관계는 부자가 알아서 해야지. 아버지가 애도 아니고 또 내가 나서서 이러쿵저러쿵할 주제도 아니잖아?'

그렇게 해서 잠자코 마법사의 안내를 받아 간 곳은 공터에서 조금 많이 떨어진 곳이었다.

조금 많이, 그러니까 공터에 있는 인물들이 나무들과 수풀에 의해 가려져 보이지 않을 정도로 떨어진 곳이었는데, 그곳의 또 다른 공터에는 또 한 무리의 사람이 있었다.

자연적으로 형성된 공터가 아니라 일부러 수풀을 베고 땅을 골라 만든 공터인 듯 잘린 풀 냄새와 파헤쳐진 흙냄새가공기 중에 떠도는 가운데 커다란 천막이 보였다.

그런데 그 천막은 뭔가 중요한 곳이라도 되는시 버킹엄 궁의 근위병 포즈를 취하고 있는 10여 명의 사람이 천막을 빙둘러선 채 철통같은 경계를 서고 있었다.

대부분의 사람이 각자 휴식을 취하고 있는 저쪽 공터의 모습과는 사뭇 대조적인 모습이었다.

천막 입구에도 두 남자가 검을 찬 채 근위병 포즈로 경계를 서고 있다가 우리를 보자마자 절도 있는 동작으로 천막의 입구를 가린 휘장을 걷어줬다.

'와우, 이 사람들로 근위병 교대식을 하면 제법 멋있을 것 같은데?'

아버지한테 한 번 건의나 해볼까 생각하고 있는 사이 마법사와 나를 안고 있는 유모는 천막 안으로 들어서고 있었다.

천막 안은 바깥에서 보고 예상했던 것보다 훨씬 넓어 답답한 느낌이 전혀 없었다.

거기다 바닥에는 폭신한 카펫까지 깔아놨고 탁자에 의자 같은, 간단하지만 고급스러워 보이는 가구들까지 배치되어 있었다.

'헐, 뭔가 대단한 곳인데?'

천막 한쪽 구석에는 가림막이 쳐져 있었는데, 그 틈새로 이 층 침대가 얼핏 보이는 걸 보니 여기서 숙식까지 하는 모양이다.

지금 나에게 다가오는 마법사들이 말이다.

공터에도 서너 명 정도의 마법사가 보이더니 여기에도 여섯 명의 마법사가 더 있었다.

한데 공터에 있는 마법사들은 기껏해야 20대, 혹은 30대로 보였건만, 여기 있는 이들은 최소 40대 이상으로 보이는 자들이었다.

"어서 오십시오. 기다리고 있었습니다."

그중에서도 가장 나이 많아 보이는 아저씨가 앞으로 나서서 인사하자 유모가 나를 바닥에 내려놓더니 소개를 시켜 줬다.

"아기씨, 이분이 여기 마법부대의 대장님이세요."

유모의 소개에 나는 자동적으로 배시시 웃어 보였다.

"만나서 반갑습니다~"

내 인사에 마법사 대장 아저씨도 사람 좋게 웃어 보였다.

"예, 뵙게 되어 영광입니다. 곧 황성에서 연락이 올 테니 그때까지만 여기서 기다려 주시겠습니까?"

"난 괜찮아요. 근데 육포 먹으면서 기다려도 되는 거죠?"

빵도 같이 먹으면 더 좋고.

아버지를 보는 건 좋지만 그와 동시에 배도 채우면 좋을 거라는 생각에 묻자 유모가 이마를 짚었다.

"아기씨이~"

"왜? 육포 좀 먹는 게 어때서? 게다가 맛은 보게 해준다고 했잖아?"

"하하하, 괜찮을 겁니다. 마침 여기에 육포가 좀 있는데 드릴까요? 귀한 분의 입맛에 맞으실지 모르겠습니다만… 대신 연락이 온 후에는 드시면 안 됩니다."

"넹, 넹."

눈을 반짝이며 고개를 끄덕이자 마법부대 대장 마법사가 여전히 사람 좋은 미소를 보이며 육포를 챙겨주려는 듯 몸을 돌리자 뒤에 있던 다른 마법사들이 서둘러 자신들이 챙겨오 겠다며 사방으로 흩어졌다.

그 모습을 가만히 바라보고 있던 나는 실수했단 생각에 입맛을 다셨다. 먹을 것을 챙기려 사방으로 흩어진 마법사들에게서는 나를 꺼리고 경계하는 기색이 다분했던 것이다.

아무래도 저 마법사들은 애들을 안 좋아하는 모양이다.

대장 마법사야 계속 사람 좋은 미소를 보이고 있었지만, 다른 마법사들의 기색을 눈치채고 다시 그를 보니 그가 단지 예의상 미소를 짓고 있는 것뿐이라는 걸 알 수 있었다.

'이러언, 나 언제 공주병에 걸린 거지?'

항상 날 떠받들고 오냐오냐해 주던 저택 사람들에게 둘러싸여 살다 보니 나도 모르게 내 미모가 세상의 모든 사람에게 통한다는 착각 속에 빠져 있었나 보다.

그래서 이번에도 당연히 나에게 호의를 보일 것이라 여기고 애처럼 굴며 육포 타령을 해댔으니⋯ 마법사들에게 경계의 대상으로 여겨져도 할 말 없음이다.

원하는 거 안 해주면 장소 불문하고 시끄럽게 구는 그런 애는 아닐까 하고 말이다.

'뭐⋯ 트래버스에게는 이 미모가 통했는데 말이지.'

쓴 입맛을 쩝쩝 다시며 있는 잠깐의 사이, 마법사들은 날 다람쥐가 무색하리만치 잽싸게 움직여 먹을거리들을 잔뜩 가지고 와서는 내 앞에 내려놨다.

'호에∼ 많기도 하지. 어이구, 쿠키도 있네? 이거 이 사람들 간식인가?'

육포는 물론 비상식량으로 보이는 치즈에 쿠키까지.

그걸 물끄러미 바라보다 힐끗 사람들 표정을 살피자 하나

같이 '그거 먹으면서 부디 조용히, 얌전히 있어다오'라고 말하고 있는 듯했다.

아무리 먹는 걸 좋아하는 나라도 저런 눈빛과 함께 받는 간식들은 반갑지 않았다.

그렇다고 기껏 받아낸 거 다 물리기는 또 싫어서―자존심이 밥 먹여 주냐~ 란 신조를 가지고 있던 터라―나는 내가 챙길 수 있을 만큼만 챙긴 후 싱긋 웃으며 정중한 어조로 입을 열었다.

"그대들의 배려에 감사드립니다. 그럼 난 밖에 나가 있을 테니 연락 오면 부르시길."

그리고는 가볍게 고개를 까딱 숙여 보이고는 몸을 돌려 입구로 향했다.

여기서 먹다간 아무리 위장이 튼튼한 나라도 체할 것 같았던 것이다.

뒤에서 뭐라 만류하는 것 같았지만 들은 체도 안 하고 직접 천막 입구의 휘장을 젖히고 밖으로 나와 버렸다.

"아, 아기씨."

유모가 다급하게 따라 나왔지만 천막 안으로 다시 데려가려고 하지는 않았다. 아마 유모도 마법사들의 기색을 눈치채고 있었던 듯했다.

하기야 그러니 내 유모겠지.

대신 내 손에 가득 들린 먹을거리를 자신이 가져가 들고는 육포 몇 조각만 내 손에 쥐어줬다.

그런 유모에게 나는 투덜거렸다.

"아, 진짜… 누굴 천지 분간 못하는 애송이로 아나."

"호호호, 설마요."

"설마요는 무슨. 아주 그냥 내가 뭔 일을 벌일까 잔뜩 신경을 곤두세우고 있더만. 나 원, 아니, 내가 난장판을 벌이려고 저기를 찾아갔냐고."

투덜대면서도 난 육포를 맛보는 걸 잊지 않았다.

마법사들 천막에서 가지고 온 거라 그런지 반 건조 오징어처럼 말랑말랑하고 짭짤한 게 입맛에 맞았다.

"오, 이거 맛있는데? 육포 하나는 좋은 걸로 가져다 놨네. 우물우물~ 그래도 그 아저씨들은 맘에 안 들어. 우물우물~"

그런데 그때 어디선가 '풋~' 하는 소리가 들리는 거다.

"으응?"

순식간이었고 아주 작은 소리였지만 분명히 들었다.

반사적으로 그쪽으로 시선을 돌리자 제일 먼저 천막이 눈에 들어왔다.

지금 나는 천막 입구를 나왔지만 어디 멀리 갈 수 있는 게 아니었기에 천막 주변을 산책하는 기분으로 돌고 있었다.

그러니 내가 시선을 조금만 안쪽으로 돌려도 천막이 보일 수밖에.

그리고 그다음으로 보이는 건 천막 바로 앞에서 부동자세로 경계를 서고 있는 기사.

기척도 드러내지 않고 마치 동상처럼 움직임 없이 경계를 서고 있어 뒤늦게 본 것이었다.

'음? 으음, 혹시 아까 그 웃음소리, 이 사람이 낸 거 아니야?'

한데 내 시선을 받은 그 기사는 뭔 일이 있었냐는 듯 여전히 앞만 똑바로 주시하며 부동자세로 서 있을 뿐이었다.

내 시선에 그의 눈이 흔들리든가 찔리는 표정을 짓든가 하면 '이 사람이다'라고 확신할 수 있었을 텐데 저렇게 아무 일도 없었다는 듯 서 있으니 긴가민가했다.

'분명히 들었는데… 이 사람이 아닌가?'

가까이 다가가 노골적으로 빤히 쳐다봐도 여전히 눈 하나 꿈쩍 안 한다.

'와~ 진짜 완전 근위병이잖아?'

영국 버킹엄 궁전 앞에 있는 위병들은 눈앞에서 손을 흔들어도 시선 하나 흔들리지 않는다고 하던데, 이 사람도 그 못지않다.

'나도 한 번 손을 흔들어봐?'

이제는 웃음소리를 낸 사람인지 확인하는 것은 잊어버린 채 한 번 장난을 쳐볼까 말까 고민하며 남자를 쳐다보고 있는데, 뒤에서 지켜보던 유모가 안 되겠다 싶었는지 나섰다.

"왜 그러세요, 아기씨?"

"아니… 그게……."

막 유모에게 설명을 하려던 나는 순간적으로 멈칫거렸다.

뭐라고 한단 말인가.

그냥 웃음소리가 난 것 같은데 이 사람이 웃었는지 아닌지 확인하고 싶다고?

하지만 처음에는 그럴 마음이었지만, 그다음에는 너무 근위병 같은(?) 남자의 태도에 장난을 칠까 말까 고민하고 있지 않았나.

그리고 이쯤 되니까 내가 정말 웃음소리를 들은 건지도 헷갈렸다.

'아니, 정말 바람 소리를 착각한 것 같기도 하고⋯⋯.'

그렇게 되니 정말 뭐라고 말해야 할지 모르겠다.

"으음, 그게 말이지⋯ 그러니까⋯⋯."

"어휴, 신기하더라도 장난치시려는 건 참아주세요. 이 사람도 자신의 본분을 다하고 있는 건데⋯⋯."

'아니 뭐, 그렇다고 내가 콕콕 찔러본다든가 간지럼을 피워본다든가 하는 정도는 아니었잖아?'

기껏해야 눈앞에서 손을 흔들어보려고 한 것뿐인데 그것도 좀 심한 건가 고민하는 바로 그때였다.

"오오~ 바로 여기 있었군."

갑자기 들려온 커다란 음성에 화들짝 놀랐다.

반사적으로 음성의 주인이 어디 있는지 두리번거리려는데, 그보다도 먼저 내 앞에 시커먼 그림자가 지는가 싶더니 누군가가 날 들어 품에 안았다.

시커먼 그림자는 내가 빤히 바라보고 있던 기사로, 그가 얼른 내 앞을 가로막는 사이 유모가 날 품에 안았던 것이다.

그리고 그사이에 천막 안에 있던 마법사들이 튀어나오고 사방에서 경계를 서던 기사들도 달려왔다.

"누구냐?"

기사들 중 대장으로 보이는 자가 허공을 바라보며 외치자, 나도 목소리의 주인을 찾으려 고개를 돌렸다.

처음에는 혹시 나와 예쉬를 납치해 가둬뒀던 이들이 쫓아온 건가 싶어 긴장했지만 그건 아닌 것 같았다.

설사 그들이 정말 쫓아왔다고 해도 기사에 마법사에 한 가락 하는 사람들이 쫘악 깔린 곳에 대놓고 당당히 쳐들어올 리 없으니까.

'아, 그 실라크 녀석이라면 그럴 수 있을 것 같기도 하고.'

그렇게 생각하면서 고개를 들어 올리는데, 유모의 품에 안겨 있는 바람에 충분히 고개를 꺾을 수가 없어서 목소리의 주인공을 못 찾겠다.

게다가 유모는 내가 두리번거리는 걸 가만두지 않았고.

"가만히 계세요, 아기씨. 위험해요."

한데 아까 그 목소리가 또다시 들려왔다.

"어이, 아빠, 난 그 꼬맹이를 보러 온 거라고!"

'응? 이 목소리는?'

아까는 너무 갑작스럽게 들린 데다 음성을 듣자마자 기사가 내 앞을 가로막고, 사람들이 뛰어오고 하는 바람에 미처 깨닫지 못했는데, 다시 들으니 아는 목소리였다.

한 번 들으면 절대 잊을 수 없는 쨍 하는 목소리에 유모의 손길을 뿌리치고 몸을 뒤로 꺾다시피 해서 허공으로 시선을 들어보니, 과연 낯익은 사람이 허공에 둥둥 떠 있었다.

"어라라? 마법사님?"

'저 사람이 여기 왜?'

그는 우리가 갇혀 있던 공간의 맞은편 공간에 잠시 머물렀던 성격이 장난 아니었던 바로 그 마법사였다.

내가 그의 모습을 보고 놀라자 나와 시선을 마주친 마법사가 씨익 웃으며 아래로 천천히 내려왔다.

사방에서 많은 사람이 살기에 가까운 매서운 시선을 날리고 있음에도 그는 무척 태평한 표정이었다.

뭐, 그래도 천천히 내려오는 걸 보니 그 스스로도 적대하거나 공격할 의사가 없음을 보여주려는 것 같다.

게다가 나와 유모를 둘러싸고 있는 이들도 일단 마법사와 대화를 해보려는 분위기였다.

마법사가 완전히 땅에 내려서자 아까 누구냐고 물었던 기사 대장님이 다시 나섰다. 이번에는 날카로움이 약간 누그러진 정중한 어조였다.

"여기는 외인이 함부로 올 수 있는 곳이 아니오. 귀하의 신분과 목적을 밝히시오."

"나는 이름 없는 마탑 소속 마법사. 이름 없는 마탑의 이름으로 거래를 하기 위해 왔다."

'엥?'

이름 없는 마탑의 이름이라니 웃긴다. 그럼 마탑의 이름이 '이름 없는'이란 소리?

세상 물정 모르는 나는 마탑의 이름이 웃긴다며 속으로 킥킥댔지만 그 말을 들은 주변의 마법사들은 단번에 얼굴색이 변했다.

긴장감, 두려움, 적대감, 호기심 등등이 뒤섞인 오라가 피어오르는데, 얼마나 강렬했던지 내가 웃던 걸 멈추고—물론 속으로만 웃었지만—주변을 두리번거릴 정도였다.

"누가, 누가 그대의 거래 상대란 말이오?"

같은 마법사라 그런가, 이름 없는 마탑 소속 마법사의 말에 우리 쪽 마법부대 대장님이 그 앞을 둘러선 기사들을 제치고 앞으로 나섰다.

그러자 이름 없는 마탑 소속 마법사는 조금의 머뭇거림도 없이 팔을 들어 정확히 날 가리켰다.

뭐, 허공에서 날 부르며 내려왔으니 다들 이미 짐작했겠지만 말이다.

"저기 있는 저 조인족 꼬맹이."

한데 그가 날 가리키자마자 사방에서 난리가 났다.

기사들은 일제이 검을 치켜들며 '네놈!', '이런 건방진!', '무례한!' 등등의 멘트를 토해내며 마법사의 무례를 책망했으며, 마법부대 사람들은 '사기다!', '어찌 어린아이에게!', '무슨 수작인 거냐!' 등등, 거래의 대상이 합당치 않음을 책망했다.

'거참······.'

그 모습을 보고 있자니 심경이 복잡했다.

이유야 어쨌든 날 위해 나서준 게 고맙기도 하고, 두 무리의 현격하게 다른 반응이 웃기기도 하고, 이렇게 다수가 한 명한테 뭐라 뭐라 하는데 가만있어도 되는 건가 싶기도 하고······.

그런데 이름 없는 마탑 소속 마법사도 참 대단했다. 그는 많은 사람이 주위에서 뭐라 하든 말든 전혀 신경 쓰지 않은 채 똑바로 나만 바라보고 있는 것이었다.

그것도 그 사람 특유의 투덜거림을 내뱉으며 말이다.

"참내, 잠깐 사이에 멀리도 왔네. 꼬맹이라고 얕봤다가 따라오느라 얼마나 힘들었는지 알아? 이건 분명 추가 수당을 받아야 하는 일이라고."

그가 정말 힘들었다는 표정으로 주먹으로 어깨를 톡톡 두들기며 투덜거리는 모습을 보고 나는 고개를 갸웃거릴 수밖에 없었다.

내가 저 사람과 뭔 일이 있었으면 몰라도 그냥 하루 정도 같은 공간에 있었다는 것과 그사이 대화를 좀 한 것 외에는 아무 일도 없었는데 왜 날 따라왔는지 도통 모르겠는 거다.

"저요? 절 왜요?"

"으응? 왜라니? 네가 나한테서 물건을 사겠다고 하지 않았느냐?"

'물건? 뭘?'

그 마법사의 말에 그곳에 있던 모든 이가 날 바라보며 '도대체 뭘 사겠다고 하신 겁니까?' 하고 시선으로 외쳤지만, 그거야말로 내가 묻고 싶은 거였다.

'아니, 내가 저 마법사한테 뭘 살 게 있다고? 저 사람이 호떡 장수도 아니고.'

내가 얼떨떨한 표정으로 바라보자 마법사의 인상이 험악

해졌다.

"설마 지금 나와 거래하겠다고 한 약속을 잊은 건 아니겠지? 아무리 어린아이라고 해도 이름 없는 마탑과 한 거래를 어긴다면 용서할 수 없다!"

이 마법사를 처음 본 이래로 그가 보여준 행동이야 어쨌든 뭔가 있는 사람인 것 같긴 했지만, 한번 정색을 하니 그 위압감이 내가 생각했던 것보다 훨씬 대단했다.

'그런데… 도대체 내가 언제 거래를 한다고 했냐고오~!'

저렇게 정색하는 거 보니 정말 내가 뭔가를 산다고 한 것 같기는 한데 난 도통 모르겠으니 진짜 환장하겠다.

그러면서도 필사적으로 기억을 쥐어짜고 있는데, 마법사가 분노한 목소리로 내뱉었다.

"네가 분명 검은색 물건이 경매에서 팔리지 않으면 네가 산다고 하지 않았느냐?"

때마침 기억을 열심히 뒤적거리고 있던 나는 혹시나 싶은 기억을 하나 떠올리고 있었는데, 그게 마법사의 말과 딱 아다리가 맞았다.

"에에엥? 진짜 그거요? 기분 좋아서 농담으로 하신 말 아니었어요?"

반은 어이없고 반은 믿기 힘든 심정으로 되묻자 마법사는 단호한 표정으로 선언했다.

"마법사는 언제 어디서고 절대 허언을 하지 않는다."

엄숙하게 말하는 마법사의 말에 황당하게도 내 주변을 둘러싸고 있던 마법사들이 옳다는 듯 고개를 끄덕였다.

'헐, 이 무슨······.'

솔직히 그 말이 나왔을 때는 마법사가 고급 와인을 몇 잔 마시고 적당히 기분이 좋아진 상황이었다.

그 틈을 타서 계속 마음에 걸렸던 검은 머리 애의 일을 혹시나 하는 마음으로 거론해 본건데, 그때 마법사는 마치 농담을 주고받는 양 낄낄 웃으며 대답하지 않았는가 말이다.

즉, 술 몇 잔 드셔서 기분이 업된 아저씨가 세 살짜리 꼬맹이에게 한 말을 어찌 '거래를 한다'는 '구두 약속'으로 생각할 수 있겠는가.

'마법사는 술을 마셔도 허언을 안 한다는 걸 내가 어찌 알겠어!'

다시 생각해도 정말 황당했다.

그런 내 심정이 얼굴에 나타난 모양인데, 그걸 어찌 해석했는지 마법사의 눈초리가 날카로워졌다.

"뭐냐, 설마 이제 와서 그 거래를 무르겠다고 하는 건 아니겠지?"

그 말에 나는 얼른 표정을 고쳤다.

비록 한 번 꺼내본 말이라 하나 그때의 난 진심이었다. 정말 가능하다면 내가 사고 싶었다.

단지 마법사가 나한테 팔 것 같지 않았기에 포기하고 있을 뿐, 이렇게 기회가 왔는데 그걸 그냥 놓칠 내가 아니었다.

게다가 나에게는 엄청 부자 아빠도 있으니 돈 걱정 할 필요도 없었다.

"아니요! 사요! 내가 살 거예요! 진짜 저한테 파실 거죠?"

팔까지 번쩍 치켜들며 외치자 그제야 마법사가 흡족한 표정으로 고개를 끄덕였다.

"좋다. 약속은 약속. 상대가 누구든 우리 이름 없는 마탑은 거래에 대한 약속은 철저하게 지킨다."

그렇게 말한 마법사가 자신의 폭 넓은 소매 안을 뒤적거리더니 돌돌 말린 양피지를 하나 꺼내 펼쳤다.

"약속대로 이번 경매에서 팔리지 않았으니 너에게 팔도록 하마. 어디 보자. 물건 값은 금화로 오천 골드, 거기다 배달 비용 오백 골드. 도합 금화 오천오백 골드다."

그는 자신이 펴서 확인한 양피지를 나에게 내밀며 말을 이었다.

"그때 말한 대로 지금 돈이 없으면 할부도 가능하다. 그러나 10%의 계약금을 먼저 내야 하며 담보가 필요하다. 또한 할부 개월 수는 1년을 넘지 않을 것이며 월 5%의 이율이 붙을 게다."

역시 무이자 서비스는 안 되나 보다.

'그나저나 이율이 월 5%라니… 이건 연 이율 60%란 소리 잖아? 우와~ 완전 고리대금!'

뚜벅, 뚜벅, 뚜벅.

일단의 무리가 넓고 화려한 복도를 지나가고 있었다.

복도 중간중간에 있던 모든 이가 그 무리를 보고 황급히 옆으로 비켜서며 허리를 깊숙이 숙였지만, 무리의 어느 누구 하나 눈길도 돌리지 않은 채 걸어가기만 했다.

그 무리의 맨 앞에 서서 걸어가는 남자의 바로 뒤에 붙어서 따라가고 있던 카버는 힐끔 앞에 선 주군의 눈치를 살피며 속으로 혀를 찼다.

물론 혀를 찬 상대는 자신의 주군이 아니라 주군의 심기를 불편하게 만든 어리석은 귀족이었다.

'쯧쯧, 아무래도 곱게 죽지는 못할 것 같군. 우리스 후작.'

방금 전 있었던 어전회의에서 때는 이때다 하고 나서서 설쳐 대던 인물을 떠올리며 카버는 심심찮은 위로를 보냈다.

평소엔 차이스 공작이 슬쩍 나서서 만류하면 못 이기는 척 물러서던 사람이 오늘은 그것도 무시한 채 계속 나댔던 것이다.

아무래도 차이슨 공작에게서 얻어낼 게 있었던 모양인데, 하필 그 도발을 오늘 했다는 게 문제였다.

'그 사람도 참 재수가 없지. 다른 날을 선택하지 왜 하필 오늘을 선택해서…….'

거기다 1황자파도 물 만난 물고기처럼 같이 날뛰어대는 바람에 어전회의가 훨씬 더 길어지고 말았다.

저번 개각 때 재무 대신 자리를 차지한 후 기고만장해 있더니만 때는 이때다 싶었나 보다.

아마 오늘 어전회의로 인해 폐하의 살생부 중 '절대 곱게 죽이지 않을 인물' 목록이 두 배로 늘어났을 것이다.

'그나마 이제 곧 풀리시겠지만…….'

평소처럼 걷는 것 같지만 미묘하게 속도가 올라가 있는 황제의 걸음걸이를 가늠해 보던 카버는 시선을 돌리다가 자신의 옆에서 보폭을 맞춰 걸어가고 있던 황제 호위기사단장과 눈이 마주쳤다.

씨이익~

같은 비밀을 공유하고 있는 자들만이 주고받을 수 있는 시선을 교환한 둘이 마주 웃어 보였다.

확실히 황제 호위기사 단장인 하이젠베르크 백작의 안색이 어제보다 훨씬 나아져 있었다.

황제 호위기사단의 단장이자 황제의 비밀 기사단 단장인 그는 북궁의 주인을 구출하러 간 팀이 작전 시행 일을 하루하루 늦추는 바람에 그만큼 수명이 단축되고 있었던 것이다.

그뿐만이 아니다.

아마 어제 구출 작전이 성공했다는 전언이 도착했을 때 폐하 못지않게 기뻐한 사람이 수십 명은 되었을 것이다. 이젠 살았다 싶어서 말이다.

'후후후, 단장뿐만이 아니라 재상도 고생 많았지.'

제5황자와 북궁의 주인이 납치되었다는 걸 알자마자 폐하께선 무조건적인 구출을 원하셨지만, 이번 일을 '차이슨 공작 세력에 큰 타격을 줄 기회'로 삼기 원한 재상과 단장이 목숨을 내걸고 만류했던 것이다.

원래 재상은 예상 시일 전후로 작선이 진행될 줄 알고 작전 내용을 폐하께 숨기고 있었다.

그러나 진행 일이 예상보다 훨씬 늦어지는 바람에 결국 들키고 말았고, 그땐 정말 말 그대로 재상이 두 조각으로 나뉠 뻔했다.

모든 걸 완벽하게, 그리고 안전하게 하려다 보니 그만큼 많은 인원과 최상의 타이밍이 필요했고, 그걸 모두 충족시키려다 보니 실행 날짜가 늦어질 수밖에 없었던 것이다.

그 후에도 다시 한 번 날짜가 늦춰졌고, 그로 인해 초조감을 느끼신 폐하의 노여움은 가까이로는 단장과 재상을 향했고, 멀리로는 주변의 모든 이에게 향했다.

실제로 시종 여럿과 병사 여럿은 재수 없게 걸려서 어디 한곳 터지거나 사지가 부러져 실려 나갔을 정도였다. 더 재수 없는 사람 몇몇은 그 자리에서 즉사했고 말이다.

덕분에 매일매일이 살얼음판을 걷는 분위기였고, 수시로 자신들의 목이 제대로 달려 있는지 확인하는 나날이 이어졌다.

바로 어제까지 말이다.

그 후, 구출팀이 오늘 아침 안전한 곳에 도착해 폐하와 통신이 가능하다는 연락이 왔건만, 그때가 하필 폐하께서 어전 회의에 들어가셨을 때였다.

폐하께서는 당장에라도 마법 통신구 앞으로 달려가고 싶어 들썩들썩하셨을 텐데, 이 눈치 없는 우리스 후작이 오늘따라 심하게 설쳐 댔던 것이다.

'아마 우리스 후작이 조금만 더 설쳐 댔다면 그 자리에서 목이 잘렸을 테지.'

그 후 폐하는 두고두고 후회하셨을 거다. 그 녀석을 지하 감옥에 처넣고 최소 일주일 이상은 가볍게(?) 어루만져 줘야 했는데 하고 말이다.

최소한 가볍게 손과 발톱 좀 다듬어주고, 이를 깨끗하게 해준 뒤 피부도 한 꺼풀 까주고 소독까지 해줘야 기분이 좀 풀리지 않으셨을까나.

카버가 거기까지 생각하고 있을 때 황제를 선두로 한 무리는 황궁 내의 마법관으로 들어서고 있었다.

마법관의 입구에서 하급 시종들과 병사들이 우르르 떨어져 나갔다. 대신 대기하고 있던 마법사 두 명이 안내역으로 앞에 붙었다.

그들의 안내로 마법관 내에서도 통신실로 들어서자 상급 시종과 수호기사를 제외한 모두가 떨어져 나갔고, 통신실의 한 룸 앞에서는 나머지 사람들도 멈춰 섰기에 황제의 곁에 끝까지 붙어 있던 사람은 기사단장과 카버뿐이었다.

그곳까지 안내한 마법사들도 룸의 문만 열어주고 밖에서 대기했다. 단 세 명만이 안으로 들어서자 안락한 분위기의 거실처럼 꾸며진 공간이 보였다.

환한 실내에는 고급 소파와 탁자가 놓여 있고, 바닥에는 두터운 카펫이, 벽에는 테피리스도 걸려 있었다.

단지 사방이 빈틈없이 막혀 있다는 것과 소파와 마주 보는 벽에는 수정으로 만들어진 커다란 평판이 걸려 있다는 점이 보통의 거실과는 달랐다.

150인치가 넘어가는 평판이었지만 통신실이 워낙 크고 넓다 보니 평판이 그렇게 커 보이질 않았다.

그 수정 평판은 마법 통신 수정구의 업그레이드 판으로 수정구보다 상대방의 모습과 목소리가 더욱 또렷이 보이고 들렸다.

덤으로 상대편의 모습이 크게 보이기도 하고 말이다.

이 평판도 마법 물품이라 이걸 조작할 마법사가 필요했는데, 통신 룸 안에는 이미 마법사가 대기하고 있었다.

바로 재상 나이젤이었다.

한 나라의 재상 일을 거의 완벽하게 해내면서도 부업으로 고위 마법사의 길을 걷고 있는 그였기에 마법 평판 정도는 얼마든지 활성화시킬 수 있었다.

"흐흐흐, 좋으시겠습니다, 폐하? 이제 곧 귀엽고 사랑스러운 딸을 볼 수 있겠군요."

완벽하게 방음 처리된 통신 룸 안에 황제의 측근들만 있어서 그런지 나이젤은 공식적인 태도를 버리고 편안한 태도로 입을 열었다.

그동안 '나죽었소~' 하고 지냈던 게 억울했는지 필립을 놀릴 수 있는 기회를 흘려버리지 않았다.

"쓸데없는 소리 말고, 얼른 연결시켜."

"벌써 신호를 보냈다. 거기서 신호를 받아서 다시 보내기만 하면 사랑스러운 네 딸내미……."

하지만 나이젤이 채 말을 끝내기도 전에 전면에 있는 수정 평판에 뿌연 빛이 들어오기 시작했기에 그의 말은 황제에 의해 싹둑 잘렸다.

"조용히 해."

"쩝."

위대한 황제 폐하를 한 번 더 놀릴 수 있는 기회를 잃어버린 나이젤이 아쉽다는 듯 입맛을 다셨다.

하지만 그 또한 사랑스럽고 귀여운 꼬마 아가씨를 보고 싶었던 터라 군말없이 황제의 옆자리에 엉덩이를 붙이고 앉 았다.

마법 평판에서 나오던 빛이 차츰 사그라지자 거기엔 그들 이 그렇게 보고 싶어 했던 암청색 머리에 커다란 은보라빛 눈동자를 가진 아이의 모습이 나타났다.

[아, 아빠다! 아빠아~!]

아이도 수정구에 비치는 인물을 발견한 듯 활짝 웃으며 자 신을 기다리고 기다리던 아버지를 불렀다.

"아이고오~ 아사니? 우리 아사야?"

그러자 황제가 당장에라도 화면 속으로 뛰어들 듯 몸을 움 찔거리며 딸내미를 불렀다.

이 모습을 시작으로 아주 감동적이고 감격스러운 부녀 상 봉이 이어지리라. 그곳에 있는 모든 이가 믿어 의심치 않은 바로 그때,

[아빠, 마침 잘됐어. 아빠 돈 많지?]

"으, 으응?"

실내에 있던 사람들은 순간적으로 자신이 제대로 들었는 지 저마다의 청력을 의심했다.

이제 곧 눈물 없이는 볼 수 없는 휴먼 드라마가 펼쳐질 것 이라 예상하고 있었건만 갑자기 웬 돈타령?

지금 저 아이가 그동안 헤어져 있던 아버지를 보자마자 찾 는 게 '돈'이 맞던가? 그 '버니'?

"아, 아가, 지금 뭐라고 그랬니?"

황제 또한 자신의 청력을 의심했던지 얼떨떨한 표정으로 되묻자, 아이는 천진난만한 표정으로 확실하게 대답해 줬다.

[돈 말이야, 돈. 음식도 사고, 옷도 사고, 집도 살 수 있는 반짝반짝 빛나는 황금. 보석도 좋고. 지금 당장 돈이 필요해.]

"애, 애야……."

아마도 '보고 싶었어요~ 아빠, 얼른 돌아갈 게요~' 등등의 심금을 울리는 말을 기대하고 있던 황제는 그와는 거리가 정말 먼 생뚱맞은 돈타령에 울상을 지었다.

그러나 매정한 딸내미는 그런 아버지의 심정을 아랑곳하지 않았다.

[어? 아빠, 설마 돈 없어? 없는 거야?]

오히려 실망하는 표정까지 지어 보이자 울상을 짓던 황제가 자리에서 벌떡 일어났다.

자신의 기대야 어쨌든 딸내미에게는 불가능이란 없는 멋진 아빠로 보이고 싶었던 것이다.

"무슨 소리냐! 그깟 돈, 얼마든지 있다! 그래, 얼마가 필요한 거냐? 이 아빠가 다 준다!"

호기롭게 외치는 황제를 뒤에서 지켜보던 카버는 이래도 애 교육상 괜찮은 건지 슬그머니 걱정이 들기 시작했다.

그러나 그걸 모르는 딸바보 황제께선 딸내미가 '꺄아~' 하고 뛸 듯이 기뻐하자 그저 좋은 모양이었다.

[우와아~ 역시! 우리 아빠가 최고야! 아빠, 지금 당장 여기로 보내줄 수 있는 거지? 그… 마법으로 여기까지 순식간에 이동시킬 수 있어?]

"그럼, 그럼. 말만 하렴. 이 아빠가 우리 공주님이 원하는데 뭔들 못해주겠니. 그래, 우리 공주님, 얼마나 필요해?"

[응, 아빠. 나 일단은 오천오백 골드가 필요해!]

천진난만한 표정의 꼬마 아가씨 입에서 흘러나온 어마어마한 액수에 룸 안에 있던 사람들의 입이 떠억 벌어졌다.

오천오백 골드라니…….

그건 제법 괜찮은 대저택을 한 채 살 수 있는 어마어마한 금액이었다.

그걸로 이제 겨우 세 살 된, 아직 아기라고 불리는 존재가 뭘 하겠다는 걸까?

이 순간 카버를 비롯한 황제의 심복들 머리를 강타하는 단어는 딱 이거였다.

'큰일 났다.'

황제의 사랑을 독차지하고 있는 아이가 이제 겨우 세 살밖에 안 되었는데도 벌써부터 그렇게 큰 금액을 손에 쥐려 하니, 커서는 얼마나 더 큰 돈을 손에 쥐려 하겠는가 말이다.

딸바보 황제도 이건 좀 심각하다 싶었는지 호기롭게 외치던 아까와는 달리 당혹스러운 표정으로 딸에게 물었다.

"아, 아가, 도대체 그 돈을 어디다 쓰려고? 아니, 쓸데는 있는 거냐?"

[응? 당연하지. 안 그럼 그 금덩어리가 지금 왜 필요하겠어? 어쨌든 아빠, 자세한 이야기는 나중에 할 테니까 일단 빨랑 보내주면 안 돼? 나 좀 급하단 말이야.]

황제는 그 엄청난 금액에 망설여졌지만, 딸내미가 급하다고 발을 동동 구르며 재촉하니 일단 보내놓고 후일을 기약하기로 했다.

'도대체 우리 사랑스러운 아사에게 헛바람을 불어넣은 게 누구냐? 찾기만 하면 그냥…….'

황제의 등 뒤로 스멀스멀 피어오르는 오라에 카버 시종장은 조금 있다가 잽싸게 북궁의 유모에게 연락을 넣어야겠다고 다짐했다.

그냥 뒀다간 유모뿐만이 아니라 북궁 시녀들의 다리가 몽땅 부러지게 생겼던 것이다.

카버가 북궁 시녀들의 안위를 걱정하는 사이, 아버지와의 대화를 마친 나는 가벼운 발걸음으로 마법사들의 천막을 나섰다.

밖에는 이름 없는 마탑 소속의 마법사가 여전히 자신을 경계하고 있는 사람들에게 둘러싸인 채 나를 기다리고 있었다.

"그래, 어떻게 됐지?"

"아버지가 곧 이동 마법으로 보내주신대요."

"잘됐군."

만족한 표정으로 고개를 끄덕이는 마법사에게 한 번 생긋 웃어준 나는 유모에게 시선을 돌렸다.

"자, 그럼 유모, 저 마법사님과 내가 앉을 의자와 탁자를 마련해 주겠어?"

한데 내 지시에 유모가 뭐라 대답하기도 전 이름 없는 마탑 소속의 마법사가 끼어들었다.

"의자는 필요 없다. 곧 갈 텐데 의자는 무슨. 돈이 오는 데 오래 걸리지 않을 거 아니냐."

그런 그에게 나는 더더욱 방긋 웃어주며 입을 열었다.

"물론 돈은 금방 보내주신다고 하셨지만… 거래가 일찍 끝난다고 장담할 수는 없으니까요."

내 말에 이름 없는 마탑 소속의 마법사는 물론이거니와 주변 사람들의 눈이 둥그레졌다.

"그게 무슨 소리지? 어차피 돈이 오면 난 받고 물건을 건네주면 끝인데? 그게 얼마나 오래 걸린다고."

이름 없는 마탑 소속의 마법사가 허튼짓하면 가만 안 두겠다는 기색을 노골적으로 드러내며 말했지만, 나는 조금도 꿀릴 게 없어 당당하게 대답했다.

"아니죠. 제가 마법사님께 한 건 '거래'를 하겠다는 '구두 약속'일 뿐인걸요. 제 기억으로는 언제 어디서 얼마를 주고 물건을 사겠다고 이야기한 적이 없는 거 같은데요. 아닌가요?"

난 분명 그때 그 검은 머리의 아이가 안 팔린다면 내가 산다고만 했다.

마법사는 낄낄 웃으며 그러라고 했고.

그러니 내가 저 마법사가 찾아올 때까지 그걸 그냥 농담으로 여긴 것 아니겠는가?

내 말에 마법사가 인상을 찡그리며 기억을 더듬는 듯하더니 곧 못마땅하지만 어쩔 수 없다는 표정으로 고개를 끄덕였다.

"그… 랬지. 하지만 넌 내가 이야기한 가격을 그대로 받아들였기에 네 아버지한테 그 돈을 보내라고 한 거 아니었냐?"

"제가 그 금액을 아버지에게 달라고 한 건 최소한 그 금액을 가지고 있어야 마법사님과 거래를 할 수 있는 자격이 있다고 생각했기 때문이에요. 일단 자격이 되어야 거래에 대한 조건을 이야기할 수 있는 거잖아요."

내 말에 마법사의 인상이 더욱더 찡그려졌다.

하기야 나 같은 꼬맹이에게 왠지 밀리는 것 같은 기분이 좋을 리는 없겠지.

"으으음, 그럼 넌 뭘 원하는 거냐?"

"거래의 전반적인 사항이요. 일단 마법사님이 팔려고 하는 물건을 얼마에 살 것이며, 그 물건을 언제 어디서 어떻게 배달 받을 것인지 등등… 의논할 게 굉장히 많겠는데요? 그런 게 끝나야 거래를 할 수 있는 거죠."

내 말에 마법사는 팔짱을 떡하니 끼며 단호한 표정으로 입을 열었다.

"미리 말하지만, 오천오백 골드에서 단 한 푼도 깎아줄 수 없다! 그 물건을 그 가격에 사는 건 거의 거저나 다름없단 말이다!"

그래서 나도 방긋 웃으며 대답해 줬다.

"뭐, 그건 일단 서로 대화를 나누다 보면 알게 되겠지요."

'대한민국 여성에게 에누리 없이 물건을 팔려고 하다니 어림도 없는 일이지.'

아사가 마법사와 테이블을 사이에 두고 앉아 본격적으로 '거래'의 조건에 대해 밀고 당기기를 하려하고 있을 때, 아사가 있는 곳으로 오천오백 골드를 보낸 필립이 나이젤을 향해 빙글 몸을 돌렸다.

자신을 돌아보는 필립이 황제의 얼굴을 하고 있는 걸 본 나이젤은 자세를 바로 하며 자신도 재상의 얼굴이 되어 그를 바라봤다.

"이렇게 안달하지 않아도 어차피 처리해 줄 거였는데 말이지."

"빨리 끝장을 보고 싶었나 봅니다."

"뭐… 그렇게 간절하게 바라니 원하는 대로 해줄까? 그래, 필요한 건 다 찾았겠지?"

'필요한 것'을 이야기하는 필립에게서 살기가 언뜻 비쳤기에 나이젤은 순간적으로 움찔거렸다.

그놈의 '필요한 것' 때문에 그동안 자신을 비롯하여 얼마나 많은 사람의 목숨이 왔다 갔다 했단 말인가.

"물론입니다. '필요한 것'은 아주 충분할 만큼 습득하였습니다."

"좋아, 그럼 슬슬 시작해 볼까?"

나이젤의 대답이 만족스러운 듯 고개를 끄덕인 필립이 눈을 빛내며 자신의 앞에 서 있는 이들을 바라보자 사람들은 일제히 무릎을 꿇고 부복하며 한목소리로 외쳤다.

"명 받듭니다!

『날개 달린 황녀님』 2권 끝